# 訴·青春

甲子回望《青年樂園》

陳文岩題

陳文岩醫生為本書書名題辭。

刊頭「青年樂園」四字為第一任社長汪澄手迹。

## 編輯凡例

1) 本書所錄《青年樂園》的作品，均依發表原樣排印，除明顯錯漏逕改外，所有異體字、翻譯及作者習慣用字、標點等不作統一及修改，以盡量保留原始資料面貌。

2) 編輯稿會根據需要將《青年樂園》統一簡稱成《青樂》；個別作者將《青年樂園》簡稱為《樂園》，予以尊重，不作修改。

3) 每篇選文均有賞析或導讀，並有作者介紹。但由於出版前仍未找到個別作者的個人資料，本書會從缺處理。

# 序

*《青年樂園》督印人及總編輯 陳序臻*

這是一個五六十年代的社交「平台」。

五六十年代是我開始成長的年代。

欣逢其會，那時候剛好我完成了中學階段。

人們常説，後生可畏，但我不管它可畏不可畏，只知道用心用力去演繹這個平台，完成它就是了。

離開中學不久，我就參與了《青年樂園》的工作。

《青年樂園》是一間很細小的報社。最初它是座落在港島謝斐道一個很不顯眼的單位。

《青年樂園》不僅地方小，資金少，記者編輯少，工作人員也不多。除了早期的社長汪澄外，大都沒受過專業訓練（後來有一些專科學院的畢業生加入）。那時候，我是個初哥，抱着邊做邊學邊進修的心情，甚麼都做，我做記者，做編輯，甚至派報，可以説是一腳踢。以後還當上了督印人、總編輯。

辦這份報紙，我經常記住一句話，就是上世紀二三十年代出色的報人鄒韜奮先生的名言：密切聯繫群眾，反映人民的呼聲。我的座右銘也是與讀者一起，就是聯繫群眾，與群眾一起，辦好這份報紙。

我曾採訪過許多名人，例如：當年的音樂總監Mrs Brown、聖保羅男女中學合唱團的指揮鍾老師、新法書院的中文系主任，採訪過赤柱兒童教養院的張建勳院長，也採訪過留學英國得了個「麵包大王」稱號的何景常先生……他們都是很謙虛、友善、很有素養。從他們身上我學到了謙遜，學到了知識。例如我對音樂是門外漢，但經過多次採訪，知道他們的觀點和感受，我把各方面的意見集中，經過綜合分析寫出來，就是一篇很有份量的特寫。不少老師還以為記者對音樂很有素養哩，其實我是用我的全副精力、心血，善於從工作中學習，勇於從鍛煉中成長，發揮自己的潛能。那時候，我完全不知道難字是怎樣寫的，總是帶着愉快的心情，迎接每個新的一天，好好為年青人提供多些養料，多些諮詢渠道，讓他們獲得更多更好的課內課外的知識，豐富了他們課餘的學習和生活，讓他們更快更好地成長。這樣做有助於促進他們兄弟姊妹間的感情（許多時，幾兄弟姊妹訂閱一份《青年樂園》，《青年樂園》派到，幾兄弟姊妹就爭先恐後地爭着先看），同時提供了他們課餘更多更好的一份精神食糧，指引他們走上一條光明的人生大道。

香港上世紀五六十年代，是一個高速發展的年代，冀望這個平台（《文集》）的一些記錄能勾起讀者們一點回憶，也讓新一代人分享當年青年學子的真情和喜悅！

70年代初，長城留影。

# 目 錄

## 細賞《青年樂園》：《青樂》各版文章選

# 溯源

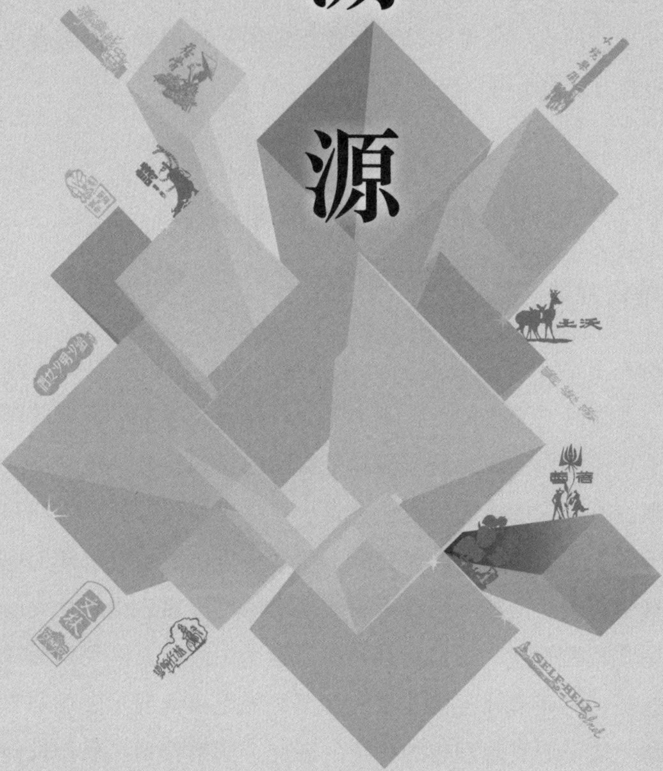

# 甲子回望《青年樂園》

《青年樂園》創刊於1956年4月14日，停刊於1967年11月24日。它是上世紀五六十年代香港其中一份受廣大青少年學生歡迎的刊物。在六十年代高峰期的銷量為二至三萬份。[1]根據港英政府教育司署統計數字，自六十年代初，中學及專上學生的數目大約在20萬上下，[2]也就是說當時至少有十分之一的青少年學生都是《青年樂園》的讀者，其對青年學生所產生的影響力之大，可以想見。

## 一、《青年樂園》的早期發展概略

### 創刊的時代背景

這份在五六十年代重要的青年刊物，之所以能夠取得不容忽視的影響力，首先和它產生的年代不無關係。作為戰後成長起來的一代，當時的青少年所面對的現實是：無論是當時的民間社會，還是港英殖民地當局，都沒有或未能投放資源，為青少年提供足夠的教育設施和文娛活動。不少青少年因經濟問題而失學、輟學，但仍殷切於求知上進；他們和那些有幸在學的一群，同樣面對成長的困厄疑惑，親歷社會的炎涼世態。但是當時的香港，不但互聯網尚未誕生，而且提供免費影視娛樂的電視也遲至1967年底才逐漸普及，甚至也缺乏讓青少年表達心聲、開展文娛活動，以至於實現理想的途徑。因此，閱讀報刊、寫作投稿乃至參加讀者會活動，就成為當時青少年吸收文化知識、獲取文娛活動資訊的重要途徑。針對青少年的這些訴求，當時不少報刊，如《華僑日報》、《星島日報》、《香港時報》、《文匯報》等都設有「學生園地」或「青少年專頁」。而以不同層面的青少年為對象的刊物，更在五六十年代如雨後春筍般地出現，如《中國學生周報》（1952創刊）、《兒童樂園》（1953創刊）、《大學生活》（1955創刊）、《知識》（1956創刊）等等。《青年樂園》便是在這樣的背景之下創刊的一份逐漸辦得比較成功的青少年刊物。

## 刊物的主要編輯和負責人

在《青年樂園》接近12年的出版歷程中，它的主要編輯和負責人其實比較穩定，主要分為兩個階段：1956年4月，刊物由吳康民在幕後推動創辦，並由其小姨黃穗華擔任督印人，襟弟洪新擔任經理，陳樂群和陳序臻擔任編輯，汪澄為首任社長和總編輯，社址最初設於灣仔吳康民岳父的家中。[3]可見，刊物的初創階段，和吳康民的親友實在有密切的關係。1958年8月，吳康民在接任培僑中學的校長後，慢慢淡出《青年樂園》的事務，汪澄也在1959年初離開，遂由李廣明接任社長，負責社務，陳序臻則擔任總編輯。自此踏入刊物的第二個階段。1962年，黃穗華與洪新移居泰國，陳序臻兼任督印人。其後何麗萍、吳子柏、傅華彪等又陸續加入，成為編輯。自此《青年樂園》的主要負責人就穩定下來，直至停刊。

（第一張）　娛樂報導　青年樂園　（星期六）　一九五六年四月十四日
本報創刊伊始，為使讀者能普遍試閱本報起見，廉價一個月。每份特價五仙
青年樂園
YOUTHS' GARDEN
1
第一期
每星期六出版
零售每份伍仙
本報已經香港政府登記

## 刊物的草創期

《青年樂園》是一份周報形式的刊物，最初版頭為淺綠色，四開大小，設有八個版面，分別是：報道、娛樂樂園、科學樂園、學訊樂園、讀者樂園、語文樂園、小說樂園、生活樂園。其中具文藝性的版面只有語文樂園及小說樂園；自第4期開始，出紙兩張半，共十版，新增英

語樂園、畫頁兩個版面；第14期以後，恆常出紙三張，共十二版，增加試題解答等版面，這樣的版面內容和設計維持到1956年12月27日的第37期。由第38期起，刊物開始全面改版，每期的基本版面包括：報道、沃土、蓓蕾、萌芽、英文、閱讀與寫作、漫畫等；為使每期的版面略有變化，定期地輪流刊出的則有：大地、詩專頁、青苗、譯風、文林、會考專頁、文教電視、科學之窗、攝影專業等版面。此外，刊物的版頭也開始不再只是藍綠色，同時也有紫色、粉紅色、綠色、橙色等四色版頭不時轉換。上述如此眾多的版面，其實是針對不同的學生有不同的劃分。如：沃土版刊登成名作家或是較為成熟的作品；大地版刊登專上學生的作品；蓓蕾版刊登中學生的作品；萌芽版刊登水平較低的作品等等。或是由於如此細緻的劃分，刊物的銷量也自第39期起開始站穩陣腳，由原來的四至五千份躍升至一萬份，[4]刊物的版面自此也大體確定。由1956年4月起的大半年，可視之為《青年樂園》的草創期。而值得注意的是，這段期間，《青年樂園》無論在刊頭的樣式、版面設計，甚至各版面的內容，都和當時另一份刊物《中國學生周報》不無相似之處。

## 刊物的穩定發展期

刊物銷量的再一次躍升，其實歸功於李廣明接任社長、陳序臻擔任總編輯之後。大約1959年初起，[5]經過徵詢讀者的意見及刊物仝人的研究、商討，李廣明和陳序臻等將刊物的目標讀者明確地集中至「官、津、補、私」[6]學校中的英文中學的學生。而由此明顯與之相對應的內容變化是：每年中學會考後，均編印英文版的會考答案專頁，有時更特別為此多印半版。其次，自1959年9月18日第180期起，《青年樂園》將間歇性出現的學科專頁及原本科學之窗中介紹數理化知識的內容獨立出來，闢作課內學習或學習初階等版面，每期輪流對地理、生物、數學、化學、物理等不同科目的功課問題作出回應。而大部份功課疑難或題解也有意識地以英文為主要語言。《青年樂園》會考題解和學科疑難答案的語言選擇，並非偶然。陳序臻事後回顧時便指：「50年代後期曾有爭論，刊物本來是面向中文中學，看到社會走勢是英中大有發展」，[7]因為「每位家長都喜歡送孩子去英文中學，原因是出來工作時的出路好，而相較之下，中文中學就較為遜色……就算要到美國、英國去升學，每個地方都有使用英文的需要」。[8]而且，當時《青年樂園》也曾就此諮詢長期讀者，投票決定。[9]因此刊物作此調整，其實是為了順應社會發展和更切合主要銷售對象的需要。此後的《青年樂園》每期平均至少有三分之一版面涉及學習、功課和考試等有關的內容。故總的看來，《青年樂園》的成功，其實和它十分重視協助本地學生解決功課疑難和準備中學會考，有很大的關係。

## 二、《青年樂園》的特色與內容

### 刊物的本土化特色

《青年樂園》的版面內容本土化的意味甚濃，所謂本土化，主要集中在報道和介紹香港「官、津、補、私」學校學生比較感興趣或與學生有密切關係的人或事，其中又以本地的資訊為主。如頭版的特寫或專題幾乎都是有關香港的不同行業、社會事務或普羅大眾的生活等，其中不少更是緊貼報道與香港「官、津、補、私」學生相關的活動和突發事件，並且相當詳細。如：《青年樂園》特別重視官方舉辦的校際音樂節和校際體育活動，故每年基本上都會以專題的形式作出介紹，並附有採訪圖片，在校際音樂節舉行期間，《青年樂園》一般也會分兩至三期來描述和評論。《青年樂園》報社也歡迎和鼓勵讀者提供消息和報道時事的稿件。如1966年6月8日發生的喇沙小學外牆倒塌事件，《青年樂園》接到讀者提供的消息後，便立即派出記者前往跟進，並在1966年6月17日第532期，以頭版全版及第四版半版作出了專題報道：頭版的〈圍牆下的大慘劇〉，配以現場圖片，並在社論「窗前語」以〈慘劇不應重演〉

為題加以評論。《青年樂園》這樣的編輯方針和內容安排一方面固然提供「官、津、補、私」的學生切身的資訊，但更重要的是要增加讀者和刊物的互動，強化刊物和讀者的關係，增進讀者對刊物的歸屬感；另一方面，報社也能夠在不斷採訪過程中宣傳自己，累積知名度。更特別的是，《青年樂園》的編輯會不時開放版面，讓讀者參與編輯。如中文大學的榮休教授盧瑋鑾（小思），在就讀金文泰中學期間，便曾編輯金文泰中學的校園專版，並親自交到社址去。[10]當年的總編輯陳序臻事後回憶指出：「60年代文社興起，於是把部份不同的版面交給不同的文社包下來，他們的朋友互相介紹，發展了讀者。」[11]足見這種讓讀者參與編輯工作的事例，實在不少。此外，《青年樂園》的本土化也體現在其投稿者的結構和比例上。綜觀出版近12年的各期《青年樂園》，香港學生的稿件佔絕大部份；同樣地，在《青年樂園》舉辦的徵文比賽中，得獎者也大多是香港的學生，而海外或南洋的讀者較少。不過，隨着刊物銷量的日漸穩定，約在1959年，《青年樂園》在怡保讀者黃依心的協助下，把其中刊載有關香港學校消息的版面（如文教電視），改成刊載有關南洋風貌的海風版，以配合南洋讀者的需要，並頗受歡迎。直至六十年代初，南洋各地（尤其新加坡）開始嚴格審查中文刊物，繼而將不少與左派有關的刊物查封為止。[12]

(7)　海風　青年樂園　（第二八一期）　一九六一年九月一日

夜之歌

老千的嘴臉

海風

揭破老千的嘴臉，做事要有勇有謀

我們的意志

女童軍成立典禮

信心，希望，勇敢！

## 刊物的學生本位

綜觀在1967年之前的《青年樂園》，只要是香港青年尤其是「官、津、補、私」學校學生關注的、編輯仝人覺得對青少年重要的知識和資訊，刊物都會嘗試闢版回應，體現了編輯仝人以「官、津、補、私」學生為本位的編輯原則。對於當時的青少年刊物來說，為中學生解答學科知識、準備考試，尤其是中學會考的學科輔導，更是最重要而又無法忽略的內容，《青年樂園》自創刊起便闢欄回應，後來更逐漸成為刊物吸引學生讀者的「殺手鐧」。如前立法會主席曾鈺成先後在就讀中七和香港大學數學系時，便曾為《青年樂園》撰寫會考試題題解；著名經濟學家、前嶺南大學校長陳坤耀教授在就讀皇仁書院和香港大學時，也曾先後替《青年樂園》撰寫生物科和經濟科的功課指導。同時，《青年樂園》每年均會在會考後不久，設有會考答案專頁，刊登試題答案，並且迅速結集成冊，公開發售。此外，《青年樂園》也重視介紹不同類型的知識，如生活上的小常識、小科學、小趣味；一些青年人可能感興趣而又健康的活動，尤其是集體活動，如：話劇、歌唱、攝影、集郵、繪畫、音樂等等，刊物均有相關的欄目回應；再如有關青春期的種種問題，由於是青年人所普遍感興趣和關注的，刊物也曾大膽而詳細地介紹。[13]

1959年7月起，李廣明等《青年樂園》編輯仝人在聽取讀者意見後，為協助學生節省購買課本的金錢和時間，每年暑假均舉辦「課本出讓站」的活動，除了借出場地，更組織學生義工，包辦從收書、定價、分類、出讓、收錢、結帳、退款到退書等整個過程，而且分文不取。這個

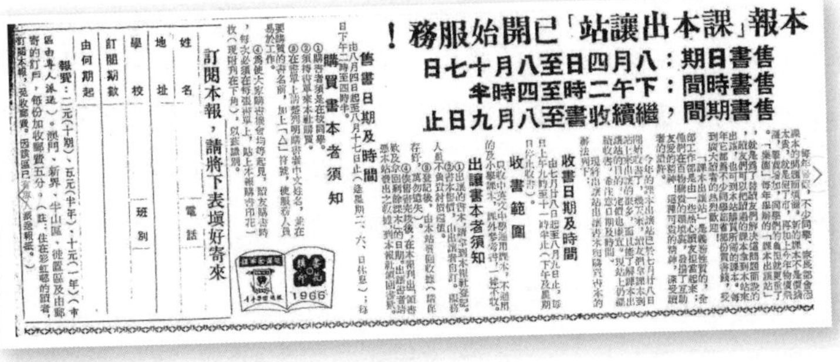
本報「課本出讓站」已開始服務！

售書日期：八月四日至八月十七日

售書時間：下午二時至四時半

售書期間，繼續收書至八月九日止

收書日期及時間

收書範圍

出讓書本者須知

售書日期及時間

由八月四日起至八月十七日止（逢星期二、六、日休息）；每日下午二時至四時半。

購買書本者須知

訂閱本報，請將下表塡好寄來

| 姓名 | | 電話 | |
|---|---|---|---|
| 地址 | | | |
| 學校 | | 班別 | |
| 訂閱期數 | | | |
| 由何期起 | | | |

報費：二元（十期）、五元（半年）、十元（一年）

活動大受學生的歡迎和支持，並持續舉辦了8年，直至停刊為止。同期的《中國學生周報》或有見及此，也在一年後仿效《青年樂園》形式設立「舊書出讓欄」。但只兩年後便無疾而終，轉而刊登舊書買賣中介書商的廣告。

此外，與其他五六十年代的青少年刊物比較，《青年樂園》獨樹一幟之處，就是招募讀者擔任派報員，以每份5仙（5分）的酬金付予派報員，透過他們將報紙直接送到讀者手上。這樣做最直接的好處是節省成本。據曾是英文版及學習初階版編輯的傅華彪先生憶述，當年若將《青年樂園》透過「報頭」（即書報的主要發行商）來發行，大概只能收回刊物售價五五折至六五折的貨款。若以每份2毫（60年代後的售價）來計算，報社最後只能由「報頭」手中每份收回1.1毫至1.3毫；而派報雖然要給派報員5仙一份，但每份仍可收回1.5毫。[14]而且，一般報販都不肯將《青年樂園》「賣斷」（即只讓《青年樂園》以寄賣方式在攤檔銷售），若希望報販多取，報社必須承諾派人取回沒有賣出的報紙，十分費時失事；但採用派報員機制則無此憂慮。此外，由於派報員十分機動，能更快捷有效地將刊物直接送予訂戶，提高刊物的行銷和流通效率，從而優化刊物的銷售網絡。同時，招募派報員不僅可增進刊物與讀者之間的聯繫，而且別具重要意義的是，這樣的做法可以一定程度地幫助苦無收入的學生讀者賺取外快，紓緩他們的家庭所受之經濟壓力，鼓勵他們有所承擔、助人自助。

## 《青年樂園》豐富多彩的廣告

綜觀《青年樂園》不同的版面，不難發現它刊載了數量眾多而大小不一的廣告。總編輯陳序臻便曾提到當時他不時需要主動去洽談廣告，以增加刊物的收入。[15]這些廣告，除了有助增加刊物的收入外，當然也和青年學生的需求息息相關。如會考參考書、打字社、補習社、函授學校、

近視丹、保腦丸等有關學生實際需要的廣告，往往屢見不鮮，每期刊物均有3至5個。甚至連衛生巾及個別學生自資出版的參考書的廣告，《青年樂園》的編輯都予以刊登。前者有蒙娣絲（Montez）衛生巾的廣

告；後者的典型例子是：當時就讀皇仁書院的陳坤耀，集合多間英文中學的生物科筆記，寫成會考生物科的參考書（*Biology - Gateway to Success*），在陳序臻的支持和協助下出版，也主要透過在《青年樂園》賣廣告而為讀者注意，並暢銷多年。

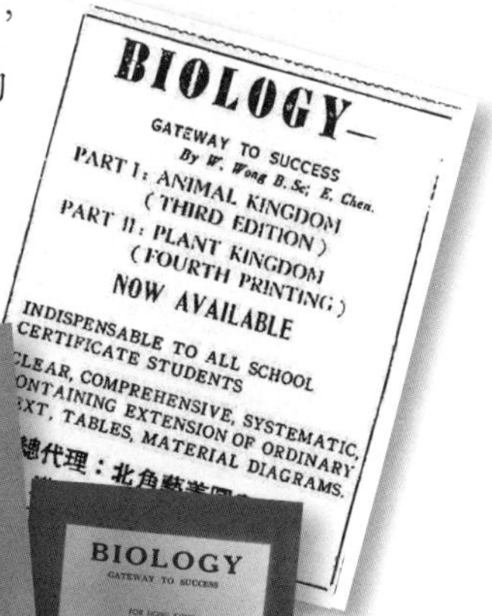

粗略統計，《青年樂園》每期的各類廣告平均至少有25個。與同期的《中國學生周報》相比，後者扣除友聯出版社本身的廣告後，平均每期大約只有12個小廣告或以下，而且，後者頭版甚少撥出位置刊登廣告，這樣的情況一直到了1966年中才慢慢改變。但《青年樂園》不同的是，它大部份的廣告均與報社無關，而且刊物的頭版早就撥出少許版面來刊登廣告。至於《中國學生周報》，正如其編輯劉耀權（羅卡）回憶指出：「《中國學生周報》後來銷量下跌，除了編輯陸續離開這個因素外，問題也出在友聯不能做到企業

化。友聯在六五至六七年間《中國學生周報》最興盛的時候沒有訂下廣告政策，沒有一套可以叫自己賺錢的策略，來來去去都是那幾段小廣告：天梭表、打字社、補習社等，連大一點的學生用品消費廣告也沒有。是友聯沒有組織和利用好。」[16]或許正是由於《青年樂園》早已制訂了明確的廣告策略，這才為報社的持續經營和穩定發展提供了穩健的基礎。

## 《青年樂園》的民族主義和思想啟蒙

《青年樂園》相當重視宣傳和介紹有關民族主義的思想和內容，故刊物在不同的版面均會不時刊載與中國的歷史、文化和名山大川有關的內容。在介紹中國歷史知識時，《青年樂園》最大的特色是有意避談與國共相關的敏感內容，而集中在中國歷史上的民族英雄及晚清至民初中國被列強分割、剝削的歷史，從而直指列強諸國的邪惡可憎，強化讀者的民族認同和對國族存亡的危機感。《青年樂園》的閱讀與寫作版，每期都有介紹中國古典文學或現代文學的專文。1964年前後開始更幾乎每期都有「中學國文參考資料」的欄目，介紹傳統文化、古典詩歌和詩人等等；至於中國的名山大川，一般會在文林版的「遨遊中國」作專門介紹。這些內容，除了可以推廣中國文化之外，更令讀者從感性開始，認識以至認同自己的國家。

《青年樂園》也頗側重宣揚與傳統道德思想相關的人文精神。例如：積極上進、友愛互助、關愛社群等。這些傳統的人文精神，可以直接由社長和編輯的身教顯示出來：《青年樂園》資金有限、人手緊絀，不少編者的工作僅屬義務（如編輯阿濃、舒韻等），而社長和全職編輯等月薪長期只有百多元，僅堪糊口，[17]可謂刻苦辦報；可貴的是，《青年樂園》的負責人和編輯並不計較待遇微薄，彼此平等對待、不存隔閡。社長和眾編輯做事親力親為、互相幫忙；《青年樂園》仝人與學生讀者相處時，更是毫無架子、與之打成一片，如總編輯陳序臻便曾與編寫《青年樂園》會考版的曾鈺成等通宵「打橋牌」。[18]1959年起，《青年樂園》每年暑期都會免費提供場地，舉辦的「舊書出讓站」，讓學生買賣舊課本和書籍，分文不取。種種《青年樂園》仝人刻苦辦報、不求私利的言傳身教，自覺或不自覺地感染與影響了不少讀者，同時更切實地宣揚其溫情協作的集體理念。故有不少讀者自發擔任通訊員和義工，逢週三便到《青年樂園》的社址幫忙疊報紙；部份讀者更當上刊物的兼職派報員，將刊物送到訂戶手中；而當《青年樂園》組織或舉辦旅行和活動時，部份讀者更搬來「家當」（如煲、碗等等），以示支持。

「《青年樂園》旨在向香港的青年學生提供最好的養料和豐富的知識，好讓他們逐步踏上一條光明的人生大道。」這不但是總編輯陳序臻在不同訪問中，反復強調的理念，同時亦落實到每期刊物的內容上。綜覽《青年樂園》版面，不難發現有不少是關於集體活動的內容，如校際球類活動、校際音樂節、郊遊、聯歡晚會、學習興趣小組等，藉以鼓勵和強化讀者之間的交流和聯繫。《青年樂園》的總編輯，也常常在「衷心的話」的欄目中，就不同的議題引導和啟發讀者，希望青年學生發揚傳統倫理道德的人文精神，通過集體力量，互相幫助，解決生活的種種困難。例如1959年6月，連日大雨引致筲箕灣區山泥傾瀉，釀成多間木屋被毀和多人傷亡，《青年樂園》的編輯在收到讀者零星的善款後，再藉編者「衷心的話」呼籲同學踴躍捐款，得到不少讀者響應。此外，當來稿的內容出現有爭議的地方時，《青年樂園》也會鼓勵讀者展開討論，並加以引導。具體的例子是《青年樂園》曾發表一篇題為〈屬於她的記憶〉的小說，[19]而在此之後，連續有8期以上的《青年樂園》都刊登了評論這篇小說的讀者來稿，大多主要由「思想和道德」的角度來批評女主角的愛情觀。而編者在整個討論過程中，一直採取引導和鼓勵的態度。[20]

## 《青年樂園》風格上的淺白

或許因為《青年樂園》比較重視文章的思想內容，而非囿於文字技巧，整體而言，更強調作品在精神和風格上的清新健康，而非文學形式的前衛與創新，故其一般的取稿門檻相對較低，最終令刊物整體上形成較為淺白的風格的特點。但同時也鼓勵了稚嫩的青年學生積極發表創作，使自己的文學修養和創作技巧逐漸進步。早期的《青年樂園》曾邀請當時文壇有一定名氣的作家，如葉靈鳳、侶倫、紫莉、孟君、碧侶、智侶等提供作品。同時它也十分重視培養文壇的生力軍。曾在《青年樂園》投稿，後來廣為讀者熟知的作家有：水之音、阿濃、舒鷹、沙洲冷、海辛、小思、西西、柯振中、雪山櫻、陳浩泉、黃炤桃、雨霖鈴、區惠本、溫乃堅等等。

另外，《青年樂園》的淺白風格，其實某程度也體現在它對粵語方言的使用。《青年樂園》的所有版面，包括刊物頭版的報道和文藝版，基本上都容許粵語方言滲入，具體有如：「大咪其課本或其講義之類」[21]、「黃牛過水（河）各顧各」[22]、「穿上膠靴也被傷腳」[23]等。不過，不同版面使用粵語方言的頻率卻有所不同：頭版和文藝版的粵語方言使用比例一般較低，而海濱花園等文娛性質的版面，粵語方言的使用比例則較高。這樣的方言政策一直貫徹始終。但這種情況，則極少在《中國學生周報》出現，《中國學生周報》的內容，雖也容許一定的方言，但卻一般都只集中在快活谷或漫畫等刊載輕鬆、娛樂內容性質的版面。《青年樂園》允許粵語方言入文的編輯方針，側面地反映了刊物的主要目標對象是香港本地的讀者，然而為數不少的粵語方言，滲雜在刊物的不同版面和內容之中，便難免對海外非粵語方言的讀者造成閱讀的障礙。可作參照的是，《中國學生周報》之所以把粵語方言限制在輕鬆娛樂的版面，而其他的版面則大多使用標準的白話文，這或是因為它的目標對象還有台灣等海外的讀者。

### 《青年樂園》的社團性質

《青年樂園》仝人銳意培養青少年積極上進、友愛互助、關愛社群的人文精神。一方面透過刊物的文字平台，提供健康、實用的生活和藝術資訊，鼓勵青年學生閱讀、投稿、進行思想交流，以至編輯刊物及參與社會活動。即總編輯陳序臻口中的「關心青少年需要」、「以同心同德理念辦刊」。[24]另一方面《青年樂園》的編輯也開放社址，引導或讓青年學生自發舉行活動，如各類的興趣組、讀書會、聯誼活動和舊書轉換站等。此外，更通過聘請學生當派報員的方式等，讓經濟困難的學生踐行助人自助的精神。透過上述長期的文藝薰陶和群體活動，知行合一地將刊物所宣揚的人文精神落到實處。對於《青年樂園》的編輯來說，刊物的文藝屬性和文學水平未必是最重要的；如何擴大《青年樂園》的影響力，使刊物所要推廣的人文精神有效的傳達，才是最重要的。因此《青年樂園》其實並不僅僅只是一份刊物，而更某程度上扮演着青年學生社團的角色。《青年樂園》提倡的友愛互助、關愛社群等人文精神，某程度是針對港英政府對青少年學習、成長等方面缺乏足夠支持而來的，而當時政府功能上的不足又反過來強化《青年樂園》作者和讀者群因友愛互助而來的向心力。

《青樂》活動剪影。

就社團的形態而言，《青年樂園》基本屬於「開放型的社團」。其特徵是可以不受限制地吸收成員，但缺點是成員的流動性較大、組織較為鬆散。或正因如此，雖然《青年樂園》的讀者最高峰時曾有二至三萬之多，但隨着它在「六七暴動」被封後，讀者迅即風流雲散。今天的社團活動，往往通過不同的渠道來宣傳，但當時的《青年樂園》所舉辦的群體活動，大多都不會透過刊物來宣傳或招攬參加者，以致今天要了解昔日《青年樂園》所舉辦的活動，只能自刊物昔日的編者、讀者口中，才得知一鱗半爪。《青年樂園》的讀者之一、著名經濟學者陳坤耀教授，便珍藏着多張昔日在《青年樂園》參加活動的照片。其中有讀者晚會、聖誕派對、話劇表演、戶外露營等；又如曾獲全英麵包製作大獎的何景常先生，他也憶述自己曾多次借出九龍塘的寓所，舉辦不同的集體聯會活動，其中以中秋、聖誕等節日為最，活動有時多達百人參加。在眾多舊人的回憶中，更有以「上十三樓」來簡稱到《青年樂園》參加活動。可見，這些未必見諸刊物內容的活動，是恒常舉辦而相當豐富的。

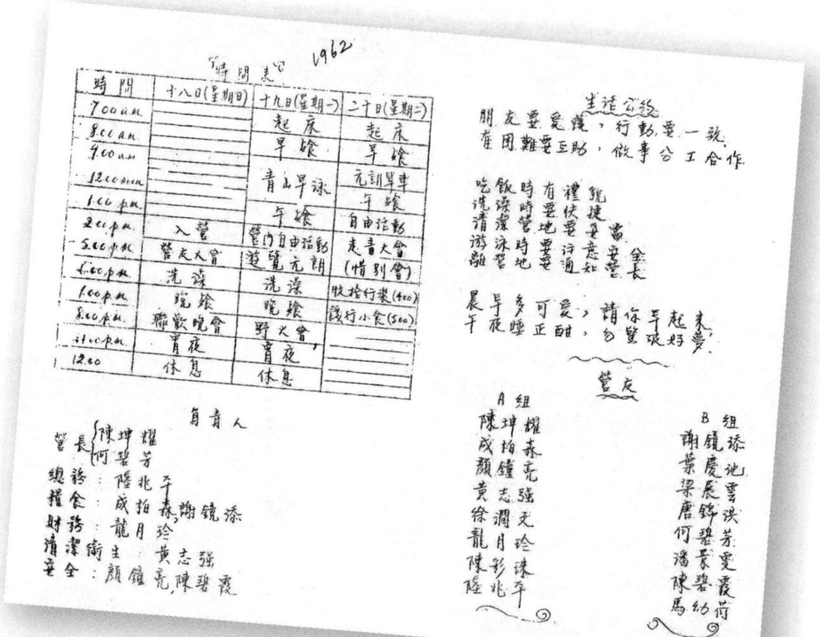

時間表 1962

| 時間 | 十八日(星期日) | 十九日(星期一) | 二十日(星期二) |
| --- | --- | --- | --- |
| 7.00 a.m. | | 起床 | 起床 |
| 8.00 a.m. | | 早餐 | 早餐 |
| 9.00 a.m. | | 青山早泳 | 元朗單車 |
| 12.00 noon | | | 午餐 |
| 1.00 p.m. | | 午餐 | 自由活動 |
| 2.00 p.m. | 入營 | 營內自由活動 | 走音大會 |
| 5.00 p.m. | 營友大會 | 遊覽元朗 | (惜別會) |
| 6.00 p.m. | 洗澡 | 洗澡 | 收拾行裝(4.00) |
| 7.00 p.m. | 晚餐 | 晚餐 | 餞行小食(5.00) |
| 8.00 p.m. | 聯歡晚會 | 野火會 | |
| 11.00 p.m. | 宵夜 | 宵夜 | |
| 12.00 | 休息 | 休息 | |

負責人

營長：陳坤耀、何碧芳
總務：陸兆平
糧食：成柏森，謝鏡添
財務：龍月玲
清潔衛生：黃志強
安全：顏鐘亮，陳碧霞

生活公約

朋友要愛護，行動要一致。
有困難要互助，做事分工合作。

吃飯時有禮貌
洗澡時要快捷
清潔營地要妥當
游泳時要注意安全
離營地要通知營長

晨早多可愛，請你早起來；
午夜睡正甜，勿驚破好夢。

營友

A組
陳坤耀
成柏森
顏鐘亮
黃志強
徐潤光
龍月玲
陳彩珠
陸兆平

B組
謝鏡添
葉慶池
梁展雲
唐錦洪
何碧芳
潘景雯
陳碧霞
馬幼荷

1962年《青樂》露營的活動備忘。

## 三、結語

丟掉幻想

威靈頓書院・藍海

今夜的天氣悶熱非常，使人感到難受不堪。我帶着繁重的心情坐在窗前，望着那殘缺灰暗的月兒沉思。稀疏的星星，淡淡無聲地在傍陪伴着，它們彷彿有很多心事要向我低訴似的。我呆呆地想得出神……。

突然間，一團黑雲慢慢的向着月兒這邊浮過來，漸漸把那已殘缺的月兒完全遮蔽了。大地立刻黑漆得如地獄一般的死寂。不久，像天裂似的巨響劃破了長空，隨着的如傾盆的大雨倒瀉在世界每一角落。雨水從窗口打進這狹小的房子來，直打到我的臉上。「啊！下雨了。」頓時使我的精神為之一振。

我沒有立刻關上窗門，我讓雨水打進來，打到我的臉上，打濕我的頭髮。我愛雨，是的，我從小就很愛雨，特別是在夏夜裏。因為它能驅走那熱處，使人在悶熱中如嘗到一塊「冰琪琳」，涼快極了。

尤其是現在，自從「港英」的毒計展開——「實施制水」以來，已經是人口稠密而又是亞熱帶的香港，四百萬中國同胞，在這炎熱的夏季裏，受着「無水」之苦，其「苦」相信每個人都會感受到的（除了那些白皮豬、黃皮狗、及一小撮港英奴才不包括在內）。現在，老天下雨了，使大家都能鬆一口氣，享受一下暫時的涼快，怎不教人不歡欣呢！

然而，有些天真的人或許會說：下雨了，水塘有水了，以後便會解除「制水」了！抱這想法的人，仍沒看透港英的心腸；別再傻下去了，儘管水塘溢滿傾瀉，港英仍是制水的，他們可將水送到美國兵艦去；讓水流入大海中，可永不會忘記壓制我們中國同胞的。

雨，洒下來本是普濟衆生，可是，港英卻要把它控制在自己手裏，這是何等黑毒啊……

我越想越紊雜，愈想愈恨。

不可否認的是，《青年樂園》是一份有「左派」人士背景的刊物。這可證諸刊物最初實際創辦者和負責人均是吳康民及其親友，其主要撰稿者和編輯均是有左派背景的老師；再如它的停刊，則是由於港英當局指控它在「六七暴動」中刊載煽動性的文章。但是必須指出的是，其實刊物的內容長期是有意避免涉及政治，故它的左派色彩一直並不鮮明。即使是那一篇被港英指控為帶有「煽動性」的文章，其實只是一篇500多字讀者來稿（見附圖），而版面和位置並不顯眼，文章的語調也不是很激進，其中最「激烈」的內容只不過是諷刺港英在六七年的制水是「政治制水」，並沒有呼籲要對抗或推翻港英當局。刊登這篇來稿並不足以顯示刊物有一定的政治立場。[25]實際上，所有較為激進的文章，都集中刊登在另一份由報社在1967年8月中出版的刊物《新青年》。因此，由刊物的內容看來，《青年樂園》只是一份青年學生刊物，而不是政治讀物。但是，正因為當年它是在1967年11月這個敏感的時間被港英當局禁止出版，導致多年以來，它一直處於被人避而不談，甚至漸漸被遺忘的狀態。

《青年樂園》這份在五六十年代舉足輕重的青少年刊物，不管它創立的真正目的和背後真正隸屬的組織為何，它曾經在協助學生成長，倡導文學創作所作出的貢獻和發揮作用，不應因為刊物的政治背景，又或是由於在半個世紀前的一場動亂期間，刊物被查封和頒令停刊而被一併抹殺。當《中國學生周報》早已超脫美元資助下的政治目的，進而被一再審視、回顧甚或推崇的時候，《青年樂園》為甚麼不能超脱左派資金、中共機構等刻板的政治定位，而被重新回顧和檢視、找回它在歷史中應有的位置呢？當左丁山單從培養多少文化精英的角度來比較《中國學生周報》和「拿北京錢嘅《青年樂園》」時，得到了「美國錢有文化貢獻」這一結論。[26]但是，他一方面忽略了兩者背後資金來源的財力差別，另一方面也只是以文化精英來論貢獻。事實上，文化精英並非社會的全部，也不能取代有份組織社會的其他成員，而《青年樂園》的編輯仝人從來無意培養文化精英，他們一直只希望幫助解決學生的學習問題及做一個引領青少年走上健康道路的帶路人，從而為社會的進步增添生力軍。

事實上，凡走過必留下痕跡。當今天我們重新審視《青年樂園》時，它曾經在「六七暴動」中沾染的左傾色彩固然無容抹去。但是，那也只是它在近十二年的出版史中一小段異質色彩罷了。《青年樂園》所承載或銘刻的，更多是上世紀五六十年代香港本地青年學生的訴求及生活足跡。這正是今天我們回顧《青年樂園》以及文學史應該銘記《青年樂園》的意義所在。

---

1 石中英：〈李廣明陳序臻治下的《青年樂園》〉《大公報》，2014年6月6日，B22。許禮平先生則指李廣明曾指《青年樂園》最高峰時的銷量約為30000份。詳見：許禮平：〈記《青年樂園》〉（《舊日風雲．二集》（香港：牛津大學出版社，2014），頁269。

2 Deduced from the Education Department's Annual Summary reports from 1956 to 1971.HongKong Education Department, Annual summary. HongKong: Government Printer, 1956-1971.

3 吳康民的妻子黃穗良，當時是漢華中學的教師。與汪澄的前妻諸兆庚是同事。

4 許禮平：《舊日風雲．二集》，頁269。

5 此處所以用「大約」是因為暫時不能確定轉換社長的確切時間。據陳序臻指：「大約在1958年至1959年間，汪澄先生因另有高就，辭去社長一職，由李廣明先生接任。」其中所謂的另有高就，是指汪澄需要籌辦另一份針對友聯刊物《兒童樂園》的刊物《小朋友》。而《小朋友》在1959年4月25日創刊。故汪澄應早於1959年4月以前離任；此外，據阿濃回憶指：「我在朋友介紹下，自59年1月起擔任《青年樂園》的義務編輯，[……]1959年1月前離任；但查閱《青年樂園》的版面內容，因為汪澄一直以「澄都」的筆名在《青年樂園》頭版寫稿，直至1959年2月；正好這與《小朋友》的創刊相約，估計新舊接洽應可能有一定的磨合時間。因此筆者推斷換社長和換社址等應不是同時進行。不過，吳康民的回憶文字中並未有提及。陳序臻先生之引言，詳見本書：陳序臻口述、前《大公報》編輯李若梅整理的：〈〈史料鈎沉：問答《青年樂園》〉，見本書頁18。阿濃之引言詳見：〈我與《青年樂園》〉，《香港文學》，總124期。1995年4月1日，頁10-12。

6 五十至七十年代，香港學校可以根據香港政府是否（及如何）撥給經費而劃分成「官、津、補、私」四大類。所謂「官」即官立學校，其經費全部由香港政府撥給，教職員都是香港政府公務員；「津」即津貼學校，政府會出資建設校舍，然後交由某個志願團體承辦，並津貼學校預算一定比例的經費，其中承辦者有宗教團體，也有各種民間社團和新興的教育社團，如葛師校友會等。此外也有運作良好的非牟利私立學校，它們跟政府協議轉為津貼學校；「補」即補貼學校，其多半是宗教傳教士團體於戰前創辦的「老牌名校」，學校每年自訂預算，經政府審核後，教會撥款和學費收入不足之數，由政府補助；所謂「私」，是指私立學校，其完全沒有香港政府的經費，其中有不牟利的，有牟利的，以商業手法經營的。此四類學校，以經費而言，官立學校是四類學校中經費最充足的，而教會出資，又獲政府補助不足之費的補助學校次之，故其數量不多；教育或其他團體辦理，獲得政府定額津貼的學校又次之；完全依靠學費維持、沒有政府資助的私立學校經費最短絀。詳見：陸源基：《坐看雲起時：一本香港人的教協史．卷一》（香港：香港城市大學出版社，2016），頁209-216。

7 朱鑑泉整理：〈向「青樂老鬼」取經座談紀錄〉《有關「學生時代」改革第一號通訊》，1986年6月2日，第1期，頁1。

8 同上註。

9 筆者在2015年，曾兩度訪問陳序臻先生，此處根據有關訪問內容。

10 見《青年樂園》，第63期，1957年6月22日，第9版。小思後來也回憶指：「1957年6月22日，《青年樂園》，第63期的第9版，全版是金文泰中學初中三甲毅青社同學作品。這一版是編輯放手讓中學生來編的，我就是負責人之一。」見小思：〈記憶之不可靠〉《明報》，2009年11月21日，D5版。小思又曾指出：她的中學時代還曾使用筆名「夏颸」。而「小思」的筆名是在《中國學生周報》寫第一個專欄時，因排字房沒有「颸」字，再加上編輯陸離等喜歡「小」字編排，遂改筆名為「小思」。由於未見原刊，故未知她當年使用的是筆名，還是原名。陳榮照導演、羅卡執行監製：《華人作家外判紀錄片系列》第六集：四人行：小思、古蒼梧、陸離、石琪（上）」摘取自：香港電台網站：http://podcast.rthk.hk/podcast/item_epi.php?pid=738&lang=zh-CN&id=47115，摘取時間：2016年5月13日，16:00。

11 同註7，頁2。

12 同註9。

13 〈給少男少女們〉《青年樂園》，1959年1月2日，第314期，第12版「科學之窗」。

14 筆者在2015年1月4日，曾訪問傅華彪先生，此處根據有關訪問內容。

15 同註9。

16 黃子程訪問：〈我和中國學生周報──總編輯劉耀權的回顧〉《博益月刊》，第14期，1988年10月15日，頁113。

17 同註9。

18 石中英等訪問、筆者整理：〈陳序臻先生訪問稿2010年6月3日〉，頁9。

19 〈屬於她的記憶〉，見於1958年12月12日，第140期，蓓蕾版。作者署名張愛倫，其實是後來的知名作家西西，當時她正就讀葛量洪師範學院。

20 如1958年12月26日，第142期，在〈編者的話〉中提到「我們歡迎讀者，尤其是經常投稿本版的作者，把自己讀〈屬於她的記憶〉一文的意見寫來……大家也可以試從張愛倫的文章中，找尋問題的癥結，找到後也可以把它寫成稿子寄給我們……」又在1959年1月16日，第145期，在〈編者的話〉中再提到：「……根據讀者來稿的意見，希望大家集中在下列幾方面來探討：一、怎樣才能建立起美滿的愛情？二、堅貞的愛情是不是一定要經過考驗？三、〈屬於她的記憶〉一文的技巧好不好（特別在情節上和故事發展上），歡迎大家踴躍來稿。」

21 吳用：〈給中文會考諸君的「貼士」〉《青年樂園》，第1期，1956年4月14日，頭版。

22 向明：〈「火焰山」出瓦斯〉《青年樂園》，第233期，1960年9月23日，頭版。

23 遐驍：〈吃蠔別忘養蠔人〉《青年樂園》，第1期，1966年11月11日，頭版。

24 轉引自熊志琴：〈與時並進與並退──《青年樂園》（1956-1967）的創刊與停刊〉收在：梁元生、王宏志編著：《雙龍吐豔：滬港之文化交流與互動》（香港：香港中文大學香港亞太研究所，2005），頁224。

25 藍海：〈丟掉幻想〉《青年樂園》，第596期，1967年9月8日。

26 左丁山：〈美國錢有文化貢獻〉《蘋果日報》，2014年8月10日，名采版。

# 史料鈎沉：問答《青年樂園》

## 作者簡介

陳序臻（1935-），又名陳浩，廣東順德人。常用筆名包括：晧旰、迎風、驍遐、翔峰、飛石、魯楫、行之、雨中行等。自小在廣州讀書，1949年來港先入讀聖保羅男女中學校暑期班，後轉到嶺英中學就讀，直至1952年畢業。陳序臻多才多藝，畢業後曾從事補習學校、印刷廠等工作。1956年，自《青年樂園》第2或第3期起獲邀成為報刊的編輯，歷任總編輯、督印人近十二年，是《青年樂園》草創、穩定發展的重要台柱。「六七暴動」後，《青年樂園》雖被港英當局頒令停刊，陳序臻一直沒有放棄爭取《青年樂園》的復刊。及至1968年6月，陳再以「青年樂園出版社」的名義出版《學生叢書》（半月刊），直至1971年初。其後，陳序臻自創新城文化服務公司，編輯出版《僱員退休手冊》等，又曾參與「香港新一代文化協會」任董事會董事，多年來心繫青少年成長，熱心公益。[1]

李若梅（1952-），筆名有李若、葉真、韓雪、孫梅等，現為香港作聯會員。中學時家貧，賴助學金得以繼續升學，故無餘資購閱課外書刊。幸有好友之兄長為《青年樂園》的讀者兼作者，偶爾造訪好友時，得以閱覽《青樂》，故可謂「半個讀者」。1969年，時年十七歲的李若梅加入新聞界，任職《晶報》翻譯，後轉職《大公報》，歷任翻譯、編輯、副編輯主任，直至退休。李若梅除在《大公報》撰寫副刊專欄外，文學創作亦散見其他報章雜誌。1993年獲香港作家聯會散文徵文比賽一等獎，已出版著作包括散文集《梅散入風香》、短篇小說集《人比黃花秀》等。

## 緣起 *－李若梅*

一晃眼，已成了五年前的事了。

那年，在一次老朋友的聚會上，石中英忽然有感而發，說當年是《青年樂園》創刊五十五周年，想在這別具意義的日子，為《青年樂園》做點事，如記錄其歷史之類。那時立即想到要訪問當年《青年樂園》的督印人兼總編陳序臻先生，而這個任務最後落在我身上。

但得悉陳先生健康出了點毛病，且差不多長年均在內地休養，要面談不易，於是通過電郵聯絡上他，探詢是否可透過問卷的方式訪問他。陳先生高興應允，我便即時擬好問卷傳上。

然而過了好一段時間，仍未收到陳先生的回音。再去電郵查詢，回覆我的是陳太。她說陳先生自收到我的問卷後，即十分認真地回憶和組織答案。可是，畢竟時隔多年，他需要很努力地重新讓淡化了的記憶再清晰起來，實在不易。答案初步寫好了，但不時會又想起點甚麼，於是又要對答案作出修改補充，如是者修改又修改，補充又補充，相信要直到他真的滿意了才會交回問卷答案。

就這樣，忘記過了若干時候，陳先生才終於傳回問卷答案，只記得那時《青年樂園》五十五周年的契機已過，加上其他別的原因，紀念活動的計劃只好暫時擱下，直到今天另一個對《青年樂園》更具意義的日子──創刊甲子紀念，石先生牽頭要出版《誌・青春──甲子回望〈青年樂園〉》的紀念文集，這份問卷才得以問世。

感謝陳先生，讓如此珍貴的資料得以長存史冊！

**訪問時間：2011年6月14日**

**陳：**陳序臻
**孫：**孫梅（李若梅）

## 孫：刊物創辦的歷史背景是甚麼？

**陳：**《青年樂園》創辦的歷史背景是怎樣的？我沒有認真研究過，也不是三言兩語可以講得清的。很可能需要歷史學家，或者讀歷史的人進一步深入研究，才可以得出近乎事實的結論。我只知道，在1956年之前，社會上只有很少青年學生的刊物，連青年人的活動也不多。但青年人的求知慾是很旺盛的，發表慾也很強。當時港九各大報章如《華僑日報》、《星島日報》都設有「學生園地」版，很受學生歡迎。我讀中學的時候，也和許多青年學生一樣，曾投稿到《華僑日報》和《星島日報》，從而結識了一些文友。大家在平時談起來，都感到香港缺少一份屬於青年學生的綜合性的刋物（不只是發表學生的文章，而是有多方面的知識的），如果能有這樣一份刋物就好了。可能《青年樂園》就在這樣的背景下誕生了。因此我認為：《青年樂園》是應青年學生的需要、應社會人士關心青年學生成長的期望而創辦的。[2]

**孫：誰人倡辦《青樂》？創辦宗旨是甚麼？**

**陳：**我想倡辦《青年樂園》，不可能是一個人，而是由一群關心青年學生成長的人士所創辦的。辦報的宗旨是：與青年學生一起，探索一條光明的人生大道。

**孫：誰人正式創辦《青樂》？（據知是吳康民，還有誰？）**

**陳：**創辦《青樂》時的督印人是：黃穗華。社長是：汪澄。

**孫：何時正式動手創辦？**

**陳：**我沒有參與籌備，我是《青年樂園》創刊之後才加入的。估計籌備時間大概半年左右。

**孫：創辦資本額若干？資金來自何處？**

**陳：**據我所知，由一些熱心人士集資。當中包括個別華僑。開始時用不着多少資金，約數萬元。

**孫：社址設於何處？**

**陳：** 社址設於督印人黃穗華家裡的一間房間，由她借出來暫用。《青樂》一共搬遷過三次，連創辦時的社址，一共是4個。創辦時在黃穗華謝斐道居所的一間房，用了大約兩年多時間；到1958年夏天，搬往波斯富街55號4樓，這是第一次搬址；大約不足一年，即1959年便搬往駱克道395號4樓，這是第二次搬址；大約又過了兩年多，即1961至1962年搬往駱克道452號13樓，這是第三次搬址，也是《青樂》最後的社址，一直維持到70年代中期。

**孫：刊物的正式出版日期是？**

**陳：** 正式出版日期是1956年4月14日。

**孫：第一期銷量若干？最後一期銷量若干？最高銷量若干？最低銷量若干？**

**陳：** 第一期銷量不太多，約5,000份；不到一年時間，已增加到10,000份。如果講讀者人數，可能係幾萬人，因為不少家庭中訂一份報紙都是幾兄弟姊妹一起看的。最後一期銷量約15,000份。最多時約20,000份。

**孫：刊物的行政領導班子有哪些成員？**

**陳：** 沒有甚麼行政領導班子。開始時只由一個督印人、一個社長（兼任總編輯），再加上一個經理而已。後來，大約在1958年至1959年間，汪澄先生因另有高就，辭去社長一職，由李廣明先生接任；汪澄所兼任的總編輯一職，後來由我負責，辦報宗旨基本沒有太大改變。到了1962年，督印人黃穗華因遠赴外國定居，其職位也轉由我來接替，一直到「青年樂園出版社」結束。（編者按：陳在此所說的「結束」，並不是指《青年樂園》在1967年被禁出版的時間。實際上，港英當局並沒有取締「青年樂園出版社」。故在1968年6月，陳再以該出版社督印人兼總編輯的名義出版《學生叢書》，直至1971年11月。）

**孫：刊物的編輯班子有哪些成員？**

**陳：** 編輯班子由大家分担。最初時候，總編輯由汪澄兼任，編輯有：黃穗華、陳樂群、洪新（經理兼任）和我；大家同樣担任編輯及記者的工作，只是編輯及記者的分工有所側重而已。其後，汪澄、黃穗華、洪新相繼離開，先後加入了何麗萍、吳子柏、傅華彪等。至於訂户管理和收費，則由李兆新和吳秋負責。多年來，有些人離開（如：陳樂群），也有些人加入（如：李石）。也有些人由於加入的時間不長，已記不起他們的名字了。

**孫：同時期有甚麼同類的刊物？**
**其性質和影響力與《青年樂園》有何區別？**
**與一些綜合性報章所設的學生版又有何區別？**

**陳：** 同類刊物有《中國學生周報》。據讀者反映，他們不喜歡《中國學生周報》，因它談得太多政治。《青年樂園》則不同，只提供健康的知識。至於説《青年樂園》與一般綜合性報紙的「學生版」有甚麼不同？當然有很大區別。它們只是發表學生習作和文章。《青年樂園》則是一份綜合性刋物。既有學生寫的文章、學校消息、笑話、小玩意……等，也有老師和社會人士寫的各自心得和作品；而更大量的則是各種各樣的知識（包括科學、文學、藝術、音樂、攝影、健康、生活修養……等等），還有學校諮詢、課餘生活……等等。實在太豐富了，一下子無法講得完。

**孫：吳康民後來為何放棄續辦《青年樂園》？後來由誰人接手續辦？續辦後進行了甚麼改革？改革成功嗎？**

**陳：**剛才已答過：創辦《青年樂園》是一群關心青年學生成長的人士。督印人是：黃穗華。因此你所提的問題從來不曾發生。《青年樂園》自出版之日起，就一邊出版一邊聽取讀者意見。根據讀者的需要，大約每半年改版一次。一般來説，改版之後報紙銷量都會上升一些。

**孫：《青年樂園》曾獲哪些社會賢達參與支持？**

**陳：**曾經參與支持過《青年樂園》的社會人士太多了，很難全部都記得，只可以將部分記得的説一下。從專業方面講：

**美術界：**香港美術協會會長陳福善先生，曾為我們開講座，評畫等。

**攝影界：**香港攝影學會、中華攝影學會，例如：鄔其厚、陳復禮、潘日波等名家，担任攝影比賽評判和開講座。

**文化界：**葉靈鳳、碧侶、侶倫等。

**電影界：**吳楚帆，担任抽獎嘉賓。娛樂戲院的宣傳部張先生，每周為我們預寫電影評介。

**集郵版：**香港集郵學會會長蕭作斌先生，每月編一版「集郵」版。

**學校及校長：**諸聖中學李求恩校長、聖保羅書院外籍校長，都曾為我們題詞，向青年學生推薦《青樂》。李求恩校長的題辭是：「青年樂園青年學生不可不讀」。

**音樂界：**淩金園女士，題辭並介紹學生看《青樂》；東初先生，長期撰寫音樂專欄。他一直支持着我們，甚至在《青樂》停刊後，還為我們譜寫樂曲；他義務為我們譜寫的〈樂園之歌〉，曾在「學生樂園五周年紀念晚會」上，於港大陸佑堂演出過。

**播　音　界：**「麗的呼聲」兒童節目主持人劉惠瓊女士，開講座。

**其　　　他：**還有許多許多，都是支持樂園的人，也是我們要感謝的人。可惜時間隔得太久了，我難以一一把他們的名字記起。但他們的一言一行、一舉一動，都深深嵌入我的腦海中，至今難以遺忘。例如，有一位攝影愛好者，他經常為我們沖晒相片直至深夜兩、三點，以便第二天一早把晒好的相片交到我們手上，趕着去製電版。這點我是非常感激他的，但我無法記起他的名字，實在感到歉疚。又例如，每年會考前後，不少中學老師為我們編寫應付會考提要、答題須知、模擬試題解答，以及解答過去會考的試題等等，對應屆會考生幫助很大。……這許許多多無名英雄，或在台前或在幕後默默地支持着《青樂》；他們的熱誠，感動着我們，鼓勵着我們，也鞭策着我們。他們是我們強大的後盾，也是我們力量的源泉。我想，他們的目的只有一個，就是同我們的理念一樣，希望盡自己所能，向香港的青年學生提供最好的養料和豐富的知識，好讓他們逐步走上一條光明的人生大道。

**孫：《青年樂園》何時開始在出版刊物的同時，組織學生活動？學生到報社可參加哪些常設活動或不定期活動？**

**陳：**約在1957－1958年間，有通訊員的設立。通訊員主要向《青樂》提供或撰寫學校消息、同學活動，可以說是我們同學校聯繫的另一道橋樑。後來開始有旅行，有聯歡晚會、電影欣賞會、專題講座，還有講笑話比賽等等，這些活動是不定期的。有一個時期，也設有文藝組、電工組等，是常設的活動。以上這些活動，讀者都可報名參加的。

**孫：《青年樂園》又要出版，又要搞活動，人手何來？有學生義務協助否？**

**陳：**人手沒有增加，全部由我們一腳踢。要知道，大部份活動都是由讀者籌備和主持的，而且他們全部是義務參與，我們從中協助，因此不需要增加人手；事實上，我們也無法增加人手。例如，我們首創的「課本出讓站」，由60年代起，每年暑假都會舉辦，從收書、定價、分類、出讓、收錢、結帳、退款到退書，這些大量繁瑣而精細的工作，全部都由讀者負責，而且都是義務的。

**孫：報社與學校有否建立聯繫？**

**陳：**與學校聯繫不會有統一規格，學校有活動，會由老師和同學打電話通知報社，我們派記者採訪。

**孫：《青年樂園》給作者的稿費若干？**

**陳：**作者的稿費很低，大部份學生志不在此，只在於能有地方發表他們的創作和心聲。

**孫：《青年樂園》曾投稿的作者數目約有多少？**

**陳：**作者數目沒有正式統計，十多年來起碼有幾千人。

**孫：《青年樂園》何時開始設有派報員？如何招募？維持了多久？派報報酬若干？**

**陳：**派報員是自願性質，不必正式招募。最初時候，不少讀者一到星期三下午便上到報社來，幫我們一起將印刷廠送到報社的《青樂》一份一份疊摺好。《青樂》每週出版一次。每星期三下午，部分派報員便拿着叠好的報紙，依照地址派到訂戶家裡。有些同學則帶返學校派給有訂閱的同學。這種情況一直維持到停刊。派報員費為每份5分，這5分錢現在聽來好像我們很「孤寒」，其實在當時來説已不少了。試想想，當時買一份日報也只是一毫子罷了。我們《青樂》每份也是一毫子，同學乘搭一次電車也是一毫子。

**孫：《青年樂園》十一年間有否受過政治壓力？所刊出的文章中有否明顯宣揚愛國思想？甚麼時候及因何被某些學校視為禁刊？為何忽然發表帶有政治性的文章？《青年樂園》被封的前因後果是甚麼？**

**陳：** 我們報紙提倡的都是健康正面的知識，刊出的文章也不會刻意去宣傳甚麼思想的。大部份學校也不會禁止學生看《青年樂園》的，相反，許多學校老師在許多方面都會協助我們，特別是每年音樂節期間，除了著名的音樂家趙梅伯教授為我們的音樂特刊寫題辭外，不少學校的音樂老師都很樂意將他們培養學生的心得與我們分享。有好幾次，另一些學校的音樂老師見到我們都會問，你們的評論寫得那麼好，報社是否有個音樂高手？我們説沒有，我們只是將大家的意見綜合寫出來吧了。要知道，當時幫助我們的都是很出色的音樂老師，如女拔萃一位很熱誠的外籍老師，聖保羅男女中學的鍾老師等。

到1967年，因新蒲崗膠花廠勞資糾紛引致的「反英抗暴」事件，許多讀者紛紛寫稿給我們，或者上報社向我們表達他們的心聲，要求我們把他們的意見發表。最初我們沒有答應他們的要求。後來，他們的要求實在太強烈了，讀者來稿來信也愈來愈多了！於是我們在8-9月間另外出版一份副刊叫《新青年》（也是每星期出版一次），專門反映他們的心聲和社會上的訴求；刊出的文章大部分是讀者的來稿。……想不到，出版了10多期，就給當時的港英政府派警察上來搜查報社，當然，他們甚麼也搜查不到，只胡亂地取走了部分讀者的稿件。事實上，我們是正正當當的依足當時的港英法例出版報紙的。作為一個中國人，我們憑着一顆中國心去做，沒有甚麼不對呀。想不到，他們「搜查」一計不逞，就來控告我們，迫令我們停刊。

他們控告我們的四條「罪狀」，在今天的香港人看來，完全是莫須有的。為甚麼說這四條「罪狀」是莫須有呢？請看看，這四條所謂「煽動」罪所涉及的文章，全部都不是在《青年樂園》刊登，而是在《新青年》刊登的。第一條是控告我們刊登一篇讀者投稿描寫群眾在街頭反抗暴力的文章；這篇文章只不過是一篇記敘文，或者是一篇新聞特寫，完全是已經發生了的事實；一份已註冊的報紙，為甚麼連報道新聞事實也是犯罪？第二條是控告我們刊登一篇發表意見的文章；作者只不過在文章中表達他對林某（編者按：即當時的商業電台播音員林彬）在電台的言論反感而已；難道在香港連表達意見也是犯罪？第三條「罪狀」是跟第二條一樣，又是因發表意見被控告的；作者在文章中表達他對當局採取的制水措施極端不滿；那時候每四天只供水一次，一共四小時，人們輪候食水的苦況苦不堪言。作者寫道，現在天下雨了，不要期望港英會放寬食水供應。……這都是文字上寫寫，怎能說是煽動呢？第四條「罪狀」是一篇評論官校學生的文章；作者在文章中表達他對官校學生愛國行動的看法，讚揚他們愛自己的國家，愛自己的民族，並指出當局將會進一步壓制他們、開除他們出校等等。事實上，當局正在這樣做而且已經做了。這又算得上甚麼煽動呢？

剛才講到，這四條「煽動」罪的文章全部都是在《新青年》刊登的。前面我已說過，《新青年》是應讀者的要求而另外出版、另外發行的一份刊物。當時我們也曾考慮過，這樣的刊物，可能港英是容不下的。其實講甚麼言論自由、出版自由，在當時的港英來說，完全是一句空話！總之，它要壓制《青年樂園》，就不惜想盡一切辦法，甚至出到這個莫須有的罪名，加諸我們頭上，連假民主假自由的臉皮也撕破了！（編者按：陳序臻口中的第三條「罪狀」其實是刊登在《青年樂園》之上。）

## 孫：後《青年樂園》時代有甚麼發展？

**陳：**《青樂》停刊之後，我們一直有向負責報刊的有關當局進行多次交涉，但都得不到結果。到1968年6月，我們應讀者要求，用另一種形式出版了《學生叢書》（約半個月一期），一共出版了87期，約三年半多。在這三年多的時間裡，《青樂》文化得以承傳、《青樂》團隊精神得以持續發揚：首先，在報社職員方面，比《青樂》時更艱苦，全職的只得兩人，而且都是很低薪的。其他的全是義工，包括編輯、記者和負責活動的同事。

有一位姓曾的編輯，她上午到一間中學任教，下午返到報社就担任改稿和編輯的工作；另一位姓李的編輯，他是返全日工的，放了工就上到報社來，開始他的兼職工作，只是這份兼職，完全是義務的。許多其他年青的同事，都是這樣，勤勤懇懇，任勞任怨地，發揮着他們的智慧，獻出他們的愛心。特別值得一提的是，為了節省開支，我們和部分義工的午餐和晚餐，許多時候都是在《青樂》的社址自己煮的；讀者和老編不分彼此，輪流當值：出街市買餸回來、煮飯、吃飯，飯後清洗碗碟等，都是分工合作。完成後，很快又投入到工作中去了。

另一方面，讀者們也是出於愛護《青樂》的心意，從《學生叢書》一出版，就用行動表達出他們對《青樂》的支持。許多讀者都把我們當成他們的好朋友、老朋友，上到報社來，噓寒問暖；有的介紹親友和同學訂閱《學生叢書》，有的送上禦寒的毛冷頸巾，有的把節省下來的零用錢捐給報社（其實，我們從來沒有發動過籌款，是讀者主動把錢送上來）；最令我們感動的是一對姐妹，連她們過年時儲蓄起來的「利是」錢罌都捧上來；錢雖不多，但讀者的心意使我們永記不忘。

同樣，在我們舉辦的興趣班組和活動中，讀者們都是主動地義務參與；例如，有些識講國語（當時不叫普通話）的，就當了國語班的老師；識中樂二胡的，就當了二胡班的老師；識電工的就當了電工組的老師。當然做老師的要有一定的水平，才可以教人；但我們的讀者就不乏這類人。

至於舉辦活動如旅行、海浴、遊船河、聯歡晚會、研討會等，大都由讀者們策劃、籌備、參與，我們協助進行的。在《青樂》這個大家庭裡工作、生活和活動，讀者與老編之間、讀者與讀者之間就像一家人；大家也逐漸建立起深厚的情誼；即使到了後來，我們由於財政上的原因，《學生叢書》無法出版下去，但我們與讀者、讀者與讀者之間仍然保持着往來，不少還成了好朋友呢。

至於《學生叢書》的內容，與讀者的關係也是很密切的。許多讀者投稿上來，都希望我們提意見，我們經過挑選後，刊出一批稿件；並在當期的讀稿隨筆上寫上我們的意見，這樣就能讓更多讀者看到，就能發揮讀者與老編的互動作用。

同樣，在服務站的信箱裡，許多時候我們都能體會到這點。往往讀者主動提出他們的問題，要求我們解答。我們除了按照我們懂得的解答外，其他不懂得的問題和知識，還得請教專家，或者有關讀者。其實，不少讀者都經常向我們提出意見和建議，使我們的《叢書》辦得更好。所以我們常常不止一次地表達我們的謝意，感謝讀者的厚愛和支持；讀者既是我們的摯友，也是我們的良師。當然更是我們力量的源泉。

在人生的旅程上，有時是光明大道，有時是羊腸小徑；有歡樂，也有憂傷；有順境，也有逆境。我們總是主觀地希望：讀者都能找到光明大道，歡樂多於憂傷，順境多於逆境。因此，我們常常都會將我們的喜悅和感受，向《叢書》的讀者表達，希望與讀者一起分享，共同迎接美好的未來。

談到這裡，我忽然想起，有一位住在新界的讀者，她真誠地將她的心事向我們傾訴，我們老編看了都非常感動。她出身自一個封建家庭，沒有太多的讀書機會，她的知識大都是靠艱苦自學得來。晚上還伏在案頭寫稿寫信給我們。她說她找不到真正的朋友，試過「徵友」，得到的只是幻影。我們在服務站的信箱裡答覆她，鼓勵她堅強地面對困難；分析「徵友」為甚麼不能找到真正的友誼；希望她在工作和學習中，多與同事、同學接觸，多些了解和關心他們，才會建立起真正的友誼；其次，參加一些健康正派的活動，也是會結識到朋友的。她因環境關係，幾次都錯過了參加《青樂》舉辦的活動。後來她來電話，約我們老編往荃灣一見；我們見這位讀者很特別，便由一位年青的女老編往荃灣與她會面，鼓勵她要堅強，要勇敢面對現實，也要設法衝出樊籠，才能實現自己理想。她知道我們是為她好的，給她勇氣，給她力量；她一再表示，一定會好好地生活下去。後來過了多年，得知她已參加了一個婦女團體，而且還當上了幹事哩。

**孫：《青年樂園》達到了創辦宗旨嗎？它有哪些成績？它的最大的成就是甚麼？成功的因素又是甚麼？**

**陳：**《青樂》十一年多來，基本上是沿着創刊時的宗旨去做。有哪些成績，我不想自己去評論，只聽聽讀者在停刊後的一次敘舊時說出的兩句話。他們說：「我們不會忘記《青樂》是我們的啟蒙者！」「我們不會忘記《青樂》是我們的帶路人！」這些話聽來很平凡，但它卻濃縮着多少真情，蘊藏着多少心意！回想起來，可能是因為《青樂》曾不斷地鼓勵讀者和作者排除萬難，尋找人生的光明大道。

至於說成功的要素是甚麼？我想，辦《青年樂園》十一年多，再加上《學生叢書》三年多，一共十五年左右，我們靠的是廣大的讀者群。老實講，辦這樣一份刊物，以我們當時的人力物力是不可能辦下去的。當時我們人手最多的時候，從社長到普通職員只得9個人，最少時是4人。但我們不怕，我們有許多熱心人士支持和協助。不少編輯是義務、半義務性的，好像阿濃，當時他是老師，課餘才上報社編稿，他負責大地、閱讀與寫作、詩專頁版等；香港集郵學會會長蕭作斌先生是負責編集郵版，他只取回部分車馬費而已；馬樂先生，當時他是一間大公司的美術部主任，每期義務為我們設計封面版頭，以及報社有關的美術設計；一些英文老師也是這樣，協助我們編英文版。……談到這裡，我要重複再說一次：這些義工，不斷地鼓勵着我們，感動着我們，鞭策着我們，使我們在最困難的時候，也能堅持下去，把逆境戰勝過來。

**孫：《青年樂園》的作者讀者中有哪些人其後在社會上取得成就？**

**陳：** 你提這個問題，想我怎樣回答你？是講出一大堆人名，還是……其實在《青樂》十一年來，千千萬萬讀者作者當中，只有十個八個或者幾十個甚至過百個有成就的人，不是太少了嗎？如果我只說某某大學校長、某某局長、某某議員、某某社會名流、某某專業人士都是我們的讀者，那麼我沒有說出的其他不少有成就的人，當中也可能有我們的讀者，他們會怎麼想呢？其實，這些人只不過在他們的青年時期，或者在他們的成長過程中，曾經接觸過《青樂》而已。當然也可能受到《青樂》的薰陶和影響，這只是他們人生中的一個經歷吧了。我要強調的是，他們的成就主要是靠他們自己的努力，而且是長期的努力，或者是半生、大半生奮鬥的結果。我是非常尊重他們、欣賞他們的。但我不能將他們的成就太過歸功於《青樂》，這有點不太恰當吧！

**孫：您個人在那十一年中，有哪些難忘和有趣的經歷？**

**陳：** 我個人在這十一年中，難忘和有趣的經歷實在太多了。現在只簡簡單單講出一兩件事來。最難忘的兩件事，一是採訪模型飛機公司的負責人，另一是採訪沈常福馬戲團。

大概是1962年暑假期間，我訪問了專賣模型飛機的一間公司的負責人黎先生，並到放模型飛機的現場觀察、了解和拍照。事後寫成了一篇特寫，在第一版全版刊登出來。想不到，過了多天，突然收到一封由毛雲龍律師樓寄出的掛號信。內容是我寫的文章中，提到該模型飛機公司的黎先生是會長，而實際上他並不是會長，要求我解釋。我記起我當時是聽一位在沙田模型飛機場的工作人員說的，他說黎先生是他們的會長，每星期都會來放模型飛機的。我一時大意，沒有核實就這樣寫了。收到律師信後，才知道撞了板，原來正副會長及委員們都沒有黎先生的名字。於是我立即致電該會會長，約定時間上他的寫字樓拜訪他。結果在我再三解釋之後，他才逐步釋疑，明白到不是黎先生有野心想做會長，而是我寫錯了。冰釋之後，他立即交給我一段啟事廣告，叫我們在《青樂》上連續刊出三期，廣告費照付；廣告內容是列出該會的正副會長的名字。為免節外生枝，我在與他見面後的下一期的《青樂》上刊登一個更正啟事。當然他的廣告也照登了。這事至今仍歷歷在目，並不時提醒我，在以後採訪的日子裡，要格外小心，更要多方求證，務求做到盡量準確才好「出街」。

另一個難忘的是採訪沈常福馬戲團。60年代，新蒲崗仍是一片荒蕪，沈常福馬戲團就在那裡搭起棚架和帳篷來圍着演出。為了讓讀者先睹為快，我在演出的第一天，就前往採訪了。大約上午9時左右，我來到了馬戲團的臨時辦公室，這個微型辦公室只得一張枱一個人，接待我的就是這個人。他是馬戲團的秘書。這位秘書來頭真不少，他本身是大律師，又是沈常福的女婿，全權負責馬戲團對內對外一切事務；大概是能者多勞吧，他整天忙得不可開交，這可苦了我這個採訪者！我道明來意後，他還來不及回答我，就有職員來向他請示，要買多少馬肉、多少雜草等一切動物要吃的食物……跟着警衛又來報告有警察來查，他立即走出去應付。回來後，又有職員來說可能電力不足，他又要出去擾攘一番。到我同他談不了兩句，電話又響了，他又要接聽又要處理，…… 如是者直到中午，有人送來一份三文治給他。他一邊吃着三文治，一邊問我，是否要吃午餐，我見他只得一份，怎好意思吃他的呢。我只希望「快快趣趣」採訪完就可以出外面祭「五臟廟」了。怎知，他還未吃完三文治，又有電話來，問他甚麼甚麼的，總之是馬戲團演出的事，……如是者又過了一段時間，直到下午5時多，我已忘記了肚餓，這時他才有時間和我詳談馬戲團的事，到6時多，已採訪到我所要的資料，正想離去，但他說，馬戲團就快演出了，你不如看完才走吧。我一想也是，既可一開眼界，又可拍一些現場的照片，給讀者一個新鮮感。於是我跟着他一起走進場內到處溜溜，等待演出的來臨。這次演出實在太精彩了，所以我一直看到大半場，拍了許多照片才離去。一看錶快到晚上9時了。我想，從上午9時到晚上9時這十二個小時內，滴水全無，可以說是我平生第一次經歷。無怪有人形容記者的生涯是「鐵脚、馬眼、神仙肚」了。現在想起來，也不知當時是怎樣捱過的；要不是親身經歷，我真不敢相信自己有這樣的能耐。好在當時還年青，為了完成預定的工作，就甚麼肚餓、甚麼個人得失也顧不了。

至於趣事，則是與讀者有關的。有一次，不知是印刷廠搞錯，還是「報頭」（發行報紙的代理）搞錯，星期三一早，便把當期新出版的《青樂》發給報攤銷售。通常，星期三下午是先派給訂户，星期四才發給報攤銷售的。但當天，我們的經理返到報館，就立即召開緊急會議，説報攤已有《青樂》銷售，我們要盡快將報紙派到訂户手裡。於是我們報社全體人員立即出動，拿着由管理訂户的同事分派給我們的訂户地址，逐一上門派報了。我是負責灣仔區的訂户的。那時候，我上到一層舊式洋房的三樓，看到很多伙人家住在一起。為免真正的訂户收不到，我便對一位中年婦人説：「x x x在嗎？」當我正想把報紙交給她的時候，她只簡單的應了我一下，便急轉身向屋內走去。當她再次出來時手上捧着一杯茶遞給我，很友善的説：「請你等一等，阿x就快出來的。」面對這樣的情景，我感到有點尷尬，不知如何是好，只好説：「我是派報給她的。」連忙把《青樂》交給她便轉身走了！我知道，那中年婦人是好意，也可能誤會我是她女兒的男朋友。因為我當時趕着第一時間出動，完全沒有考慮到我穿着的服飾，只求盡快把報紙送到讀者手上……事後，還給同事笑我艷福不淺呢。其實我當時連那讀者的樣貌是怎樣的也沒見到呀。你説這個玩笑是不是有點滑稽呢？

---

1 此處曾參考許禮平先生所撰的陳序臻生平。詳見許禮平：〈記《青年樂園》週報〉，《舊日風雲 · 二集》，頁280-281。

2 吳康民先生對《青年樂園》的創辦有略為不同的表述：「上世紀五十年代中，香港的美國新聞處資助的「友聯出版社」出版了一份《中國學生周報》，頗受青年學生歡迎。//青年學生不少人喜歡文學，更有發表慾。但青年人的創作比較稚嫩，在正宗的文學刊物難有發表機會。有一份對稿件要求不高的刊物，能刊出他們的創作，自然有著許多讀者。//我當年是個不滿三十歲的小伙子，從事教育工作，也是一個文學青年，眼看《中國學生周報》受到歡迎，遂想到辦一份同類的青年刊物，以便和這份美國人支持的右派刊物抗衡。//主意已定，便和幾位朋友商量，以小本經營，創辦一份同類的周報。//當年教育界的一位摯友，也是我的學姊，她的丈夫汪澘（又名汪澄），申請來港團聚。他是一位畫家，也是一位作家。我和他商量，共同創辦這份刊物。我因在學校有行政工作，不能抽出太多時間，只是出出主意，並為該刊每期寫一篇卷首語。其他具體編務，由汪兄主持。//同時，為了節省開辦費用，社址就設在謝斐道我的岳父家裡。岳父是英國船公司的一位總務長（俗稱買辦），長年乘船在海外。家中只有岳母一人和我的小姨子、小舅子等人。小姨子剛中學畢業，我拉她來當總務。這樣就幾個人，兩位專職，幾位兼職，便幹起來了。//《青年樂園》模仿《中國學生周報》的格式，但內容更為活潑，增加不少文理科的小知識。出版不久，便也受到學生歡迎。也許銷路還比不上老牌的《中周》，但銷路逐漸增至六四之比。//過了兩年，港英當局圍剿我所服務的學校，把前校長杜伯奎遞解出境。我臨危受命，接任校長。因為當年我已成為教育界的「紅人」，主持這樣一份「灰色面目」的刊物，頗不適宜。因而經友人介紹，轉由李廣明、陳翟臻（按：即陳序臻）兩位朋友接辦，我就不再參與編務了。可惜「六七風暴」，《青年樂園》由於「左」的影響捲入鬥爭，沒有作長期打算，終於被查封結束。」（按：「//」為編者所加，以示分段。）見：吳康民：〈生活語絲：我辦《青年樂園》〉《文匯報》，2014年3月10日，A40。

# 細述《青年樂園》

## 編者、作者和派報員眼中的《青樂》

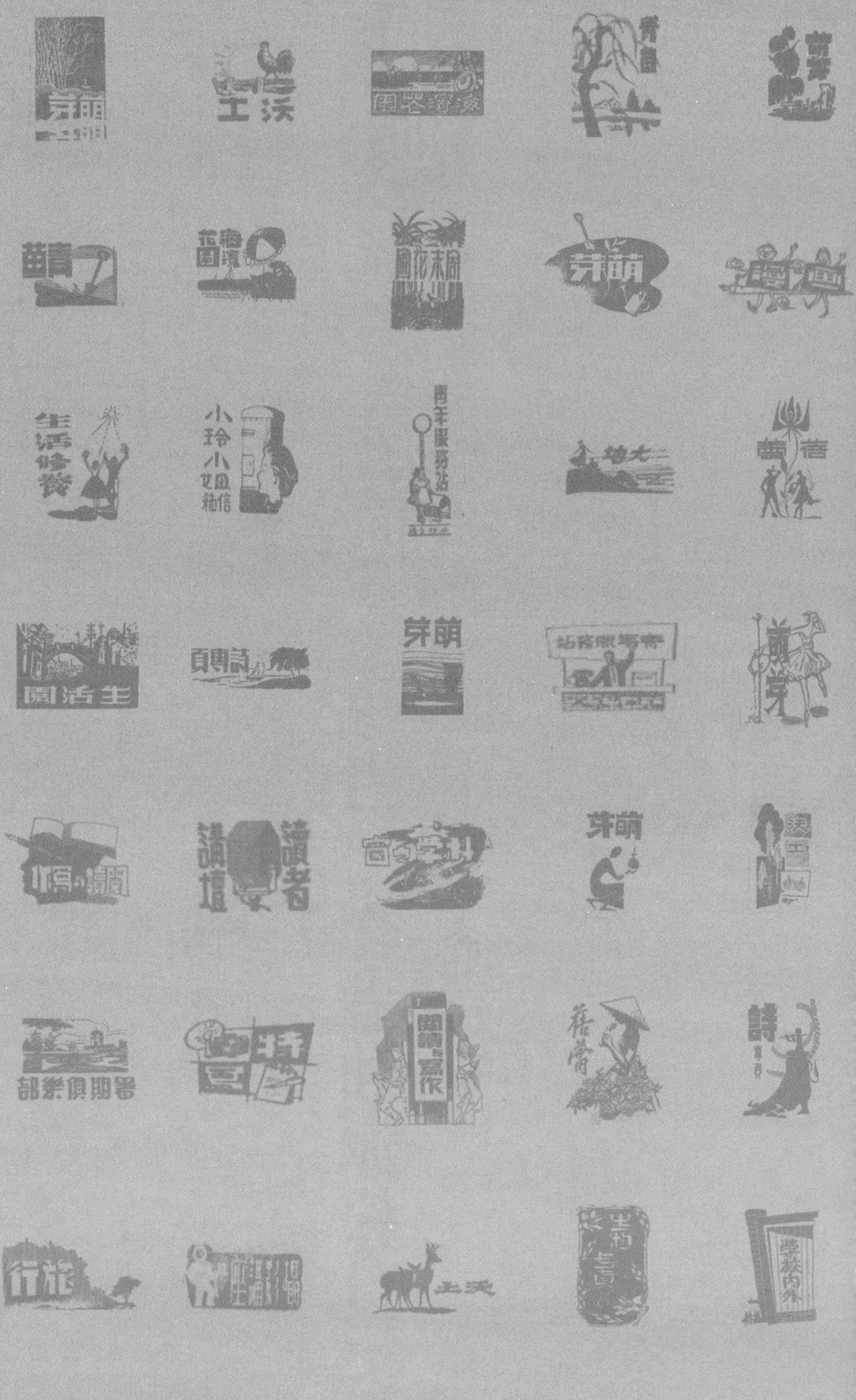
萌芽
沃土
萌芽
生活修養
小玲小姐信箱
青年服務站
生活園
詩專頁
萌芽
讀者講壇
萌芽
暑期俱樂部
閱讀與寫作
蓓蕾
旅行
沃土
學校內外

# 編者、作者和派報員眼中的《青樂》

《青年樂園》前後出版了近12年，除了長年為青少年讀者提供各種健康的生活與學習的資訊外，更積極地舉辦各種活動，言傳身教地宣導友愛互助、關心社會的精神。為了更具體而準確地勾勒出昔日刊物的面貌，以下謹以《青年樂園》昔日不同版面的作者和編者或工作人員的回憶文章來一一呈現。

# 阿姨眼中的阿叔──從兩張照片説起 ─高順卿

## 作者簡介

高順卿(1952-)，中學二年級時（1966年底）投稿《青年樂園》，自此與刊物結緣。她曾任英文教師，後轉到華潤公司任職。香港過渡回歸期間，她由華潤公司被借調到「中英土地委員會中方代表辦事處」工作。回歸後，任職香港金融管理局，直至退休。

1961年李廣明、吳子柏在《青年樂園》編輯室內。（吳子柏提供）

阿叔，即李廣明先生，《青年樂園》社長。上世紀六十年代，我們稱他李先生；差不多半個世紀後再見，我們稱他阿叔。

阿姨，即吳子柏女士(李廣明夫人)，《青年樂園》記者、編輯。以前，我們稱她吳小姐；後來，我們稱她阿姨。

自2014年1月8日阿叔逝世後，每隔一段時間，我會往廣州探望阿姨。2015年7月31日，我又到阿姨家，與阿姨一起翻看舊相。

看着這張舊照片，阿姨的眼神彷彿回到那超過半個世紀前的景像。

阿姨説：「那時，我和阿叔才30多歲，《青年樂園》就是我倆的家。下班後，同事相繼離開辦公室。一般情況下，我和阿叔仍留在編輯室，繼續工作至晚上九時許才回家。」

「為甚麼那麼晚才回家？」我問。

「工作可多呢! 與其將稿件帶回家批閱，還不如留在報館的編輯室內完成。編輯室雖然不大，應該説很細、很擠，但總比家中的小房間大呢!」阿姨説。

「你們不吃晚飯？」我又問。

「回家已很晚，不用吃得太多，清清淡淡就可以。一煲白飯，一碟青菜，不就解決了嗎？」

阿姨説得很輕鬆，但我卻深深感到，在那艱辛的環境下，阿叔和阿姨是如何忘我地工作。

「阿叔一邊工作，一邊抽煙？」看着照片，我蹦了一句。

「不是，當然不是！阿叔右手食指和中指夾着的是審稿時用的筆。阿叔有一個特殊的習慣，就是思考時左右手交疊、支着頭，而且會咬着自己的右手背。批閱稿件時他會咬，閱讀時也會咬。思考的問題越深，咬得越狠。久而久之，他的右手背上就長了一塊厚厚的繭。這厚厚的、啡色的繭，就伴隨他一生。」

過了一會兒，阿姨續說：「阿叔的一生，總是好學上進，尤其愛書。辦《青年樂園》時，他看大量書籍。1982年，他回到暨南大學，負責籌辦華僑研究所。他更需要廣泛收集及閱讀大量資料及書刊。1985年阿叔被確診患了肝癌，1994又患上喉癌，2010年患上肺炎時，又被診斷出肝癌復發。在這飽受癌魔折磨的差不多30年間，阿叔以堅強的意志、樂觀的態度活着。他積極進行治療，包括藥療、養療和心療。他訂閱了大量月刊、雜誌，更購買了一批又一批有關政治、社會、醫學等書籍。這期間，他更加手不釋卷。一邊讀、一邊想、一邊做筆記，更一邊咬手背。他手背上的繭，長得更加厚了。」

阿姨侃侃談着阿叔手上的繭，既心痛，又敬佩。阿叔可以樂觀而堅強地活着，又怎離得開阿姨的悉心照料及支持呢！

在相簿中，我又看到阿叔阿姨的另一張相片。

2010年，阿叔在醫院度過86歲生日。(相片由阿姨提供)

阿姨說：「這是阿叔86歲生日時拍攝的。我送給他一支紅玫瑰及一首詩，作為他的生日禮物。」

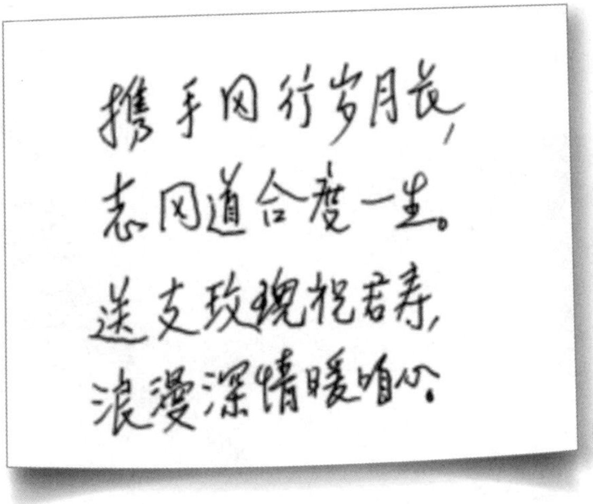


阿姨送給阿叔的詩。

我想：阿叔的生命力和意志真強！2010年時，他已經86歲。距離1985年第一次確診肝癌時，已有25年了。當時醫生還說他只能多活3個月。誰也沒想到他把肝癌制服了四分一個世紀之久。當此病再捲土重來時，我們尊敬的阿叔也沒有輕易倒下，還和它纏鬥4年之久呢！

阿姨情深款款地看着這張照片，良久迸出半句：「老伴，別了，這回真的別了！」

阿姨又說：「阿叔生前的遺言是：骨灰撒進大海，海闊天空任我遊。衝破波濤飄蕩啊，漂過太平洋，跨過大西洋；周遊列國，放眼世界，遨遊太空。」

「阿叔的骨灰暫存於廣州銀河革命公墓，待我百年歸老，我和阿叔的骨灰將會一起撒進大海，攜手同遊。」阿姨續說。

阿叔與阿姨，自從1945年的夏天，在羅定縣文理學院的考試場上相識，比翼齊飛逾七十載。他們風雨同舟，相濡以沫，互敬互愛，既溫馨，又不失浪漫，真感人！

## 後話

阿姨家中的客廳上，掛着兩幅雞的畫作，是2010年時，84歲的阿姨剛學畫畫時的作品。當時，阿叔肝癌仍未復發，他還為阿姨的畫作題字呢！

阿姨的畫作，阿叔題字

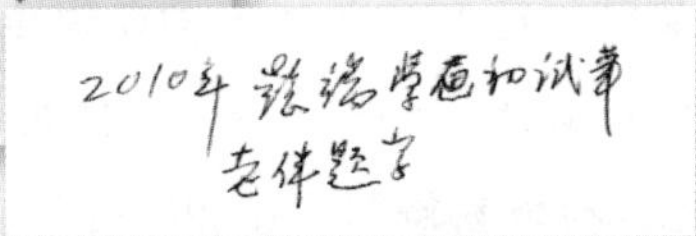


畫作拍成照片，阿姨在照片後的註釋

其實，阿姨還有一幅大公雞的畫作。大公雞仍欠一對腳未畫上時，阿叔肝癌復發。在阿叔住院的半年間，阿姨身體不佳，經常頭痛，她總是提不起勁完成它。阿叔安慰阿姨說：「不畫就不畫吧，到菜市場買對雞腳貼上，不就完成了嗎？」阿叔的一句話，引得阿姨開懷大笑，阿叔自己也笑個不停。受盡病魔煎熬的阿叔，還是那麼樂觀、幽默，真的可愛、可敬！

阿叔出院後，阿姨終於把雞腳補上。不過，她就是不滿意，因而，沒有把作品掛出，更從此再沒有提起筆杆作畫了。阿姨可想念阿叔呢！

# 生活的視野 —水之音

## 作者簡介

水之音，原名張心永（1934-），在海南出生。1945年來香港升學。1952年嶺英中學畢業後，從事運輸行業。[1]在校期間，醉心文藝和戲劇，曾將陸游和唐婉的故事寫成話劇，在香港娛樂戲院作公開慈善籌款演出。1963年，由「青年樂園出版社」結集出版。水之音是從《青年樂園》發表創作後而成長起來的刊物第一代作家，又曾以筆名「薇薇」在《青年樂園》撰寫專欄〈愛情的足印〉，後也由《青年樂園》出版社在1958年結集出版。由於水之音的作品深受當時青少年讀者的歡迎。故「青年樂園出版社」在1963年也結集出版了他的另一本短篇小説集《春花江之歌》。1966年起，水之音逐漸淡出《青年樂園》，1966年與盧恩成、陳述三人自組「遠東劇藝社」，至80年代左右才停止活動。70年代中起，水之音將戲劇表演、教育和宣傳重點轉往社區，並長年參與推動和推廣荃灣區戲劇表演的發展，對香港的戲劇表演有長足的貢獻。同時，水之音也曾以「張大水」的筆名在《天天日報》撰寫專欄，以「張峰」的筆名在《新晚報》撰寫散文。1984年後，獲聘為香港新華社新界辦事處的副部長，直至退休。

早年由另一個海島移居到此，鄉下仔一名，人地生疏，言語不通，很少也很難、更不敢和同學們交流。在學校課室裡只能默默的坐着，留心聽書，平時與書本為伍，打發孤獨。學校的作文堂是我最喜歡和最期盼的一課，因為可以靜靜的思考，盡情抒發。可能是這樣，自己慢慢地養成了喜歡寫作和看書的習慣。成為《青年樂園》的讀者和作者，恐怕也就是這種喜好和習慣所驅使罷。

由讀者而作者是常態，很多「文藝青年」都是這樣，問題是能否堅持，有些作家堅持數十年筆耕不輟，至今仍活躍於文壇，殊屬難得，其中不少還是自己的同齡人，對照之下，甚為慚愧。

曾在《青年樂園》和其他報刊也寫過一些文章，老有人問：你寫了這麼多的文章，有甚麼得着？我毫不猶豫的答道：它使我懂得了生活，豐富了人生。

在《青年樂園》刊登的文章比較多，特別是沃土版，多數是短篇小說，題材也較多。如：有反映海員生活的，有描繪搖着舢舨小艇在海上找生活的「蜑家」，有反映碼頭工人所謂「咕喱」生活的，還有反映鄉土習俗氣息的，亦有黑社會江湖人物仇恨厮殺的，家庭恩怨糾紛等等的故事；故事中的人物有青年、學生、工人、護士、海員、艇戶、關員、華僑、倉庫工、演員、黑幫份子等等，雖不能說是三教九流，諸色人等，但小說中涉及人物面也是很廣的。故事要合乎情理地虛構，人物造型更不要走樣。怎樣才能在虛構之中有真實，人物造型有典型，只能從生活中去尋找。

我對於碼頭倉庫以及海員水手的生活比較熟悉，這是因為當時職業需要，差不多天天跑碼頭，上輪船，和海員們做朋友，聽他們講行船的經歷和世界各國的見聞，眼界為之大開，知識倍增。在收集了大量多姿多彩的生活經歷、豐富的素材後，寫起文章來，很多故事便可以依照一些真實生活展開，人物也可以照原形加工塑造，這樣就不會太離譜，比較得心應手了。那麼不熟悉的怎麼辦呢？只能去找，去找題材，去聽故事，去找人物，悄悄地觀察，暗暗地描繪。到哪裡去找？答案是到生活中去找，就是要擴闊自己的生活視野。

記得在創作〈落鄉班〉這個短篇的時候，原來對有關「落鄉班」這類型的粵劇表演了解不多，只是一次在新界青衣村看了一場神功戲，覺得蠻新鮮的。在村口搭起一座龐大的戲棚，頂上蓋鋪鐵皮和帆布，兩旁用帆布掛着擋風，搭棚技術之高嘆為觀止。觀眾席除了少數椅子外大都是木製條凳，鄉民觀眾大都是闔家同來，欣賞得津津有味，既投入又興奮，一派和諧合群的鄉情景象，看後立刻起了要將它記錄下來的衝動。在構思這個故事的時候為了累積素材，還特意跑到老遠的馬灣村去，再看一次為酬神而演出的神功戲，更為了增加這方面的體會和感受氣氛，還長途跋涉的跑到大埔林村去參加鄉民十年一次的打醮，食一頓農家盆菜。路途雖遠，收穫甚豐，使這類作品增添一些鄉土味。當然，有時心高手低，希望是一回事，能否做得到又是另一回事。有言道「生活是寫作的源泉」，這有它一定的道理。

擴闊生活的視野不僅對寫作有用，對人生征途同樣有用。在《青年樂園》寫稿，已是很久很久以前的事了，現在回過頭看看，這可能是最大的得着。

[1] 張心永：〈那些日子，我們在利園山〉，見嶺英中學校友會編著：《寰宇嶺英人》（香港：天地圖書有限公司，2015），頁45-55。

# 「社外編輯」的回憶 —阿濃

## 作者簡介

阿濃，原名朱溥生（1934-），另有筆名蘇大明、阿丹、濃濃等。浙江湖州人。1947年隨家人遷來香港，入讀嶺英中學。1953年入讀葛量洪師範學院。同時開始創作兒童故事，發表在《華僑日報．兒童周刊》。此後也寫作散文、詩歌、小說等發表在《青年樂園》和《華僑日報．青年生活版》之上。師範畢業後任教官津中小學及特殊教育學校共達39年。1958年9月28日，他在《青年樂園》以「朱同」的筆名，撰寫詩歌〈早晨第一課〉，獲得詩歌比賽第一名。自此一邊工作，一邊義務為《青年樂園》擔任文藝版編輯，直至1966年中。他在《青年樂園》也使用蘇大明等筆名發表作品，深受青少年讀者的歡迎。阿濃也曾擔任教協理事、監事，香港兒童文藝學會會長等職。現已移居加拿大。[1]

在最新一期《鑪峰文集》上看到許禮平先生寫的《記青年樂園週報》大文，提及阿濃，有括號註曰：「《青年樂園週報》社外編輯」，這身份我第一次看到，卻又覺十分恰當，我的確是一名社外編輯，不辦公，不受薪，不參加編輯會議，沒有屬於我的寫字檯。我每週一次前往取稿，同時交編好的版面。

從許先生文中得知社長李廣明先生已於某年（編者按：2014年1月8日）在穗病逝，想起與他交往的一段日子，謹致深切的悼念。

記得第一次去《青年樂園》報社，適逢社長汪澄退休，社內張貼不少歡送的標語。接任的便是人稱「老李」的李廣明。

《青年樂園》的靈魂人物是陳序臻，他比老李更早參與《青年樂園》工作，熟悉業務，能寫能編。每期封面以「皓旰」筆名寫特寫，極具可讀性。我初任編輯，如何劃版，如何計算字數，如何走位，如何加插圖，如何選用字號，有何禁忌，都是陳兄所教。看了許文才知道他也是我嶺英中學同學，比我高一級，但比我小一歲，他老成持重，我一直以為他比我大。當時為沃土版寫小說的張心永（筆名水之音），為特寫畫插圖的馬逢樂（筆名馬樂）都是嶺英高我一級的同學。

我最先接手編的版面是大地，三個創作版面依程度分是沃土、大地、萌芽，因為缺乏理想稿件，我自己寫了一篇〈學校門外的友情〉，這是我擔任編輯後寫的第一篇稿，時為1959年二月，我25歲，正職是小學教師。發表後據說反應不錯，後來我把它選入《濃情集》，是該書的第一篇。

我同時負責編輯的另一版是閱讀與寫作，主要撰稿人是馮式老師，我自己也介紹了不少中外古今的文學作品。後來我又編詩專頁，當時投稿最多的是溫乃堅，我自己也用「阿丹」筆名寫詩，自覺頗有進步。最後連最高水平的沃土版也交由我編，記得當時經常發表作品的有雪山櫻、魯沫、水之音、舒鷹等，缺稿時由我自己頂，用的筆名有蘇大明等，1959年五月發表的一篇〈委屈〉（編者按：見本書頁190-197頁），後來也收入《濃情集》中，更被教署列為中學二年級中文科指定篇目，我因此被中學生廣泛認識。

我是1966年辭任《青年樂園》編輯的，那時文革狂潮席捲全國，我崇拜的作家全遭迫害，傅雷夫婦自殺，老舍投湖，巴金被罰在作協門口掃地……導火線卻是紅線女被剃陰陽頭掃街，如此侮辱一個愛國藝人，傷害人性尊嚴，已過了我做人的道德底線。我知道《青年樂園》的政治背景，決定與它劃清界線，作為知識分子一種出自良知的抗議。記得我向老李激動地辭職時，他沒有挽留我，但流了眼淚。我知道他不是捨不得我，而是他也有知識分子兔死狐悲的傷感。

到了香港1967年的「反英抗暴」鬥爭，《青年樂園》牽涉其中，11月報紙被封，看到新聞，既惋惜一份受廣大學生歡迎的刊物，竟毀於一場錯誤路線的鬥爭，也擔心老朋友的安危。幸而之後並沒有他們出事的消息。

出於工作需要，我曾擁有一批《青年樂園》的合訂本，包括創刊號在內。後來知道與《青年樂園》打對台的《中國學生周報》被收藏在中文大學的「香港文學特藏」中，便通過小思女士把這批合訂本送給他們，居然成為《青年樂園》較重要的收藏部分。

當此《青年樂園》出版60週年紀念之際，我要真誠地對它說一聲感謝，是它教會了我怎樣做一個編輯，之後我編《教聯報》、《教協報》、《新教育》、《松鶴天地》、《新天地》前後數十年，都是從《青年樂園》學回來的「手藝」。我寫散文、寫詩、寫小說，也因為《青年樂園》提供了練筆的機會。如今我作品過百種，也是從大地這片沃土上萌芽的。當時青春年少，不知天高地厚，二十來歲就做了編輯，如今回想往事，反倒捏一把汗。

不知是哪些有心人要為《青年樂園》編一本紀念冊，倒提供了我一次道謝的機會。

2015年11月

---

[1] 朱溥生：〈閒庭信步在加國〉，見嶺英中學校友會編著：《寰宇嶺英人》（香港：天地圖書有限公司，2015），頁53-55。

# 懷想那段青蔥歲月 ——陳浩泉

## 作者簡介

浩泉，原名陳維賢（1949-），又名陳浩泉，福建南安人。筆名包括：夏洛桑、哥舒鷹、丁亦鷹、桑泉等。1968年加入香港《正午報》，任校對和記者。六十年代後期，與朋友發起組織「香港青年文藝愛好者協會」，舉辦文學聚會、出版刊物。1974年到《晶報》擔任編輯，並兼「麗的電視台」的編輯。作品結集有：詩集《日曆紙上的詩行》、《第二道腳印》、《詩戀》；散文隨筆集《青果集》；小說《青春的旅程》、《銀海浪》（中篇集）、《堅強的生命》、《螢火》、《海山遙遙》、《香港狂人》等。[1] 現為加拿大華裔作家協會會長。

今年三月，從加拿大回到香港，聽友人說，有一部《青年樂園》六十周年的紀念文集將出版，主事人邀請我撰一文，憶述當年為《青樂》撰稿的日子。霎時，光陰的梭子反向飛射，一下子時光倒流，把我拉回了半個世紀前的青蔥歲月，感覺恍如隔世！

記得是1965年，那時候我是中學三年級的學生，第一次在學校的圖書館讀到《青年樂園》周刊，立即就愛上了它。周刊的內容豐富全面，大多是青年學生感興趣的，涵蓋了文藝、科技、歷史、學科輔導等範疇，具體的版面和欄目如蓓蕾、文林、沃土、詩專頁，以及漫畫、英語、音樂評介等等，都是我喜愛的。更重要的是，周刊有不少文藝版，而且園地公開，都接受投稿，這對喜愛寫作的我來說，簡直就是如魚得水。印象中，蓓蕾、沃土、文林、詩專頁，還有學生活動通訊，我都投過稿。可以說，在我學習寫作的起步階段，《青年樂園》為我提供了可貴的練習機會，是在寫作路上最早扶掖我的一隻有力的臂膀。

那時候，到灣仔駱克道《青年樂園》報社去領稿費，和編輯傾談，至今印象深刻，一切仍歷歷在目，如在日昨。《青年樂園》給讀者和作者一種溫馨的家的感覺。印象中那裡有很多活動，如功課輔導、寫作討論，還有歌詠、舞蹈、音樂等小組，大家可以各適其適，選擇自己感興趣的活動參加。我也曾經看到穿着校服的書院女學生跑上去和周刊的大姐姐談心事，可見周刊不但為青年學生提供功課和課外活動的輔導，還幫助他們處理生活和感情上的問題，是他們的良師益友。那麼，讀者和作者視《青樂》為一個溫馨的大家庭，那是很自然的事了。

不過，當年我很少參加《青樂》的活動，酷愛文藝的我就如一頭初生之犢，只是一個勁地拖犁耙地 —— 埋頭筆耕。那段日子，和周刊裡最熟悉的當然是督印人陳序臻先生了，還有編輯李玉菱，和較年輕的李石等。《青樂》同人辦報的認真用心是我所敬佩的。記得陳序臻先生曾為我一個短篇小說中的情節而去四處求證，直至得到合理的答案，然後才讓小說見報。陳先生溫文爾雅，待人和藹可親，給我留下了深刻的印象。

毫無疑問，形象傳統正派、風格清新活潑的《青年樂園》是上世紀五、六十年代香港青年學生重要的精神食糧，對一代人的成長產生了巨大的影響。當年正值東西方的冷戰時期，香港社會左右壁壘分明，當時年未弱冠的黃毛小子，不太清楚，也不想去理會甚麼「綠背文化」、「紅背文化」，自己有興趣的只是文學藝術，後來也以文藝青年自居了。我向一些報章的學生園地和文藝副刊投稿，也向《青年樂園》、《伴侶》、《文藝世紀》等刊物投稿；既看《南洋文藝》、《蕉風》、《海光文藝》、《文藝伴侶》和台灣的文藝書刊，也看《中國學生周報》、《文壇》、《當代文藝》⋯⋯ 在文學藝術的範疇裡，我的取態是兼收並蓄，來者不拒，就像一塊吸水的海綿。

《青年樂園》於1967年11月被查封停刊，成為香港「六七暴動」

的犧牲品。香港青年學生從此失去了一份優質讀物，實在可惜！後來，《青樂》的部分成員另起爐灶出版《學生叢書》，那是三十二開的雜誌式刊物，我也曾以夏洛桑的筆名應邀為該刊撰寫連載小説，還記得其中的一篇是〈墳場裡的往事〉。可惜出版三年多後，《學生叢書》無以為繼，也停刊了。

《青年樂園》停刊後的許多年，駱克道那個深綠色字的招牌仍然懸掛着，每次走經那裡，翹首注目，心中不禁感然。

寫作者大多悔其少作。重讀自己半個世紀前刊於《青樂》的習作，也難免覺得文字生硬粗糙，思想也幼稚偏執，是不成熟的習作。但在成長的過程中，這種感覺是正常的。當年的這些習作，正是那段青蔥歲月的真實記錄，它會留在我的記憶中，永不消褪。

2016年6月7日

於高貴林西木高原鹿野山莊

[1] 李德和主編：《二十世紀中國詩人辭典》（北京：作家出版社，2006），頁169。

# 我怎樣會成為《青年樂園》的撰稿人 — 何景安

## 作者簡介

何景安（1933-），筆名賀帆、平凡和貝凡等。廣東順德人，曾任香島中學、培僑中學等校的化學老師，香港高等教育工作者聯會名譽會長、高齡教育工作者聯會副主席，現已退休。據何景安老師自述，他約在1958年應邀替《青年樂園》功課版和科普版撰稿，每則稿費有一元、一元五角、二元五角、以至三元的多些，相比當年乘巴士車資僅二角，他認為那時已算是不錯的酬勞了。所以可以說何景安是《青年樂園》功課科普版的第一代台柱。

我是在上世紀的四十年代中後期才接觸學生刊物的。那時，我哥哥的一位女同學因為戀愛問題自殺身亡，在當年自殺事件並不多見，一份青年學生刊物就此出版了專刊，引起了我的關心注意，後來便一直訂閱這份學生刊物，她擴展了我的視野，更讓我從只有學校同學的小圈子擴展開去，認識許多追求理想、上進、珍惜友誼的好同學。可惜，1950年初港英殖民當局對這份健康的學生刊物和其他三十八個青年、康樂、歌詠、科技、教育、婦女及學生等團體加以取締，飭令解散。這些團體和刊物，曾經對當時香港青少年的成長，有着重大的影響和發揮了良好的作用，可惜的是，這次變故令這股健康的社會力量，遽然而止。

五十年代中期之後，我剛剛唸完大學化學系，便回到香港母校（按：即香島中學）服務了一段日子。那時候，一些報刊創建了科學版，很需要有人撰寫有關科學普及的短文章，我在老同事的推動下，也偶而寫點小稿送報章刊出。這也是使自己所學的理科內容加以消化，化為比較通俗的文字，特別是大學裏所學的是一般性的理論，怎樣解釋日常生活遇到的事情，還需要給予思考聯繫，因而是自己一個再學習和提高的好機會。

我弟弟（編者按：即何景常）就讀於九龍一所教會中學，我也不曉得他從哪一個途徑接觸到《青年樂園》，只知道他也是《青年樂園》的訂戶，並且和《青年樂園》當時的記者汪先生是好友，汪先生不時會來我家造訪，因此我又認識汪先生，對《青年樂園》的了解更多，我在四十年代的經歷，也使自己對一份健康學生刊物增加感情。

五十年代末，我轉到吳康民校長的學校服務，吳校長希望《青年樂園》的內容更為活潑，便設計增加不少文理科的小知識。由於切合學生求知識的要求，出版不久，便也受到學生歡迎，一紙風行，據說最多時銷路曾達三萬份，這對於一份青年學生刊物來說，是很了不起的。這樣就需要更多作者撰寫相關內容的稿件，他鼓勵我就學生在化學學習上出現的困難問題撰寫輔導性的文字和科學方面通俗有趣的文章。我覺得能夠讓同學在課餘得到啟發，幫助課堂學習；又有機會發表個人作品，這是一件很有意義的事，便盡自己的一點綿力給予幫助，也沒有計較稿費的多少。

相隔近六十年，我已經記不起寫過些甚麼稿件了，我只保存了幾份當年《青年樂園》給我的稿費通知書，那是用簡單的油印方法印出的，由《樂園》負責人用鋼筆書寫有關稿件資料。由於事隔近五十年，紙張都泛黃了，現在卻成了歷史上的「文物」和見證。記得當時每篇的稿費是1元、1.5元或多一點，幾乎一般都不超過「三蚊雞」。我記得，我還在唸中學的時候，曾經向報刊投過兩則幾十個字的名為「捉雞」小稿，獲刊出一篇，另一則「投籃」，稿費是1元，高興得不得了。如今，自己有一份工作收入，對稿費倒無所謂。那個時候，坐一次巴士的收費是

0.2元，還設有分段例如從尖沙咀碼頭到油麻地就只收0.1元(一毫)，到1970年7月，九巴才取消所有九龍市區及荃灣區路線的分段收費，統一收費0.2元(兩毫)。那麼1.5元能坐上七八次或者十五次分段巴士，相當於現在的幾十元稿酬，也算不俗了。對於一份財政並不充裕的學生刊物，這一稿酬標準是可以理解和接受的。當然，要靠撰文糊口便屬於困難的事了。不過，許多作者都是以支持一份健康的刊物的心情去撰稿的，撰稿名家眾多。一些義工還在工餘時候上報社去服務，從這裏看，《青年樂園》確實是艱苦經營，更受到大家的擁護和支持，這種精神是值得人們欽佩的。

香港中文大學圖書館將《青年樂園》逾一萬六千條資料素描上網，人們將可以從網上看到她的發展足跡。她於1956年4月創刊，「與青年學生一起探討一條光明的人生大道」，提倡健康進取生活，辦報方針貼合當時香港學生的需要和趣味。出版十一年後，在1967年11月停刊，她的停刊，對青少年是一個巨大的損失。從1956年創刊至今，眨眼間已經六十年了，那個時候的年輕讀者，今天已經陸續退休了，但在這些讀者的人生歷程上，就有《青年樂園》的培育影響，她的貢獻，可以說至今仍在！

2016年2月28日

# 我和《青年樂園》有緣份 —何景常

## 作者簡介

何景常(1940-)，筆名常敏。廣東順德人，父親何智煌是五六十年代香港馳名的「振興糖果餅乾西餅麵包有限公司」老闆。何景常是何智煌的第五子，他早歲在香港升學和成長，後來到英國升學進修，曾獲全英食品公開賽冠軍，為英國食品研究會會員，後來接掌「振興」業務，現移居悉尼。[1]何景常中學年代為《青年樂園》的活躍分子，他的兄長何景安亦因他而與《青年樂園》結緣。何景常不但積極向朋輩推介《青年樂園》，而且也因為家庭條件的優越，經常借出自己九龍塘的大宅，讓《青年樂園》的讀者舉辦聯誼活動。據他憶述，《青年樂園》的聯歡活動十分受歡迎，尤其是中秋或聖誕晚會，有時甚至有近百人參加。

我在五十年代中後期升讀了九龍一所教會中學，同學中有人擔任《青年樂園》的派報員，我便開始接觸《青年樂園》這份周刊了。她有許多學校的活動消息，讓我能了解各校同學豐富多彩的課餘生活，可以大開眼界，又有學校各科科目的輔導資料，幫助我們解決學習的困難，還有許多益智遊戲等等，對我非常吸引。隨着她的發展壯大，我竟然還當上學校的派報員，每周我都會上報館交稿和領取稿費，又為學校同學帶回新的一期《青年樂園》，和《樂園》的人員稔熟起來，因為擔任派報員的關係，因此還每個月領取一點點酬勞，我的零用錢還有《青年樂園》提供的一筆哩！

社長汪先生比我年紀大，但沒有架子，很快便成為我的朋友。彌足珍貴的是我的妻子 — 一位護士姑娘，就是由汪先生介紹而認識的，當年第一次會晤的地方就在山頂餐廳，汪先生將我心愛的姑娘介紹給我，最後共諧連理，走上人生的新里程，携手走過了49年，直至她因病辭世為止。因此，汪先生和《青年樂園》還是我倆夫婦的紅娘呢！

當年我喜歡拉手風琴，《青年樂園》有Party的時候，我也被邀請參與演出，玩得很開心。我當時住的地方比較寬敞，有三十人左右前來活動還是可以容納的，汪先生偶而也和一些同學前來我家舉行Party，我是小小東道主，算是我對《青年樂園》的一點貢獻吧！

不久，我升學英國，才漸漸減少和《青年樂園》的聯繫，但那短短的愉快的幾年，我至今仍然歷歷在目，非常愜意。

[1] 經濟導報社編：《香港經濟年鑑・1965》（香港：經濟導報社，1965），頁457。

# 永遠的「樂園」 —李石

## 作者簡介

李石(1950-)，筆名峰之鳴、峻峰等。他原任職工廠，因對文字創作有興趣，投稿《青年樂園》後，獲編輯賞識邀任為刊物的工作人員，負責採訪、記者和編輯等工作。他是《青年樂園》培養出來的青年作者，《青年樂園》後期頭版的專題報道，不少都出自他的手筆。後來，他到《文匯報》擔任編輯，工作長達39年，直至退休。作品也散見《大公報》、《新晚報》、《商報》、《華僑日報》等，以電影評論為主。

我是一九六五年加入《青年樂園》大家庭的，一晃就過去了五十多年，大千世界，滄海桑田、斗轉星移，世事變化萬千，許多事兒也許不堪回首，然而我心中這片「樂園」，半個世紀來總是讓我愜意地緬懷、徜徉於友愛、溫馨的樂土。

## 50年前的約會

一九六五年初我是個十幾歲的塑膠工人，我把一篇〈吹氣玩具製法〉習作以「自修生」名義投給《青年樂園》（編者按：下稱《樂園》），沒料不久便接到《樂園》來信約見。接見我的是編輯吳子柏大姐和督印人陳序臻，他們表示看過文章，知道寫的是真實工作，只是某個細節不夠清晰，需要弄清楚。他們似乎很留意眼前這小子的狀態，吳大姐關心地説：「工作很辛苦吧？你似乎很疲倦，睡眠不足。」

我想我當時的狀態明擺着，許多人都能像吳大姐一樣一眼看出我疲倦不堪，因為我在塑膠廠做的是夜班，熔爐熔膠的處境，氣溫高熱，你在裡頭坐着也要冒汗，工人通宵達旦不停支出體力，就會不停淌汗，到了早晨換班收工，已是周身疲倦乏力，正常日子是洗澡吃早點，趕快睡大覺；但是當日《樂園》約會大件事，我得把睡覺取消，細致梳洗完畢，換了乾淨衣服，沒有像樣的鞋子也罷，就踢對「人字拖」吧，我已盡量做到外型整潔精神抖擻，至於佈滿紅筋的雙眼，看起來確是「失禮」，但實在沒有辦法掩飾，算了吧，反正又不是選女婿，《樂園》老編怎麼看就由他們吧。

意外的是，跟老編談完稿件，吳大姐問我有沒有興趣到《樂園》打工，她簡單地介紹《樂園》的人員和工作程序，讓我一知半解，了解一份報紙呈現在讀者面前的過程，感覺很新鮮，以前我只是單純地買報紙來看，此外，許多生活點滴的感觸，不時都想能像大哥哥大姐姐那樣用筆寫出來在報上發表，這種願望肯定是當時的一個美夢，但到報社打工根本沒條件，當然從來沒想過，我對吳大姐突如其來的提議感到意外和驚喜，久久望着大姐說：「我真能到報社來嗎？真能夠做報社工作嗎？」記得吳大姐誠懇地微笑：「只要肯學習、肯努力、不怕艱苦，沒有不可能的事。」

## 走進「夢境」

自問向來感情特別豐富，對於事物總是好奇，腦袋裡不斷產生這樣那樣的問題，也就不斷自我尋求解答，寫作是天生的愛好，滿腔熱情不時湧動，甚麼時候才能寫篇像樣的文章，而且得到別人欣賞？當然我明白這不能一步登天，可是我連到學校進修的條件也沒有，要實現夢想顯然就有更高的難度。依稀從寫作指導的文章中明白要寫好文章就得接觸生活、多看、多寫、多思考，因而我跟《樂園》特別投契，《樂園》大部份版面都歡迎投稿，而且不同版面適合不同程度，例如比較幼嫩的文章可投於萌芽版，比較成熟的文章則安排在蓓蕾、文林中的專欄文章是專家的手筆，內容豐富多姿，而沃土版的短篇小說，則是作家的示範之作；此外，閱讀與寫作版的文藝創作理論，對於文藝愛好者和創作者是不可或缺的思想、技術指南，富有深入淺出的啟示和指導作用。我總是這麼想：一個文學愛好者即使沒有上學校條件，只要長期閱讀《樂園》，也能從不同版面的不同「課程」按步就班，逐步提高自己寫作能力。於是投進了「樂園」，也就走進了「夢境」。

## 「近水樓台」

告訴你一個秘密吧，當時投身《樂園》有這樣一個「陰謀」，計劃進了這個《樂園》，便來個「近水樓台先得月」，既然《樂園》是公認的學生文藝創作園地，我懷着熱情到裡頭去豈能不栽種不採摘？

老實說，這個企圖還真的讓我得逞了：除了每期《樂園》的文章必讀之外，報社還有許多文藝書籍，包括中外名著、文藝作品、文學理論、創作指導及日報、雜誌、期刊，以及有關社會、人生、思想、修養等著作，對我來說都有濃厚的興趣和極大的吸引力，《樂園》之樂，就是讓我像個飢渴的旅客遇到甘泉，縱情投身其間，暢飲飽嚐。我可以為許多書籍文章廢寢忘餐、通宵達旦，人生求知貴在兼收並蓄，那怕飢不擇食也無妨。

我總覺得《樂園》的編輯就是現成的老師，我能抓緊機會近身請教還不是「先得月」？因此，我可以提出書本和人生的各種疑問請教，我經常寫了小文拿給編輯批改，聽取他們意見，許多時候都獲得寶貴的提點。記得有一次描寫一位勢利的包租婆，編輯阿濃（朱溥生老師）看了稿子之後用紅筆把文章中「像一隻鬥敗的母雞」一句勾了出來，在空白處寫上「母雞不鬥」四字，簡單明確，指出文章比喻不當，印象極其深刻。

## 〈遠征鳳凰山〉

在《樂園》的日子，大哥傅華彪與李兆新、吳秋和我四位全職年輕小伙子，同吃同睡「同捞同煲」，興趣特別投契，因此工作之餘也經常有共同節目，其中旅行是一個熱門的活動項目。一九六六年秋高氣爽季節，我們「四劍俠」舉行了一次三天兩夜的遠足，決定長途跋涉到鳳凰山頂觀日出。首天我們到梅窩銀礦灣露營，第二天一早從梅窩向昂平步行進發，一路艱辛，到了昂平已經三更半夜，雖已筋疲力盡、困倦難耐，為了趕到山頂觀看日出，我們稍息片刻，便在淩晨三時摸索陌生、黑暗、險要的山路攀登而上，腳下步步緊張驚險，我們一路上互相鼓勵，你拉我推，共同扶持，直到山頂終於趕得及觀看日出，大家深刻感受到飽受艱苦磨難後實現願望的欣喜和成功感。

這次遠足登山旅行，我們像寫報告文學把整個過程加上當時的思想情感記錄下來，報社老編看了很重視，立即以〈遠征鳳凰山〉為題，在蓓蕾以全版圖文並茂刊登（1966年•第550期），標題下是初雛、秋桐、峻峰、立新四人「集體創作」。沒料文章刊登之後，迴響來自四面八方：第552期閱讀與寫作刊登了楚山先生的〈喜讀「遠征鳳凰山」〉，高度讚美年輕人的意氣風發、敢想敢闖精神；第555期文林版的「人生漫話」專欄，則有木耶子讚美文章洋溢着年青人的壯志豪情、朝氣勃勃；而在此時期，《樂園》湧現了許多郊遊、旅行、弄潮、登山文藝創作，全是來自學生的真實生活感受。當時《樂園》版面上這股體現學子回歸自然的青春、活潑氣息，顯然跟那一年代學生「兩耳不聞窗外事」的閉塞教育、以及歐美頹廢之風背道而馳，給予莘莘學子勵志和清新的教育。

## 到生活中去

「到生活中去」，這是《樂園》在版面貫徹的一大主題，對於一份學生報紙來說，倡導「到生活中去」是多麼難能可貴，因為要「到生活中去」，你就得走出象牙之塔，不能固守於井底觀天，而要跳出枯井投身廣闊天地去觀察、了解、體驗和思考；「到生活中去」，就是提倡拓展眼界，深入社會，探究人生。當你真正「到生活中去」，當會發現生活果真廣闊無垠，生活中不同層面人們的喜怒哀樂，蘊藏着無窮無盡可塑的題材。生活確是文藝創作的海洋，你能暢游在生活的海洋中，自強不息，也就是人生自我豐富、自我充實的過程。

《樂園》之樂，就在於給我提供無拘無束「暢游」條件。我以一篇〈吹氣玩具製法〉投身《樂園》，於是便從這個「浮台」起步暢游，從1965年加入《樂園》大家庭，到1967年11月《樂園》遭港英政府強蠻封閉，不足三年時間，我在《樂園》以記者身份採訪各行各業，用峻峰和峰之鳴等筆名報道社會各階層一些生活狀況，記憶猶新的文章包括訪問專門侍候馬匹的〈釘馬蹄的人〉、鮮為人知的〈魚欄工人生活苦〉、堅毅勵志的〈聾啞學生苦學記〉；〈當你喝鮮奶時〉則揭示擠奶製奶的過程、〈肩壓重擔的搬運工人〉讓你設身處地也能感受到壓力、〈夏日製冰忙〉描寫的是烈焰季節的「冰天雪地」、〈死人也要化妝〉走訪的是殯儀館為死人打扮的化妝師、〈富家「寵兒」〉則可見貧富懸殊，有的人是可憑狗貴的，而〈跳級制水〉、〈制水獵影〉反映香港制水時期市民苦不堪言、〈考試，考試！〉和〈被害的一群〉，呈現會考和畸形教育制度下莘莘學子的苦楚；另一方面，不妨看看那一年代青少年的生活環境：〈從報攤説起〉可見兒童「毒」物無所不在、〈歐美邪風襲港〉則見頹廢的歐風美雨意識無孔不入；〈弄〉描寫扒手技法五花八門，〈騙局〉則是騙徒賭騙橫行，這都構成光怪陸離的社會奇觀，但若説〈颶風〉可見的是無奈的自然災難，那麼〈眼球的故事〉卻是血淋淋的社會慘劇，雖過去半個世紀了，但當日被挖眼球的十歲孩子和他父親招待記者，他們無助、欲哭無淚情景，至今歷歷在目，畫面清晰……

## 知識的萌芽

「到生活中去」的確令我成長。半世紀前，那時對事物總是一知半解，思考能力局限，那時的寫作技巧是那麼生疏幼稚，但經一段時日堅持接觸社會不同層面，了解不同階層的生活狀況，不斷給我提供知識，不斷予我啟發，認識和積累也就豐富了。正如愛因斯坦說：「我沒有特別的天賦，我只是有強烈的好奇心。」我理解這就是本身的求知慾；培根說：「知識是一種快樂，而好奇則是知識的萌芽。」

所以《樂園》是我永遠的「樂園」，這片樂土曾經對我的人生有許多啟蒙，也為我之後幾十年的「爬格子」記者生涯和報紙編輯工作打下了堅實的基礎，永遠難忘。

# 在《樂園》遊玩過的日子 —黃炤桃

## 作者簡介

黃炤桃（1938-），又名香山阿黃，另有筆名照圖、趙陶、李乙，原名黃耀華，香港著名漫畫家，廣東中山人，在澳門出生。50年代在澳門修讀中學課程，其後主要靠自修精進。1953年開始發表創作，自此沉迷寫作，以及社會新聞漫畫。作品散見《中國學生周報》、《今日世界》、《青年樂園》、《海光文藝》、《當代文藝》等期刊及香港各大晚報。1953年至70年代前，繪畫漫畫的稿酬成為他的主要收入來源。70年代，每天在《快報》專欄發表《四米厘》，取意每天連圖400字，有如紙上4米厘電影。後來又同時為《星島日報》撰寫較長字數的專欄《超四米厘》，二者後來都結集出版。其後文風轉變，欄名改為《推窗望》，取意推窗多看外邊世界。又著有《秀才與筆》。[1]

連著作暢銷累計達四百萬的村上春樹，重看自己年輕時寫過的隨筆，都為「居然寫過這種東西」臉紅而嘆氣，可見不論中外大小作者，無不「羞談少作」；所以羞，大概認為今日之我，已非舊日之我，隨歲月增長，作者主觀感覺當然是進步多於他人眼中客觀的變化，不然也不會經常聽到有些老讀者批評某某作家新作不如舊作，卻不知道作家反而滿足他的近作而羞於少作。

作家們活到一百五十歲，一樣羞談他一百歲時的「少」作是必然的了。但是年輕時開始熱愛寫作，就算活到中年老年，少作怎樣見不得人，總有過點滴青春氣息，大不了今日自己看來有點那個的東西，也不過是文字上幾顆青春痘，青春痘也珍貴呀，文藝青年時代有過，不是甚麼羞事吧。我終於鼓起勇氣打開鍵盤了。

上世紀沒有電腦打字，一旦戀上那些四百格五百格原稿紙，發表慾旺盛起來，真是比戀愛還熾烈百倍，只要探知到那份報刊雜誌有個地盤歡迎投稿便欣然搶灘，好比瀉地水銀般無孔不入了。除了堅持原則不談政治，只要左中右任何刊物任由我手寫我心，題材可以自由發揮的話，便非留過我的足跡不罷休，幸喜那些不同立場的刊物，總有個包容開放接受外稿的角落，十五歲那年，少年不知酒滋味，便在澳門天主教人士主辦的《號角日報》，套用「減字木蘭花」的詞牌，寫了首〈勸君飲酒〉，題材不是明犯「十誡」嗎？可是編輯先生還是來稿照登，高層對這個搗蛋作者也沒有意見。投稿的日子那麼如魚得水，從而便助長我下定決心立志做個在野不在朝的自由撰稿者。

以學生刊物來説，除了《中國學生周報》（下稱《周報》），供稿最多還是比《周報》遲來的《青年樂園》（下稱《樂園》）了，對這兩份類似同父異母卻又不相往來的姊妹刊物，她的年輕作者幾乎都一見鍾情，無不愛「綠」成狂：《周報》報頭是吸收過充足陽光的深綠，《樂園》則是初見陽光嫩綠的青葱，事實每週一份心愛的刊物，也真的解決不了小作者們作品急於見報的飢渴，滿肚子青春資料如萬馬奔騰湧來，可落腳的園地少得那麼可憐，怎能怪青春文字軍不明裏暗裏愛草戀葱一腳踏兩船！

生怕《周報》不歡喜，大家憑着左腦開始發達的小聰明，全都有默契另外改個筆名投稿給《樂園》（詳情見《星島》專欄〈推窗望〉中兩篇文字）[2]，我在《樂園》所用炤桃和李乙的筆名在《周報》便從未出現過，而《樂園》就是特別喜歡《周報》作者來稿，對我偏愛到來稿必登也就不言而喻。

最有趣的投稿《樂園》回憶，就是那時我對音韻剛剛發生興趣，有嫌五言七言舊詩變化不大，比較喜歡靈活的詞曲，但是沒看過西江月／

破陣子/ 浣溪沙等原譜，填了詞唱不出來，也不想白費心血，於是借着元曲格式和汲取過當年《娛樂新聞》大戲曲詞的養料，拼合從電台聽熟的廣東譜子，以粵劇形式撰寫了一個獨幕劇寄去，主要還是故意給這份學生報刊來個挑戰，看看稿子會不會投籃（又一次搗蛋了），打開時卻眼前一亮，獨幕劇第一時間登了出來，中獎一樣興奮，再接再厲，便連攻幾篇。

獨幕劇內容單薄，目的無非志在享受押韻過程的樂趣。不可不知，那年代學生中滿佈書院仔女，不是來自書院的，也多奉父母之命，為自己日後洋行有好出路而學好英文的年輕人，大中學生外出無不以手持英文書刊為時尚，情況一如今日手機不離手，電台歐西流行曲不消説已成主流，唱片公司由朝到晚播放披頭四/ 貓王和奇里夫李察；《中國學生周報》期期暢談高達、費里尼電影和巴哈、莫札特音樂，所謂「本土意識」那個名詞還未出現，粵語片賣座都不如英語國語片，粵曲粵劇視同下里巴人市井口味，絕對登不上任何文藝刊物大堂小堂，能「破格」採用我那些異類習作，也夠縱容我這個反斗作者了。

雖然花盡心思在曲詞上配上簡譜，曲詞中的廣東話也嚇壞飽受殖民教育的書院讀者，發表過好幾個獨幕劇之後，編者終於受不住壓力，迫於無奈來信婉言勸我停寫了，難得在餘稿依然放在版頁上重要位置全部登完，文人辦報時代不止大型報章禮待作者，小型周刊年輕的編輯大哥，對小作者也懂得如何提攜和尊重，這個上世紀美麗溫馨的文化傳統，不知今日是否還存在了。

---

[1] 劉以鬯編：《香港文學作家傳略》（香港：香港市政局公共圖書館，1996），頁459-460。

[2] 該兩篇文章為：香山阿黃：〈周報樂園〉，《星島日報》，1992年6月18日；香山阿黃：〈再說「樂園」〉，《星島日報》，1992年6月19日。

# 懷《青年樂園》 —陳文岩

## 作者簡介

陳文岩（1947-），福建泉州人，國際知名腎科專家。曾任香港腎科學會主席和亞洲器官移植學會創會秘書長，並曾是香港大學醫學院教授、北京醫科大學和廣州中山醫科大學客座教授。除了醫術精湛外，陳文岩自幼愛好中國古典詩詞，創作頗豐，已發表了逾2000首古典詩作，現為香港詩詞學會名譽會長。此外，他也醉心書法，曾多次在香港、北京等地舉辦個人詩書展，廣受肯定，現為中國書協香港分會顧問，已出版6本個人詩詞書集。

陳文岩小學在蘇浙小學就讀，後升讀皇仁書院。由於其學習成績優異，曾多次以「弦鈎」的筆名為《青年樂園》撰寫功課指導。其後，他又以全級最高分的成績，考入香港大學醫學院，並以總分成績最高金章畢業，36歲已為醫學博士。[1]

紙上甘霖青少年，
樂園燈引百家言，
春風課外催桃熟，
破屋床頭枕筆眠，
思縱無拘能見報，
稿還有潤更開顏，
當年誰不愁生計，
酬少也歸糴米錢！

[1] 李靖越：〈陳文岩：詩書合一 尊古求新〉「雅昌藝術網訊」2015年8月19日。摘取網站：http://gallery.artron.net/20150819/n771385.html，摘取時間：2016年7月20日，21:00。又參考：〈曾憲梓邱德根等主診醫生 腎科名醫豪宅遭爆竊〉《星島日報》2001年6月9日，A13版。

# 青年周刊，也是青年的樂園 —*陳坤耀*

## 作者簡介

陳坤耀（1945-）是香港著名經濟學家，曾任香港嶺南大學校長。自幼喪父，母親靠勞力把他姐弟二人撫養成人。據他自述，就讀皇仁書院，約十二、三歲時，已開始投稿《青年樂園》。他曾見證過《青年樂園》報社由波斯富街4樓搬到駱克道的社址，也即是他曾到過報社的三個不同社址參加活動。中學時代的陳坤耀，是《青年樂園》活動的中堅分子，曾參加《青年樂園》舉辦的多類活動，包括讀者聯歡晚會、讀書會、話劇表演、露營等等。他常以筆名文勁在《青年樂園》發表文章。1962年，頗有市場觸角的陳坤耀，在中五會考後，集合多種名校的生物科筆記和教材，寫成 *Biology - Gateway to Success*，並在《青年樂園》編輯陳序臻引薦下，找到了出版商印刷出版，成為第一本貼合本港會考生需求的生物參考書。其後，陳坤耀多次根據市場需要對該書略作修訂再版，風行約近11載，直至生物科的會考課程被大幅改動為止。也就是說陳坤耀大學畢業，在港大任教時仍在收版稅。故《青年樂園》成為他中學年代最重要的課外讀物之餘，也某程度改善了他一家的經濟環境。

我已經忘記了怎樣開始去閱讀《青年樂園》和參與它的活動。但我相信原因有兩個。第一，是我從小就有「棄強選弱」的性格。那時，我的中學同學都只看《中國學生周報》，我似乎是同年級中唯一看《青年樂園》的。反叛的性格，使我選擇了《青年樂園》。我也曾跟隨同學去過一次《中國學生周報》，但我不太喜歡那邊的氣氛。第二，我小時候受到一位同屋大哥哥的影響，聽了「抗美援朝」的故事。而自己家貧，看到窮人的苦難，很早就有左傾的社會主義思想。但當時我也不太了解《青年樂園》的背景，只知道《中國學生周報》是有台灣和美國的背景，我就傾向了《青年樂園》。

第一次上《青年樂園》應該是1958年，我當時在皇仁書院念中二。去的是波斯富街的社址。不久，報社就遷到了駱克道395號。當我第一次上駱克道395號時，心中有無限的驚訝，因為那個地方是我念小學時成達中學（暨小學）的校址。同一的地方，同一的樓層，我兩次結緣。緣份真是不可思議！在駱克道395號，我在《青年樂園》度過了最享受和最活躍的時光。那大約是1959年到1962年的時期。當《青年樂園》再次搬遷到駱克道452號時，我在念大學預科，功課吃重，也就漸漸淡出。但關係還是維持。所以我上了大學，也曾替《青年樂園》撰寫會考指南。

在那幾年間，我參加了很多的康樂活動，和幾位社友、作者組織了文社，也嘗試寫作投稿。我知道自己不是作家的材料，所以對自己的期望不高，雖然也有十多二十篇的文章獲得刊登。但我最享受的是各式各樣的康樂、文藝活動。如旅行、晚會、露營、唱歌、舞蹈學習和表演，也有戲劇演出和化妝培訓。當然，閱讀《青年樂園》周報，是最期望和開心的事情。記得那時每一個星期六中午的時間，都在家住的三樓露台期望着新的一期《青年樂園》「飛」(編者按：即拋擲)上來，是真的「飛」上來。那時派報是從街上「飛」上每一個讀者的家中。在我的記憶中，只有一次派報員失了手。

在《青年樂園》的那段時間，我最熟悉的工作人員是李社長、陳序臻總編、傅Sir（華彪）和何麗萍小姐。見到李社長的時間不多，但印象很深，他永遠是帶着和藹的笑容，很穩重，也很慈祥。那時，在我的眼中，李社長是我尊敬的叔叔和長輩。但其實那時他還不到四十歲。陳總編是我接觸最多的。他很專業、很有學識，跟我談了不少文藝、社會、世界大事的題目。但是他從沒有説過「統戰」的話，完全沒有政治的意味。他沒有，其他的工作人員也從沒有。在1962那年，我要把我中學會考生物科的英文筆記出書。十七歲中學生的我，只有願景，沒有實際的知識和經驗。陳序臻先生真的非常helpful，教導我出版的事情，也介紹了他的親戚替我做排版印刷的工作。我那本筆記 (編者按：即後來的 *Biology - Gateway to Success*) 最後行銷了十一年，替我賺取了可觀的收入，實在是有賴陳先生的幫忙。傅Sir也與我有較多的接觸，我曾替他負責的版面寫過文章、會考指南，更曾替他的補習學校當數學老師。何麗萍小姐是負責文藝康樂活動的旗手。她的人很好，親和力很強。我們的活動總是在歡樂聲中結束。

回首在《青年樂園》最活躍的時期，只是三、四年的事情，但現在回想起來，真不相信那只是幾年間的時光，我的感覺是沒有十年，也有八年的時間在《青年樂園》度過。那段時間，我應該是學了很多東西，團體活動和團隊精神，人與人的相處之道、對文藝的認識、對寫作的興趣等。充實的三、四年，使我到了超過半個世紀的今天，還是在腦海有深刻的回憶。

陳坤耀在《青樂》參加的部份活動。
(相片由陳坤耀提供)

# **我**是《青年樂園》派報員 —石中英

## 作者簡介

石中英(1950-)，原名楊宇杰，又名楊向杰。香港出生，石中英是他70年代開始採用的筆名。1962年，石中英入讀金文泰中學。13歲那年開始，他經同學介紹成為了《青年樂園》的派報員，自此與刊物結緣。石中英曾先後任職報刊編輯和數學教師多年。由於熱衷文藝，故創作包括文學、音樂、哲學等多方面。70年代中開始擱筆從商，先後從事旅遊、酒店及工業等業務。近年也積極投入出版、電影等文化產業，成立「火石文化」，任書刊、音樂劇、電影出品人。

13歲那年，正在金文泰中學念中三。

一天，同窗好友梁中昀 ——「阿玀」對我說：「阿咩，去不去派報紙，賺點外快？」「去！」毫不猶豫的我回答。家道中落，每天上學只有兩塊錢零用，包括了回校返家的搭巴士錢、早餐、午飯……實在艱難。

於是，放學後，隨阿玀從北角炮臺山到了灣仔駱克道、鵝頸橋消防局旁的一幢大廈13樓。報社大門上掛一個招牌，四個大字 ——「青年樂園」。

當年瘦小的我，面對這其實只有50平方米的報社，還是覺得挺大的。初見報社的編輯、社長，感覺只有親切，並沒有高不可攀的印象。

另一個高班的金文泰師兄早已在場，他便是謝鏡添 ——人稱「阿督」。原來，他已是《青年樂園》的資深派報員，亦是他囑「阿玀」找我來幫忙的。他招呼我和阿玀後，便和其他來自不同中學的學生派報員一起，圍着乒乓球枱，一起摺報紙，即是將一疊疊帶有油墨香氣的剛從印刷廠送來的報紙，順頁按序，摺疊而成一份一份的周報。

然後，報社給我一張當天要派發的訂戶名單、地址，以及一張該區地圖，我便拿着報社分發的剛才大夥一起摺好的周報，獨個兒出發，按地址把《青年樂園》送上門。

在以後的兩年半時間裡，逢星期三下午，不論上課或假期，我都會上「十三樓」，圍着波枱摺報紙，然後拿着地圖按地址派報，做個報童。直到中五下學期，由於要應付會考，便中止了這份平生的第一份工作。但《青年樂園》派報員，不僅成了我人生的第一個「文化符號」，還成就了《青年樂園》報社的「金文泰三劍俠」—— 因為謝鏡添、梁中昀、楊宇杰，即是阿督、阿玀和阿咩，都是來自同一所學校忠心勤勞的派報員。

派報，當然是有錢的，這是給報童的薪酬。當年，《青年樂園》在報攤的零售價是港幣壹角，但派報員每派一份，就可得五分錢的報酬。報社在分配派報的數目時，是盡量公平的，不會讓一些派報員「太飽」，也不會讓另一些派報員「太餓」。故而，每個派報員每週都能分配到約四五十份，所以每週可賺二至三塊錢。除非有學生派報員臨時請假，其他人頂上，才可賺多點外快。在六十年代，一個嘉頓麵包才一毫子，一支維他奶才兩角錢，一碟菠蘿牛肉飯才一元二角，兩塊錢對一個窮學生來說，已是一個很大的幫助了。[1]

兩年半的報童生涯，我拿着地圖，按着地址，乘坐電梯或爬上樓梯，將《青年樂園》派到訂戶的家居。我的足跡曾留在港島的灣仔、中環，也坐船過海派過九龍的油麻地、旺角、深水埗……能夠用腳步和眼睛遊學，來「讀」一個六十年代中葉的城市，這是書本上讀不到的風土人情、社會閱歷，也是金錢以外更大的收穫。

每週派報後最窩心的事，是入黑時，帶着一身的汗水和疲倦的軀體，到灣仔「阿羅」的家中會合。「阿羅」會將一個替我從報社拿回來、內有當天薪酬的信封交給我，而他的母親則會給我端來一碗甜甜的紅豆粥，彷彿是給我一天的派報生涯，劃上了完美的句號。

在一個沒有傳真機和互聯網的年代，連電話電視亦只為少數人所擁有的香港，我們這些學生派報員，可以身體力行地把刊有青年喜見樂聞、健康向上的資訊文字的刊物，送到他們的家中、手裡，那是多麼的有意義呢！《青年樂園》派報員，既是我人生的第一個「文化符號」，也是我終生引以為傲的身份。

二〇一六年．秋

1962前後的謝鏡添（右）。

1962-1963年前後的石中英（前排左一）和梁中昀（第二排右一）。

*為紀念早逝的《青樂》派報員謝鏡添和梁中昀，*
*石中英於2009年成立「謝鏡添、梁中昀、楊宇杰基金會」，*
*以資助各項文化、教育和學術活動（包括本書）。*

[1] 筆者後來把《青年樂園》的派報生活記錄在〈報童〉一文。詳見：石中英：《我愛秋風勁》（香港：香港青年出版社，1975），頁56-62。

# 外一章：永遠的社長　我們的阿叔　—石中英

阿叔於80年代初回穗前攝於《青樂》社址樓下。

2014年1月，南極歸來，甫下機，便收到了「阿叔」辭世的消息。

儘管早有心理準備，但淚水仍不禁如泉湧出。

「阿叔」是《青年樂園》的老社長李廣明。

我是在1963年到《青年樂園》周刊當學生派報員時認識社長的。當時，13歲在「金文泰」唸中三的我，只覺得他學識廣博、和藹可親。後來，沒想到他的環球視野、他的國情分析、他的嚴厲、他的親切、他的哲理、他的精神，鞭策打造了青年的「阿咩」(按：即石中英的昵稱)[1]。「阿叔」，是我青年時代啟蒙的導師。

「阿叔」與我在六七十年代如父子師徒的關係，隨着我在1981年去了華南旅行社工作，「阿叔」亦回國到暨南大學擔任華僑史研究室的主任後，一度中斷。直到分別了四分一個世紀後的2007年，我們才在《青年樂園》舊友的協助下，重聚在我家中。

我最後一次與「阿叔」相擁道別，卻是在2012年的歲末，在他廣州黃埔居所的門前。

「『阿咩』，今天是我一生人最高興的一天！」在頑疾折磨下的阿叔，雙眼仍然迸出頑強而閃亮的目光。

那一天，一眾《青年樂園》的舊友與「阿叔」夫婦茶聚後，大伙兒在廣州的花城廣場漫步，讓已甚少出門的老人家坐輪椅看看新落成的廣州電

2007年，《青年樂園》社長李廣明伉儷（前排．左二、三）到訪石中英家，與眾舊友相聚。

視塔，拍拍照。然後，再一起暢遊國共第一次合作時期的「大元帥府」。

「阿叔」當天非常興奮，打從我到他家接他開始，到活動完畢送他返家門前，都精神奕奕。不知情的旁人，決不會猜到幾個月前我們還擔心他進了ICU能否出來。近30年來，他已不知在地府門外徘徊了多少回？

但我深知，夕陽無限好，已是近黃昏。

「『阿叔』，你是我終身的導師。感謝您對我們的教誨，我永遠是您的學生。」

這是我面對面對他說的最後一句話。

難忘他臉上自豪的笑意，也難忘他眼角閃出的淚光，而在他面前永遠渺小的我，在擁抱道別後，一轉身，眼淚已是潸然而下，只是不願讓他見到。

那一天，我們這些從小受他教誨成長的「青樂同學」，做了我們應該做的事——在阿叔最後的歲月裡，感恩反饋，讓他自豪，讓他快樂……

2013年的夏天，理工大學舉辦「戰後香港的政治運動」的系列講座，我答應了擔任專題為「《青年樂園》週報」的講者。為了印證歷史，我除了向《青年樂園》的督印人及總編輯陳序臻請教外，還在講演前夜，致電「阿叔」，打擾了快就寢的他。

聲音有點沙啞、帶點疲倦的阿叔，還是耐心而清晰地回答了我所有的問題，並提醒我講話中要強調的重點……原來短短11年「壽命」的

《青年樂園》週報以及她的編者、作者和讀者，一直是這位老社長一生的牽掛和自豪。

誰想得到，這竟是我與「阿叔」的最後一次通話？

這年的歲末，正籌劃再次探望「阿叔」之際，才聽説他早在中秋前後進了醫院。一種不祥之兆在心中冒起。畢竟，「阿叔」已是88歲高齡，這個生命鬥士，已與頑疾戰鬥超過四分一世紀，他的長壽和意志，已經是個奇蹟了！

2014年1月8日，與我結緣50載的「阿叔」終於走了。

「阿叔」走了，但他其實還活着……

## 今天，我們決定

### 悼念《青年樂園》社長

今天，
我們決定：
不用哭聲為你送別；

今天，
我們決定：
不用淚水為你辭行。

因為：
你離開了，
你又回來；

因為：
你死去了，
你又復活。

你活在解放前夜的廣州學運，
你活在殖民地香港的愛國學校；

你活在「反英抗暴」中被封的《青年樂園》，
你活在「獅子山下」啟迪大專生的「認祖關社」。
你活在暨大校園的僑史研究，
你活在華裔子弟的學成建業；
你活在回歸後香港的立法會內，
你活在惠澤全球的「中國製造」。

你活在飄揚的五星紅旗下，
你活在祖國的壯麗河山中……

今天，
我們決定：
用喝采為你送別；

今天，
我們決定：
用贊歌為你辭行。

因為：
你一生活得精彩，
光明磊落；

因為：
你終身春風化雨，
大愛流芳。

你死去了，
然而你又復活……

因為今天，
我們決定：
讓你永遠永遠 ——
活在我們心中！

編者按： 李廣明於2014年1月8日逝世，四天後出殯。《青樂》同學自港赴穗出席喪禮，在靈堂前朗讀此石中英創作的詩，向他告別送行。

# 細賞《青年樂園》

## 各版文章選

讀書講壇
科學樂園
讀者攝影選
給少男少女們
萌芽
Garden of English
GARDEN OF ENGLISH
萌芽
閱讀與寫作
生活專頁
燈塔
詩專頁
GARDEN of ENGLISH
地理專頁
閱讀與寫作
閱讀與寫作
英語樂園
Jokes
集郵樂園
語文
旅行响導
週末影評
海風

# 專題報道

《青年樂園》的頭版，是整份刊物最重要的一個版面。由於頭版是刊物通常最先示人的欄目，其內容最能體現刊物的性質和讀者定位。這個版面刊載的文章主要是一些與學生活動和事務、青少年趣味有關的專題報道和特寫，如校際音樂節、學界運動會等。與其他五六十年代的青少年刊物比較，這個版面有其獨樹一幟的內容：不但注重介紹和報道不同行業的狀況，而且還十分緊貼當時的市民生活，尤其是反映低下階層的生活面貌，並勇於回應新事物及發掘被忽略的題材等。這個版面最初主要由第一任社長汪澄及後來的總編輯陳序臻負責，六十年代中，編輯李石加入後，也不時由他來撰稿。

特寫

# 誰知池中鹽，粒粒皆辛苦 —— *澄都*[1]

**選自** 《青年樂園》，第84期1957年11月16日。

## 賞析

本篇介紹的是香港今天已經式微的造鹽行業。其實香港自古就是產鹽地區，在西漢時期，香港地區鹽場劃為番禺鹽官管轄。[2]而大澳則是香港的一個重要漁業和鹽業中心。學者蘇萬興的研究指出：「三、四十年代是大澳鹽業的全盛時期，當時大澳出產的白鹽，不但行銷本港，還遠銷中國內地。當時鹽業從業員人數有三百之多，每天進出大澳運鹽的船隻，不下三百艘，鹽業在經濟上足可與漁業平分天下。鹽工還組織成立『香港鹽業職工會』，以維護工人權益，並且開辦工人子弟學校。」[3]

大澳製鹽行業開始走向下坡是因為在第二次世界大戰以後，泰國、中國大陸等地，向香港大量傾銷價格便宜的食鹽。「到了六十年代，大澳所有大鹽田的老闆都退出鹽田經營，大部份鹽工也因鹽田結業而轉行，只剩下極少數鹽工矢志不移地苦苦經營。然而，到了1977 年，大澳最後一位老鹽工也因年邁而停工。製鹽，大澳這個古老行業從此畫上句號。」[4]以下選文，則是《青年樂園》編輯從市民和製鹽工作的角度，結合造鹽程序，在香港製鹽行業走向衰敗之際，走進大澳所作的專題報道。有關議題今天看來特別有本土的歷史感。

## 海底有個大神磨，你相信嗎？

你天天吃鹽，你知道多少鹽的知識？

關於鹽有許多有趣的傳說。

傳説，在海底裡有一個巨大的神磨，日夜不停地旋轉，食鹽就是從那神磨裡磨出來的。這是神話，神話當然不會是真實的。

如果我說的不是神話，你會相信嗎？

我說，大海裡的鹽是從河裡來的，你相信嗎？

原來，陸地上有千萬條大河，河水都是流到大海裡去的，河水一面流，一面把沿途的岩石和土壤中的一些物質不斷溶解到水裡。這些物質溶在水裡就像砂糖溶化在水裡一樣。它無影無蹤地隨着河水流入大海裡去。溶解在河水裡的物質有很多種，其中就有食鹽。

淡淡的河水，不斷把少量的鹽沖入大海，幾千年幾萬年的沖積，海水不斷蒸發（食鹽不會蒸發），因此，海水越來越鹹，鹽在海裡越積越多。平均每十萬公斤河水，有一公斤多一點鹽；十萬公斤的海水，有二千七百公斤的鹽。

## 這不是神話

如果一個人沒有了食鹽，將會變成甚麼樣子？

傳說，從前有些專做綁票的強盜，把人綁到了荒僻的山野中去，他們給「票心」吃的東西，裡面一點鹽也沒有。於是，這個「票心」全身發軟，四肢無力，不用綁他也不用人監視他，也逃脱不掉。這不是神話，一個人長時間沒有鹽，真是會四肢無力的。因此，鹽是人們生活不可缺少的東西。

## 製鹽有甚麼「竅」妙

海水是鹹的，海水含有鹽份，但是，這些亮晶晶的鹽粒，是怎樣製成的？

記者前兩天特別為此事去大澳鹽場採訪。

製鹽的方法，有許多種，大澳目前只有一種，名叫「水漏法」。

「水漏法」有六個晒鹽池，統稱為「一漏」。每個池約三十碼丁方，池底用小石子砌成，池底的小石子砌得很平，很光滑，鹽工常常拖着一個大石轆，像修路一樣，把池底轆平。六個鹽池分六格，連接在一起，遠望好像四四方方的六塊田。

首先，用水車把引入水坑中的海水，車到第一號鹽池，讓陽光與海風蒸發水份，水份蒸發了一部份，這時，第一號池的水已比海水又濃又鹹，這是第一次蒸晒。其餘各池都未有水的，池底的小石子受到猛烈的太陽曝晒，熱度升高，便將第一號池的水引入第二號池，鹹水受上下的熱度蒸發，又把一部份海水消散，這時，池裡的水比海水更濃更鹹。於是又將水引入第三池、第四池、第五池，水每到一池，都蒸發一部份，剩下來的水份愈少，鹽份愈多。到第六號池，海水已變成閃閃發亮的結晶體，一粒一粒像水晶砂一樣的鹽，白茫茫一片，閃着銀白色的光芒。

這時，鹽工們便將五六擔「鹽種」（已製成的普通的食鹽），放入鹽池裡去，使池裡的鹽加快凝結，製鹽便成功了。每一漏鹽池，海水由第一號池引到第六號池，在有北風而又有猛烈的太陽之下，普通需時一兩日，天氣愈好，生產愈多愈快。據說每一漏池每一兩天的產鹽，有七八擔的，也有十餘擔的，如果出產十擔鹽的話，除去五擔「鹽種」，實則淨產五擔。

大澳原住居民，是很少靠造鹽吃飯的，鹽工們大多數來自惠陽、汕頭、揭陽等地，人們稱這些鹽工為「鶴佬」。「鶴佬」真有他們的一套本領，他們不但刻苦耐勞，而且對晒鹽有豐富的經驗，有些世代相傳，都是造鹽，成為技術上的「師傅」。比方，我們在化學上測試鹽的份量，是用一個測量表。而鹽工們試鹽份只用五顆珠子，這些珠子是中藥舖的「石蓮子」，它像花生米一樣大小，每粒重量不同，鹽工們要試第一號池的鹽度，便投下最輕的一粒黑珠子，如果珠子浮起來，便可以引入第二號池，五粒珠子試五格池，非常準確。

製鹽還有一種「沙漏法」，每漏有隔水池，這種製鹽方法比「水漏法」更複雜，設備工具要多，用人要多，資本要雄厚。十多年前，大澳有「沙漏鹽」出產，現在記者仍可見到沙漏鹽池的遺跡。沙漏鹽在十多年前，稱為「大澳之寶」，遠銷菲律賓等海外各地。它比我們今天所吃的鹽潔白而幼細，味鮮而可口，酒樓、醬園多喜用它；特別是「沙漏鹽」藏黃花魚，是一種名貴的鹹魚。可惜，香港市場不景，銷路不多，我們現在很難吃到「沙漏鹽」。

## 一粒鹽一滴汗

說起造鹽的人兒好辛酸！

他們的命運決定於天氣，真是一種「靠天吃飯」的人。每年的雨季，天晴的日子少，陰雨的日子多，他們停手就要停口，有時，暴風雨來臨，連辛苦經營的鹽池也沖毀了，要挨更抵夜，日夜辛勤地去搶修。前次「姬羅利亞」小姐襲港，他們損失萬多元，直至現在仍未完全恢復。

風雨是鹽工最討厭的敵人之一。太陽是鹽工最歡迎的朋友。他們一大清早起來，用水車把海水灌入鹽池裡去，太陽越出越猛烈，他們身上的汗水，也像水車的水一樣，滾滾地流。鹽池蒸發出濃烈的鹹氣、熱氣、腥氣，炙熨着他們的身體；火辣辣的鹽池，烤着他們的腳，真是一粒鹽一滴汗了。

大澳有三間鹽務公司——「泰山」、「天山」和「合豐」，屬下有七八十個鹽工。他們的勞資關係是：由公司向政府投標鹽田，出產的鹽，有些是勞方佔五二，資方佔四八，有些是五五對分。鹽工如果每日得到八擔鹽，除去四擔「鹽種」，再與資方對分一半，鹽工實得兩擔，目前每擔是三元五角，兩擔合共價值七元。如果天天這樣，每月入息二百一十元，勉強維持一家，可是一年的日子，有很多時候是下雨的，就算一日天晴一日下雨，或忽晴忽暗，都不能晒鹽。因此，鹽工在風雨的日子，便要冒着暴風雨，入深山劈柴，幫補生活。最近鹽市滯銷，鹽倉將快滿瀉了。鹽工的血汗收穫，不能賣出，只有東借西借，吃粥吃雜糧過日子。我們天天吃鹽，有誰知道池中的鹽，粒粒都是辛苦得來的哩！

---

[1] 作者澄都，是《青年樂園》第一任社長汪澄的筆名。

[2] 黎明釗、林淑娟：《漢越和集：漢唐嶺南文化與生活》（香港：三聯書店有限公司，2013），頁199。

[3] 蘇萬興：〈坐言集之大澳鹽業〉，轉引自：http://www.somanhing.com/gotowalk/dist/outisland/lantau/taio/salt.pdf，摘取時間：2016年8月25日，7p.m.

[4] 同上註。

# 學界田徑健兒 ——本報記者．晧旰[1]

**選自** 《青年樂園》，第262期，1961年4月14日，第262期。

## 賞析

《青年樂園》十分重視廣受學生讀者關注的群體活動。其中南華會學界田徑運動會就是刊物專題報道的「重頭戲」。南華體育會是香港歷史悠久的華人體育團體，長期主辦校際學生體育比賽。[2]每次學界運動會，《青年樂園》都會派出專人擔任記者，詳細報道有關賽事。第一屆南華會全港學界田徑運動會，在1948年底開始舉辦，[3]至2016年底，已舉行了70屆。以下選文就是其中1961年賽事的報道。

文中提及的培正中學，現在依然是學界運動會的勁旅。當年長期位列前茅的培僑中學，由於那時傳統左派學校十分強調「德、智、體、群、美」五育並重，故在學界體育競技上曾有不錯的發展。此外，由其中的報道和訓練花絮可以看出，當年各校對於體育運動的重視，師生關係也十分融洽。

南華會主辦的全港學界田徑體育運動大會，在本月十六日就要開幕了。這一屆參加的學校單位，一共是廿七間，比上一屆多了三間，可見，各學校對於田徑運動，是比以前重視一些。

### 培正中學人材濟濟，老師指導學生練得勤

這一屆田徑運動會，培正中學的各組選手，人材濟濟，他們不只參加的人數多（八十六人），而且測驗的成績一般都很好。最近幾年，男子甲組錦標，都是培正奪得的，今年也不會例外；同時，男乙、男丁和女子幾組的狀態都不錯，特別是女甲，今年有相當大的可能戰勝去屆冠

軍培僑的。自從去年十二月該校田徑運動會，挑選出一批優秀的運動員以來，他們就規定每星期練習三次。每次都分別由幾位有名的體育先生耐心指導，如黃啓堯先生，許明光先生，陳立方先生……都在場督促他們，教導他們怎樣接棒，怎樣起步，怎樣發力……同學們的練習也是非常認真的，一次比一次努力地練，希望為學校爭取更大的榮譽；現在，他們的成績比較校運時又提高了。

培正的選手，有新的，也有舊的；去屆曾經參加過運動會曾獲得優異成績的，如歐陽健堂、馬百里、黃冠生、鄭公國、鄭美英、封培恩、黃昆臨、黃妙璇、吳凱年等，今年都有參加；另一些新手，如梁鎏、李真如、吳雄鈞等成績都不錯。今年剛從乙組升上甲組的趙仲麟，現況很佳，跑男甲一百公尺，校運時是12秒多些，相信到時會跑得更好；男乙鄭美英，短跑一百，校運時達到12秒；跳遠是5.40公尺；封恩培的二百和四百公尺是24.8秒和58.5秒，成績很接近大會紀錄。女甲四百接力，幾名選手（吳凱年、黃昆臨、黃妙璇、吳慶年），跑一百公尺的時間，都在13至14秒間，這幾位選手還分別參加了跳高、跳遠、二百，成績不弱；女乙四百接力的情況也好；最近，她們練得很勤，成績是可觀的。

## 新法書院龐大田徑隊伍，期待明後年

新法書院今年參加的運動員較少，這是因為他們的學校在不久前，把精力集中於體育節方面，以致田徑的練習較為生疏，特別是，去屆的伍雪葵因去了羅富國師範唸書，沒有參加，實力大減。但他們仍有一些好手，女甲簡惠潔，短跑非常之好，一百公尺在13秒至13.5秒五之間，她的體力夠，衝刺勁，跳遠也是不容忽視的。林森（厚生），跑四百和一千六百公尺，很有希望。現在，新法書院開始了田徑訓練班，參加的人數約一百人，每個星期練習兩次，都是從一些基本動作學起，他們的體育教師如李惠和先生，范先生等，都是很有經驗的，相信到明年或後年的時候，新法書院將會出現一隊強大的田徑新血隊伍。

## 聖馬可首次參加，新血勤練勤學

今屆新參加的聖馬可中學隊，一開始就是三十九人，人數也不少。他們的體育教師方志雄先生說：「這次參加，目的是吸取經驗，因為練習的時間尚短，很難有優異的成績出現。」大概這是自謙之詞。他們男甲中的童不烈，跑一百公尺是11.5秒，成績不錯，是可以和一些強手拼一下的；他們在這個復活節的十天假期，一共練習了十二次；運動員是很苦心去練的，有一位參加男乙四百接力的運動員徐耀光，在一次練習中因事遲到了，方先生對他說：「你散隊後，自己繼續補練吧。」果然，散隊後，方先生沒有提醒他，他也自己繼續一個人練下去。在男丙中，雖然成績還不大好，但運動員肯練肯學的精神，使得方先生有信心的教下去；相信再過一兩年，這一批運動員是會創造出新的紀錄來的。

## 民生男丙狀況好，二百跑道待修中

民生書院參加的田徑隊，人數的多佔了第四位，他們的男丙是相當強的。楊作鈞在體協主辦的校際田徑賽中，曾破了二百公尺的大會紀錄，這次他參加一百、推鉛球和四百接力，加上林全生的短跑，看來，他們是要拼命在四百接力中，奪取錦標的。由於場地的不足，田徑運動是較難發展的。因此，該校的體育老師劉育昌先生對記者說：「現在已請准了香港政府，在校內修築一條二百公尺的跑道，因為現在的九十公尺跑道是不夠用的。」再過不久，跑道修好了，一定會有更多的田徑新血出現。

## 培僑女甲較平均，男女乙人材突出

參加人數不少的培僑田徑隊，一般推測，會較往年為弱。特別是女子甲組，三個得分的運動員（鍾寶玲、嚴瑤鸞、張乃香）都已畢業離校，但他們的新血仍是很多的。在女甲組的九個項目中，她們都有選手參加，每項奪得第一的機會不多，但拿得分數的運動員卻不少，而且較為平均，相信得的總分不會少。男乙的狀況較好，去屆得幾項冠軍的王樂家，今年仍舊不錯，在體協的田徑運動會上，跳高、跳遠都是第一；還有黃偉洲和謝安樂，跳遠和短跑，都有一定的水平。女乙周麗蘭和周美蘭，短跑相當好，擲壘和推鐵球的戴玉明，曾得過冠軍，這屆參加，經驗和成績，都相信不錯，因此，這組很有可能奪得團體錦標。男丁各項的運動員都平均。

## 香島成績平平，元中嶺英個別好手不弱

人數最多的香島隊，成績平平，但有個別的運動員，成績仍不弱，潘君桃的短跑好，一百公尺是11.8秒，跳高1.61公尺，三級跳的張革，黃偉琦，是12公尺左右，男乙的黃森和游偉強，運動較全面，能取得一些分數；男丁人數較平均，與培正、培僑會有很大的競爭。元朗中學的鄧可笑，衝力好，經驗豐富，一百、二百公尺和跳遠去屆都有優異的成績，今屆她和同學們合作，已參加多了一項四百接力，相信成績不弱。

柏雨的趙玄之，今年沒有參加跳高（去屆他是跳高第一名），只參加一百短跑、跳遠、三級跳和四百接力；以他的經驗和技術，是可以跟別的好手一拼的。

嶺英中學的兩個運動員，余理植和陳吉生，都是第一次參加比賽的。余理植的撐竿跳高，在該校校運時，成績是2.82公尺，陳吉生的跳

高是1.70公尺，三級跳是12.2公尺，如能練得勤一點，相信會有較好的成績。另外，一些小學如東華九一校，勞校，全完小學，在男子丙組方面，會有較劇烈的競爭。

其他新參加的學校，人數雖然不多，但實力未可預料，會不會有更好的成績出現，還是讓大家在比賽那天，到南華會加山運動場上來看一下吧。

## 各校加緊「練兵」

- 培正中學健兒們在練跳遠時，許先生親自拿着掃帚，在掃平沙地；為學校爭光，師生同樣出力。

- 女甲練四百接力，培正黃先生親自教導，叫她們在接棒時，手不要放得太後，要夠自然。

- 聖馬可健兒在加山練習，體育教師方先生還請來自己的老友鄧先生，協助訓練，矯正同學的跑步姿勢，培養新血，真是苦心！

- 運動員一練完了，方先生便立即問他們冷不冷。趕快穿上外衣，關心之情溢於言表！

[1] 作者晧玕，為《青年樂園》後來的總編輯陳序臻先生最常用的筆名。另有筆名：魯楫、迎風、翔峰、飛石等。

[2] 黃浩炯、何景安：《今日香港教育》（廣州：廣東教育出版社，1996），頁174。

[3] 文超主編：《中國田徑運動百年》（北京：人民體育出版社，2006），頁375。

# 淺談鋼琴比賽中的法國作家與樂曲 —周書紳[1]

**選自**　《青年樂園》，第468期，1965年3月12日。

## 賞析

校際音樂節是廣受學生讀者關注的群體活動，更是《青年樂園》專題報道的「第一主角」。每年的校際音樂節，《青年樂園》至少都會有兩至三期的專題報道和評論。這是在同時代的青少年刊物中所僅見的。在內容編排上，一般先會敘述和介紹賽程，並結合專業音樂老師的意見，有時也會點出彈奏某些樂曲時的難點和竅門，最終寫出細緻、富深度和説服力的樂評。以下選文就是關於第17屆校際音樂節的專題報道。

香港歷史上的第一屆校際音樂節是在戰後的1949年舉辦，最初包括個人和集體共67個項目的賽事，且全是西樂，受當時教育司署的首席音樂督學監管。至1952年才加入中文歌的比賽項目。1954年起，主辦機構開始每年邀請海外專家擔任評審，藉以提高校際音樂節的參賽者的水平和比賽的公信力。1960年起，又增加中國民族樂器組別的賽事，體現校際音樂節重視中西文化交流。由於校際音樂節大受各中學和專上院校師生的歡迎，參與人數眾多，所以受到《青年樂園》編輯仝人高度的重視。[2]

今年音樂節的鋼琴比賽項目中，新增了一項法國作品，共分為八級，使得音樂節的內容，更加豐富多姿。這種安排的多樣化，人們既可接觸到各種不同派別與新異的作品，又能好好的研究而繼承了古典，使本港教師與學生都大跨了一步，不再局限在某一時代與某些作品裏，這一創舉確值得讚賞，對本港藝術推進作用巨大，有其深遠意義。

我應《青年樂園》之囑，將有關此次比賽中的法國組音樂與人物，作一些簡短的敘述，以表我對這一音樂佳節之響應，與及《青年樂園》熱心音樂教育之熱忱。

法國人口雖不多，地方也不大，但世界上許多事物都不能少掉它，特別是藝術之發達，人皆盡知。一般來說，在許多事物與專業技能上，他們都有早熟的現象；二十來歲，顯露頭角的科學家、藝術家不勝枚舉。人們愛好藝術，更愛自由，對事物多甚敏感，有小趣味和好奇心及富於創造精神。這些都是一般性的民族特點。

米約（Milhaud）的白鍵小曲是比賽中的最淺易者，列為第一級，此曲只在於對小小手指的觸鍵表現，全部用白鍵而成。米約是現代法國主要作曲家之一，早期畢業於巴黎音院，從師於丹第教授，受其影響，和聲怪誕有不同的趣味。

第二級拉莫（Rameau）是法國鋼琴音樂之父，與Couperin齊名，對法國鋼琴音樂之興起，貢獻最大。二者均為十七世紀的主要代表作家，著作豐富，多是套曲（Suite）組曲形式，即一首大曲，裏面包括着數首以至十數首小曲。第二級的《利果東》舞曲，便是從組曲中取出者。第四級的《蚊聲》，是一首十分形象化的樂曲，以訓練指力為主，輕微的指力連續進行，左右手相互交替，以此造成如小蚊蟲飛過的效果。

第三級的《熊舞》，是瓦姆斯受巴托克（Bartok）的另一偉大奇特的《熊舞》有感而成，此曲着重節奏重音之細小方面，及左手的重量平衡是對成敗有決定性的。

第五級《瓦由之舞》，亦是一種民間舞。這種舞稱為帕瓦舞，主要流行於西班牙，其次意大利，速度不快，左手跳動成固定型，右手旋律為主，是很柔和動聽的名曲。

第六級的《無窮動》是以新異的左手切分節奏襯托出右手優美曲調而成；此曲類似帕瓦舞，速度緩慢、不快，令人有新鮮之感。勃朗克是法國著名「六人團」作家之一，其作品輕鬆愉快，富幽默感，民族性尤強，可惜他已去世兩年多。

第七級《小白驢》，是作家依別（Ibert）小品之一，去年也用過，香港學生已很熟悉，此曲細膩、精緻，對於跳音的輕微訓練很好，有輕鬆感。依別是法國羅馬大獎的主席，作品甚多，有芭蕾舞曲、歌劇等無數，他的作品在音色表現上，要求是嚴格的。

最後第八級的德彪西名作《沉沒了的教堂》，是一首十分高深緩慢、富於幻想的曲子，取之於前奏曲集第一本，寫於一九一〇年間，取材於傳說中的非洲一城被海水淹沒的故事。演奏者要有湛深的修養，否則，不易彈好，蓋一般人均易於性急，則無從表現其從容不快的神秘氣質；八度與踏板的運用，更要有適當的深度安排，方能達到爐火純青的效果。至於德彪西的簡歷，各報刊時有介紹，我就不在此多說了。

## 評判讚賞中文合唱，民生書院進步神速

合唱項目，今年大部份放在第一、二天舉行，使音樂節一開始就熱鬧起來。

十九日晚舉行女子初級組合唱及男子高級組中文歌合唱，由貝莉及諾貝爾二人擔任評判。女子組參加的有十一隊，評判認為每隊都唱出水準來，但她們有一個共同的弱點，就是每當唱到高聲時，音量不夠，假如先吸一口氣，那便不同了；唱高音時，要張開嘴巴唱，音色才會美，才會唱得好。其次，母音要唱得清楚才能表達出歌曲的感情來。結果由拔萃女校、香港新法、聖瑪利分獲冠亞季軍。男子組有七隊參加，唱黃自的《天倫》及《漁陽鼙鼓動地來》兩首，評判很讚賞他們的成績，並謙虛地說，自己不懂中文曲詞，從音色、和聲、節奏方面看來，評判都感到很滿意。這項冠軍是香港仔工業學校；亞軍是聖保羅書院；季軍由蘇浙、英皇同獲。

二十日晚是中、英文歌兩項混聲合唱。這是合唱中水平最高的一項，以往由兩位評判擔任，當晚只由邱吉爾一人擔綱。首項中文歌，唱黃自的《旗正飄飄》，及中國民歌《水仙花》。參加的共有六隊，首名是聖保羅中學（179分），他們的合唱團一年比一年進步了；雖然今年的成員比往年少，但在音量和音質上都不比往年遜色。這給人一個印象：他們的和聲練得很好，聲音的控制配合得很均勻，第一首歌的氣魄，唱得很雄壯，一聽就知是一隊不可多得的合唱隊，可惜伴奏在第一首歌開始時略有小錯。評判大為讚賞他們的歌聲和表情。第二名是民生書院（171分），他們今年進步得很快，成員都是F.2 至F.4的學生，在音質和音量的控制上，他們表現很好，達到合唱和聲的好效果；指揮對歌曲的處理及整隊合唱，都有好表現。季軍是今年新參加的培正隊。其餘不合理想的有德明隊（150分），他們隊員的音質是不錯的，可惜對歌曲處理不好，聲散，節奏亂，達不到合唱和聲的標準。英文歌的第二首《The Old Women》原本不用鋼琴伴奏是最適合的，因為伴奏部分的譜只幫助練習，而不適合伴奏用，所以有三隊（聖保羅中學、拔萃男女校、九龍新法）都沒有用伴奏；而清唱時在音樂廳稍有瑕疵也會被發覺的，標準因此較難評定。此項冠軍是伊利沙伯中學，他們唱得齊，音色美，中規中矩；亞軍聖保羅中學；季軍拔萃男女校。

## 本屆中國作曲家鋼琴曲，值得欣賞

余崇唐

第十七屆校際音樂節已經開始了，許多同學都在為參加比賽而忙碌，對於不參加實際比賽的同學們，可以選擇其中的一些項目，當音樂會欣賞，倒也是饒有趣味的。在節目的選擇上，當然各人有不同的口味，但是由於鋼琴比賽的項目最多，聽鋼琴的機會也就較多。我們去聽哪一項好呢？讓我們事先計劃一下吧。

一般項目的比賽，參加者都是彈奏同一首樂曲，如果你以欣賞音樂為目的，將會感到厭煩，所以最好是去聽自選樂曲的項目。作為一個中國人，我們似乎更應當去聽聽中國作曲家組的比賽。這次比賽定於卅日星期二上午十一時開始在九龍巴富街中學舉行，二十位參加者將彈奏十首不同的樂曲，既可欣賞音樂，又可聽到一些中國的作品，真是一舉而兩得的。

記得去年的音樂節上，中國作曲家組的參加者有十八位，今年在人數上多了兩位；去年被選奏的樂曲一共七首，其中《賣雜貨》一首就有八個人演奏，顯得相當單調；這一次不但樂曲增加了，而且也沒有過份重複的現象，只是賀綠汀作曲的《牧童短笛》將有六個人彈奏而已，因此不論在質和量上，都將較上一屆為優，這總是一個好現象，説明了大家對中國作品已比去年重視了。

我本來想在這裏介紹一下樂曲的，但節目表上連作曲家的名字都沒有，因之某些樂曲就無法知道是甚麼，例如《變奏曲》這一首，就令人十分困惑，就像音樂會的節目單只印上「交響曲」三個字一樣，令人無從捉摸。這裏只好把一些較能確定的談一下了。

《牧童短笛》是賀綠汀馳譽中外的名曲，全曲分為三段，第一段以不快不慢的速度奏出一個很好聽的旋律，好比牧童騎在牛背上悠閒地在踱步。第二段非常活潑；好比牧童在高興地吹笛子。第三段回到第一段的情景，但旋律被豐富了，所以格外動聽。國內好幾位鋼琴家都錄有這首樂曲的唱片，有興趣的可以買來聽聽。

《兒童組曲》是丁善德一九五三年的作品，又名《快樂的節日》，記得劉詩崑來港時曾經演奏過。全曲分為「郊外去」、「撲蝴蝶」、「跳繩」、「捉迷藏」和「節日舞」五段，每一段都極合標題的情趣，尤其是最後的「節日舞」，更是充滿了活力，洋溢着歡樂，是不可多得的佳作。

《羽衣舞》是馬思聰最受歡迎的鋼琴小曲之一，他曾根據廣東民間曲調的旋律寫了不少鋼琴曲，這是其中之一，但音樂卻並不局限於地方色彩。《對花》是張豫的作品，多年來已成為很受歡迎的樂曲了，是根據一首民歌而編寫的。其他像《思春》和《賣雜貨》都是被彈奏得最多的樂曲，相信同學們也早已聽得很熟，不必再多介紹了。

[1] 周書紳，「1925年12月生，四川涪陵人，鋼琴演奏家、教育家，教授。早年畢業於上海國立音樂專科學校，先後師從李翠珍、楊體烈、馬可林斯基等教授學習鋼琴。曾在南京、廣州、重慶、香港等地舉行鋼琴獨奏音樂會。自1946年始，歷任廣州市立藝術專科學校、廣州音樂學院鋼琴教師。1954年，赴法國巴黎音樂學院深造，師從柯托、賓文魯迪等教授學習鋼琴。1956年畢業赴香港，長期致力於鋼琴教學及音樂創作，培養了眾多專業人才。專著有《周書紳鋼琴曲集》、《周書紳抒情歌曲集》、《周書紳合唱歌曲集》等。」詳見黃勝泉主編：《中國音樂家辭典》（北京：人民出版社，1998），頁1213。

[2] 朱瑞冰：《香港音樂發展概論》（香港：三聯書店有限公司，1999），頁244-246。

# 圍牆下的大慘劇 — 本報記者

**選自** 《青年樂園》，第532期，1966年6月17日。

## 賞析

香港屬亞熱帶海洋氣候，6月至8月間多有雷暴和颱風。1966年6月4日起，香港受到華南沿岸的雨帶影響，不穩定的天氣持續超過十天。6月8日中午12時25分，喇沙小學面向界限街的圍牆在豪雨下突然倒塌，壓向巴士站，釀成6死16傷，死者包括一名外籍婦人及五名介乎十二至十六歲的男女學生。[1]6月12日，更發生了特大暴雨災害，18個小時內香港平均降雨量超過250毫米。[2]整個6月的降雨總量達962.9毫米，創歷史紀錄的新高。有關紀錄至2001年才被打破。[3]綜合而言，1966年6月，因持續大雨而發生700多次（宗）滑坡，致使64人死亡，因樓倒房塌致2000多人無家可歸，8000多人需撤離。[4]災區遍及新界（荃灣、大埔、青山、元朗、離島）、港島（筲箕灣、香港仔、銅鑼灣及堅尼地城），以至九龍的牛頭角，其中又以港島災情較為嚴重，單是香港仔一區的災民已達1200人。它是香港有史以來，造成第二大傷亡的雨災。[5]《青年樂園》以專題報道6月8日導致多名學生傷亡的塌牆事件，反映了編輯仝人以青少年學生為主要讀者的定位。事件發生後，《青年樂園》接獲學生讀者通知，馬上派員採訪，並發表〈慘劇不應重演〉的社論，其篇幅和過程之詳細，是當年青少年刊物中所罕見。其後，《青年樂園》編輯仝人更發動讀者向受害家庭捐款。

本月八日中午，大雨突然傾盆而下。這樣的天氣，已持續了好幾天了。這天中午放學時候，界限街喇沙小學圍牆對隅的3、12A、6D、2B巴士站，一列列的學生正在排着隊，候車回家。

約在十二時卅分左右，排在3號車站的幾個同學，正在奇怪，怎麼圍牆上有水噴出來的；瑪利諾女校的李惠斌同學也在「凝望」那搖搖欲墜的圍牆……說時遲，那時快，隆然一聲，山崩地裂，百多尺寬的圍牆突然坍塌了！候車的人羣已來不及走避，就被巨大的泥石壓着，雨聲、呼救聲、痛苦呻吟聲，混成一片。

正在走向車站的十多位模範中學的同學，眼看慘劇發生，傷者痛苦呻吟，便奮不顧身，立即衝進現場，跟附近的街坊一道，進行搶救，搬石的搬石，挖泥的挖泥，把埋藏在泥石下的不幸者救出來；受了傷暈厥的李社祥同學，給洪流一衝，醒過來，也立即加入搶救，直至人們看見他滿身是血，才把他拖進對面的樓梯底躺下。有一位很小的同學林錦榮，也加入運泥，一個街坊說：「你那麼小，救甚麼？」其實，他那時已協助救了幾個人出來了。

這時，也有人站在球場上，口中唸唸有詞，是祈禱？是唸經？是替死傷者「祝福」！？

不久，救傷人員來到了，封鎖了現場，這羣同學才和街坊一起退出來。救傷人員的搶救工作，也十分困難，大雨不停地下着，巨大的石塊無法移動；要合幾人的力，運來了起重機，才能把大石移去。但被壓在下面的人已手折腳斷，血肉模糊，慘不忍睹。一個個死傷者被拖出來後，就暫時安置在對面的路旁、樓梯底下，等待救護車運往醫院。現場，真是一片淒涼景象，這裏躺着一個傷者，那裏躺着一個傷者；……這裏漬着一灘鮮血，那裏黏着一綹頭髮；這裏一隻隻遺落的皮鞋，那裏一疊疊散亂的課本，真是聞者傷心，見者流淚。

現場的周圍，是一大羣學生的家長。他們正在冒雨追查，看看自己的子弟是否安全，男人們在心焦，婦人們不斷地拿手帕揩眼睛……

直至下午四時，搶救工作才告結束。

於是，慘劇的焦點又移到了醫院的急診室。急診室外，又新添上一層愁雲。這時候，已經知道，在救出的人中，有三人當場死去；十九人進了醫院；事後，又有三人不治身亡，造成了六死十六傷的大慘劇。誰不祈望自己的兒女安全？誰不渴求進一步知道受傷的兒女的消息？而那些無影無踪的，做父母怎不心焦？

李黃志的母親等不見兒子放學回來，又聽見學校附近車站的圍牆坍了，就趕到醫院，醫院説傷亡者中沒有她兒子的名字；她就撲到學校，學校説他已經放學回家了；她又撲到醫院去，醫院又説沒他兒子的名字，她痛哭地哀求：給她看一看受重傷的人可有她的兒子，但又被拒絕了；她再撲到學校，又不得要領，最後撲到了警署，已是晚上十時了！她無力地走進了認屍的人羣中。一看，這不就是自己的兒子阿志麼？她眼前一黑，眼淚簌簌地流下，早已泣不成聲了！……

在六名死者中，除一位英婦外，其他五人都是二十歲以下的青年。死者李黃志和朱丹咪都是模範中學F1G的學生；莫禮鏞是喇沙F2的學生；歐年豐是東華三院一中F4的學生；郭德珍則是瑪利諾女校內的繡工，是專替該校做聖衣的。

在十六名傷者中，傷勢不太重的已經陸續出院了。只是，一些傷勢較重的，可能在出院時，已成殘廢了！模範中學的謝燦華，傷了耳和眼，他的左眼已經看不見東西，差不多盲了。聽説他的功課不錯，全班第二名；陳金鈴傷了眼和腳，一隻腳要鋸去；瑪利諾女校的李惠斌，四隻門牙碎了，正在施手術；新法夜校的陳雲開，腦部受傷嚴重，以前的事都記不起了。她日間在原子粒收音機廠做工的，只有一母，母女二人相依為命，現在她受傷，不只不能工作，他日出院時不知腦部能不能恢復正常？……

這真是人間一大慘劇，父母無端端失去了疼愛的兒女！老師無端端失去了自己的高足！同學無端端失去了摯友！而受傷的不幸者，既慘遭肉體和精神的痛苦，有的甚至要截去了足，失去了記憶，盲了眼……聽見了這一次慘劇，誰又能不搖頭嘆息？誰又能不心情沉重？誰又能不悲憤難過？……

## 感人的暖流，可敬的風尚！

在慘劇發生後第二天，模範中學F1G班的同學震動起來了，談起坍牆的一剎那，談起搶救死傷者的情景，同學們的心情又不禁一酸，淚水盈眶，上午還在一起上課的同學，轉眼間已手折腳斷，血肉模糊……不知誰提議，要慰問傷者和死者家屬，大家一致贊成，立即捐起錢來了，集合了七十多元，下午在班主任李汝德和國文老師葉允雄的帶領下，他們買了鮮花和糖菓，逐一探訪了該校受傷的同學，對他們予以親切的慰問。

同學們的關懷和慰問，使受傷的同學在不幸中感到了友誼的温暖。

在死傷的同學中，有些家境非常困苦，如死者李黃志的殮葬費，還要親友籌助；傷者李社祥的父親剛在慘劇發生的當天失業……死傷者的家裏苦況，同學們真是感同身受，學校各班很快展開捐款；同時將九日起舉辦的生物展覽會的展品，及一些地圖刺繡進行義賣。截至上星期六為止，全校師生已捐得款項五千多元。F1G班同學，還將部份的捐款一百八十五元，於星期六下午分送各死傷者家屬，以濟急需。學校也在五千元的捐款中，撥了一千元給李黃志的家人，現在同學們正捲進了捐款的熱潮中！

## 窗前語 〈慘劇不應重演〉 *—迎風*

八日下午，喇沙小學運動場的圍牆坍塌，造成六死十六傷的大慘劇。當事件發生後，社會人士大為震動，這因慘劇發生在行人道上，發生在學校放學的時候，發生在巴士站旁！

慘劇的造成，現還待有關當局進行研究，但挖溝久不填土，圍牆破舊，巴士站置放於溝道旁，是否值得重視呢？輿論認為：當局對公眾安全應負起責任；我們非常同意這一意見，因人命攸關，我們不應讓禍事重演。

「安全第一」的口號我們聽得多了，但今天學生的交通安全問題仍未能獲得妥善的解決。從這次慘禍中當局應否急謀妥善辦法，對學生上學放學時的交通困難予以徹底解決？

今死者已不能復生矣，傷者正在醫院中留醫。我們深深向死者致以悲痛的哀悼，向傷者及死者家屬致以慰問；並期盼當局能及時解決死者家屬的困難，對傷者予以細心的治療，使他們能早日康復，回到學校來上課。

我們並對這次勇於救人，及時展開慰問、互助的教師及同學們，致以衷心的敬意！

## 坍牆慘劇死傷重

此次坍牆慘劇，死傷慘重，家長、校長、教師、同學等紛紛表示了意見，現畧錄如下：

- 李黃志母親在悲痛之餘，極望當局追查責任，負責善後。

- 莫禮鏞父親說，當局應該負檢查督促之責。電話公司在牆邊掘坑，使牆腳鬆散，應負責；喇沙小學圍牆失修，應負責；巴士公司因前段路掘坑，將巴士站搬到這裏，現在這裏掘坑，為甚麼不搬回原處，或搬到較安全地方？總之，這不是一件意外事，當局應當考慮到行人和學生的安全。大多數人沒有私家車，要搭巴士；難道窮人就要受無妄之災？

- 朱丹咪家長說：「補償又有甚麼用？人已死了，要賠就賠番個女俾我啦！」

- 莫禮鏞的體育老師莊先生沉痛地說，「以後見不到他了。他是我們學校足球、籃球、游泳的選手，學校失去了他，真是很大損失。」

- 傷者陳雲開的母親歐陽鳳蓮說，她女兒不能返工了，她本人在膠鞋廠做散工，時有時無，手停便口停了。今後的生活，唉！……

- 模範中學彭校長說，受傷的學生可安心養傷，待痊癒後才回校。趕不及期考的，可以補考；若補考成績不好，會參照上學期成績，酌量升級。

- 喇沙小學校長說，他無話可說，他們學校的圍牆在第二次大戰前建築。此事原因有待政府專家、律師、工程師及有關當局調查。他是教書人，只知道教書。

- 談到郭德珍之死，九龍瑪利諾女校一修女說，「我們很安心，因為天主與她同在，她一定可以升上天堂。」

- 據統計，此次慘劇，共六死十六傷中，模範中學死二人，傷七人；東華三院一中死一人，傷一人；瑪利諾女校死一人，傷七人；喇沙書院死一人；新法夜校傷一人。另一死者為西婦。

## 有關人士意見多

## 死者家屬哭訴：「我兒呀，你死得冤枉！」

目前，死者大致已殮葬完，傷者正在醫院調理，但是，這件事就此完結了嗎？家長的損失能填補嗎？不！不！請聽聽家長的心聲，聽聽家長的哭訴！

- 李黃志的母親懷着沉重的心情說：「窮人家養個仔到十七歲可不容易呀！本月四日他還對他父親說：『我還是出外找工做吧，我的學費……』。他雖然調皮，但很懂事。我在紗廠每日賺六元多，他父親因患心臟病，工作時有時無，在經濟極度困難下，我們仍希望能盡一切努力，讓他多讀兩年書。誰知早上我才煮了隔夜麵包皮給他們三兄弟吃了上學，就此見不到他回來吃飯了！」她說時已泣不成聲。

- 朱丹咪的家人自從認屍之後第二天，就守在九龍殯儀館，到第三天出殯為止。她母親每見到她的屍首，就撲上前去。淚已流乾了，但整天還在呼喊：「我的女呀，我最疼的女呀，你死得好寃枉……」聞者無不心酸。她父親說：「她很乖、很勤力，愛做手工，很文靜，從不和別人吵嘴，放學後又勤做家務，我們都很疼愛她。」說到這裏，不禁哭出聲來。

十時卅五分，模範中學各班的兩名代表及F1G全班同學，由彭校長、三位主任及兩位導師帶領下，冒雨來到殯儀館。瞻仰遺容時，好些男女同學都不禁揩着眼睛，飽含淚水。他（她）們感慨地說：「前天還在一起上課，今天卻和我們永別了……」還未說完又低下頭去擦淚水了。

- 莫禮鏞的喪禮，在伊利沙伯醫院殮房進行。一時正，喇沙書院的同學已相繼來了六七十人，瑪利諾女校也來了十多人。

瞻仰遺容時，他母親數次撲向棺木，被攙扶着的人勸止，她邊行邊嚎哭說：「我個仔係無辜㗎，有關當局要負責呀，要賠番個仔俾我呀……」在場的人哪個不痛心，哪個不含着悲情，黯然下淚？

辭靈之後，在人羣中突然有一男生暈倒，他是死者摯愛的同學，又是籃球的好拍檔，名叫古兆華。據說，他倆非常要好，那天上午還一同玩籃球，想不到現在要永別了！臨別依依，傷感之餘，身體不由自主的倒下去……

[1]〈界限街塌牆慘劇六死十六傷 大小石塊迎頭滾下 廿餘候車學生遭活埋 地上遺下課本皮鞋等沾滿血漬 附近居民冒雨搶救並急電報警〉《大公報》，1966年6月9日，第4版。

[2] 南京大學氣象系編：《熱帶天氣預報與分析》（南京：南京大學氣象系，1974），頁59。

[3] 陶存主編：《香港回歸十年誌 · 2001》（濟南：山東人民出版社，2007），頁169。

[4] 傷亡紀錄可參考：Chen, T. Y., The Severe Rainstorms in Hong Kong During June 1966 , Supplement to Meteorological Results 1966, Hong Kong: Government Printer, 1969, p. 45

[5]《星島日報》，1966年6月14日。

# 死人也要化妝 —本報記者・峯之鳴[1]

**選自** 《青年樂園》，第564期，1967年1月27日。

## 賞析

《青年樂園》的專題報道版除了十分關注學生的活動和事務外，也十分重視介紹社會知識，例如香港各種行業的狀況。《青年樂園》的編輯認為香港學生尤其官、津、補、私的學生從校門到家門、從家門到校門，很少接觸社會。故通過範圍、階層很廣泛的採訪，希望學生讀者瞭解和關心社會，因此刊物的專題報道基本上關注到各行各業，是《青年樂園》最大的特色。本篇選文的關注點就是替死人化妝這個當時鮮少受到注意的行業。題材相當新穎和大膽。

「愛美是人之天性」，這話也許是真。近幾年來，香港的美容、化妝，真是大行其道，「美容講座」舉行了一個又一個，化妝品公司林立，化妝師比比皆是，如何打扮才入時？如何才能擠上時髦的行列？大有相互競技之勢，在世風日下的香港，這已不足為怪，我們姑且擱筆不談；但是，死人也要扮靚，而且還要考究一番，聽來就有點新奇。

### 化妝師日夜與死人打交道

在一些迷信人士的思想中：人死後其遺容安詳，這就是子孫的福氣。遺體運到殯儀館，殯儀館的化妝師為他塗脂抹粉，打扮一番，據説這就是要使死者遺容安詳舒適。安詳？舒適？天曉得，筆者也無從考究。然而，專為死屍打扮的化妝師，她們的工作怎樣呢？我們不妨談談。

現在，港九的三間殯儀館，都有化妝師為死人打扮，有的歷史悠長，單從九龍殯儀館的鄺金枝女士來說，她已經做了三十幾年了。一般人對死人有未見先怕之感，產生一種莫名其妙的恐懼，但這些化妝師日夜跟死屍打交道，把死人的身體翻來覆去，若無其事。過去，香港多數由男性來為死人化妝，近幾年來，基本上都用女性，她們利用精巧的手藝，為死屍整容，使死者容光煥發，栩栩如生，好像沉睡般地去世。

## 習慣成自然，屍體並不可怕

化妝師整天摸弄死屍，她們不害怕嗎？不！鄺女士為第一具屍體化妝時是在上海，那時她摸也不敢摸，過後吃飯也感到沒胃口，晚上睡覺閉上眼睛，那具屍體彷彿就在眼前搖晃，她很想不幹下去，最後，她還是克服了困難。化妝師説，為死人化妝，首先，在心裡上一定要抱着「不怕」的宗旨，否則，邊做邊胡思亂想，邊想邊打顫，這就做不成了。幾年幾十年都過去了，習慣成自然，屍體司空見慣，做來平平無奇，她們感到屍體並沒有甚麼可怕。經常在三更半夜，她們獨自一人關在「化妝間」裏，面對着幾具屍體工作。鄺金枝女士説：「我怕甚麼？這也是為社會服務啊！為先人服務，我為他（屍體）扮靚，他會對我好感，所以我不怕，要是你不怕，來吧！我可以化一具給你看看。」

## 化妝間毫無恐怖氣氛，富人揮金如土

記者懷着戰戰兢兢的心情，隨着她進了「化妝間」，這是一間寬闊的大房，光管明亮，四壁潔白，設備非常完善；牆上裝有冷氣機、抽氣機；房的中間是一張「石屎床」，上面有水喉裝置，牆角的化妝櫃裏，排列着形形色色的名貴化妝品；另一個櫃裏放置着手術儀器，如縫補屍體的針線，打防腐針用的器具等等。房間的幾張鐵床，放置着屍體，各用白布蓋着，由於室內樣樣皆明亮潔白，令人感到完全沒有一點恐怖的氣氛。

送來殯儀館的死屍，先運到這「化妝間」來。首先，化妝師為他洗澡，把屍體放到那「石屎床」上，倒下藥水消毒刷洗，有的死者病了很久時間也沒有洗過澡；有的死後遺下屎尿，滿身骯髒。替死者沖涼時，有時死者會流血及發散毒氣，所以沖涼之前，先要用藥棉把死者的口腔、鼻孔塞緊。

身體洗淨後，死者是男性的，化妝師就為他剃鬚。之後就是打扮面部，打粉底、搽油彩（做戲化妝用的），上粉等步驟都得講究，不能亂抹亂塗。有的死者面色紅潤，有的面色蠟黃（患黃膽病者全身變成黃色），有的蒼白，那就要用不同的顏色，使死者化妝起來跟生前的顏容毫無異樣。例如男性的屍體，你更不能為他塗上口紅。臉部化妝完了，最後就是為死者理髮，髮型的打扮要按照主人的意思，死者是北方人、是南方人、是「西人」等，都有不同的風俗習慣，但是如果主人沒有特別指出，化妝師就按原來的髮型打扮。這樣的化妝完成後，再為死者穿上衣服就可入殮了。說到穿衣，有些富貴之家，真是揮金如土，為死者穿上幾十件衣服，另外還放進四季衣服一大批，這些衣物都是非常名貴的。更有些書香世家，還想復古，指定為死者穿上清朝服裝、長靴、大龍袍，戴上大花冠，弄巧反拙。

## 化妝師手藝精巧，屍體破裂需縫補

遇到「死不瞑目」的遺體，化妝師就要用熱水為他敷眼，使死者皮膚膨脹，然後用棉花蘸藥水敷在眼皮上，使眼蓋硬挺，這樣死者就非瞑目不可了。牙骹脫落，口腔擘開又怎麼辦呢？化妝師是用棉花墊在死者下頷，然後用力托起，用紗布綁緊，俟一定的時間後鬆開，死者的下顎硬化，那就不會張開咀了。

壽終正寢的老年人，病在床上而魂歸「天國」的死屍等，因為形體完整，這是最容易化妝的，做起來又快又順利。但是，有些性格軟弱、經不起生活打擊而毀滅自己生命；或者遭受他人戕害，弄致粉身碎骨，血肉模糊，這對化妝師來説是最頭痛，最麻煩的工作。幾個月前，香港半山區有位西人婦女被謀殺，頭顱破裂，移到香港殯儀館，化妝師呂蕙芳女士説：「幸好還有一層皮，把皮縫合起來，用石膏封閉孔洞，打上粉底，抹上油彩，看起來也跟完整的人一樣。」只要有一層皮，碎屍也可以縫縫補補，勉強有一個樣給人「瞻仰遺容」。最艱難的要算是「浸屍」，死者在水裏浸了幾日幾夜，已經腐爛發臭，皮肉分不清了，有的爛得如豆腐，「手觸即甩」，這只有早點入殮，免得使人難受。

香港的法律是死者的遺體在四十八小時內就得入殮，有的死者的親人在外地，為了使親人一睹遺容，這就要打「防腐劑」，打針時一邊把死者體內的血抽出，從另一邊注入「防腐劑」，「防腐劑」在血管裏才能起防腐作用，天冷時把屍體放個把星期也不臭，這種「防腐法」叫做「大循環」。

## 幾位化妝師談「鬼」

參觀了「化妝間」，使我感到死人並沒有甚麼可怕。談起這些屍體，心理作祟的人就想起了「鬼」來，不禁毛骨悚然，自己嚇自己。訪問了這幾位化妝師，她們整天跟死人打交道，有沒有發現甚麼奇怪事呢？「沒有！」她們堅決地説。幾年來，幾十年來不止沒見過甚麼「鬼」，就是連鬼是甚麼也不明白。這使我們懂得：那些「好鬼」之士未免荒唐之極，實是可笑。

[1] 峰之鳴，即李石先生的另一個筆名，為《青年樂園》培養出來的作者。個人簡介詳見本書57頁。

# 從神話到現實 —秋螢[1]

**選自** 《青年樂園》，第598期，1967年9月22日。

## 賞析

《青年樂園》的專題報道版除了前文提到的關注學生事務和社會知識外，也十分重視傳統文化和科普知識的介紹。本篇選文正是兩者結合的體現。其中從中節秋談到后羿和嫦娥的神話故事，再結合作者小時候的一些想法，然後從社會文化的角度分析有關傳統神話，將嫦娥服食仙丹的行為引申演繹成中國「娜拉」式的出走（「娜拉」被視為啟引第一波女性主義思潮之挪威話劇中的女主角）。最後，作者又從科普的角度介紹月球的氣候特質和礦藏等。

南方的初秋，除了早晚有點涼意之外，就是見到不少茶樓商店，張燈結綵，擺滿了月餅和賀節禮物。這時候，人們才驚覺：哦！一年容易又到中秋。

### 美麗的神話

記得小時候，除了過春節外，慶祝中秋就是一年中最熱鬧的日子了。因為中秋節那天有很多東西吃，又有花燈玩，但我還是最愛在明月下聽祖母說關於月亮的美麗的神話。以後逐漸長大了，聽到的傳說和神話卻不同，如今在這月圓的晚上，它又清晰地出現在我腦中。

有傳說：古時有十個太陽，它們的光和熱把地上的禾稻草木都燒焦了，老百姓沒有東西吃。同時地上還有七大怪物為害人間，有的吃人，有的害物，作浪毀屋，總之使人無法安居。於是有一個善於射箭的英雄，名叫羿，挺身而出，為大家除害，殺死七大怪物，又向天射跌了九個太陽，人民的生活於是安定了。羿的英雄事蹟，迅速傳播，傳到女神西王母耳中，西王母見他為人民立了大功，於是賜給他一顆長生藥。

羿得到仙丹後，心裏很高興，回家後，誰也沒告訴，把仙丹偷偷放在枕頭下，準備晚上吞服，便上朝去了。可是羿的妻子嫦娥，在家裏嗅到有一股異香。她循着香味去找，原來是一顆藥丸發出來的；她覺得它香得出奇，試着含在嘴裏，全身就有說不出的舒服，索性就吞下去了。這時羿碰巧回來了，知道嫦娥把仙丹吃了，便怒氣沖天，拔劍便向嫦娥刺去，嫦娥被嚇得跑到屋外，誰料竟覺得輕飄飄的；不由自主地向天上飛，飛到月球去，過着孤寂的神仙生活了。因此，每逢中秋，嫦娥總忍不住要打開廣寒宮門，向人間遙望，大概「月到中秋分外明」，就是這緣故吧？

小時候，聽了這樣的故事，覺得羿的武藝高強，為民除害是可嘉可敬的；但是又覺得他們既是兩夫婦，羿也不應這樣自私自利，而且嫦娥只是誤吃靈藥罷了，也不應受這樣嚴重的懲罰呀，難道這就是封建社會中的所謂：「人不為己，天誅地滅」？！

## 爭取自由幸福

因此，我較喜歡後來的傳說：雖然內容大致相同，也是說羿是一個為民除害的大英雄，但他卻是一個愛情不專一的浪子。因為夏商時代的婚姻是一夫多妻制的，羿便「合法」地與洛神宓妃相好，冷落了嫦娥。她在失望、痛苦之餘，偷吃了靈藥，衝向廣闊的天空，以求恢復身心的自由；在封建時代，這種果敢的反抗精神是很難得的，因此後來又有人把嫦娥比作我國最早走出家庭的「娜拉」。

不錯，在封建社會裏，片面要求婦女保守貞操，成千上萬的婦女被關在家庭裏，被剝奪了青春和幸福。「嫦娥奔月」的故事就起了鼓勵婦女去爭取自由幸福的積極意義了。這些美麗的神話一代傳一代，一直流傳到今天。雖然，小時候，對這些故事都聽得入了神，但長大了，相信了科學，便再也不會耗費時間，偏着頭，對月遐想瓊樓玉宇的影子了。

## 月球是一個死寂世界

可不是嗎？只要大家看看附圖那張月球表面的照片，便甚麼「月明如鏡」的詩意，也沒有了。現在科學家已告訴我們，月球只是地球的一個衞星，在它上面沒有空氣，沒有水，沒有聲音，沒有植物和動物，有科學家說甚至連細菌也沒有，試想在這樣死寂的世界裏，能有甚麼嫦娥、猛獸？

原來月球的表面，只是高低不平的山脈和平原，我們在地球上看到的明亮部分，就是高高聳起的環形山，黑暗的部份就是平原、海底，因為海水早被蒸發掉了，所以，它的土壤都是像沙漠一樣的乾燥起伏的沙丘。月球也像地球一樣，本身不能發光，它向太陽的一面，因反射陽光而明亮，背太陽的一面，無光而黑暗，我們看見的只是有光部份，但這部份面對我們的位置時有不同，因此我們看見「月有陰晴圓缺」。

## 暴冷暴熱

據科學家的估計，月亮的溫度，在中午時攝氏一百二十度，午夜降至攝氏零下一百五十度，冷熱相差何其巨大！這樣的暴冷暴熱，普通人是無法適應的。因為沒有空氣，人類在月球上將會變成啞巴與聾子，在你身邊放一響大炮，也完全聽不到呢！喜歡清靜的人，這倒是最佳去處！

還有更奇的是，在地球上，三百磅的大胖子，一上了月球，就變為五十磅重的「小孩子」了；因此，假如有一天，我們能夠降落月球，每個人都能打破跳高、跳遠、賽跑、舉重的世界紀錄呢！

據説，重量減輕，對心臟病患者有好處。因此，醫師們認為有一天要在月球上設立心臟病療養院的必要。

## 月球有無盡的寶藏

科學家一致認為，到月球去是作為征服太空的第一個驛站，以揭開神秘的太空之謎。但是也有些國家急於設法登上月球，目的是要發掘月球上無盡的寶藏。因為據推測，月球上蘊藏有豐富的鋰及錚等輕金屬，它們在輕工業上是佔有極重要的地位的，何況還可能有其他極稀貴的金屬存在呢。相信，在不久的將來，人們一定可以登陸月球，進一步揭開它的奧秘。

[1] 秋螢，即李玉菱女士的筆名。1965末起開始擔任《青年樂園》的編輯。作者簡介詳見本書的275頁。根據她提供的剪報，她在《青年樂園》和《新青年》曾以不同的筆名發表不同的作品。她的筆名其中有：嵐風、曉丹、紅纓、秋瑩、翔楓、冷刃、紅小將、向紅、舒雁、春水、種子、愚仔、翔文、如山、邁進、冬青、黑與白、隊員等。

# 勤工苦學的學生 —本報記者・麗萍[1]

**選自**　《青年樂園》，第234期，1960年9月30日。

## 賞析

本篇選文主要討論和介紹當時部份貧苦青年學生的處境和他們勤工儉學的苦與樂。原來在1960年的香港，補習教師尚是一個新興的職業。當時，有部份家境富裕的學生，有條件聘請補習教師提高學業成績。因此許多成績優異、家境清貧的青年學生，都會當補習教師以幫補家計。今天的青年學生，雖然也會去當補習教師，但大多只是為了掙取「零花錢」，處境大有不同。因為政府不僅早已推行九年免費教育，更會根據家庭收入提供相對的資助或免息貸款。另外，當年不少青少年學生為了幫補家計，未滿十八歲卻要謊報年齡謀取工作。但同時更會在工餘上夜校，繼續進修。學生之所以能如此，某程度因為香港工業的起飛，人力需求的迫切。八十年代中後期，隨着香港工業的外移，今天的香港學生已無從體會有關的情懷了。

大文豪托爾斯泰說：「幸福的家庭大抵相似，不幸的家庭都各有各的不幸。」這句話十分正確。在我們這個所謂「東方之珠」的香港，儘管有許多人住洋房，坐汽車，生活奢華，但是，更多的人都世世代代過着貧苦的生活；失業和失學，像兩條毒蛇，緊緊地纏着年青的人們，像要把他們拖下深淵去。

近年來，香港時興一種新行業──補習教師。聘請教師的，不用說大多數是一些有錢的人；而去當教師的，當然以在學的男女青年為多。為甚麼這些青年，是學生同時又是先生呢？

記者訪問過一些這樣的同學。在這些同學中，多數是因為家境清貧，他們的父母入息低微，或者是失業，或者是病魔纏身。而他們的家裏，姊妹眾多。試想想，一家七八口，靠一份低微的入息，要解決起碼的衣、食、住已經不容易；何況送兒女入學，要拿出一大筆學費、書費？更何況為人父母的，又遇上失業，患病等人生的不幸？

## 替人補習，解決學費

許多青年人，他們早就想放下書包，找一份工作，幫補家計。但是，在這人浮於事的社會裏，沒有專門技能，只靠讀到初中或高中的文化程度，想找一份工作，真是談何容易？！因此，他們只有咬着牙關，找一份半工半讀的工作，以減輕家庭負擔和解決自己的學費。這種工作，就是當家庭教師或在假期到工廠做工。

有一位女同學，她從讀初中二那年開始，便替人補習，解決自己的學費問題；到現在，她已讀到大學三年級，仍然靠自己替人補習的收入，解決學費和個人的生活費。

有一位同學，他今年已經讀到高中三了，功課相當繁忙，但是學校准予繳交的半費——十九元，他也拿不出來，因為他的父母已失業兩年了，為了完成高中這個學習階段，他只好晚上去替人補習，回家後還要打理家務，做功課，有時功課多了，就只好做到深夜。

## 入工廠做工，要報大年齡

有兩位十四五歲的女同學，因為經濟關係，家裏再不能供她們讀書了。她們為了學費，只好利用暑假和寒假期間，到工廠去當童工，有些工廠當事人見她們的年紀太小，不願意錄用，她們就故意把自己年紀報大一些；有些廠方因為需要僱請工人，而她們的工資又低，明知她們是把年紀報大的，也詐作不知，予以錄用。這樣，在假期裏，她們籌到了一筆學費，下學期才能繼續升學，這種刻苦求學的精神，實在難得。

## 補習教師，兼當褓姆

其實，替人補習這件工作，也不是容易做的。薪水少，工夫多，普通替一個小學生補習，大約可得四十元左右，中學生約有六七十元。只補習一兩科的固然有，但補習全科的更普遍，其中又以替小孩子補習的最多，工作也吃力。要知道，有錢人家的小孩子，多數嬌生慣養，因此他們的功課，常因平日任性、貪玩而疏忽。有些由於基礎不好，到請教師補習的時候，功課已經很差，補習起來當然很吃力。小孩子怕讀書、寫字，往往不聽話，不肯做功課，你得慢慢耐心教。有些家長好的，還可與教師合作，糾正孩子的不是。但是，有些家長，平日對孩子溺愛慣了，如果教師對學生稍有一點輕微的責罰，常會看不開，不高興。有些家長，動不動便打小孩子，做教師反而不敢把學生的不是告訴家長。總之，做補習教師的，一方面要教好孩子，另一方面，又要應付家長，真是「有苦自家知」。有的家長，成天忙着去搓麻將，做家庭教師的，有時候還要照顧孩子的飲食，大小便；又要做教師，又要做褓姆，的確太辛苦。

## 學生猛對先生傻笑　工廠做工夾傷手

有一位男同學，應徵去做幾個高中女學生的補習教師。大概，那幾個女學生太調皮了，到時提出許多古怪的難題去考先生，先生教了許多次，她們還是詐作不明白，並一齊對着先生傻笑，弄得替她們補習的先生尷尬不堪。終於，第二天，這位先生不敢再去上課。

到工廠去做工的女同學，也並不輕鬆，特別是一些年紀小的女同學，機器又重又大，自己氣力又小，幹起來真不容易。有一位女同學，暑假期間到塑膠廠去「啤」膠袋，一不留神，左手給電機夾住，還不懂得關掣，後來，得到工友們的幫助，關了電掣，才沒有發生慘劇，但她的手已給夾「焦」了，醫了很多天才醫好。她們的工資，一般是每天二元多。以她們的年紀來說，做這辛苦的工作，真非「打醒十二分精神」不可。

## 衝破重重困難，學生進步先生喜

替人補習的女同學，除了上學、替人補習之外，大多還要做洗衣、煮飯等家務。然而她們的學業成績一般都不錯，有一位同學，幾年來始終保持着名列前茅。

有一位男同學，他替人補習，賺學費自己交外，還替弟弟繳交；結果他們兩兄弟都讀完了中學。現在弟弟已經在社會上做事，哥哥仍然半工讀上大學。

半工讀的同學，雖然遭遇各有不同，但是，做補習教師的，總是想盡辦法，教導好學生。例如有一位同學，他教導學生的方法：首先是和學生打好感情，使他覺得你不僅是他的老師，而且也是他的朋友，除了教之外還有愛。其次是要了解他的困難之處，如果他那一科基礎不好，便盡快替他搞好那一科，跟上班上的同學。再其次是要講方法，不能死迫；做教師既要嚴肅又要輕鬆，例如小學生便多數喜歡聽故事，和喜歡教師用分數去鼓勵他的。

補習教師，有苦也有樂，但是，如果家庭環境許可，又有誰不希望自己在空餘的時間多學點知識呢？

[1] 作者麗萍，即何麗萍。她是《青年樂園》的編輯和出納，又名何劍齊。

# 餵虎記 ——魯椁[1]

選自 《青年樂園》，第602期，1967年10月20日。

## 賞析

選文所謂的「虎」，其實是「泊車收費錶」的諢稱，亦俗稱「咪錶」（即英文的Parking meters）。「咪錶」其實是城市現代化發展的產物，香港在1959年正式引入。本篇專題寫於1967年，即大約是「咪錶」設置開始普及，但器材的質量和管理未臻完備之時。

文中某程度記錄了在都市化過程中，一般市民大眾對新興的現代化器材的觀感。「咪錶」的出現，原意是希望有效地改善隨意泊車而導致道路擠塞的問題。但在實際推行時，除了「咪錶」經常出現故障外，警察的執法也尚未規範化，因此對市民造成許多不便和困擾，甚至導致文章所影射的貪污現象。今天，電子化「咪錶」已經出現，警察的執法程序亦已規範化。市民也熟習了「咪錶」的運作，這篇專題報道所論及的問題已不存在了。不過，值得注意的是：本文寫於「六七暴動」爆發以後，正是左派和港英當局對峙的緊張時期，這篇文章刊載於一份與左派資金或人士有關的刊物，其內容更將「咪錶」比擬為猛於虎的苛政，明顯有批判港英當局的意味。這是《青年樂園》將近12年的出版史上，很少出現或一直有意規避的政治表態。不過，本文刊出後不久，《青年樂園》也被港英當局禁止出版了。

《水滸傳》中記載：景陽崗上有隻吊睛白額大蟲，喫人傷人壞了幾十條大漢性命，終被武松鐵拳取了牠的性命，為民除此大害，此乃婦孺皆知之事。然今天香江之「虎患」，亦當有目共睹：老襯亭中的望遠鏡吃角子「老虎」、磅重機上的吃角子「老虎」、涼茶舖的電唱機吃角子「老虎」……可謂五花八門。今捨此而欲言者，乃專吃「市虎」角子的「老虎機」。

## 昔日威風凜凜

汽車「吃角子老虎機」是在五九年正式「營業」的，這些「老虎」由「政府」所安裝，專向停泊近身的汽車「埋牙」。此種「老虎機」，有一種是單獨控制一個車位，有一種則可同時控制兩個車位，它的外型有圓與方的兩種。

汽車想在安有老虎機的停車位「透吓氣」，那麼駕車人就要掏腰包拿五角錢餵它一次，硬幣投下後，錶上面的紅色時針便會自動跳門，露出三十、六十、九十分及兩小時的英文字來；同時，計時針也開始自動走動。

隨着時間的過去，計時針逐漸把錶上的英文字遮蓋，直到所有的字樣也遮蓋了，那投下的五毛錢的「代價」已告終；汽車想多「立足」片刻，那就要再餵它一次，否則要馬上離開。若夠鐘不離開而忘記「補水」、或有意「偷雞」者，「老虎」威風一發可不客氣，車主有被罰五十大元的可能。此等「老虎」可謂「惡極」也！

## 帶給車主的煩惱

吃角子「老虎」經常也有毛病，有時，你把幾角錢餵了它，上面的指標卻「依然故我」，一動也不動，你若多投一兩個進去，它也不客氣，照吃而不顧「效勞」。如果給交通警察發現了錶上並未顯示已付了錢（除非車主有充分證據，證實此「虎」確是「老病重患」），那麼，「法例」規定，大有可能被罰五十大元。

一般駕車人士都有一種苦惱，這種吃角子「老虎」時常帶給他們「恐懼與沮喪」。例如，有些車主是在中區辦公的，如果把車駕到免費停車處泊車，但免費停車處一般離辦公地方遠，仍然要再搭巴士，乘電車去辦公。因此，只好在就近泊車「餵老虎」了，這樣，就必需時刻留意着時間，時間一到，就要再去「磅水」，真是麻煩！

到現在，吃角子「老虎」遍佈港九大街小道，駕車人士想避一避也可謂難也。而且，這些「老虎」還有專人看顧，是否按時進「食」，是否有人想「偷雞」不餵等等，真是無微不至。

## 「啱啱夠鐘！」

一個聽來的故事：某日，在一條停車路旁，吃角子老虎機的車位都停泊了車輛。兩名警察正在那裏出巡，他們留意着每一隻「老虎」，將那些過時而未餵「虎」的車輛記錄下來，準備提出控告。

他們走到一輛私家車的泊車位，發現「老虎機」上所示的時間只剩兩分鐘，仍然沒見有人來餵「老虎」。

「這輛私家車一定會過鐘！」其中一名說。於是，他們站在老虎機旁守候，注視着錶上的分針，準備時間一到，馬上動筆抄牌控告。時間「滴嗒滴嗒」的過去，快夠鐘了，周圍仍然沒有人來餵「虎」……

說時遲，那時快，正在搖筆抄牌之際，突然一名男子從車旁的一間餐室跳出來，他大喝一聲：「啱啱夠鐘！」便把一枚硬幣塞進「老虎」的「口」，終告「虎口餘生」。

據說，這兩名警察站在汽車旁時，這個男子就「醒水」了，但他不動，只是觀察着他們的動作和注視着時間。就在這千鈞一髮之際，他一跳就跳出去，兩名警察毫無表情的停下了筆。

## 如今虎落平陽

近來，我偶然發現了街道兩側的「老虎機」許多都「身傷體殘」，有的被攔腰斬斷，最多的是平日吃慣角子的頭被「斬」了，剩下光禿禿的「身體」豎在街旁。

有一幕更是「欺虎太甚」，在灣仔的一條街道旁，「老虎機」頭給「斬」去了，現在，不但汽車停泊在那裏「無憂無慮」，不用餵「虎」，就是那根「虎」身也給人利用來綁狗了。

嗚呼！此輩「老虎機」昔日威風凜凜，猛吃角子；今日「虎落平陽被犬欺」，欲「惡」不能，煞是「悽涼」！

為甚麼會淪為今天此般田地呢？有人說，如此「虎患」，平日給那些「市虎」有很大的威脅；有人說：這些阻街「老虎」應有一個處罰；也有人說：這些「老虎」想從車輛這方面「咬一啖」，真是「乞人憎」，如此這般，這樣豈不是更加「乾手淨腳」嗎？

## 老虎機風雲

前幾天的一個晚上，筆者路經一條偏僻的小街，見到一幕「老虎機風雲」的街頭劇上演，兩夫婦在老虎機前泊了車，餵了「老虎」，可是，「老虎機」失靈了，計時錶一動也不動，兩夫婦急了，用手打「老虎」，希望那個錢幣觸到內面的機件會「靈」起來。

這時，來了一個交通警察，兩夫婦立刻向他投訴，希望能代自己「申冤」，警察拿起記事簿，立刻抄了這輛車的牌。

「我們的的確確是餵了老虎呀！」兩夫婦皺着眉頭說。

「但錶不動，你又找不到充分的證據，我只好抄你的牌，你要分辯，只好等着到法庭上去分辯……」

看熱鬧的人議論紛紛，有的說：熟性點就沒「手尾」了；有的說：現在政府銀庫「乾塘」，上法庭得準備一筆才行。有的說：……

---

[1] 作者魯楫，為《青年樂園》後來的總編輯陳序臻先生的筆名。另有筆名：晧旰、迎風、翔峰、飛石等。

# 文學（一）大地、沃土

《青年樂園》的大地和沃土版，是整份刊物最有文學性的重要版面，文章的體裁主要是散文和小說。這個版面早期會邀請當時文壇有一定名氣的作家，如葉靈鳳、侶倫、紫莉、孟君、碧侶等提供作品。同時也十分重視培養文壇的生力軍。由開始時向《青年樂園》投稿，到創作逐漸成熟，並後來廣為讀者熟知的作家有：水之音、阿濃、舒鷹、沙洲冷、海辛、小思、西西、柯振中、智侶、雪山櫻、陳浩泉等等。不過，這個版面的文章，並非一定以文學技巧見稱，反而頗重視其思想內涵。故部份作者在創作臻於成熟後，為了突破思想內容的窠臼，便很少在《青年樂園》發表創作。六十年代初，基於能否發揮實際效益的原則，這些文學性的版面也被質疑能否吸引讀者，或對青年學生產生思想啟蒙的作用，曾出現存廢的討論。[1]

沃土
大地

# 今年的契訶夫紀念 —葉靈鳳

**選自** 《青年樂園》，第195期，1960年1月1日。

## 作者簡介

葉靈鳳（1905-1975），江蘇南京人。小說家、散文家、美術家。原名葉蘊璞，筆名葉林豐、霜崖、佐木華、亞靈等，江蘇南京人。畢業於上海美專。在中國現代文學史上，葉靈鳳以與魯迅的恩怨糾結而著名。1925年參加創造社，曾主編創造社刊物《洪水》半月刊。1926年與潘漢年合編《幻洲》半月刊。1928年後曾任《現代小說》月刊和《戈壁》半月刊等主編。此後，他還參加《現代文藝》、《救亡日報》等編輯工作。葉靈鳳在內地期間以小說創作為主，如《縣花庵的春風》、《女媧氏之遺孽》、《未完成的懺悔錄》等，表現了都市男女的苦悶情懷。1938年葉靈鳳從廣州到香港定居，此後主要傾力於散文創作，小說創作幾乎絕跡，直到逝世。在港期間，葉靈鳳曾主編《立報》副刊「言林」、《星島日報》副刊「星座」等。散文中最負盛名的作品是《香港方物志》。葉靈鳳也是當時的南來作家中，少數能完全融入香港，並真正熱心研究香港的作家。他自四十年代起，開始在《星島日報》開闢「香港史地」專欄，依據實地調查和豐富藏書資料，以獨到角度寫下大量有關香港成為殖民地的經過、著名海盜張保仔的事跡以至香港方物等文章，開創了「香港學」研究寫作的先河。《葉靈鳳香港史系列》共五冊（《張保仔的傳說和真相》、《香港的失落》、《香港方物志》、《香島滄桑錄》、《香海浮沉錄》），其中收錄了葉靈鳳有關香港研究的重要文章，為後世提供了全面的香港歷史參考，尤其是開埠前後、鴉片戰爭那一段時期，極具學術價值。[2]

## 賞析

選文的契訶夫（1860-1904），被視為19世紀俄國批判現實主義的最後一位傑出的小說家、劇作家，以短篇小說著稱於世。托爾斯泰讚美他為「完美的人」。[3]契訶夫被視為世界三大短篇小說家之一，與歐·亨利、莫泊桑齊名。 契訶夫又被某些評論家視為二十世紀現實主義戲劇的新開拓者，對中國現代戲劇有深遠影響。[4]還值得一提的是契訶夫曾經到訪過香港，對香港的海港留下了深刻的印象。[5]由於契訶夫筆下的角色深富現實主義色彩，故他尤其深受國內、香港左派作家的推崇。

今年一開始，對於文藝愛好者，就有一個值得注意的紀念日。因為今年一月，正是契訶夫誕生一百週年紀念。他生於一八六零年一月三十日，今年本月底就是他誕生一百週年紀念日，在世界各地，文藝愛好者都將要為他舉行盛大的慶祝儀式。

契訶夫是一個可愛的作家，因此將獲得舉世一致的對他的慶祝，正是理所當然的。就拿我國來說，我想我們的文藝愛好者對他也不會是陌生的。他的名字，從前也有人譯作霍甫，但現在則通用契訶夫這三個字了。他的短篇小說，有許多篇早已譯成了中文。他所寫的劇本，也曾經由我國各地話劇團體上演過。因為契訶夫除了以短篇小說馳名之外，他還是在舞台上極為成功的戲劇家。

契訶夫的姓名是安東·巴夫洛維支·契訶夫，他是舊俄作家，生於一八六零年，由於身體不好，在壯年時期就染上了肺結核，在一九零四年去世，僅僅活了四十四歲。

契訶夫的壽命雖然不長，但他在文藝上的地位則是不朽的，而且努力也驚人。從二十歲算起，到他四十四歲時去世為止，他的文藝活動光陰不過二十幾年，但他居然寫下一千篇以上的短篇小說，十個以上的劇本，還有幾個長篇小說和兩部遊記。這成績可說不算少了。

不僅如此，在他所寫的這些短篇小說裏面，有許多已被文藝批評家公認是短篇小說之中的傑作，是短篇小說的典型作品。在世界小說史上，契訶夫已經被認為是短篇小說大師，今日我們所習見的現代短篇小說形式，可說就是從他開始的。

本來，文學史上還有一個以善寫短篇小說為世人所知的莫泊桑。他是法國人，但他的短篇小說風格與契訶夫不同。莫泊桑的作品，以情節和結構巧妙見長，但是契訶夫的短篇，卻是人生現實的寫真。他的短篇小說有時篇幅很短，人物和故事也很簡單，但是全是活生生的人物和有血有肉的故事，彷彿是從整個人生上切下了一個片段，所以雖是一個斷片，卻使我們可以看出整個人生的面貌。十九世紀俄羅斯的社會面貌，當時俄國小市民在官僚主義和暴政下的喘息不安的可憐生活，都從他的這些短篇裏反映出來了。

契訶夫的戲劇，在現代舞台上的成功和影響更大。他的代表作該是《三姊妹》，《海鷗》，《萬尼亞舅舅》，還有《櫻桃園》。就是對於我國的戲劇愛好者，也是十分熟悉的，因為這些劇本曾經一再由我國話劇團體上演過，對我國話劇運動曾經發生了一定的影響。

契訶夫與托爾斯泰和高爾基都是同時代人。托爾斯泰對契訶夫的短篇小說極為推重，卻不喜歡他的劇本，曾一再勸他不必寫劇本。後來契訶夫的劇本在俄國舞台上獲得了空前的成功，遂使托爾斯泰頗有老眼昏花之感。可惜契訶夫的劇本都是在他臨去世以前幾年寫的，當他的劇本在舞台上受到觀眾的喝彩時，他自己已因肺病嚴重，在德國的一個療養地突然去世了。

契訶夫出身小商人家庭，生活一向很貧苦。他是醫科大學出身，學醫時不得不刻苦寫文章來養活自己，這也正是他不幸染上肺病的原因。後來他在文藝上的成就漸漸獲得世人的重視，這才放棄了行醫的生活。

契訶夫生命最後的日子生活稍好，曾卜居雅爾達，自己蓋了一間別墅。這是一生之中最安定的期間，可惜這安定的生活不曾享受幾年便去世了。

他的故居，現在已經闢為契訶夫紀念博物館。平時前去參觀的人已經很多，在他誕生百年紀念的今天，一定會有一番特別的熱鬧。

---

[1] 陳序臻曾指：「60年代初，曾爭辯功課版，有提議要將版面90%攪（搞）功課，辯後認為辦報目的是啟蒙學生，於是保留文藝版、保留知識性」詳見：〈向「青樂老鬼」取經座談紀錄〉，頁4。

[2] 參考自：馬海平編著：《上海美專名人傳略》（南京：南京大学出版社，2012），頁308；慕容羽軍：〈葉靈鳳融入香港〉載方寬烈編：《鳳兮鳳兮葉靈鳳》（福州：福建教育出版社，2013），83-97。

[3] 李哲編著：《外國文學的歷程》（北京：中國畫報出版社，2014），頁131。

[4] 胡星亮：《中國現代戲劇論集》（北京：中國戲劇出版社，2010），頁415。

[5] 沈念騶主編：《契訶夫全集》·第15卷，（石家庄：河北教育出版社，2002），頁130。

# 母親的手蹟 —侶倫

**選自** 《青年樂園》，第35期，1956年12月8日。

## 作者簡介

侶倫（1911-1988），本名李林風，祖籍廣東寶安，1911年出生於香港。小學未畢業即投筆從戎，成為北伐時期國民革命軍中的小記者。十五歲時在漢口《大光報》發表新詩《睡獅集》。1927年北伐失敗後，返回香港，任香港體育協進會文書，因愛好文藝，開始寫作。最初稿件刊於1928年創刊的《伴侶》雜誌。1929年有小說《試》、《殿薇》、《O的日記》等在上海葉靈鳳主編的《現代小說》上發表。同年參加組織香港第一個新文學團體「島上社」，先後出版《鐵馬》（一期）、《島上》（三期）。1930年小說《伏爾加船夫》刊於上海《北新》雜誌的「新進作家特號」，從此正式走上文藝創作之路。三十年代初，加入香港《南華日報》所屬《畫報》週刊。不久，轉任文藝版「勁草」及雙週刊《新地》編輯。此後還曾與文友合編文藝刊物《激流》、《時代風景》、《時代筆語》等。抗日戰爭爆發前後，國內部份影業人員南下香港，侶倫應邀任合眾影業公司編劇兼宣傳，曾編寫國防電影劇本《民族罪人》。後轉任南洋影業公司宣傳兼編劇工作，編有國防電影《大地兒女》等劇本。1941年冬，太平洋戰爭爆發，香港淪陷，侶倫流亡廣東惠州，又輾轉到東江上游的紫金縣，任教三年。其間受羅曼· 羅蘭等影響，寫了以日軍攻陷後的香港為背景的中篇小說《無盡的愛》。連同短篇小說集《黑麗拉》（後改名《永久之歌》）是他最早出版的兩個集子。抗日戰爭勝利，侶倫再次返回香港，陸續有作品出版，1948年在《華商報》副刊 ——「熱風」發表長篇小說《窮巷》，為其代表作。1955年6月和友人創辦采風通訊社。七八十年代在香港《大公報》副刊撰寫「向水屋筆語」專欄。1984年退休，仍任采風通訊社顧問，《八方》文藝雜誌顧問。1988年香港作家聯誼會成立，當選為理事。同年在香港去世。侶倫從事文學活動長達50餘年，著述甚豐，是香港成就較大的一位本土作家。代表作還有《殘渣》、《漂亮的男客》、《穿黑旗袍的太太》、《福田大佐的幸遇》、《窮巷》等。[1]其中《黑麗拉》和《窮巷》更是南洋的暢銷書。後者更是五六十年代香港文學的經典之作。《窮巷》最初在《華商報》連載時，並沒有刊畢，後輾轉由香港的文苑書店在1952年分上下冊出版。同時為了通過南洋市場的文字審查，出版商將「序曲」刪掉後，易名為《都市曲》，銷往海外。1958年由同一機構的「文淵書店」以合訂本的形式再版。1962年又由同一出版社易名為《月兒彎彎照人間》再版。1983年再復以《窮巷》之名，由「三聯出版社」出版修訂本。[2]

侶倫在早期的《青年樂園》發表過不少作品，包括小說和散文。

## 賞析

選文是一篇筆法平實、感情真摯的散文。侶倫透過一張十八年前母親留下的手蹟，表達他對母親的感激和思念。其中特別的是這張綫條粗糙、份量輕巧的小紙片，其實是不識字的母親，在侶倫與弟弟的慫恿下，第一次也是最後一次握筆所作，故它在作者心中的份量尤其厚重。文章寫來不徐不疾，作者先敍述了自己從舊紙堆中覓得母親的手蹟之喜悅，再由畫作之粗糙的綫條和構圖，逐漸解釋有關畫作的可貴和母親的苦難的過去。其中尤見細緻地寫出這份手蹟誕生的具體經過，描寫得極具電影的畫面感。最後再由手蹟回歸現實，說明有關手蹟不僅承載了母親崇高的愛，而且也是無以償還母愛之債的明證，是自己最珍貴的紀念物。

從舊紙堆裏，終於尋出那留有母親手蹟的小紙片的時候，真是再沒有別的事情比這個發現更喜悅的了。

那張小紙片是在我無意卻又似有意之間存起來的；但只是隨便地夾在一些零碎的紙頭裡面（在我書桌上的文件夾裡面多的是這類紙頭，它們是信手記下的一些偶然想到的句子，或是有關寫作的東西）。當我那樣做的時候，並不曾意識到這有甚麼目的，更沒有想到有一天，它會在我觀念上顯出這麼珍貴的意義。因此在一段很長的期間，我已經完全忘記了它。要不是哀傷和思慕的心情牽動了我的記憶，我簡直永遠不會想起來，也永遠不會想起去尋覓它了。

母親的手蹟是一幅小小的畫圖。

那幅畫圖非常簡單，只是用鉛筆畫成的一個人頭。一個渾圓的圈子當作人頭的線條，兩邊有耳朵，裡面畫上眼睛，鼻子和嘴；看起來十足是一幅充滿了稚氣的兒童自由畫。在人頭下面，寫了一個筆劃生硬的「朱」字——這是母親的姓。

如果這幅畫不是我親自看着它從母親的手畫下來的話，我一定會懷疑它的真實性，我不會相信這是我母親畫的東西。因為這是太不調和了。我母親根本不曾入過學校，也沒有機會去識字。她生在封建社會，並且出身於農村的窮苦家庭，童年和青春都是在勞動生活中度過。讀書是另一種人的福份，她是想也不能想的。雖然在中年以後，她的生活在表面上算是安定下來，思想也因時代的影響，和兒女方面的感染而變得開明，可是她的知識仍舊脱不掉出身條件的限制。她對於世界上的事物懂的並不多，加上人生遭際的惡劣，和人事的刺激，便使她一直在憂患之中度着年月。難得是她那種安命的做人態度：儘管期望人生有個好日子，也只是冀求免於憂患便算滿足。因此，她對於下一代也不作甚麼過份的苛求，像世俗一般做父母的所苛求於兒女們的那樣。她不了解兒女的事業，可是她卻信任兒女的事業。她認為兒女能夠認真地去做的，便是對的。這就是我母親！

像這樣一個充滿憂患的人生，母親的身心都難得有安寧日子的了；在那樣狹小的精神生活的圈子裡，還能夠抽出甚麼閒逸心情的呢？然而事實上，她卻捏起她從來沒有捏過的筆，畫了那張小小的畫圖，這不能不説得是奇蹟的事情！而我所以在尋出那張畫圖的時候，能夠喚起關於這件事情的記憶，並且記憶得那麼清楚，不也是很有理由的麼？

憑了我當時在那張小紙片背面信手記下的年月，那正是抗日戰爭爆發後的第二年冬季。那時候，我的家是在九龍城，我們住在靠近海邊的一間樓房的第三層樓上。由於它是一列樓房的第一間，樓房的側面便有了一個大窗子；窗子下面，靠壁放着一張黑色的方桌，那張方桌除了做飯桌用，同時還做別的用場。我的弟弟就經常伏在桌上做他的工作。

在家人中，作兒女的都同樣有着傾向文學或是藝術的興趣；我的弟弟所愛好的是作畫，並且也賦有這方面的小小天份。直至現在，他仍舊在這方面努力着。但是在那個時期，他的作品最終的形式只是畫在紙上給人家看的。他同他的年輕朋友，組織了學術性質的小團體，出版同人壁報。他擔任編寫壁報的工作，並且在壁報上作漫畫。常常是在下午時間，他伏在那張靠窗的方桌上面，在一張大的白紙上活動着他的筆。他要趕在規定出版的日子完成壁報的全部工作，然後把它拿到他們的社址張貼起來。

我的弟弟捏了筆在畫着的時候，屋裡的空氣是很靜的，明朗的太陽光從橫面那隻窗口投進廳裡，映照在方桌上面。下午的家裡事務比較閒些，母親如果沒有甚麼事情牽心的話，她便會站立在方桌旁邊，用消遣的態度看着弟弟的畫筆的活動。他畫得很純熟，很快；只見筆尖在打好的鉛筆草樣的線條上塗抹着，一些人物形態和事象便活現出來。

那是一個溫暖的下午，我偶然也湊近那張方桌去看弟弟作畫。他正在畫人物。我察覺母親把兩隻肘子支住桌面看得入神，彷彿很有興味的樣子。不知道是甚麼衝動在驅使我，我忽然賭趣地說：

「媽，我沒有看見你畫過甚麼東西，你試畫點甚麼，看看你會不會畫。」

弟弟笑着也加上慫恿。他向母親遞出一支鉛筆。

在我的想像中，母親決不會接受我們的提議。她有生以來從未捏起過甚麼筆，也沒有需要她這樣做的機會。她會因自卑感而恐怕我們發笑。但是出乎意料，母親竟然很有興緻似地，毫不遲疑的捏起鉛筆，就在手邊的一張小紙片上面畫了起來——慢慢地，一筆一筆地，畫出一個人頭的形象。

母親自己看了那幅畫圖不滿意。但是我們卻很滿意，並且讚美它畫得好。我們的看法是有我們的意義，這不是母親所能理解到的。就為了那種意義，我希望那幅圖畫有個母親自己的署名。但是母親根本不會寫字，更不必説到寫出自己的名字。我只好採個折衷辦法，在紙上寫個「朱」字給她作樣本，請她照樣寫一個。母親於是順着那一時間的興致，在那幅畫圖的空白地方，用鉛筆模仿我的筆劃，斷斷續續地砌出一個同樣的字來。

母親的手蹟便是在那樣的情形下留在紙上的。

在大戰期間，多少東西毀掉了？多少東西失落了？這張留下母親手蹟的小紙片，卻一直在遺忘之中存在着——存在了十八個年頭！

現在，母親已經死去了，遺留在人世間的，除了無可比擬的一頁崇高的母愛的記憶，便是我們對那一番愛所負的債，已沒有機會償還的無窮缺憾！

而我保存着的這一件母親一生僅有的手蹟，便成為最值得珍貴的紀念物了。

---

1 景山編：《台港澳暨海外華文作家詞典》（北京：人民文學出版社，2003），頁393-394。

2 許定銘：〈這也是《窮巷》〉《大公報》，2013年11月19日。

# 煙波（二） —碧侶

**選自**　《青年樂園》，第39期，1957年1月5日。

## 作者簡介

碧侶，原名陸兆熙（1916-1992），出身自廣州東山的望族，曾於少年海軍學校就讀，後移居香港，曾向報館投稿，並就讀於「中國新聞學院」，是學院的第二屆畢業生。香港淪陷後，陸兆熙到梧州，易名陸雁豪，入《言報》工作。戰後回廣州，入《環球報》編副刊，由五桂堂書局出版小說《恩怨今宵》，並改編成天空小說大受歡迎，奠定了言情小說家的地位。碧侶擅寫長篇巨製的言情小說。[1]當時省港澳三地言情小說相當流行， 傑克的《癡兒女》、望雲的《黑俠》與碧侶的《恩怨今宵》，三人所撰的作品佔領了三地的市場。1949年碧侶重回香港，與長興書局合作出版自稱為具「文藝娛樂新知」內容的綜合週刊《七彩》，後改名《彩虹》。該刊走通俗路線，以娛樂、奇情掛帥，頗受歡迎，而碧侶也把他所撰的言情小說，交長興出版。其後碧侶曾在《循環日報》編副刊，任《藍皮書》主編，除了以筆名碧侶寫小說外，還用「包有魚」寫飲食專欄，大受歡迎。[2]

## 賞析

選文同樣是一篇都市傳奇故事的片段。也是《青年樂園》中罕有的長篇連載小說，由1956年12月29日連截至1958年4月11日，共61期。小說在六十年代初由長興書局結集出版。小說開始以倒敍的形式講述三女兒素盼的窮男友志偉遇到工業意外，並將要送到她父親史丹福醫生的診所中。後母史夫人和素盼聽到後大感不妙，曾極力阻止而失敗。因為史醫生一直反對二人談戀愛，怕這樣只會進一步激化他的反對。然後，作者開始回溯三女兒曾出走被花花公子區沖所騙、二女兒也巧合地被同一人所騙而發瘋並遭禁錮、大兒子出走反抗、原配病故等血淚史。最後故事又回到現在，最終史丹福醫生主持了手術，把志偉的雙腿切掉，聲稱以此來保命。故事便結束在素盼和史夫人鼓勵志偉堅強生活下去，而素盼則承諾會與他廝守終生。這篇小說沒有遵從通俗小說一般之善惡各有業報的模式，如小說裡曾誘騙史家兩姐妹的區沖，實則並沒有受到法律等任何的懲罰，他只是暫時被男主角志偉擊退而已；有外遇、古板冷漠的史丹福醫生最終毫髮無損；反而，樂於助人、深受工人愛戴的志偉卻被鋸掉雙腿。素盼和他厮守的承諾，只是一空泛承諾，因為史醫生一直反對他們結婚。可見有關小說不落俗套的一面。以下選段呈現了史醫生這個豪門望族家庭中各人的破裂關係。

史醫生一向疼愛四女素湄，她的樣子不算美，跟素貞、素盼都比不上，最大的特徵是生就一副男孩子型的臉蛋，短髮濃眉，充分表現出男性的作風。她在去月杪才渡過十七歲的生辰，結實早熟，陌生人看起來，大都認為她已經超出雙十年華的了。

素湄匯集着父親陰鷙的性格和母親的冷靜外貌，剛愎狡黠，并且比起爸爸更為倔強，這麼年紀輕輕已懂得播弄是非，使家人們彼此猜忌，對外更經常故作矜持，不讓別人隨便親近她。

小妹妹素貞尚未滿十四歲，孖辮垂肩，飽滿的雙頰白裡透紅，像煞百貨公司擺放在窗櫥裡面的大洋娃娃。

她在英文書院讀低年級，最不高興爸爸回來吃晚飯，因為見了爸爸就不敢邊吃喝邊看書，母親更不會說笑話哄兒女們高興；剛才她本來聽清楚女同學在門外吹口哨的也為了爸爸將要回來而提不起勇氣出去。

餐後吃水菓的當兒，史夫人遞給丈夫一封信，史醫生看了臉色陡變，持信的雙手也不停地發抖。

「哼，頌雄這個逆子，就竟然膽敢寫信向你投訴！」史醫生咆哮着說，額角青筋畢露，狠狠地把信箋揉作一團，跟着摔進廢紙籃裡。

「丹福，何必發那樣大的脾氣？」史夫人笑容未斂，一派溫煦地解釋道：「別誤會我挑起你們父子倆的惡感，那將把我的苦心完全曲解的；事實上，我只惋惜史家僅有一個兒子，怎忍心讓他在外面流離失所？還有，丹福，你總該知道自己的年歲，就算頌雄雖曾衝撞過你，但現在已經事過情遷，為了史家的後嗣着想，你怎能不給頌雄回家贖罪的機會？那怎對得起泉下的祖先呵？……」

「住嘴！」史醫生瞪着眼，大聲說：「我永遠不會原諒頌雄，他這輩子休想要踏入史家半步！」

史醫生語態堅決，不留絲毫餘地，那副痛心疾首的暴戾模樣，使在座的家人全都噤默起來，兩老那綴滿皺紋的臉孔更平添一層陰影，但卻沒有對兒子稍加諫勸。

史夫人發覺週圍的氣氛不和諧，迅又換轉話題問：

「丹福，表叔進醫院了嗎？他的盲腸需要割治麼？」

史醫生雙目朝天，給她一個不瞅不睬。

史夫人明白丈夫的性格，雖很關心表叔的病況，卻不得不把溜到嘴的說話咽回肚子裡去。

沉默。

幸好史醫生吃完水菓又匆忙地趕着出去，大家才輕快地舒了一口氣。

從窗幔後面覷着史醫生的汽車駛出花園，飯廳的人也分頭回自己的房間歇息或者溜出外面散步，只剩下三女素盼陪史夫人同坐在長沙發聊天。

素盼窺見繼母的眸子籠罩着淡淡的悒鬱，便好奇地從字紙籃撿起哥哥寄回來的那封信，徵得史夫人的同意鋪在小几上面，壓低嗓子誦道：

「嬸：

時光流轉得很快，我離開家庭不覺已快夠兩年了！感謝你在我出走時曾悄悄送給我一筆錢，我賴以不致露宿街頭，成為爸爸所咒詛的乞丐，那是我畢生銘記五內，并且必定有以圖報的。

我在前一封信曾經說過：要下決心遠遠離開這兒，投身去一處見不到親人的地方！很可惜，由於個人的年輕力薄，我的願望畢竟落了空——也許冥冥的主宰故意使我看看爸爸狂妄偽善的報應，我千方百計也無法遠走高飛，只好耐着性子留在這傷感的城市了！

奈何？奈何！

憑了一位舊同學的介紹，現在我進了民生織造廠充當文員，個人的生活總算安定下來；不過，宵深人靜，我仍常常惦記起仁慈的你和美麗荏弱的妹妹。

我祝福你們，盼望你們在假日來工廠探望我！」

「可憐的哥哥，他禀性忠耿，卻仍跟爸爸鬧翻了，終於不容于家庭，實在是我們的不幸！」

「平心而論，頌雄并沒有不可以原諒的大錯，你爸爸忒是蠻橫昏瞶！」史夫人不勝感慨，說：「撇開頌雄負氣離家的前因後果不談，他壓根兒對醫科不感興趣，見了流血就顫慄，但做爸爸的一定要迫他習醫，他怎能不中途輟學呵？」

「爸爸的眼睛只看見金錢和事業，別人——包括自己的親生骨肉——是死是活，他從來不理會！」素盼氣忿忿地說，頓了頓又問：「嬸，你猜大哥還會再回來嗎？」

「很難說，」史夫人沉鬱地凝望着窗外的海，海外的天，低聲道：「即使有這樣的一天，也將是很可怕的呀！」

「怎樣可怕呢？」素盼深感詫愕。

「以你爸爸那種極端倔強的性格，如果他不遭受重大的打擊，或者面臨日暮途窮的悲慘境地，他那有可能回心轉意去召喚頌雄回家團聚呵！」

「這麼說，我們難望再跟大哥廝聚的咧！」素盼一陣心酸，眼眶縈閃着亮晶晶的淚幕。

史夫人吁了一口氣，輕揉着素盼的皓腕說：

「從外表看去，史家莊嚴富裕，猜不到竟然是製造悲劇的門第！頌雄能及時離開，我們一方面覺得難過，同時也暗自為他欣慰；現在最可憐的是素馨，將來呢……」

說到這裡，史夫人聲帶凄哽，咽住了沒有再說下去；素盼連忙追詰底細，史夫人搖首欷歔，良久才道：

「在不可知的將來，也許你和我都同一命運，逃不了辛酸慘淡的收場！」

素盼悚然震懼！

她一下子滿懷惆悵，新愁舊恨驀地兜上心頭，別轉身，淚珠就像雨點般漣漣淌下。

史夫人了解女兒的奧秘心事，不忍再進一步撩起她的哀思，因就婉然勸道：

「別孩子氣，盼，你要緊記着大哥離家前的教訓：哭泣絕對沒有用處，你得昂起頭，挺起胸，先克服了懦弱的性格，才可以由黑暗步向光明。」

「不錯，我……我也許會踏着大哥的腳步走出去的……」素盼楷着眼淚說，清怨的雙眸流閃着期待的光澤。

「不一定要離開家庭，堅定自己的意志就很好了。」

「是的，嬸，你真好，比起媽媽在生時更疼愛我，我無論如何不會讓你失望。」

說着，素盼嬌弱地倒進繼母的胸懷，她倆不像母女，而是像姊妹一樣地互憐互偎。

「我很愧疚，只恐怕自己也站不穩牢……」史夫人由衷地向素盼剖陳心跡，忽又憬悟不應該把意志脆弱的素盼引入歧途，想了想又改言道：「聽說素馨這幾天連茶飯也不肯沾，只靠你爸爸注射營養針和工人餵牛奶延續生命，我們進地窖去看看她可好？」

「呃，有這樣一回事？我們快下去想想辦法！」素盼非常關切地拖了繼母跑出飯廳。

她倆沿屋後的鐵梯走下地窖，挨着發霉的牆壁摸索前行，燈光很暗，兩人緩緩地轉彎抹角來到一間密室，外面用粗黑的鐵條攔隔着，門匙由史醫生單獨保管，她們只能夠站在甬道小圓窗朝裏面窺望。

素馨的年紀雖僅有廿二歲，可是受了過度的打擊，禁錮在地窖過非人生活，身心萎悴，臉孔與身軀早已消瘦得不成樣子；頭髮黐滿灰塵，彷如一盆亂草似地遮蓋了臉頰的大部份，紅筋滿佈的眼睛失盡神采，呆瀏地、兇狠地向前直視，好像正要找人噬咬；乾枯的咀唇不時發出淒厲的號叫，教人聽了毛髮直豎！

[1] 甘豐穗：〈碧侶——如夜空的流星一掠而逝〉，《香江文壇》，第3期，2002年，頁4-7。

[2] 許定銘：〈碧侶和他的書刊〉《舊書刊摭拾》（香港：天地圖書有限公司，2011），頁250-255。

# 趙老師和他的女朋友 — 紫莉

**選自**　《青年樂園》，第210期，1960年4月15日。

## 作者簡介

紫莉，原名江河（1916-2006），還有筆名金刀、魯柏等，本港著名的作家，原籍福建。19歲到香港，任職於廣告文化公司。後加入「南洋電影公司宣傳部」，工作期間，認識作家侶倫、黃谷柳、望雲等。後來，轉任娛樂雜誌《藝林》的編輯。1939年，轉至「大觀影片公司」工作，認識了周鋼鳴、鄭家鎮、黃墅、源克平、林擒、穆時英等，文學因緣日深。1941年香港淪陷，江河返回內地，曾替《大光報》撰寫專欄。戰後他返回香港，經鄭家鎮介紹，出任《華僑日報》副刊編輯，直至1972年退休。同時，他長年在《新晚報》、《新生晚報》、《成報》等多份報章撰寫專欄，數十年筆耕不輟，卻罕有結集。江河擅寫諷刺短篇雜文和小說，1983年移居加拿大溫哥華，仍創作不斷。[1]

## 賞析

選文是一篇由學生的視角來撰寫一位新任教師的故事。其中的男主角趙老師和她的女朋友的關係一直貫徹全文的始終，並成為一眾學生關注的問題。故事的前半部寫來尤見工筆：作者一開始便匠心地替趙老師塑造了一個羞怯、斯文的形象。這樣懦弱的性情，便為眾多學生關注她和女朋友如何相處，提供了一具說服力的理由。有趣的是，眾多學生在此過程中，對趙老師由憐生愛，再由愛生敬。作者有意透過學生的視角，向讀者營造趙老師的教學水平和自信的提高，和他與女朋友的融洽相處密切相關。正當大部份學生都期待老師可和女友修成正果時，他們發現趙老師開始生病，教學水平也逐漸下降。最後又由學生的視角帶出原來老師生病是因為女友去當空姐。作者巧用曲筆的是，趙老師的女朋友一直被刻意淡化地處理，以致於她和趙老師的關係一直讓學生覺得撲朔迷離，保持懸念。而且，小說最後以學生不明白老師為何因女友擔任空姐而病倒作結，其實有意留給學生思索的空間。本篇小說的缺點在其結尾部份，在描寫老師的每況愈下的轉變來得有點倉促。

老師走進課室，我們就站起來立正，大家臉上都帶有一點笑意，這樣引起趙老師的懷疑。他像平常一般，先漲紅了臉，連耳朵也漲紅了，然後訥訥的問我們：「你們又在笑我甚麼呢？」我和蘭茜坐在最前排，因此又被作為詢問的對象。趙老師往自己身上打量一下，隨即問我們兩個：「到底我有甚麼好笑呢？」

我們都沉默不作聲，但是都笑着。

趙老師看了我們好一會兒，似乎想責備我們幾句，但是又找不到適當的字眼，他總是這樣怯生生的。趙老師年紀大約二十三四歲，這個學期才到學校來教書的。他初來的時候，就給人一個印象：新丁，完全是新丁。教書這一種工作，對他真是太陌生了。尤其對着我們這班年紀從十二三到十四五的女子，更使他侷促不安。我知道，他一定從校長或者級主任那裏知道我們這一班是最俏皮的。所以他第一次進來上課，就好像走進了老虎籠似的。果然，他上第一課就嚐到了一點滋味，女孩子們問這問那，是否第一次教書，是否喜歡看電影，喜歡看哪一類電影之類，他不知道應該回答我們還是不回答，大概考慮了幾十秒，便低聲道：「今天我們算上講話堂罷。我可以回答你們……」於是，他委婉的說出一些話，算是滿足了我們的好奇心。也許因為這一次的懇談，使我們對他有了好印象。

他背轉過去，去黑板上不停的寫，寫出了一條代數題目，然後迅速的演算，算出個答案。然後，他回轉身來，向我們解釋。我們都知道，他的算術和代數都很好，但是，他那樣流水式的解釋方法，卻不容易令我們接受。他說完了，就頓一頓，大概從我們面色上得到了答案，於是便焦灼的問：「明白嗎？還不明白？」

「不明白，阿SIR。」我們齊聲回答。

「不明白？」他真的感到失望了。他像怪我們為甚麼領悟力這樣差，他再解釋一遍，我們仍然是不明白。為甚麼要這樣算法，怎麼會算出這個答案來，我們都不明白。他侷促不安的掏出手帕來，抹抹汗。其實他並沒有出汗，天氣也不算溫暖。

「還不明白！」他再次發出失望的呼聲。「我真是沒有辦法向你們解釋清楚，我不知道怎樣說好。」他有點懊惱。

看他那麼狼狽。我們又忍不住笑起來。如果他知道我們笑的是另外一件事，可能他比現在更狼狽呢！昨天晚上，我和蘭茜到文具店去買些東西，我們坐在雙層巴士上面，當經過一家戲院門前，看見許多人從戲院門前走過，蘭茜突然用手肘輕輕的碰我一下，低聲說：「看，新丁在拍拖呢！」我探頭到窗邊，果然看到趙老師和一個年紀跟他差不多的女朋友同行。在女朋友面前，就跟在我們學生前面似的，一樣的羞怯怯。我和蘭茜互相看一眼，跟着爆發一陣笑聲。今天上堂，我們就把這個發現告訴同學們，我們都覺得，「新丁」並不是一個小孩子，他是一個男子漢了。可是大家對於他有一個女朋友的事，都感到驚奇，他這樣怯生生的怎樣去交女朋友呢？

事情發展得越來越出奇，我們不再關心他的教授法，反而關心起他的女朋友來了。我們發現，大家對趙老師都發生深厚的感情，在我們眼中，他是個弱者，而弱者往往容易得到同情的。我們這一班女孩子，由十二歲的到十五歲的，都彷彿自己是個大家姐，趙老師反而是我們的小弟弟。我們常常想：趙老師和他的女朋友的關係發展到甚麼程度呢？這比對一個代數題更感興趣。

我們漸漸變成了一羣好事之徒，喜歡從他的服裝和表情上找尋蛛絲馬跡。有一天他穿着整齊回來上課，大家就喃喃低語，傳遞消息：「今天他定有約了女朋友。」他的表情顯得頹喪那一天，我們就斷定：「他一定受了女朋友的氣了。」

我們既然把他作為一個研究的對象，難怪他更顯得侷促不安，狼狽而又不知所措了。

「我又有甚麼可笑的地方呢？」他照例怯弱的發問。

一個星期六的下午，我和蘭茜去看電影，忽然發覺趙老師和他的女朋友迎面而來，原本是手挽着手的，但是趙老師看見我們，狼狽的急忙放了手，而且還故意走開一點，二人之間讓出一個大大的空隙來。他的臉孔，鼻頭，耳朵，甚至眼睛，都漲紅了。我和蘭茜很俏皮的叫他一聲「趙老師」，裝成若無其事的走向前去。我們衹走了十來步，便互相交換一個眼色。

「回頭走？」

「回頭走！」

我們就像一隻獵狗，慢慢的跟着，一直跟了一段路。趙老師已知道了，因此他好像身上爬進了蝨子，總是不停的縮肩摸頸。直至後來，他被迫和女朋友分別了。他匆匆的走過馬路那邊去，他回過頭，看了我一眼，急忙便走到巴士站，走上一輛剛到站的巴士。

在課室裏見面的時候，我們彼此間都發出會心的微笑。趙老師的面孔漲得更紅了，更是怯生生。等到下課時候，他叫我們兩個到操場去，一邊走一邊說：

「那天的事，你們沒有告訴別人罷？」

「沒有。」

「最好不要告訴別人。我最怕人家笑弄我。」

「你的女朋友姓甚麼的？她做甚麼工作？」俏皮的蘭茜問。

「她姓袁的，在書院讀書。」

「那麼將來她是你的好……」蘭茜有意捉弄老師。

「這……」他突然顯得焦灼不安起來。面上又漲紅了。

「你們甚麼時候結婚呢？」我料不到蘭茜會這樣問。趙老師顯然也感到意外，他又一次漲紅了臉，答道：

「我們不過是朋友罷了。」

「她人不錯啊！趙先生。」

蘭茜和他一問一答的時候，我一直在旁聽着，後來校長在那邊出現，趙老師便趕快走開了。我和蘭茜又悄悄的笑着，因為我們早已把那個「獨有新聞」告訴了全班同學知道啦。

以後我們常常碰到趙老師和他的女朋友，每次如果他看到我們，一定是狼狽的離開他的女朋友。我們如果沒有被發現，那情形恰巧相反。趙老師對他的女朋友很好，他總是遷就她，順着她的意，有一次，我們遠遠跟在後邊，忽然看見那位女士站住了，趙老師也急忙站住，他好像向她解釋，但是她不聽，搖擺着身軀，輕輕的頓足，終於我們的趙老師又投降了。跟着她，橫過馬路。她面上的表情，仍然在發脾氣，趙老師卻一臉笑容，想說話，又彷彿說不出。我和蘭茜互相看一眼，每次我們這樣相看時，一定是笑着的，但是這次卻不是笑，我們瞪着眼。我們老師受人家的氣，還有甚麼好笑。

有一天上午，趙老師背着我們，在黑板上寫代數的算式，他寫得很快，粉筆碰着黑板的的地發響。我們在竊竊私語，因為他今天穿了一身新西裝。就在這時候，校役匆匆忙忙的進來，向趙老師報告，說視學官到來巡視學校。聽到這樣的消息，趙老師那怯生生的表情，越發顯得強烈了。他差不多用發抖的聲音對我們說：「大家靜一點，不要淘氣，視學官來了。」也許因為大家一向同情他，也許由於一種突然而來的責任感，我們果然都規矩起來，課室出現了從來未有的靜默。

不久，視學官來了，是校長陪他來的。給趙老師介紹過後，校長就陪着視學官看我們上課。課室的空氣頓時緊張起來，趙老師戰戰兢兢的把算式寫好，畧作解釋，就跟着問：「明白了沒有？」

「明白！」這是不約而同地回答。

一種從來未有的光彩出現在趙老師的臉上，雖然他極力強裝鎮靜，但是咀角卻不由自住的透出微笑。

「大家都懂了罷？」他再解釋一次，又問。

「懂啦！」又是不約而同地合唱。

視學官一聲不響的走出去，趙老師連忙掏出手帕來，在沒有汗的地方抹汗。他這時候的表情，令我永遠不能忘記，充滿意外和感激。對大家靜默了一會，才開口說：「我必須對你們說幾句話，我感謝你們剛才對我的合作。」

我們的表情都嚴肅認真，沒有發笑。

下課鈴響了，他用感激的神情看看我們，然後才慢慢的走出去。

幾天後，我們班最頑皮的十幾個，都做了趙老師的上賓。星期日他請我們到他家裏去吃茶，聽音樂。趙老師衹有一個媽媽，他媽媽又是個非常慈善的婦人，和我們青年人很合得來。從她口中，我們知道趙老師喜歡躲在家裏聽古典音樂，此外就是看關於數學的書。原來他中學會考時，數學得到優異。我們設法去牆壁上和照片薄裏面找他女朋友的照片，但是竟然沒有，為了禮貌，就是頑皮如蘭茜，也不敢問及這一點了。

聽了一會音樂，吃過茶，趙老師和我說許多話，有些是他從書本裏得來的材料，有些他親身經歷過的，有些是他聽到的。我第一次發現他說話很動聽，口若懸河。送客以前，趙老師忽然用認真的口吻說：「我希望大家以後注意代數，我希望我所知道的都教給你們，以後大家有不明白的地方，儘管問。但是，不要衹管看着我發出嘲弄的笑。……我送你們到車站去罷。」

這一次的談話，實在很有用處。以後我們對趙老師，由同情而發生敬仰。我們對一向認為頭痛的代數發生興趣，全都因為他。趙老師的教學方法也一次比一次進步了，他還學到了獎勵的方法。常常滿意地對我們說：「大家進步得快啊！成績好極了。」或者在上課以前，先對大家說。級主任對大家的代數成績一段比一段進步，極為滿意。因為這樣，我們更用功，代數更進步，連家長也高興。

趙老師初來時那種怯生生的表情也沒有了，他站在講台上，聲調自然，充滿信心。看來他不衹成為一個好老師，而且是學校裏最好的教師之一。有些無法解釋的理由，令到我們也感到驕傲與興奮。

趙老師似乎幾個月之間長大了許多，他上課時充滿自信，態度是樂觀的，尤其近來校長當着學生的臉，誇獎過他。我們既然不再害怕代數，因此便有時間來關心他的私事，每次快下課之前，我們一定問問他的私事。趙老師也變得機靈了，他先對我看看，然後笑道：「上課時候對你們說我的私事，實在不應該的。」

他既然讓我們走了一半路，現在又不讓我們走過去，這樣適足以激起我們的好奇心，他越是不說，我們越要設法知道。但是這並不容易，除非我們整天在街上跟着他跑。

有個星期日，我們舉行一個小規模的遠足旅行，爬獅子山，沿着小路下紅莓谷，再走到沙田坳。在紅莓谷的大石上，大家把預備好的食物搬出來，進行野餐；蘭茜帶了她爸爸的照相機，隨便亂拍。她一定要替我拍一張「沙龍照片」，我對她的攝影術本來沒有信心，但是我也不想掃她的興，就站起來，說：「好罷，儘管拍罷！」

「這不好！」她居然學了攝影名家那一套，一定要找到個好背景。聽從她的指揮，我走到一塊石頭上面站着，故意做着古怪的姿勢，不想蘭茜就給我拍下來了，我急得頓腳，跳下嚷道：「我不要，人家跟你做着玩玩罷了，你卻認真的拍了照片。」

「不要緊，這才有趣，印了出來一定送一張給你。」蘭茜說着，看見我揑着拳頭要搥她，拔步便跑。我們一先一後的跑出紅莓谷口，忽然蘭茜呀一聲叫起來，站住了。

「甚麼事？」我知道她一定發現了甚麼，也跟着站住了，那揑着拳頭的手，也不再搥在她身了。

「你看！」往前面她伸手一指。

趙老師和他的女朋友，並肩携手的走着，正往沙田走去，他們離開紅莓谷不久，我們便到了。

我和蘭茜看這一對伴侶慢慢的走遠，才互相交換一個微笑，回到同學身邊去。我們商量過，終於保守了秘密，所以同學們全不知道。

「他們快要結婚了罷？」蘭茜在火車上悄悄的附耳問我。

「他們感情很好啦。」我說。

「我希望他們快些結婚。」

第二天在課室裏看到趙老師，不知道是我們心理作用還是事實如此，趙老師似乎比平時神采飛揚，上課也特別賣力，而且再三稱讚我們這一班最聰明伶俐。

蘭茜和我互相看一眼，交換一個微笑。

下課時候，趙老師從我們背後走上來，問道：「今天上課時候，你們又在笑我甚麼？」

「沒有。」蘭茜說：「我們想起昨天旅行沙田的事。」

「我們在紅莓谷去野餐。」我也跟着說。

「哦！」趙老師看我們一眼，可是他不再說話了，臉上一陣漲紅，站住不走了。

蘭茜又對我笑了一笑，便和趙老師道別。

「他知道我們知道他的秘密呢？」蘭茜說。

「他們為甚麼不訂婚呢？」歇一會我就問。

「安妮，我總是有點擔心。」

「擔心甚麼？」

「我以為趙老師和他的女朋友也許不長久。」

「你憑甚麼這樣想？」我問：「有理由嗎？」

「有理由的。」我說：「我曾經做過夢，夢見趙老師很憂鬱，就是他的女朋友背叛了他。」

「夢是不可靠的，不科學。」

又一個星期日來了，我們這一班裏面有一半以上的人被邀請到趙老師家裏去吃茶會，這一次，趙老師特別興奮，說了許多話，又介紹我們聽一隻古典音樂。趙老師像今天這樣滔滔不絕，真是很少有的。茶會到了一半，忽然趙老師的女朋友來了，這是我們第一次正正式式的會面，對着我們這一羣女孩子，她有點忸怩，但是立刻就恢復過來了。她是突然而來的，不知道要和趙老師說些甚麼。

趙老師跟她出去的時候，他的媽媽就悄悄的對我們說，他的女朋友考試合格了，老人家也替她高興。

「他們快訂婚了？」蘭茜天不怕地不怕的問。但是趙老太太笑了笑，搖頭說道：「不會的，我想不會的。」

果然，一直到我們學期完結了，還沒有聽到趙老師訂婚的消息。而另外一件奇怪的事情出現了，活活潑潑的趙老師，忽然變了。上課時候，他算來算去，總算不出答案來，於是非常煩躁，皺皺眉頭，自言自語，又好像是對我們說話似的。他說：「我今天心情有點不好。」但是他終於把答案算了出來，還給我們解釋，不過這一次我們真的聽得不太明白。自從這天以後，趙老師變得憂鬱，面龐一天比一天瘦下去，人憔悴了。終於有一天，他不來上課了，由一位高中的教師來替他代課，那位老師說，趙老師告病假，他暫時代幾節課。

找一個機會，我們班裏幾個女學生去探望趙老師，看他的病。趙老師沒有躺在病床上，衹是坐在家裏休息，但是人比以前更憔悴了，像一個老人。他一點精力也沒有似的，甚至一點活力也沒有，彷彿一個快要失去了他的生命力的人。我們跟他談了一會，看見他沒精打采，也不便久留，就此告退。他也不送我們出門，由他的媽媽做代表，趙老太太眼睛潤濕的對我們一連說了兩句：「常常來看他罷！」

半期考試完畢了，趙老師也沒有回到學校來。同學們有許多傳說，有人說他到醫院去檢驗，發現患了肺病；有人說他失戀，因為他的女朋友有了男朋友。放假之後，我們到他家裏去看他一次，這一次卻沒有見面，朋友陪他出去了。我們跟他媽媽談了一會，就告辭。到了巴士站，我們才發現蘭茜並沒有出來，有人說要回去找她，有人卻說要走了，結果，一輛巴士來了，走了幾個人。我決意留下，不久，蘭茜來了，可是她甚麼也沒有說。

直到前兩天，蘭茜到我家裏來，才說出趙老師生病的理由。「你怎也猜不到的，就因為他的女朋友快要做空中小姐了。」

「這樣就生病啦，奇怪！」

「就是啦，我也不明白。」

這件事，我也是一直不明白。

---

1 主要參考劉以鬯編：《香港文學作家傳略》（香港：香港市政局公共圖書館，1996），頁566-567。又參考：盧昭靈（盧因）〈哀悼江河〉摘取自「環球華網」：http://oldgcp.gcpnews.com/zh-tw/articles/2006-12-01/C1230_2414.html，摘取時間：2016年3月22日，20:00。

# 餘光 —智侶

**選自**　《青年樂園》，第235期，1960年10月7日。

## 作者簡介

智侶，原名為馮珍琪（1919-1982），又名馮英偉，以筆名馮明之為人所識，廣州人。作家，翻譯家，文學史專家，英國牛津大學輔世學院院士。亦有筆名馮式、東方明、南山燕、智侶、懷紫等數十個。……1934年回鶴山就讀於鶴山縣立中學師範科，後在廣州襄勤大學世界語專修班畢業。抗戰期間，在廣州、香港、廣寧、桂林等地從事過教育、報紙編輯、主筆等工作，積極宣傳抗日救國。1948年定居香港，曾任培道中學高中教師、高速函授學校校長等。1949年後在香港從事教科書編輯工作。1966年創辦香港編譯社，任社長，進行文學史編譯出版事業。亦曾主持英國語文學院五級考試、英國大學聯合入學試。他的寫作範圍甚廣，包括文學家辭典、教科書、自學指導、歷史小說、文藝創作和武俠小說等。一生著述甚豐，有《中國文學家辭典》、《中國文學史話》、《中國文學史提綱》……小說《綠珠傳》、《李師師》、《紅拂女》等。」[1]

## 賞析

選文是一篇都市傳奇故事。今天讀來和現實生活似乎有點距離，予人不太真實的感覺。不過，需要注意的是，五六十年代電視尚未普及，青少年極少娛樂活動，故「都市傳奇」正是不少作家發揮的題材。青少年讀者可以透過閱讀讓想像力自由馳騁。這些「都市傳奇」基本有一個明確的世俗公式，壞人終會受到懲罰，好人終會獲得福報。貪小便宜、投機取巧者也會受到貶損。選文的小說正是這樣的故事。其中，描寫正要咽氣的富商，各人惦記的只是他的遺產，巴不得他在交待清楚後馬上咽氣。故字裡行間所體現的正是小市民對富商負面的世俗觀感。小說以「餘光」為名，頗值推敲。所謂的「餘光」，一方面可以理解成富商的遺產。小說的眾人基本上都想在富商死後率先取得自己圖謀已久的「餘光」。故眾人關注的是富商死後，自己能沾上「餘光」的多寡。但作者故意安排本篇的主角，富商的姪兒「老七」因過於功利，最終錯過爭取「餘光」的最佳良機，為此「老七」懊悔不已。正以為他將一無所得之際，「老七」卻因訃聞上的簽名，交上了一位期待已久的城中第一富商大亨，故「餘光」另一方面也可以是餘蔭。不過，「餘光」也不無反諷的意味。因為原本計劃的「餘光」，只是與金錢有關，但「老七」最終分不到富商的任何一分錢遺產。而「老七」沾沾自喜的所謂「餘光」，其實也只是一個搭上富商的機會或起點，實質並沒有太大的「餘光」可言，因此，「餘光」也只是他冠冕的下台階而已。

## (一)

這是座落於半山區的一所高貴洋房，四周圍又寧靜、又安詳，花園裏面，只有細碎的鳥聲，點綴得整個環境，和平常的日子完全沒有兩樣。只是洋房裏面，這時的氣氛卻萬分緊張，因為這家房子的主人，正在臨危，正在咽着最後的一口氣。

躺在病牀上咽着氣的這一位主人，是個知名的大亨，長久以來，他就已病得氣息奄奄，這一天的情勢卻忽然不對起來了，從早上十點鐘開始，他的呼吸就變得十分迫促，而且臉色愈來愈青，也愈來愈黑，口邊不住地發着痛苦的呻吟。洋房裏絡繹地召來了醫生，最後是兩個專家，大家在他的病榻前舉行過一次會診。但每一位醫生都只能搖頭束手，針藥儘管打了幾枝，不過卻完全沒有甚麼效果，這使得全家上下，馬上發生了前所未有的忙亂。

這一位大亨生平雖然不見得有過甚麼重大的建樹，可是鈔票卻賺得很多，名譽也撈得夠響，在這個十里洋場上面，真是無人不知，無人不曉，誰也沒法估計他手頭的財產到底有多少。現在，到了他的彌留之際，他剩下的唯一任務，就是最後一次把錢掏出來，交給他的家人妻子，以清手續。所以，這時他的病榻旁邊除了兩個留守的醫生之外，還密密麻麻地站滿了人。這中間，有他的幾個太太，他的少爺們和小姐們，此外，還有幾個較為密切的親友。大家臉上堆出愁容，一邊裝做抹眼淚，一邊尖起耳朵聽他斷斷續續地報出來的財產數目：

「我這兒⋯⋯手邊⋯⋯還存有⋯⋯存有⋯⋯美⋯⋯美⋯⋯美金十四⋯⋯十四萬元⋯⋯。」

「這麼少嗎？」其中的一位太太聽了，大吃一驚，忍不住高聲問。

垂死的大亨用無神的眼睛向她瞥了一眼，就說：

「還有⋯⋯還有美洲⋯⋯美洲⋯⋯美洲的宋先生處⋯⋯也是十四萬美元。」

大亨平生的財產，多得不可計算，如今報出來的只是這麼一點帳目，自然教周圍的人大感意外。

「沒有了嗎？」這回發問的是他的長公子。

「呃⋯⋯呃⋯⋯」大亨先咽了一口氣，顯得十分辛苦，他掙扎着使出了生命中的最後力氣，舉起震顫着的一隻手來，指一指旁邊的一個朋友，才說：

「在他這裏，⋯⋯也有⋯⋯也有十萬。」

這話說得有點不清不楚，登時把那位朋友嚇個一跳，他慌忙擠到大亨的床前，氣急敗壞地叫說：

「先生！先生！你存在我這裏的只是港幣十萬元，不是美金，請你千萬想清楚一點！」

這時候，許多人的目光，都不期然地盯住了這位朋友。好在大亨的神智，似乎還相當清醒，他倒不願意讓這位朋友在他死後多費唇舌，所以停了一停，就又開起口來。

「啊！是的。」大亨的眼睛半閉起來，似乎想要點頭，嘴裏說：「是港幣……是港幣！」

這樣一來，床邊的朋友方才放了心，接着，大亨又報出了另外的一些數目。

## (二)

當臥室裏面的人正在凝神屏息，細聽着大亨的最後遺言時，臥房外面的空氣，也已愈來愈緊張，有人急匆匆地在喊司機。不一會，一輛一九六〇年的新型汽車，就箭一樣地向中區的方向駛下去。

汽車穿過細雨後的潤滑街道，停在一家私人俱樂部的門前，一個穿着瀟灑的夏威夷襯衫的男子，霍地從車上跳了下來，非常熟練地跑到樓上去了。

樓上此時正開着一枱蔴雀，四個人圍着在打，旁邊還有兩個人在瞧熱鬧，穿夏威夷的漢子登樓之後，就衝着他們大叫：

「喂喂！不要打了，老七呢？老七在哪裏？」

「甚麼事情大驚小怪？看你這冒失鬼！」做莊家的這時正為一副三番牌和不出而生氣，便堵着嘴白了他一眼。

「唉，你們還不知道，我家的老頭子已在咽氣了！」

打牌的四個人，一聽到這個消息，登時就變得眉開眼笑起來，連打牌的姿勢也頓然停住了。做莊的那個把頭一抬，抿着嘴説道：

「那不是很好麼？老頭子一死，那筆殯儀館的佣金，還不是安安穩穩的落在我們手裏？」

原來照一般殯儀館的規矩，凡是介紹生意，總有一筆回佣，而且生意愈大，佣金愈厚。像大亨這樣的人家，做起喪事來，當然要大擺排場，用錢之多，生意之大，自然不在話下。他們這幾個人，本來老早商量好了，只等大亨雙腳一伸，他們就要替一家殯儀館拉上這一筆生意。所以聽到大亨垂危，就等於聽到金礦打開，大家好不快活。

但是，事情有時卻不是盡如人意的。

「哼！看你們倒快活！」新來的這漢子輕蔑地冷笑一聲，才說：「別家殯儀館的經紀早已得了風聲，甚麼生意都商量好了，還說甚麼佣金？簡直是做夢！」

這不啻是一個晴天霹靂，四個人都被他嚇呆了，連打蔴雀的心神，竟也一時消失，只是異口同聲地叫苦。

「這怎麼得了？怎麼得了？好大一筆佣金，落到口袋邊上還要讓它跑掉！我帶你見老七去！」莊家狠狠地把牌一推，也不管其餘三個人在目瞪口呆，自己就領着來人跑上三樓。

他們兩個人三步拼作兩步，到了三樓。老七此時正在玩着十三張。他的年紀，約是三十來歲，穿了畢挺的西服，唇上長起了兩筆齊整的小鬍子，看起來縱然不是紳士，也總該是個準紳士了。他是大亨的一個遠房姪子，平日固然常常在大亨的身邊走動，可是，大亨對他顯然不很信任，有事從來不肯交託給他。

老七一見樓下的兩條大漢上來，就翹起右腳，吃驚地問：

「有甚麼事嗎？」

「喂喂！」穿夏威夷的漢子焦急地説：「老頭子在咽氣了。」

老七聽了這話，眉間一聳，臉上泛起一片喜悅的光芒，就說：

「好傢伙！這一天總算來了！」

「但是，」原先領着上樓的那一名漢子，這時卻無可奈可地攤了一攤手道：「我們預計的那筆喪事佣金，也已沒了着落！」

老七聽了，裝作大吃一驚，忙把十三張推開，一手抓起桌上那一大疊百元鈔票，就要起身。旁坐的賭徒連忙按住他的手，説道：

「何必這樣急？他死就死吧！賺不到佣金，也只好算了！來，來，來！我們再玩它兩圈。」

老七知道這個人的目的只在翻本，他自己是贏了錢的，自然不願再賭，便回頭對他說：

「佣金這樣的小意思，對我有甚麼相干？我做姪子的，遇到這樣的大事，怎能不趕去？我們下次再賭吧！下次看你有沒有本事翻本！」

老七一邊説着，一邊已經整衣而起，同坐的賭徒們拗他不過，也就只好眼看着他離開了賭桌。

## (三)

老七趕到半山區的洋房，好容易擠到大亨的病榻前，大亨已經兩眼發直，床前揚起了一片男女的哭聲。雖然這位叔父平日對他不見得很好，可是，在四周圍哭哭啼啼的氣氛之下，面對着直挺挺的一具屍身，一種死生不測的創痛之感，也不由得襲上心頭，老七的眼中，終於也掉下了兩行淚水。

這樣默哀了一陣，他慢慢地就回復了自己的理智，從口袋裏掏出雪白的手帕來，裝成拭淚的樣子，仔細打量自己的前後左右。他發現大亨的嫡親長子，正扶着大亨的元配夫人，在牀邊幽幽地嗚咽着。老七覺得這正是一個好機會，於是趕緊移動腳步，輕悄悄的閃到這一雙母子的身邊，開口安慰兩人道：

「嬸母娘！我看你們別太傷心了！人死不能復生，傷心有甚麼用？況且三叔的年壽也不算小了，人總歸是要過去的，我們還是好好地料理他老人家的身後事吧！」

正在飲泣中的嬸母娘，還是在低頭垂淚，並沒有答腔，只是大亨的兒子這時卻抬起一雙微微發紅的眼睛，向他望一望，就說：

「大家是自己人，你也用不着跟我們客氣了。現在要做的事情很多，我們已叫了老六在辦；你趕快去找找他，看有甚麼應該做的，就幫忙他一下吧！」

這位兄弟說的話，教老七聽了心下微微一震，他此來的目的，本是要治喪的事務權抓在手裏，不料遲來一步，這個肥缺已落在另一個遠房兄弟的身上，教他好不失望。先前丟掉了那一份殯儀館的佣金，他因為估計要分的人太多，本來一點也不放在心上，現在失掉這個最好的機會，這才教他實實在在地傷起心來。眼邊的淚水，不覺重又泛下。

大亨的兒子見他掉下眼淚，還以為他真為叔父的亡故而悲傷，便拍了拍他的肩頭，用着半帶沙啞的聲音對他說道：

「別太難過了！快找老六去吧！他那邊的事情多，能夠多一雙手，總是好的。」

老七知道事情已經無法挽回，落在老六手上的權益，就算有九牛二虎之力，也休想拔得出來。於是只好垂頭喪氣地離開了大亨的臥室，在一片哭聲之中，推門轉出外面的大廳。

廳上這時的確事情很多，老六一邊忙着打電話，一邊還要指揮僕人做這做那，忙得不可開交。老七斜斜地瞥了他一眼，也懶得跟他搭腔，只見南邊的一張桌子上擠滿了人，他就惘惘然跑了過去，站在人堆外面瞧熱鬧。

這時候，桌子邊上坐了一個人，手裏拿着毛筆，面前鋪開了一張白紙，正在不住地點着頭，口中念念有詞，筆頭在紙上一個字一個字地指點着。圍在桌子邊上的人，一個個都帶着好奇的神色望住了他。老七向這些人隨便打量了一下，認得有些是遠房親戚，有些是叔父生前的朋友，只是座中的那一個人，他卻不認得。於是，他隨手拉了一個親戚的衣袖，低聲問道：

「這是誰？他在搞甚麼花樣？」

那親戚回頭見是老七，兩眼眨了眨，漠然地答道：

「殯儀館裏來的人，正在替主家起草訃聞。」

「訃聞？」老七隨口應了一聲，覺得這不過是可有可無的玩意兒，唇邊不禁泛起了一陣苦笑。他轉頭望向老六那邊，只見他恭而敬之的拿着電話，正在熟絡地跟對方說着話，聽他那口氣，分明是在向一位有名的大紳士報告叔父的噩耗，這使老七心下陡然泛起了一陣酸溜溜的感覺，暗想：老六這回撈得個好差使，不特辦事時有油水可揩，而且還可以藉此和紳士名流大打交道，他真不知交了甚麼運道！

老七正這樣又妒又恨地想着，忽然覺得背上有人向他輕輕地拍了一下，轉身看時，原來正是先前把他從俱樂部裏帶回來的那一名「馬仔」，兩人交換了一個眼色，「馬仔」用嘴向花園外面一呶，兩人就一先一後的踱出廳外去。

踱到無人之處，「馬仔」苦笑着問老七道：

「怎麼樣？完全落空了嗎？」

「唉唉！」老七禁不住嘆起氣來，埋怨他道：「誰叫你不早點來通知我？若不是遲來一步，怎會讓老六佔了這一份優差？」

「但是！」對方顯然不願負這個失敗的責任，他說：「我去找你時，老六分明還沒有到的，誰知他從那裏得到風聲，來得那麼早？老實說：千不該，萬不該，你不該在這樣緊張的關頭，還到俱樂部裏賭錢……。」

老七聽他居然也埋怨起自己來，不覺怒惱道：

「老頭子天天都像要咽氣，難道我就天天守在他的床邊嗎？我們既然說好了輪流看住他，那本來就萬無一失，怪只怪你眼光不準確，捱到這麼晚才來找我，還有甚麼希望？」

他說話的時候，雙頰漲紅，脖子上露出青筋，顯出了無限氣惱的樣子。對方看了，覺得這時候來互相埋怨，到底不是辦法，只得改了口氣道：

「我們現在且別忙吵嘴，你快看看還有甚麼辦法沒有吧！好容易碰上刮風，難道我們就連葉子也拾不到一片？」

「還拾甚麼葉子？」老七絕望地搖着頭道：「我那好兄弟本來叫我去幫老六的忙，但是，既然他們已把差使交定給老六，我去幫忙，有個屁用！」

「啊啊！」那位「馬仔」到底有點深謀遠慮，他說：「既然你兄弟這麼說過，那就幫忙一下也不要緊，說不定這中間還有甚麼甜頭。我們好歹得回一點好處，也不枉這一場心機呀！」

他口中的「甜頭」和「好處」，突然打動了老七的靈機。這時，老七臉上閃出一片省悟的光，猛然回身向大廳上走，口中低語着道：

「對的，對的！好歹要找回一點好處才成！」

老七回到廳上的時候，老六還在電話機旁忙得不可開交，他的身邊，站着幾個人，彷彿正在等着他決定些甚麼。老七挨了進去，待他把話筒放低，馬上就插嘴進去道：

「嬸母娘叫我來給你幫忙，你有些甚麼要做的嗎？」

老六向他翻了一眼，臉上露出幾分驚異之色，他料不到老七忽然也對自己客氣起來，願意做自己的幫手。只是，老六也不是傻瓜，他早已決定要把一切大小事情，全部由自己包辦起來，自然不願意讓老七插手。這時，他的眼珠一轉，口中略一沉吟，就指指身邊的一個廣告經紀，對老七道：

「你能幫忙最好了，請帶這位先生過去，看看訃聞的稿子擬好了不曾？如果弄妥了，就交給他發到報上去。」

老七料不到他打過來的是這樣一張毫無用處的牌子，但是，在這個時候，他又不便推搪，只得回身領了廣告經紀，跑到南邊的桌子上去，找那負責起草訃聞的殯儀館來人！向他問道：

「怎麼樣？訃聞弄好了嗎？」

「成了，成了！」那人抬起頭來，把一紙訃告在他的眼前一幌，口中卻說：「只是，這裏還要添上一個姪子的名字，我還得請教六少爺，看看是否由他出名？」

「出甚麼名？」老七好奇地問。

「這是發訃聞的一種老規矩，」殯儀館的來人說：「訃聞的後面，要有一個人具名，表示訃聞是他寫的。但因為死者自己的兒女這時已經十分悲痛——當然沒有心情來寫訃聞，所以最理想的是找個姪兒來，由他出名，拭淚司書。」

那人說時，還指着訃聞末後空出來的一個小地方，那上面寫着「期服姪」三個字，下面就是端端正正的「拭淚司書」四個字。老七咬着下唇，想了一陣，突然靈機觸動，就說：

「六少爺事情正忙，這個用不着找他商量了。我排行第七，也正是三叔的姪兒，由我來出名好。」

「那也一樣。」殯儀館的來人完全同意，把手中的毛筆遞了過去；老七一把接了過來，隨手就簽上了自己的名字。

## (四)

一場堂而皇之的喪事過去了，老七撈不到任何的油水，但是，由於他在訃聞上面簽過了自己的名字，他終於也得到一點意外的報酬。

那一天，幾個人在俱樂部裏正在取笑老七，說他瞎忙了一頓，甚麼好處也沒有，他卻從口袋裏抽出一個金光閃閃的帖子來，擺在眾人的面前，驕矜地問道：

「你們看看，這是甚麼人的東西？」

大家定睛看時，原來這是地方上第一個有名大紳士請客的帖子，上面端端正正地寫着老七的名字。老七在他的叔父生前，本來早就想要跟這些大紳士們打交道，無奈他的叔父始終不肯幫忙；想不到在他的大亨叔父身故以後，他居然也就攀上了這些大紳士的關係，大家對着這一份請柬；正感到有點納罕，老七卻高笑起來道：

「若不是我在訃聞上出了名，這些大紳士們只怕永遠不會認得我。現在好了，我雖然分不到三叔的遺產，到底也叨了他老人家的餘光，我有資格跟紳士們交朋友了！」

朋友們聽了他的話，都不覺啞然失笑起來。

---

[1] 鶴山市檔案局編：《鶴山名人錄》（廣州：廣東人民出版社，2013），頁19。

# 證人的口供 —孟君

**選自** 《青年樂園》，第174期，1959年8月7日。

## 作者簡介

孟君，原名馮畹華（1924-1996），為香港第一代流行小說女作家，擅長寫愛情小說，並長期受到讀者追捧。她另有筆名浮生女士、屏新。1946年，在廣州《環球報》設「浮生女士信箱」，為讀者解答問題。1949年10月，自穗來港。1950年，創辦《天底下》（週刊），並以「孟君」的筆名發表長篇小說，主要作品有：《最後一個音符》、《農村》、《求婚》、《第二代》……除了小說外，還用「屏新」的筆名寫娛樂稿。[1]此外，孟君也曾主持電視及電台節目。[2]五十年代末期，孟君曾擔任刊物《知識》的主編，同時也在《婦女與家庭》上撰寫愛情文章，解答少男少女的感情問題。1971年至1972年，孟君的小說《昨夜夢魂中》及《珮詩》更先後被香港榮華公司改編成國語電影，她除了擔任編劇，更親自設計戲服，其中後者的戲服高達40多套。[3]故孟君可以說是集小說家、電台主持、雜誌編輯、電影編劇和服裝設計於一身。她的兒子就是香港著名設計師劉培基。[4]

## 賞析

選文同樣是一篇都市傳奇故事。作者在小說的下篇說明這是長篇小說中的一個片段。由於孟君是五六十年代著名的流行小說作家，受邀在不同的刊物發表創作。有時由於時間和靈感所限，作家會將短篇小說的園地當作自己試筆和練筆的場地，它日有機會便將之發展成一篇更為成熟的暢銷小說。這篇選文某程度銘刻了香港曾是遠東最重要的轉口貿易港的時光。當時經紀行業盛行，而不法之徒就利用個人的貪念，成立「空頭」公司，使用多頭「買空」方法，訛騙市民、商家的金錢。而本篇的主角最初只是出租單位予犯罪團夥，但後來卻被誘騙成為公司的負責人，最後在不知情之下成為案件的代罪羔羊。有關小說情節和今天香港電台的《警訊》節目中經常講述的騙案十分相似，相信是五六十年代香港法規尚未健全之時的常見現象。

## (一)

昨天早上，我被傭人叫醒，匆匆更衣趕上法庭，那兒已經聚集了許多人。在法庭的走廊外，有十多個男女證人正在等候傳訊，我在靠窗子的地方站立下來。

其中一個女人說：「這個大老千，害得人多了，非要他坐牢不可！但他卻有錢請律師……」

另一個人截着說：

「與他同謀的另兩個人已經判罪了，現在這個嘛，上一堂不認罪，現在請了律師辯護，主控官可真頭痛。」

在他們的談論中，一個人推開法庭的門，探頭出來把我叫進去。

踏入門，我看見這兒地方不很大，看來像一個大客廳，但右邊的高枱卻坐着一個穿黑西服的男人，他就是法官。他的高枱的下面是一張長桌，主控官、辯方的律師、辯方律師的助手一共三個人坐在面對法官的椅子上。法官左邊的下面是證人欄、右邊是犯人欄，這時，本案的犯人被關在犯人欄裏。

我被引到證人欄，站立下來，法庭的傳譯人員領導宣誓，然後，由主控官引導作證。他問我：

「你是青衞街二號二樓的房東，對嗎？」

「是。」

「你記得本年三月七日發生過甚麼事情？」

「那一天，我把青衞街二號二樓租給一個名字叫鄭佑的人。」

「你能否把經過情形告訴法官？」

「是的，我能夠。」我開始回憶這個故事。──

本年三月上旬，一天的下午，兩個男人按我的門鈴。我打開大門，看見他們其中一個身材較肥矮、年紀大約四十來歲的中年人，手上拿着當天的日報，他戴着白邊眼鏡、細眼、圓臉，滿口台山方言。他說：

「你們這裏有地方出租是嗎？」

我開門讓他們進來，另一個身段較高瘦的男人卻操純正的廣州話。他們進門之後，在室內走了一轉，看過屋子，然後在客廳的沙發上分別坐了下來。

他們自我介紹，那高瘦的叫鄭佑，肥矮的叫秦光。

「你們這裏本來是住了多少人的？」秦光問我。

我很坦白告訴他，我說：

「祇有我一個人。」

「那麼你的先生呢？」

「我還沒有結婚。」我說。

「你是這裏的業主吧？」

「不！」我說：「我是用五千元頂來的，還不到一個月。」

「那麼，為甚麼你自己不住呢？」

「我嫌這裏太吵鬧，而且人少，地方太大了。」我問，「你們誰準備租這房子？」

仍然是秦光說：

「是他。」

「多少人住呢？」

「我太太在澳門，我有三個孩子，她寫了信來，就要到香港。」他說着將一封信及一張照片遞給我看。信是發自澳門的，我想，這是人家的私人信件，為了禮貌也不該看它，我就把它還給鄭佑。那張照片是一個普通女人和三個孩子的合照。

「他的太太是我的親戚，也是台山人。」秦光插口說，「她來香港是準備辦手續到加拿大去，她的父親在加拿大開餐館。」

「那麼，鄭先生在哪兒辦公呢？」我問那高瘦的個子。

他笑了，但是說：

「說來很慚愧，我現在的開支是靠我岳父的外匯支持的。」

他們坐了半小時，在這半小時中，那姓秦的胖子一共打了十多個電話，所找的都是經理和大班階級的人物，所談的都是數以萬計的借款的事件。

「你們不願付按金，」後來我這樣說：「那麼，能否找一家擔保的店？」

「當然，當然。」姓秦的代表回答。

那姓鄭的躊躇了一下，然後說：

「找個擔保店倒是小事，不過，你知道哪，我是靠人家生活的，必須要得到一個親戚的同意，因為我岳父的錢每個月就是寄到他的錢莊。」

「我並不着急，你可以慢慢決定。」

姓鄭的掀起衣袖看看他手上的勞力士腕錶，抬頭望着我：

「很好，我明天下午回答你吧。」接着他就說他要到洗手間去，我便讓佣人把他帶到屋內。這時，那姓秦的胖子低聲對我說：

「這個傢伙的運氣好，娶到一個我們台山人華僑女做老婆，生活穩當可靠。」

我微笑，沒有參加意見。不久，他們就走了。

第二天下午，秦光一個人來，他進門問我：

「鄭佑來了沒有？」

「沒有。」

「他跟我約好，在這裏見面。」他在沙發上坐下，樣子焦急地看他的腕錶，我發覺這又是一個勞力士！跟昨天鄭佑所戴的一樣。

不過當時我並沒有去注意他。

「我想把這幢房子頂出，就讓業主跟你們直接交易，我做不慣包租人，恐怕很麻煩。」

「不要緊的，我相信一兩個月後，待他太太來到，就會付給你頂費的。」

不久，鄭佑來了，他說他準備租下我的房子，而且告訴我，過兩三個月，他便可能把這房子頂下來。

這樣，到三月七號，我僅收到他們一個月租金及一張擔保店的擔保紙。而我就從上述地址遷出，他們在同一天遷到這幢洋房裏來。

但他們搬進來的東西衹有一張破舊的床和一個舊衣櫃。我的女佣人開始對我警告，她認為他們可能說謊的，看他們的情形不大像華僑。

但當時我已經收下租金並已發了租單，沒有辦法再改變，衹得由他們進來。

然後，到了四月，應該再交租時，他們卻一再推延，我衹好親自去催收，到了地方，發現大門上貼着一面紙製的招牌，寫着「華南企業公司」的字樣，進了門，看見客廳的牆上掛着一面黑木製的金字招牌，文字和上面同，但下款加了英文字。在木招牌底下貼着四張招貼廣告，其中包括了──「出入口貿易，文化出版，電影製作，華僑置業」等字，那表示這個公司總共分有這四個部門。

而頭房的門上玻璃被漆上了「經理室」三個大字。

我首先看見秦光，他穿着睡褲。

「鄭佑不在，」他說：「出去了。」

「你也住在這裏？」

「是的，」他蹙起他的額頭，這回並沒有戴眼鏡，「跟鄭佑合作搞生意。」

我這時心裏知道已經中了他們的老千計，我也知道鄭佑必定在這個房裏，所以我就踏進門去，看見他真的睡在床上。

看見我他便連忙起床，陪我在客廳裏坐下：

「因為生意週轉不靈，還需要再過幾天才付房租給你。」

「我並沒有租房子給你作營業用途，我是租給你作住家的。」

但是，雙方辯論沒有結果，我便衹好告別。過了三天，我卻收到了他的一封掛號信，（意義等於律師信）內容引列法律條文指我曾經收去他的三千元頂費，而沒有發給收條。

我拿着這封信，非常氣憤，我覺得這些騙子簡直缺乏天良，他們不付租，白住房子，我每月要替他付五百元大租，還得把所有的傢俬借給他用。而他們竟能夠硬指我收去了他的三千元。

我便去找我的在法律界做事的朋友商量，他一聽我提起這件事，馬上說：

「唉呀！他們是有組織的老千呀！那個姓秦的是首領，姓鄭的衹不過是剛加入股不久的職員，他們不但是騙你的房子，而且是要利用你的房子作騙局，再去騙其他的人。」

我當時覺得社會真是太可怕了！

「大概你的房子佈置得很好吧？而且是高等住宅區，是不是？他們就是需要這樣的地方。」

我很失望，我說：

「那麼，我應該怎麼辦？」

「他們是專門利用法律的縫子去犯法的，恐怕你這事情很難辦，不過，他的這封信你必須回答，最好去見律師。」

此後，我便將這件事交給律師樓辦理，而我也就在五個月內沒有收過他們的租錢。

直到上個月底，他們終於因犯案被捕，我才收回那幢房子，把它無條件還了給業主。

……

我作供到這裏停止下來，主控官問我：

「你剛才提到秦光，假如你看見他，你能否認得？」

「我認得。」

「你在法庭內可以看見這個人嗎？」

「看見。」

「誰？」

我指一指犯人欄內的被告，我說：

「就是他。」

我被辯方的律師盤問，他說：

「你收過多少個月的租金？」

「一個月。」

「你有否發出收條？」

「有。」

「收條上寫甚麼名字？」

「寫鄭佑。」

「你真的清楚記得？」

「是的。」

「那麼，你的房子與這個秦光有甚麼關係？」

律師表示盤問完畢，法官叫我在兩張長椅上的其中一張坐下，叫我不要出去，而且告訴我因我曾經作立證，所以不能跟其他證人講話。

繼我之後，另一個證人也是女性，她穿着藍色旗袍、白鞋、白手袋，個子不高，身段很豐滿，看來廿三四歲，圓臉，單眼瞼，但樣子不壞。她走上證人枱，宣誓之後，由主控引導作供，她說，——

大約在三個月前，我看見報紙上登着一段廣告。廣告的內文大約是這樣：「某美國歸僑，有恆產，徵廿三至三十八歲中學程度能協助店務女士，先友後婚，函照本報信箱五三五四號合則函約不合原件退回守秘。」

我便寫了信去。不久收到他的回信，以後在青衞街二號二樓和被告第一次見面，他告訴我他是該公司的總經理，而且說上述地址的樓宇是他的產業。他說他的太太早已過世，現在祇有一個兒子在美國。因為他說的是一口台山口音，我也就輕易地相信他真的是華僑了。

他帶我去看戲、吃茶，告訴我假如美國的錢匯到了，他就給我買一幢房子然後結婚。

此後，我們時常一起玩，有一天，他問我有沒有相熟的商店，介紹給他，大家可以互相做生意，我便介紹了我同學所任職的綢緞行，及一家服裝店，後來他去賒了好一些貨物。他說祇要美國的錢寄到手，馬上就可以雙倍還債。我母親也在這樣的利益誘惑之下，借了一千五百元給他。

有一天，他叫人送了禮物給我，其中是一些蝦片和麵餅，我當然收了下來。我的家人都很歡喜，他們認為我找到一個有財產的丈夫，真是夠福氣。然而，正當他們在慶幸時，警察卻來敲我們的門，結果把這些禮物拿到警察局去了，據說這些東西都是秦光騙來的。

這時，我們才如夢初醒，知道上了他的當。

……

她的供證到這裏完畢，律師沒有盤問他。

第三個走上證人枱的也是女性，不過，她的年紀比較大，看來大約是卅五歲左右，她的供詞說：── 三個月前的一天下午，我接到一個名字叫秦光的人來電話，我跟他素不相識，而且從來不曾有過生意的來往。

「你就是綠綠墨水筆廠的經理嗎？」

「是的。」

「我是華南企業公司的總經理，現在想向你買數百打墨水筆寄外洋，可否立刻叫人送樣品來。」

「好的，請問地址在哪裏？」

我連忙記下地址，讓一個店伴吳均送樣品。

結果我們簽了一張合同，他要了二百打墨水筆，訂明一週以後交款。

一週以後，到期收款時，他並沒有依約付賬，我們差不多每天都去催收，而他每次都不在那兒，這樣過了十天，有一個早上，我回到廠就聽見一個經紀說，東安商店有二百打墨水筆比我們的訂價便宜一半出售，我便連忙把這貨買入，一看，卻原來這兩百打墨水筆就是我們所賣出給秦光的那兩百打，再追查東安，才知道他是向秦光買入的，我便連忙去報警察。

……

她作供完畢，律師盤問她：

「你怎麼知道那兩百打墨水筆就是你所賣出的兩百打？你這樣的墨水筆，市面有多少？」

「是我自己廠的出品為甚麼不認得？」她回答。

「你廠的出品在市面大概不少吧，是不是這兩百打墨水筆上你另外做了標誌？」

「不，我沒有做標誌，不過，我那兩百打墨水筆是共有四款，每款五十打。」

律師盤問完畢。

……

第四個證人上台，他是綠綠墨水筆的店伴，供述當時送貨的情形。第五個證人是東安商店的店伴，他供述當時的墨水筆向秦光買入及賣給綠綠筆廠的情形。

接着更有收音機、手錶、十靈丹、麵、蝦片、洋貨……各類商品被騙者的作供過程。

這一堂審訊到下午五點半鐘，法庭宣告把案件押下兩天再審。

我們這些證人分別回家，離開法庭的時候，我看見被告給押上了囚車。（上）

[1] 劉以鬯編：《香港文學作家傳略》（香港：香港市政局公共圖書館，1996），頁55。
[2]《工商日報》，1959年3月28日，第7版。
[3]《華僑日報》，1972年3月23日，第4版。
[4] 黃佟佟：〈美女作家的秘密往事（上）〉《南方都市報》，2013年11月25日。

# 天災以外 —魯沫

**選自**　《青年樂園》，第543期，1966年9月2日。

## 作者簡介

魯沫，即香港著名作家海辛（1930－2011）[1]，原名鄭雄，又名鄭辛雄，他的筆名還有君平、荷葉、呂平、范劍等。海辛1930年7月生於廣東中山，從小家境貧寒，依靠打魚維持學業。抗戰時，海辛曾來香港西區石塘咀一帶投親避難，但終又返回故鄉。1946年讀完高中二年級後，再次由廣東中山到香港，原本只想作短暫的居留，賺得路費便飛去拉丁美洲的智利，尋找在那兒採礦的父親。無奈生活迫人，謀生並不容易。海辛早年工作甚不穩定，曾任酒店侍應、理髮店學徒、麵包西餅師傅、電影宣傳等。然而，坎坷的生活磨滅不了這位自少便熱愛文學的青年，他曾業餘在南方學院攻讀文藝，聆聽過曹禺、洪琛、黃谷柳、林林等名家的教誨。[2]畢業後，他在1956年後出任香港中聯電影公司編劇，香港鳳凰電影公司職員。生活的磨練，擴闊了他的視野，對社會低下階層的生活，有了深切的認識和瞭解，這些最終都成了良好的寫作題材，海辛的著作甚豐。作品一般載於《文匯報》、《大公報》、《華商報》等副刊。已出版小說二十多種，如《青春戀曲》、《遠方的客人》、《寒夜的微笑》、《出賣影子的人》、《乞丐公主》、《香港少年》、《香港無名巷》、《塘西三代名花》、《花族留痕》等20多部中短篇小說集和長篇小說，其中有十餘部曾被新加坡和香港政府推薦為中小學生課外讀物。[3]

## 賞析

選文的第一節主要講述家庭貧困、自幼喪父的小童金仔，因缺乏正常娛樂和照顧，在眾玩伴的一再慫恿下，忘記了自己不懂游泳而跳到工地的積水氹中捕捉蝌蚪，最後失救喪命。這樣的故事在五六十年代再普通不過，但尤見工筆的是，作者用悲憫的筆觸、細緻的心理描寫，立體地向讀者呈現一個天真爛漫的小孩，如何一步一步地在不知不覺間走向了死亡。選文的第二節，則由寡母的角度，細緻地描寫當她得知幼子命喪水氹的種種反應和心理。金仔死亡固然是雨水頻仍的天災所致，但透過這位悲苦母親的控訴和質問，明顯指控了天災以外種種社會因素和港英當局的責任。尤值得注意的是其中寫出了1966年前後的香港社會實況，如銀行擠提、樓宇工地積水成塘而政府置之不理、災民被山洪毀屋而沒有及時得到安置等等。更可貴的是這類小說一般容易流於激憤泛濫，但作者寫來每見節制。選文最後一節描寫在那一個依然沒有被處理的工地水氹旁，一個最終憶子成狂的母親如何又驚又憤地發出了一次又一次的呼號，旁人聽來為之動容。最後作者有意透過旁人探問婦人變瘋的原因時，以今天流行的「你懂的」口吻，含蓄委婉地帶出了作者對當時殖民地的批判。

選文寫於1966年中，當時香港左派政治氣氛漸趨熾熱，作為和左派資金或人士有關的刊物，它的內容明顯有批判港英當局的意味。這是《青年樂園》將近12年的出版史上，鮮有出現或一直有意規避的。

## (一)

夏天頻密的驟雨，使「水塘」的水更加漲滿了。

這「水塘」的水不能供居民飲用，事實上它只是個大水氹——一個因建築地盤積水而成的大水氹。但附近的孩子都愛叫它：「水塘」。這是一個好聽的名字，比起甚麼「水氹」、「地盤積水」之類，不是文雅得多麼？當阿豬阿牛到了吃飯時也不見回家時，做父母的會自言自語的罵道：「個『衰仔』一定又走去『水塘』玩水啦！」然後走到「水塘」外面大聲叫：「阿豬阿牛回家吃飯！」一邊叫，便一邊從板縫往裏面張望。

「水塘」像其他許多地盤一樣，本來是有一排木板圍着的。但經過幾場暴風雨的吹打，不少木板都給打掉了。於是，那缺口，一道「窄門」，剛好讓孩子們擠得進去，爬得出來。……

這是七月的一個下午，一場「白撞雨」嘩嘩啦啦的鬧了一陣，轉眼間卻又雨過天晴了。

這時候，「水塘」裏便響起一陣孩子們「咭咭呱呱」的歡叫聲。

「雨停啦！快來捉魚呀！」

「你看！魚！……魚呀！……」

「甚麼魚，那是蝌蚪……蝌蚪，你懂嗎？將來會變青蛙的！」

七八個都是十一二歲的孩子，光着胳膊和腳板，只穿一條底褲。其中幾個皮膚晒得特別黝黑的，「噗通噗通」，便跳進「水塘」，嘻嘻哈哈的游了起來。

「喂，金仔，來呀！」一個大腦袋鑽出水面，向蹲在一條石屎樁上的金仔招手。

「不，我不會！」金仔搖搖頭說。隨即，他那雙眼睛猛地瞪得又圓又大，因為他發覺有一個蝌蚪正在向他游來。那是一個大蝌蚪，不錯，後面還長着兩條小腿呢！這是一個快要變小青蛙的蝌蚪，捉回去養着，看它一天一天的變成青蛙，那多好玩！

他忙放下手裏拿着的那個「噹噹罐」，把雙手慢慢的、悄悄的伸進水裏。之後，他屏住呼吸，抿着薄薄的咀唇，睜着眼睛等那個蝌蚪游近、游近、再游近……啊，游到了，雙手拼在一起，一兜！——糟糕！跑了！給它跑了！只見它往水裏一沉，就不見啦！

金仔不禁失望地噓了一口氣。都怪自己的手腳太慢，要不，一定會捉到的！他想。

要是捉到了，多好啊！人家養金魚，他就養蝌蚪、養小青蛙。說到金魚，其實他也挺喜歡的。看着它們在水草間游來游去，多有趣。可是，他媽媽不買給他，他也不敢開口叫媽媽買。他媽媽是從來不花錢買東西給他玩的。記得那天他跟他媽媽把串好的膠花送回人家，領了錢，經過擺在街邊的一檔玩具，他看見一個小木偶，尖長的鼻子，紅紅的小臉蛋，歪歪的頂着一頂小高帽，笑嘻嘻的扮着怪臉，看了心裏就叫人喜愛。他偷眼望望媽媽，心裏想：「我天天幫媽媽串膠花，現在媽媽領了錢，我叫她買個小木偶給我玩，她一定會答應的。」可是，他開口了，他媽媽便搖頭。他想賴着不走，他媽媽便板着臉説：「你想不吃飯啦！這些東西不是給你玩的，你懂嗎！」説着便把他拉走了。幾天後，他媽媽從外面回來，卻帶了一個塑膠娃娃給他。他一看，原來是斷了一條腿的，準是媽媽在哪兒撿回來的！而且，娃娃是個女孩子玩的東西，他金仔是個男孩子，可不興玩這個。他嘟嘟咀，等媽媽背轉面，便把娃娃扔到一旁。他媽媽回過頭來，望望他，又望望地上的娃娃，然後坐下來默默的串膠花。他呆坐了一會，無聊又孤單。偷眼望望媽媽，媽媽還在一心一意的串膠花；望望被他扔在一旁的斷腿娃娃，娃娃睜着一對大眼睛，正望着他微笑，好像友好地對他説：「金仔，來呀，來跟我一塊兒玩呀！別嫌棄我斷了一條腿，你看，我還有一條完好的，我可以用一條腿走路，只要你扶扶我，金仔！我會成為你的好朋友，使你玩得快樂，很快樂！……」看着看着，娃娃的小咀巴好像還動起來啦！他忍不住急忙走過去把「她」拾起來，緊緊的抱在懷裏。「她」的頭髮烏油油的，雙手跟那條腿還會活動哩！那張紅蘋果似的圓臉多可愛！是的，他愈看愈覺得「她」可愛，便跟「她」玩起來，扶着「她」走路。同時決定想辦法替「她」裝上另一條腿。「還要叫媽媽給『她』縫一套新衣！」他想，抬眼望望媽媽，原來媽媽也望着他，微笑着。那麼溫柔，那麼和藹。那更壯了他的膽。他把剛才想的跟媽媽説了，媽媽果然點頭答應啦……後來，娃娃果然穿了新衣，還「長」回了一條腿，成為金仔的好朋友。可是，不幸的事終於降臨了！一場暴雨，帶來奔騰的山洪。巨石和沙泥，壓毀了他們的木屋，沖走了他們的衣物，也沖走了他心愛的娃娃。從此，他跟媽媽，還有許許多多被山洪巨石毀了家的人，擠迫在一起，餓着肚子，等待人家的救濟。那日子多難受啊，甚麼東西也沒有得玩，就連斷腿的娃娃也沒有，也沒有啊！……

「喂，蝌蚪！蝌蚪又游出來了！」

身旁有個孩子緊張地大聲叫起來，使金仔從冥想中驚醒。他急忙睜着眼睛往「水塘」裏搜索，發覺那個剛才給它逃跑了有腳的蝌蚪，現在果然又露出水面，向他游來啦！

「金仔，捉住它！」身旁那個孩子說。

「別吵！」金仔擺擺手，一邊悄悄的跪在這條伸出「水塘」的窄長的石屎樁上，俯着身，把雙手輕輕放進水裏去。

蝌蚪撐着一對後腿，搖擺着小尾巴游來了。金仔吸收了第一次的經驗，屏住氣，等它游近些、再游近些才動手。但是，那蝌蚪彷彿知道有人在這裏佈下陷阱，偏偏不肯再游近來。金仔跪得兩個膝蓋發痛，彎着的腰也累得發酸了。他漲紅着臉蛋，咬着牙，卻不肯爬起來，只是目不轉睛的盯着蝌蚪。

終於，蝌蚪大概不見再有甚麼動靜，竟然游近「陷阱」來了。金仔抿着咀唇，覷得準準的，雙手由下而上的向它一兜——眼看兜到啦，狡猾的小東西，一蹦一跳，竟又從他手上跳回水裏，往下鑽、鑽……金仔心裏一急，往前一衝，竟掉到水裏去了！

那個站在他後面的孩子，拍着手，哈哈地笑。幾個在水中游玩着的，也跟着「咭咭呱呱」地笑起來了。

金仔在水裏拼命地掙扎，好一會才冒出頭來。這當兒，水裏的其中一個孩子，便失聲叫起來。

「金仔不會游水的！」

眨眼間，金仔又沉到水裏去了。

孩子們望着那轉動着的小漩渦，睜着眼睛，都驚呆住了。

他們現在才曉得，剛才當他們嘻哈大笑的時候，不幸的事故便開始發生了。現在，小伙伴沉下去了，不見了，怎麼辦呢？

他們你望望我，我望望你，都靜默無言，但小小的心卻不約而同地卜卜地加速跳起來，同時不約而同地想：「不好了！快走吧！這……這不關我的事！……」

孩子們是無知的。他們害怕被責，便悄悄的，急急忙忙的溜走了。

只有金仔還留在「水塘」裏，直到第二天上午，才被打撈上來……

## (二)

雨，又下起來了！一點點，一滴滴，隨着夏天的烈風，飄落在盈盈的「水塘」。

這樣的雨，一連下了好幾天，都是斷斷續續的，但今天晚上，卻一直沒有停止過。昏暗的路燈下，「水塘」的水已經滿溢了。

自從金仔溺斃，這個「水塘」便冷寂下來了。就是在炎熱的夏天，也再沒有孩子來游泳、捉小蝌蚪了。只是，「水塘」的水還是漲滿的，並沒有被抽掉；圍着「水塘」的那些折斷失落了的木板，也沒有修好；那窄門似的缺口仍然可以讓人隨便進出。

在這兒隨便進出的，現在只有一個人，她就是金仔的媽媽。

金仔被溺之後，金仔的媽媽每個晚上都閃進那道「窄門」，走到「水塘」邊，呆呆的站到深夜，有時站到天亮，才帶着失神的目光，呆呆的離去。

這天晚上，冒着雨，她又在「水塘」邊出現了。

黑衫，黑褲，黑色的頭髮，只有臉色是蒼白的。雨水，打濕了她全身，一點一滴，在她額上，臉上閃亮，發出淡淡的白光，就像她的目光一樣，給人一種悲涼的感覺。

她木木地一動也不動地站着，癡癡地望着那滿溢的「水塘」出神。

「為甚麼這裏會有這麼多水？為甚麼不把它們抽掉？為甚麼？為甚麼這個地盤半途停工這麼久？要是不停工，這裏早已經變成大厦，便不會有這麼多這麼深的水，金仔便不會……」

她這樣想着，淚水混着雨水，又爬滿了一臉。

她忽然想起了那陣銀行擠提的風潮。於是，她記起來了，她記起有人說過，是銀行擠提那個風潮使這些地盤半途停工的！

可是，為甚麼會發生擠提，她卻不明白。她從來沒有跟銀行打過交道。她只是咬牙切齒的憎恨這個社會，她好像聽人說過，只有這樣的社會才會發生這樣的事的。

天邊突地閃出一道電光，剎那間，把金仔媽媽的臉孔照得如蠟般慘白。雨，猛然間大起來了，但她仍然動也不動，任由風吹雨打。

大風大雨之中，望着眼前的大水氹，她又想起了那個暴風雨之夜。

那是甚麼？那是泛濫的山洪，還是無邊無際的汪洋大海？那是嚕嚕的雷聲，還是山上的巨石飛滾而下發出的巨響？那是尖厲的風聲還是人們呼兒女喚爹娘的悽厲慘叫？她弄不清楚。她只見右邊的十多間木屋都給那滾下的巨石壓住了，給山坭埋掉了。她只記得當她拉着金仔衝過滾滾湧進屋子的山洪，奪門而出的時候，一陣山崩地裂似的巨響和震動隨即而至，猛回頭一望，她的木屋已經不見了，被沖下來的山泥和大石壓住了……

為甚麼會發生這樣的慘劇？為甚麼個多月過去了，她母子倆都得不到安置？為甚麼？為甚麼？

她還是弄不明白。

「要是我們的木屋不是被那塊大石壓毀，我們金仔……」她呆呆地想：「……要是能安置我們母子倆，我們也不用睡在街邊，金仔也不會四處遊蕩，不會來這裏捉蝌蚪，不會淹死的……」

記得那天晚上，母子倆露宿街頭。金仔忽然對她說：「媽，你聽，飛機聲！」

「飛機聲有甚麼好聽？」

「飛機不是來救濟我們嗎？」

「傻孩子，半夜三更的，怎麼會有飛機來救濟我們？」她說：「再說，飛機要救濟的，也是山上的有錢人家啊！」

「可是，我肚餓，我……」

「別吵，媽媽明天買麵包你吃。」

「還要一個娃娃。媽，你再撿一個給我好不好？斷了腿也不怕，我可以替它裝過一條新的……」

「好，好！睡吧！孩子！媽甚麼也依你……」

金仔終於睡着了，伏在懷裏睡着了。她知道，他是空着肚子睡着了的，夢中，他一定會看見那香噴噴的白米飯，要不，他為甚麼睡着了還在吞「口水」？

她覺得自己的孩子是這麼可憐。他出世不久便沒有了父親。人家像他這個年紀，早已經進學校了，但他還是要在家裏，一年長吃不到一頓豐盛的飯，穿不到一套新衣，玩不到一件像樣的玩具。但孩子是聽話的，孩子是可愛的。孩子是她的骨肉，是她的希望，是她的寄托。

可是，現在呢？孩子，可愛的孩子，他在哪裏？

死了！啊，死了！她唯一的孩子，就在這個「水塘」裏給淹死了！

為甚麼不幸總是降臨在她身上？為甚麼連她唯一的希望，唯一的兒子，也要奪去？

為甚麼！為甚麼！

她想不通，但她還在癡癡地想，呆呆的站在那裏，像失去了知覺，任風吹，雨淋……

## (三)

一個陰霾的早上，「水塘」附近出現了一個披頭散髮的女人。她語無倫次，哭笑無常。望着路人，她往往會大叫：

「金仔！金仔！金仔！你把金仔還我！……」

或者，目露兇光的大罵：

「是你害死金仔的！你不安置我們，你把救濟金吞了！你！你……哈哈哈，你好！我要取你的命！……」

但她始終沒有傷害過任何人。

有一次，她指着一個路人大罵：

「快把你地盤裏的水抽去！那裏淹死人了！救命！救命呀！啊，我的金仔！金仔！……嗚嗚嗚……」

於是，有人說：「這是個瘋婦。」

但，亦有人想起不久發生過的不幸，知道這個可憐的女人就是那個不幸溺死了的孩子的母親，於是，用同情的口吻說：

「是的，她憶子成狂，瘋了。但她以前不是瘋的，你應該知道。」

她以前不是瘋的，是甚麼使她瘋了？

是甚麼？是甚麼啊！？

---

[1] 許定銘：〈《海光文藝》作家群〉《大公報》，2012年7月4日。

[2] 香港南方學院在1948年由香港大學中文系系主任馬鑑、圖書館館長陳君葆、周鋼鳴、狄超白、林煥平等創辦，由林煥平擔任院長。它是一間業餘性質的夜間大學，學制分三年及一年，設有經濟、會計、文藝、新聞、外語等科。1951年3月，因其中共背景而被港英政府下令關閉。詳見：樊善標：《香港新文學大系（1919-1949）》散文卷一，（香港：商務印書館，2014），頁426及新華月報資料室編：《悼念郭老》（北京：三聯書店，1979），頁186。

[3] 蕭楓主編：《香港文學發展》（瀋陽：遼海出版社，1997），頁65。

# 危牆內外 ─水之音

**選自** 《青年樂園》，第429期，1964年6月26日。

**作者簡介：** 詳見本書43頁。

## 賞析

選文寫來樸實，除了較客觀地反映了六十年代經濟開始發展期間，香港社會的一個側影外，更多角度地呈現出升斗市民在面對舊樓被收購和重建等都市化過程的態度和面貌。小說難得的是不落俗套地以小職員「我」去描摹老闆、老業主、商家和同事對同一事件的不同反應，帶出社會不同人士對城市急速發展的不同態度。而結尾以主角難以言喻的複雜心情來表達作者對昔日人情的眷戀，情感節制而恰到好處。小說以「爛牙」的意象來形容舊樓，尤為妥貼而具象。一方面「爛牙」概括出舊樓的老殘，並無可避免地將要被淘汰和去除；但對於擁有「爛牙」的物主或是曾經與「爛牙」朝夕共處的舊人，無疑又是人生經歷的重要一部份，去除後將會是難以彌補的缺失。

### (一)

我準備從海旁橫過干諾道中，到大道中的巴士站去候車，忽然有一個稔熟的身影出現在我的眼簾。他背着我，可是從他那寬闊的肩膀，有點兒禿的頭顱，使我一下子就認出這個人是方伯。

方伯站在一座正在拆遷的樓宇之前。這是一幢危樓，現在竹蓆把它封着，近馬路的一邊已經用木板圍着，同時搭了一座通道。壁牆已經拆去了一些，黑溜溜的打樁機停放在旁邊，看樣子等待舊樓拆除完畢，一座新樓就立刻開始興建了。

時間已近黃昏，黃澄澄的陽光從西邊斜照着，一線線斜陽照耀在破磚爛瓦上，使人感到有點兒蒼涼。

「方伯，還不回家？」我走到他的身邊，招呼了一聲，可是沒有反應，我再大聲叫了一聲，方伯才從沉思中驚醒過來。

「哦，是你，下班了？」

「是，現在就去等車。方伯，你一個人在這裏，是等人嗎？」我問道。他搖搖頭說：「不，在這裏看看。」接着嘆了一聲：「真快啊，已經拆得差不多了。」眼睛仍凝視着那座舊樓。

「是啊，現在甚麼都在趕快，時間就是金錢。」我隨便的說了一句。

「你看。」方伯用手指着對面一幅牆壁：「昨天，這牆壁還是好好的，現在已經拆剩這麼矮了。」

「怎麼，方伯，你昨天也到這兒來過？」我奇怪地問。

「唔，我差不多天天都來這兒站一會。」他又把目光轉向舊樓，露出一種我不能理解的神情。

「怎麼，你每天都來？」我心中覺得奇怪。

「是啊！」方伯望着我，用一種感慨萬分的聲調對我說：「人與人相處久了，會產生感情，人對物何嘗不是這樣呢？這層樓算起來，我一家人住了差不多四十年……唉……」

他這句話引起我的共鳴，望着這位五十多歲、歷盡滄桑的老年人，又望望這幢被拆得支離破碎的舊樓，還有包圍着的一幢幢高聳入雲的大廈、海面的波濤、西斜的夕陽……我好像懂得一些甚麼，是人生哲理？還是……

## (二)

我認識方伯就是在這座被拆的舊樓裏，那是四年前的事了。那時我剛進入設在這裏的一間公司服務，因為是「同舖」的原故，我認識了方伯和他那七十多歲的父親。這裏跟香港其他樓宇一樣，一層樓擺滿十多張寫字檯，一張或者兩張寫字檯就是一間公司或商行。方伯和他的父親擁有一張相當大的寫字檯，一座電話機，兩父子對面坐。父親背牆面向舖門，牆上掛着一張招牌，上面寫着「方氏父子船上用具供應公司」，還有英文甚麼的。聽說在戰前，方伯的父親是這一行業頂尖兒的人物，很多大船務行的船上用品都由他供應，由船上用的繩纜、機器零件，以至罐頭伙食全部由他這間公司供應。他還是甚麼「公會」、「商會」的理事，這座樓宇是一間「公會」的產業，購入的時候由五個理事簽名才行。不過，他們是不準備出賣，而作為永久的產業的。

從前，這座樓宇的地下租給人家做寫字樓，二樓是方伯向「公會」租來做住家的，三樓作為公會的會所，頂樓是俱樂部。

近幾年來，方氏父子公司的生意大不如前了，原因是這一行業的新公司紛紛成立，而且全都是新式設備，新公司大多自己擁有送貨上船的汽船、電扒，而方氏父子公司就沒有這些設備，仍然用戰前那些運貨的工具──用人力搖的「舢舨」；還有更主要的原因，是戰後輪船公司的主管人都換了新的，船上一些負責購買伙食、添置用具的「管事」、「大副」等都是新的，這樣生意就被人家搶去了不少。當我認識方伯父子的時候，他們的生意已進入低潮，只是做一些經紀式的生意，那是有些戰前跟他有交易的輪船向他公司購買，他就介紹給別家，這樣從中賺一些佣金，所以沒有請職員，因為只有一座電話機就行了，本來這種生意雖然發不了大財，可是也不會餓死，何況他們家中人口不很多，租金又平——因為是戰前一直租落的呢！這種生活，很多人還是在羡慕的，尤其是那些奔波終日，兩餐不安定的小職員。

不過，生活可不是這麼簡單的啊——

## (三)

一片拆樓風席捲整個港島，拆掉，改建，這兒是一幢幢新樓，那兒又是一座座大廈，像竹筍般插在彈丸般大的土地上，藍澄澄的天宇被遮掉了，陽光減少了，噪吵的聲音增大了……

一天下午，我從外面回到公司，行過隔壁，看見門口擺滿傢俬雜物，人們匆匆忙忙地進進出出，一輛貨車停在門口，隔壁一家公司的後生黃仔正幫手把一張鋼檯搬上貨車，我走去問道：「黃仔，搬寫字樓嗎？」

他用手抹抹額上的汗珠說道：「是啊，搬去筲箕灣！」搬去筲箕灣？我知道，黃仔他們公司做的生意是適合在中區的，怎麼能搬到那些地方去啊！我正納悶不解的時候，他補充一句：「拆樓嘛！」

# 委屈 —阿濃

**選自** 《青年樂園》，1959年5月。原稿暫待出土。[1]

**作者簡介**：詳見本書46頁。

## 賞析

選文《委屈》為阿濃1965年的作品，曾入選為香港「中國語文」課本（啟思版中國語文．中二）的範文，該篇主要節錄了原文的第一和第三則，並將原文的粵語改成書面語。小說主要摘取小孩成長過程中和父親相處的三個「委屈」片段：因同學搶自己的風箏而與他打架，最後「委屈」地被父親打罰；原想替父母分擔家務，卻不小心打碎家中的花瓶，「委屈」地惹來父親的責罵；家貧而沒錢交學費和買校服而「委屈」地被老師羞辱，最後為了自己的升學，父親在無法借得薪酬的情況下，把唯一的西裝當掉。這讓小朋友感動莫名，明白到其實生活中的「委屈」全家人都有，並為自己過去對父母的埋怨和不解追悔不已。文章寫來張馳有度，不無真摯。

童年的委屈只是些小小的傷口，它們都已結了疤，但按上去似乎仍有痛的感覺。

童年，如煙，如霧，如夢；但透過煙霧的空隙，浮現在如夢的一切之上的，卻有分明的委屈。

委屈，是心上的創痕，它們有大有小，有深有淺，有新有舊。童年的委屈只是些小小的傷口，它們都已結了疤，但按上去似乎仍有痛的感覺……

那是一個春風吹，風箏滿天飛的季節；連電線上、大樹上也都掛滿了紅紅綠綠的風箏屍骸。這時節母親們的線轆最容易失蹤，因為不是每個孩子都有錢買玻璃線的。早上被關進課室時，我們只能從窗口偷看外面天空的大戰；一放學，那就個個都成了「朝天眼」，因貪看風箏而踩進泥塘、撞到木柱，都是常有的事。

「跌啦！跌啦！斷線啦……」不知是誰先發一聲喊，四面八方，幾十隻小腿兒，奔向同一的方向，那裏正有一隻打敗了的風箏，飄飄蕩蕩地向下墜。

我跑掉了一隻鞋子，膝頭上擦破了一塊皮，卻一點也不在乎；因為那風箏剛好掉在我的手上。我高興得像獲得了一件珍寶，興奮地把它高舉在頭上。

但忽然，是誰在我後面一搶，我本能地把風箏抓緊了。「嗦啦」一聲，風箏爛了，我手裏只剩下一條竹篾和一些破紙。我氣紅了眼睛，回頭一看是小牛，怒從心上起，照他的臉就是一拳。這一拳沒有打到，兩人卻扭在一起了。你揪我的頭髮，我扯你的衣服。旁觀的孩子們也不看風箏了，因為打架要好看得多，他們站在一旁吶喊助威，呼聲震耳。

「住手！」響雷似的一聲叱喝，使我立即放鬆了手。

「回去！」爸爸在前面走，我抹着眼淚在後面跟。

「是他不對，他為甚麼搶我的風箏？」我準備回去把理由說給爸爸聽。一回到家裏，爸爸就關上了大門。

「跪下來！」我到今天還記得他鐵青的臉。

但我還是站着。

「拍！拍！」他打了我兩巴掌。

我哇的哭了。跟着是一頓「雞毛掃」，直到媽媽從爸爸手裏把它搶去。

我忽然不哭了，緊閉着嘴脣，鼻翼呼呼地煽動着。我按着自己的嘴，強忍住一聲聲的嗚咽，自己站在門角裏。

這天我沒有吃晚飯。媽媽來拉過我好幾次，她把飯搬到我面前要親自餵我，她用各種的話勸我，她說要買一隻風箏給我，還有一大卷玻璃線。但我緊閉着嘴脣站在那裏，不說話也不哭。我那時真有決心在那裏站一輩子。

夜了，爸爸睡了，媽媽在歎氣，但我還站在門角裏。

我站得疲倦了，也開始感到瞌睡。媽媽強把我拉上牀，但我從牀上跳下來仍舊站到那裏去。時鐘打了十二點，一點，媽媽也上牀睡了。我沒有聽到打兩點，第二天早上醒來時已經在牀上，一定是我倚在牆上睡着時，媽媽把我抱上牀的。

這天我一聲不響地吃了東西，一聲不響地上學去。放學回家時，我看見桌上有一個漂亮的風箏，還有很大的一卷線。媽媽笑着說：「爸爸買給你的。」但我碰也沒有碰就走進了房裏。

從那次起，我再沒有放過風箏。

爸爸媽媽都不在家，我也閒着沒事做，就到厨房裏拿了一把掃帚，掃起地來。心想：一會兒他們回來，看見我把地掃得麼乾淨，一定很喜歡，會稱讚我的。我掃得很仔細，枱櫈下面掃不到的地，就把枱櫈移開來掃；甚至連床底下也掃到了。

忽然，長長的掃把柄碰到了甚麼，乒乓！一隻花瓶在地下打碎了，水流得遍地都是。我的心一下子縮緊了，無法彌補的過失！花瓶雖不太貴，但爸媽一定會罵的。我震抖着手，收拾地上的碎片，就在這時爸爸媽媽一同回來了。他們根本沒有留意到已經掃乾淨的地面，衹看到那隻破碎的花瓶。

「你怎麼這樣頑皮！我們才離開了一會兒，你就把花瓶打碎了。」媽媽說。

「廢物，將來一定沒出息！」爸爸的話像一把尖利的小刀。

「是我掃地時不小心碰倒的。」我軟弱地解釋。

「歇歇吧，少爺！以後不敢勞煩你了。」又是另一把小刀。

這天晚上我的眼淚把枕頭都流濕了。我那時的年紀雖然還小，但由於家庭經濟環境拮据，我也分擔了成人的憂戚，顯得特別懂事，而且感情上很敏感。我一面流淚一面想，終於得到了一個決定……

從第二天起，放學後我就偷偷地四處拾破罐和廢鐵，收集到一批後，就賣給收買佬，雖然那是很低的價錢，但那怕是得到一角錢，也就夠我歡喜的了。我已經在一間賣花瓶的店裏，看到我打爛的那隻花瓶值多少錢。一等到我的錢儲夠，就要買它一隻。

我每天上學放學從這間商店經過，總要看看這隻瓶── 僅有一隻哩！看它有沒有被賣掉。因為看慣了，只要隨便一望，就覺得它還在老地方。有一次，我向老地方望去，瓶子竟不見了，嚇了我一大跳，以為被別人買去了。再仔細一看，原來被搬到另一格，才又放了心。

終於，我的錢和那花瓶的標價相等了。我震顫着手把一個半月積聚的錢交給了老闆，換到了那隻瓶子。

我飛也似的奔回家裏，爸媽已在吃飯，他們咕嚕着怨我吃飯也不知時間，這麼遲才回來。我顧不得答辯，打開了包裝紙，把花瓶拿了出來，擺在原來的地方，裝作平靜地說：

「我打爛了花瓶，現在買一隻賠你們。」

爸爸媽媽都驚奇得一時停了筷子。

「你哪來的錢？」媽媽問。

「拾東西賣給收買佬。」我簡單地答。

爸爸用奇異的眼光看了我一下，隨即大家沉默地吃飯了。那碗飯他沒有吃完就放下來，我看到他燃着香烟坐在天井的暗角裏，很久很久，只見他凝然不動的影子和手上香烟的一點紅火，我的心情卻很愉快，我知道父親為甚麼吃不下那碗飯，我認為他是被我打敗了。

的確，從這次起，父親罵我的次數少得多了。

「媽，老師說最遲今天要交學費了。」我帶着哭聲說。

「我已經叫你爸爸向公司借，今天連買菜的錢也不夠了。」媽媽鎖着眉頭。

「還有校服，誰都有了；老師說，再不穿校服就要罰。」

「等爸爸借到錢一齊買。」媽媽安慰我。

我勉勉強強的回到了學校，一走進校門就碰見搶我風箏的小牛。他豎着手指嚇我說：

「哼，不穿校服，老師罰你！」

我向他做了個不屑的表情，但一眼看去，全校的同學穿的都是校服，不由得我不吃驚。

上課了，我心亂如麻，但願老師病了不能來。

但他還是來了，大家起立鞠躬行禮。他一眼就看到我穿的不是校服，臉色顯得很不高興。

「何志平，出來！」還好，叫的不是我。原來何志平也沒有穿校服，我現在才看到。那麼我也逃不掉了。我的臉刷地白了，低着頭看桌面。

「李克勤，你也出來！」果然，下一個就是我。我的臉由白轉紅，兩隻耳朵燒得很厲害，眼前的東西突然模糊了，淚水已充滿了眼眶。我低頭走了出去。

「學費帶來了沒有？」老師問。

「媽媽說明天交。」何志平回答，我聽到他的牙齒在打震。

「你呢？」我低着頭，但我知道老師是問我。

我搖搖頭，因為我知道一出聲就會哭出來。

「全班不交學費、不穿校服的就只有你們兩個，想不罰你們也不行。」說了，就把我們推到牆邊，讓我們背對着全班。

我的眼淚不住地向下流，有的滴在衣服上，有的滴在地上，那簡直是一條小河呀，我要忍也忍不住。我恨媽媽，也恨爸爸，別人家的孩子為甚麼都有校服穿，有學費交，我卻沒有！

好容易等到下課，同學們都離開課室到操場玩去了，只剩下我和志平。

我回到座位上，拿起我的書包，就往課室外面走。

「你到哪裏去？」何志平問。

我沒有答他，一口氣就奔到了家裏。媽媽見我回來覺得很驚奇，我把書包一拋，迸出了一聲：「我不讀書了！」就伏倒在牀上，哀哀地哭起來。媽媽猜到是怎麼一回事，寬慰我說：「爸爸回來的時候就有錢了。」

爸爸中午回來了，但卻沒有帶錢回來。

「借不到？」媽媽問。

「沒有借，」爸爸的表情很陰鬱：「有人借過，沒有希望。」

「你也試試嘛！」媽媽說。

爸爸再沒有說甚麼，吃了飯他叫我背着書包跟他到公司去。

爸爸把我留在一間叫會客室的房間裏，我見他推開一道寫着經理室的門，走了進去。

「……」我聽得出是爸爸的聲音，但不知說些甚麼。

「公司的生意不好，你不知道嗎？」一個響亮的聲音，我知道這是經理。

「……」爸爸又不知道說了些甚麼，他的喉嚨為甚麼這樣小哩？

「你也借，他也借！公司哪有這麼多錢！」經理似乎在發脾氣了。

不久，爸爸走了出來，面孔漲得紅紅的，樣子很怕人，卻很溫和地對我說：「你先回家，晚上我帶錢回去。」

我失望地走出會客室，爸爸在背後說：「當心車子呀！」

晚上，爸爸回來了。那時正是冷天，爸爸身上的一件厚絨上衣卻不見了。媽媽驚叫着說：「當心凍着呀！你的衣服呢？」隨即在衣櫥裏找了一件給爸爸。

爸爸拿了一些錢給媽媽，又把一包東西遞給我說：「明天交學費吧，這是剛替你買的校服。」

忽然，我一切都明白了，爸爸把最新的一件西裝當了，為了我的學費和校服。我看看他，似乎比以前憔悴多了。我接過校服，他臉上露出輕鬆的神色，對我說：

「試試看，合不合身。」

但我哭得更厲害了，我想起經理的喉嚨，我想起老師的處罰，我想起我恨過爸爸媽媽，而我現在又是那麼的追悔。我那時才知道，受委屈的不只是我，還有媽媽和爸爸，受委屈的竟是我們全家呀，我更傷心了！

---

[1] 選自《青年樂園》，1959年5月。原稿暫待出土。轉引自：阿濃：《濃情集》（香港：山邊出版社有限公司，1999），頁83-94。查香港文學資料庫所載《青年樂園》之電子檔，若阿濃有關選集的資訊準確，則有關文章應在1959年5月1日．第160期至1959年5月22日．第163期之間刊登。

# 青春的腳步 —雪山櫻

**選自** 《青年樂園》，第182期，1959年10月2日。

## 作者簡介

雪山櫻，原名林志英（1936-2011）。廣東省台山人。1958年開始業餘寫作，以林蔭、雪山櫻、戈爾林等筆名寫詩、散文及小說。作品散見當時的《文壇月刊》、《文藝世紀》、《中國學生周報》、《青年樂園》、《當代文藝》等刊物。他曾為電台、電視台編寫劇本。一度因從商而擱筆，直至八十年代末九十年代初重返文壇。[1]他也曾任香港藝術發展局文委會增選委員、香港市政局文學藝術顧問、香港各界慶祝回歸委員會委員、香港作家協會副主席、華文微型小說學會名譽會長。作品散載於香港和大陸的諸多報刊，其中尤以推理小說和奇情小說影響較大，頗受廣大讀者歡迎和文評家推崇。已出版長篇小說、短篇小說集、微型小說集29種，如《能言鳥》、《晴朗的一天》、《都市傳奇錄》、《紋身女郎》、《九龍城寨煙雲》、《香港奇案》、《大豪門》、《生辰快樂》、《復仇之旅》、《天鵝之死》、《狩獵行動》、《荒屋魅影》、《古鏡》等。其中有作品被選入法國《當代香港短篇小說選集》（法文版），另有多篇微型小說在香港被改編成電視單元劇。[2]

## 賞析

選文記錄了一個有寫作理想的青年作者的自我預設和期許。這篇在作家青少年時代剛投身文壇之時的「少作」，今天讀來別具意義。作者在文中設置了一個愛好文藝的少女薛珊櫻，在表哥的介紹下，認識了當時已略有名氣的文藝作家「夏初」，二人意趣相投，女主角在他的鼓勵下，開始發表創作，並漸有進步。而「夏初」在女主角的支持下，也一度改變了孤絕的性情，對文藝創作重拾熱情。二人也漸漸互生情愫，這樣不知不覺過了一年。後來，女主角因為要參加會考的關係，和男主角聯絡日漸減少。會考成功後，女主角滿心期待「夏初」會出現，但他卻沒有。久等無奈之下向表哥求助。最後女主角才發現「夏初」因堅持文藝創作而失業，已搬至山區木屋居住。因生活所逼而現要撰寫自己一直所不屑的黃色小說，所以已無顏和自己相見。最終「夏初」得到了女主角的諒解，並在她的鼓舞下放棄了寫作黃色小說，滿懷青春氣息地重投文藝創作的行列。小說在過程中一方面向讀者介紹了「雪山櫻」這個筆名的寓意 —— 雪山般冷冽的文壇上一朵嬌艷而高潔的櫻花。另一方面更在其中投射了對未來可能放棄文藝的自我警示和期待。可現實是，在香港這個經濟城市，作家在十數年後，真的因為從商而放棄了創作，不無欷歔。

## (一)

一九五八年，秋天。

星期六的下午，我正在閱讀屠格涅夫的《初戀》的時候，接到翊表哥遣人送來的信：

櫻表妹：

今晚八時正，請到我家裏來，我介紹一個朋友給你認識。

表哥　翊

吃過晚飯，洗過澡，更過衣後，我就匆匆地出門去。但我不曾想過，翊表哥介紹給我認識的是甚麼人。

到了翊表哥家裏，一進客廳，就見翊表哥正與一個青年男子坐在沙發上談天。

「翊表哥！」我喊道。

翊表哥與那個年青人都站了起來。

「來，讓我給你們介紹。」表哥待我走近去，就笑着對那個年青人說：「這是我的表妹薛珊櫻。她經常在我面前讚賞你的文章呢！」

表哥又掉轉頭來對我說：「櫻表妹，這位就是夏初先生。我最近才在一個偶然的場合認識他的，這該說是你有福了。哈哈！」

「表哥總是那樣『胸無城府』的，怎麼能在一個初相識的人面前說這樣的話呢？」我心裏這樣想着，頓然羞赧得面頰火燙似的。

夏初先生禮貌地伸出手來，我也窘怯地伸出手去，他輕輕地握了握我的手。

坐定後，我偷偷地端詳夏初：修長的身材，瘦削的面龐，挺直的鼻子，深邃而靈活的眼睛。

望着他，我想起他常在各報章的文藝園地上發表的作品。的確，他的文章寫得很不錯——最少我是這樣認為——他的文章很有修養，相信他在這方面下了不少功夫。

說實話，我是多麼希望能認識他喲，現在，這個希望竟然實現了。我的內心不禁暗暗地泛起了喜悅的波濤……。

打開話匣子後，我也不再像剛才那麼拘束了。我們漫無邊際地談着很多關於文學上的問題。

果然，夏初先生對文學方面有很高深而獨特的見解，他對目前香港文壇上出現一種萎風表示痛心……。

夜深了。我們從翊表哥家裏出來，他順道送我回家。

我們從高士打道轉到駱克道。一路上，我們都緘默着，不知為甚麼？我們此刻似乎不再像在翊表哥家裏時，那麼熟絡大方，而都拘謹起來了。

也許……也許是因為我們身旁沒有第三者吧！

街上已失去日間的喧囂和熱鬧，大多數店戶已經關上門，只有那些專門做洋水兵生意的酒吧，亮着昏紅淡綠的燈光，傳出靡靡的搖擺樂。馬路上，那些手車夫在向醉洋鬼們兜生意。

我們行着，行得很慢。突然，背後傳來一陣叱喝，一聲尖叫。我們下意識地轉頭看——一個醉洋鬼用酒瓶擊破手拉車車伕的頭顱，鮮血直淌。一羣醉洋鬼在旁怪聲的哈哈大笑……。

「唉！太悲慘了。」夏初嘆喟了一聲，說出第一句話。

說完，他領我匆促地轉到軒尼詩道。

這時候，我們發現一個顫巍巍的影子，幽靈似的跟在我們後面——是一個求乞的老婦。

夏初從口袋裏掏出一個硬幣，「叮」的一聲拋進一個破碗裏。於是，隨着一聲「謝謝」，那可憐的影子消失了。

「唉！多可怕的現實呀！」他又是一聲深沉的嘆喟。

我不知該說些甚麼話，只低着頭，踏着自己給燈光灑長的影子，聽着我們合拍的足音……。

良久，在百般思索中，我衹能找出這句話：

「夏先生，你回家會太晚嗎？」

「不，我是孑然一身的，生活沒有甚麼束縛。」他低頭望着自己的鞋尖，回答道。

「那麼令尊與令慈呢？」

「他們……他們都去世了。」他把眼睛投向遠處，聲音愈來愈低沉：「我沒有親人……日間，在幾塊錢的鞭撻下，我忘卻自我，沉累地在烈日下勞動；晚上，我又忘卻了日間的疲憊，把精神和思想完全地陶醉在閱讀與寫作中……。」

他把頭抬起，仰望天上半缺的柔月。

月光下，我窺見他的臉上抹上了憂戚的神色；我俯首，看見昏黃的路燈，把他瘦長的身子灑出更瘦長的影子，這影子在柏油的地面顛簸。

「好一個在艱辛生活裏搏鬥的勇士！」我的心裏輕輕地讚嘆。

「薛小姐，你還是在讀書嗎？」他問。

「嗯。」

「你太幸福了。」

「讀書也不過是為了將來工作吧了。其實，我倒羨慕你呢！」

「羨慕我？」

「唔。」我微笑着說：「我羨慕你已經能夠獨立地上着人生的課。」

他笑了。

但我察覺他的笑是苦澀的……。

## （二）

以後，夏初很多時到家裏來找我，我們共同研究文學上的問題。由於他的鼓勵和指導，使我對寫作發生了濃厚的興趣。於是，在文藝的園地上，我開始看見了自己的名字──「雪山櫻」。這個筆名是他根據我的姓名的諧音替我定的。他說，他希望我是雪山般冷冽的文壇上一朵嬌艷而高潔的櫻花。

同時，他在報章上發表的文章比以前更多，而且他的文章比以前更富於生命力，更富於青春的氣息。

有一個晚上，我們在維多利亞公園漫步的時候，他在我耳邊，輕輕地告訴我：

「櫻，我現在終於領悟了。原來人世間不盡是仇視和冷酷，而還有友情和溫暖；我覺得自己現在生活在生命的春天裏……」

的確，在我初相識他的時候，我發覺他的情感是頹廢的，性情是孤癖的，對自己的前途是狹觀的。然而，在與我相處了一段並不很長的日子裏，他完全地改變了──變得活躍、達觀。他還對我説過，他希望自己能夠成為一個作家。

## （三）

日子過得很快，瞬間，我和夏初相識已近一年了。

在這一年裏的每一個週末，我們都一起地度過。上兩個月，為了準備會考，我沒有去找他，而他也沒有來找我──也許他為了不妨礙我溫習功課吧！

會考完了，榜上也有我的名字，我想，他會高興，他會來祝賀我。

然而，他沒有來，報章上也竟然看不見他的作品。

我的內心蒙上一層迷離的疑霧，一種莫名的惆悵，像柞蠶般在我的血管裏爬行。

我自己也不知道自己為甚麼會產生這種感覺，我只覺得我和他相處的一段悠長的日子裏，我對他已茁長出一份深邃的情愫……。

這一天，我實在是壓抑不住了。晚上，我去找他。

噯！我怎能相信，他搬了家也不告訴我一聲呢？

房東太太告訴我，他已在兩個月前搬走了。

他為甚麼要搬走呢？

搬到哪裏去呢？

為甚麼不告訴我一聲呢？……

一連串的問號，緊緊地箍在我的腦袋上。

最後，我決定去找翊表哥，希望從他那裏能得到個解答。

翊表哥髣髴早已知道我的來意似的，一進門，他就瞇着眼睛，調侃着說：

「櫻表妹，你準是為了夏初而來吧！」

我點了點頭，不表示否認。同時我要求他能將夏初的事情告訴我。

但是，翊表哥突然收斂笑容，臉孔開始變得沉重。

這一來使我倍加疑惑，我更堅決地懇求他告訴我，究竟是怎麼的一回事。

最後，經我再三的懇求，翊表哥終於感喟了一聲，用低沉的聲音告訴我：

「夏初前兩個月失業了……他現在搬到木屋區去住。他到我這裏來過一次，他囑咐我不要將事情告訴你……。」

「為甚麼不告訴我？」我有點納罕。

「這因為——他愛你。」翊表哥正色的說：「他不願你分擔他的憂愁和痛苦——他知道你也愛他……。」

是的，我是愛他。原來他已經知道我內心的秘密。

「現在他的情況怎樣？」我急切的問。

「這個……這個恕我不能告訴你。」翊表哥猶豫一會說：「還是你自己去找他吧！」

接着，他將夏初的地址告訴我。

## (四)

從翊表哥家裏走出來，看看腕錶，時間已近十點鐘了。

雖然時間已經不早，但我的內心是那麼地焦慮，那麼地迫切要見夏初。於是，我匆忙地跳上東行電車，往北角去。

藍黑的天幕上那豐圓的月亮，瀉下幽幽的銀光，我沿着迂廻的山路，艱難地爬到山上的木屋區去。

經幾番向人家詢問，我終於找到夏初所在的小木屋。我輕輕地敲門，頃刻，一個臉孔乾癟的老婦人伸頭出來。

「阿婆，請問這裏可有一位姓夏的嗎？」我問。

「哦，你是找前兩個月搬來的那位夏先生嗎？」她疑惑地審視了我一會，然後用老邁的聲音問。

我點頭稱是後，她開門讓我進去。同時她提高嗓子喊道：「夏先生，有一位小姐找你。」

我環顧這所破舊的小木屋，在昏黃的煤油燈光中，我瞥見這小木屋裏還用「快巴」板隔成兩個小得不能再小的房間。

夏初出來了。

喔！我怎能相信眼前這個頭髮蓬亂的，顴骨突起的，眼睛深陷無神的，面孔瘦癯而灰白的，口的上下長滿了黑麻麻的髭鬚的男子就是他呢？

然而，事實告訴我，他的確是夏初。

他看見我，怔住了。

我癡癡地望着他，不懂得說一句話。

良久，他髣髴從夢中驚醒似的，吶吶地問：「櫻，你怎麼會知道我在這裏？……」

「你為甚麼不讓我知道你在這裏？」我反問道。

説完，我踏進他的房間去。

房間裏，有一張床，床前祇有一張桌子，桌子上點燃着黃豆般的煤油燈。我就在床沿上坐下。

「櫻，原諒我……。」他侷促地說：「為了生活，我不能不這樣做……。」

他望着我，眼睛露出委曲的神色。

這時候，我發現桌上淩亂地堆滿稿紙，還有一些黃色小報，其中有一篇小説，印着「情慾」題目的，還印着他的筆名。

同時，我發現桌上有一個裝滿煙蒂的煙灰缸。喔！原來他還學會抽煙呢。

驀地，我猛然大悟了——原來他是在寫黃色小説！

這時候，我的內心被一種莫名的難堪所佔有。我壓根兒想不到他竟會走上這條危險的道路。

「初，難道你為了生活，就走這條不正當的道路嗎？」頃刻，我正色地說：「你這樣做太自私了。」

他把頭垂到胸前，無言。

「不錯，失業對於年青人是一個挫折。」我繼續説下去：「在這個黑暗的世界裏，受挫折的人還多着呢，但受這苦痛的人們還是那麼勇敢地生活下去。當然，你寫黃色小説也祇不過為了生活，但是，你這樣去尋求生活是卑賤的，可恥的。

「你看目前多少少男少女因受了黃色毒素的毒害，而走進腐化，墮落和罪惡的陷阱去。

「你是有才華的，你一定可以成為文壇上一個好作家。可是，現在你卻將自己這美麗的憧憬褻瀆了……」

我不知道我這番話能否把他從昏厥的思想裏救醒過來，但這是我由心靈深處激發出來的話語。

他走近窗前，雙手扶着木窗櫺，髣髴有萬鈞的負荷把他重壓似的，他的頭垂得低低的。銀白色的月光，撫摸着他瘦癯的雙手，夜風吹拂他蓬亂的頭髮……

房子裏是一陣可怕的緘默。

我期待着，兀然瞧着他修長的背影……

良久，良久。

他突然轉過身來，眼睛裏閃着淚光。

他走到我面前，緊握着我的手，愧疚而激動得顫聲地說：

「櫻，我太懦弱了。這兩個月來，我真像隻小鼠，在腐臭的垃圾堆裏尋覓自己的靈感……現在，我感謝你點醒了我的良知……」

我被他這驟然的轉變感動得說不出一句話來。

我用手絹替他揩拭面頰上的淚水──淚水是熱的……

## （五）

沿着陡斜而曲折的小路，在溫柔的月光下，我們手挽着手，踏着自己的影子下山去。

——我們的心是堅定的。

我們的腳步是平穩的。

我們內心充滿青春的氣息。

[1] 劉以鬯：《港島明珠》（北京：中國文聯出版公司，1993），頁157。
[2] 欽鴻編：《香港微型小說選》（南京：江蘇文藝出版社，2009），頁200。

# 和孩子們一起歌唱——「我的一天」（徵文之廿五）

——葛師．藍子

**選自** 《青年樂園》，第105期，1958年4月11日。

## 作者簡介

藍子，即香港著名作家西西，原名張彥（1938-）。藍子是她中學及大專時期的筆名，另有筆名張愛倫、皇冠、十四行、藍馬店。[1]西西原籍廣東中山，生於上海，一九五零年隨父母定居香港。1957年畢業於協恩中學。西西早年的生活頗艱苦，初中時代已開始投稿香港的報刊、雜誌。最早的作品發表於50年代的《人人文學》，是一首十四行新詩。中三時參加雲碧琳主編的《學友》徵文比賽，越級參賽並奪得高級組首名。她的作品也散見於早年的《詩朵》（1955）、《新思潮》（1959）等文藝刊物。1957年進入葛量洪教育學院，畢業後任教於官立小學至1979年，在70年代曾積極參與爭取教師權益的運動。1979年提早退休後開始專職寫作，80年代中又曾以短期合約的形式復出教學，但以寫作為主。

西西曾長時間工餘在各種報章、雜誌寫作專欄：包括六十年代《天天日報》的童話專欄、《中國學生周報．電影與我》；七十年代初期的《快報．我之試寫室》等；八十年代則有《快報．閱讀筆記》、《星島日報．花目欄》、台灣《聯合報．四塊玉》，以及談音樂的《星島日報．隨耳想》與專談世界盃足球比賽的《明報．西西看足球》等。除了創作詩、小說、散文、童話、翻譯之外，西西在六十年代還寫過電影劇本，如《黛綠年華》（秦劍導演）、《窗》（龍剛導演）等等，她寫的影評影論以筆調清新鮮活見稱。此外，七十年代，西西還擔任過《中國學生周報》詩之頁的編輯；七八十年代與朋友創辦了《大拇指週報》、《素葉文學》。[2]

西西長期從事嚴肅文學的創作，創作豐富多元。題材多為香港的城市生活，筆調輕鬆，觀察入微，手法深受現代文學影響，風格獨特而不落俗套。當中尤以小說見稱。她的作品備受國內、台灣、香港、海外評論者的肯定，被譽為香港最具代表性的一位作家，屢獲獎項。1984年以短篇小說〈像我這樣的一個女子〉獲台灣《聯合報》第八屆小說獎之聯副短篇小說推薦獎，小說集《手卷》獲1988年台灣《中國時報》第十一屆時報文學獎之小說推薦獎。1990 年獲《八方》文藝叢刊之「八方文學創作獎」。

1993年以作品《西西卷》獲市政局主辦的第二屆香港中文文學雙年獎小說獎。2005年獲《星洲日報》舉辦的「花蹤世界華文文學獎」。2011年獲選為香港書展的年度作家。1989年9月，西西曾因癌病入院，手術後康復。近年因手術後遺症，致右手失靈，仍不輟創作，改用左手寫作。她於近年喜歡微型屋，並且手製毛熊、布娃，作為右手的物理治療，完成遊記《看房子》（2008），以及長篇《我的喬治亞》（2008）和《縫熊志》（2009）。主要代表作有：長篇小說《我城》、《鹿哨》、《候鳥》、《飛氈》等。[3]

## 賞析

《青年樂園》的作者之中，較為今天的讀者熟悉和稱譽的包括西西。她在《青年樂園》的創作大多在中學至大專時代。有時會使用筆名藍子，有時則使用筆名張愛倫。她在《青年樂園》的創作長年沒有被注意和提起。但西西的創作才華其實早為《青年樂園》的編輯賞識，作品多次入選《青年樂園》的徵文比賽。以下選文便是西西1958年參加《青年樂園》第六次徵文比賽時，被評為第一名的作品。據知五六十年代乘一程電車的費用為2角。故30元的獎金應是個不錯的鼓勵（值得一提的是：獲第二名的李乙，即後來著名漫畫家黃炤桃的筆名）。

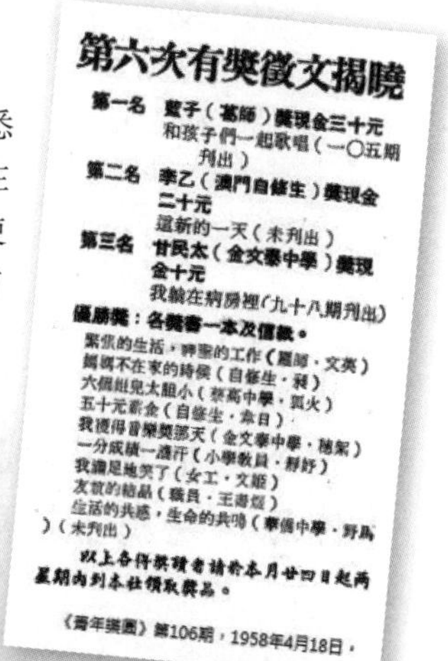

第六次有獎徵文揭曉

第一名 藍子（葛師）獎現金三十元
和孩子們一起歌唱（一〇五期刊出）

第二名 李乙（澳門自修生）獎現金二十元
這新的一天（未刊出）

第三名 甘民太（金文泰中學）獎現金十元
我躺在病房裡（九十八期刊出）

優勝獎：各獎書一本及信紙。
緊張的生活，辛勞的工作（羅湖・文英）
媽媽不在家的時候（自修生・羽）
大個姐兒太膽小（英高中學・螢火）
五十元薪金（自修生・朱日）
我獲得音樂獎那天（金文泰中學・穗架）
一分成績一滴汗（小學教員・靜好）
我還是地哭了（女工・文姬）
友誼的結晶（職員・王書焜）
生活的共感，生命的共鳴（華僑中學・野馬）（未刊出）

以上各得獎讀者請於本月廿四日起兩星期內到本社領取獎品。

《青年樂園》第106期，1958年4月18日。

另外，值得注意的是，西西在就讀葛量洪師範學院時以張愛倫的筆名發表作品〈屬於她的記憶〉（1958年12月12日，第140期），曾一度成為《青年樂園》的熱議文章，引發讀者討論逾8期周刊（即約兩個月）之久。其中講述女學生「蘭」與同學「孟」互有好感，但女方為了確定對方愛情的真偽，竟故意親近另一男友「甘」去「考驗」他，最終「考驗」在誤會下導致失敗，可「孟」和「甘」卻一直被蒙在鼓裡。而敘述者作為雙方的友人，勸「蘭」向「孟」表明一切遭拒。因為她對於自己同時傷害了兩個男性感到愧疚，並決定將這段「屬於她的回憶」藏在心裡，作為成長的一種寶貴經歷。有關小說今天讀來未見得有很大的爭議，但對於一向想提倡健康生活的《青年樂園》的編輯來說，或者正是讓讀者來一次討論和互相啟發教育的好機會。

本篇選文寫的是一名小學教師和學生在學校裡的各個生活片段。西西的小說以「童話寫實」著稱，這篇她在葛量洪師範學院時期的作品已有其中的影子。小說從教師「我」的角度出發，大量使用白描的手法去呈現一位新入職的教師和孩子相處的點滴，除了筆法細膩而真摯之外，難得的是情感能體貼地遊走於新任教師和學生視角之間，自然而毫不生硬，文字描寫富電影感。就仿若一個電影的鏡頭來回於老師和學生之間。這樣的效果，某程度是作者在處理對話時，使用自由直接引語的方法（即保留引號而把說話主體刪去），成功地營造了這位新老師被大量的學生簇擁之效果，故最後老師的充滿力量也因此變得更有說服力。因為省去說話主體後，任何一句跟老師的話均沒有特定的指向，這樣不僅為讀者留下了豐富的想像空間，而且文章的輕快節奏也得以保持。這樣的寫作手法，也見於西西後來的重要代表作《我城》之中。所不同的是由於本文寫的是年輕教師和孩童之間的相處點滴，故其中的童趣視角不但恰到好處，而且更有寫實味道。

**我坐，是為了要站立；**
**躺下，是為了要起來；**
**休息，是為了走更長的路。**

——白朗寧——

## (一)

走在靜寂的路上，我一個人。

孩子們的笑聲又近了，那些親切的臉，熟稔的臉啊！那些純摯的忠誠的眼睛。我記得所有的她們的天真的話語，她們的童稚的笑容；在一些黯淡的破裂的布帛裡裹着的，是這麼一羣蓬勃的靈魂；她們熱愛生命，她們有不屈的希望。近來，每一次走在這條路上，我總感到自己的懦弱，我總覺得：在這些坦誠的靈魂的面前，我貢獻了多少呢？我也曾經問自己，我愛她們究竟有多深？

我第一次上天台的時候，沒有帶着愛，也沒有帶着友誼；陌生地竚立，陌生地凝望；她們有太髒的衣服，有太蒼白的臉孔。這一堆零亂的孩子，有的高，有的矮，有的才六歲，有的已經十多歲，沒有紀律，也不守規則，她們的生活是打架，吵鬧，爭奪，她們慣於從家裡取了菜刀和木棍彼此攻擊；這就是生活，我所目擊的她們的生活——現實的生活。我找不到一點的興趣，但是，我終於留下了。

我開始了我的工作，教她們讀讀書，寫寫字，我曾經責罰過她們，斥罵過她們，我不知道這些小心靈裡正需要愛和關懷。我種下的是沒有感情的種子，但是，我的收穫正是相反，因此，也奠定了我承認自己的錯誤的基石。孩子們愛我，關懷我，信任我，她們天真地給我講自己的興趣，她們幻想着許多絢麗的明天。

曾經有一次，我病了，她們要求我休息，她們圍着我替我擋住風，她們從天台跑到樓下去給我買藥，然後又經過七樓回到天台上來。她們已經漸漸地不再打架，又學會了說「謝謝」；她們常送我一些泥娃娃，有時送我一兩幅圖畫。我曾經討厭過的，輕視過的，疏忽過的孩子們卻沒有離開我。

我曾經多麼地辜負了她們的期望！

## (二)

我就上了七樓了。我已經走完了剛才的靜寂的路。

「嗳，張姑娘來了。」

「張姑娘，早晨！」

「今天講故事嗎？張姑娘。」

「張姑娘，今天我們再唱歌好不好？」

「我說，最好是寫字。」

「張姑娘，我替你開門。」

這一群小孩子又把我圍住了，我把鎖匙交給了那個梳長辮子的女孩子！門很快地就開了。

「現在，大家上天台去。」

「張姑娘說：我們大家一起上天台去。」

所有小腳都移動了，笑聲隨着她們一起升上去，我回進了七樓的小室，整理了一下桌椅，拿了一疊簿子，然後，拉上門，走上天台。孩子們都已經坐好了，習慣使她們明白了自己的工作，她們懂得抹乾淨自己的櫈子，又會吹走桌上的灰塵。

我放下了簿子，走到她們中間，許多的眼睛都望着我了，我在默數着人數。

「張姑娘，阿芬沒有來，她的媽媽生了病，她要留在家裡看小弟弟。」

「大牛今天跟她爸爸賣菜去了，她們二個都沒有來，其餘的都在這裡。」

「今天，我們先唱歌吧！好不好？」

「張姑娘，唱烘燒餅。」

「那麼，我們一齊唱：一二三！」

我開始指揮了，她們唱，歌聲在天台上響起來，風在吹，我們祇唱着自己的歌；我也唱，她們的聲音淹蓋了我的，我祇看到自己的手在動；在我的眼前是許多的眼睛，許多的口；我們唱着，一個歌唱完又一個，我望着她們，她們也望着我；這些臉不是二年前的臉麼？那個拿菜刀打架的劉妹不是正坐在我的前面麼？這些日子裡，我們的歌聲由散亂到統一，由零落到和諧，是的，二年了，我們已經不再陌生，二年來，我們逐漸地從不相識到熟稔，從厭惡到了解，以後，我們還會永遠生活下去，每天一起唱歌……

一個歌又唱完了；她們興奮地拍着手。

「張姑娘，再教我們一個新的歌。」

「我已經說過明天教的，現在，我們寫字吧！大家排了隊到那邊桌子上去拿簿子。」

墨盒開了，筆在動了，那個最年輕的孩子在寫鉛筆的「人」字，那個八歲的在寫「上大人」，有的寫木字邊的字，有的在抄書。她們很靜，就好像進了一間圖書館。我於是又在她們中間走來走去，這些日子裡，我已經不再對她們感到陌生，我已經對她們產生了興趣；我覺得，我要為她們好好地工作，我要做她們的好朋友。

我一面走，一面望着她們寫字的姿態，我已經認識她們中的任何一個，我知道貓兒是最愛哭的，小輝是字寫得最好的，慧明是最喜歡看書的；我不只是認識她們，我還熟悉她們的父母，我記得探訪美英的家時，她媽媽倒了一杯開水給我說：

「張姑娘，我們家裡窮，茶葉是買不起的，喝杯開水吧！」

我探訪晶晶的爸爸時，他告訴了我他一生中的不幸，貧苦一直纏繞着他，他希望我好好地照顧晶晶，因為他沒有錢讓她有機會進學校。

華兒的哥哥是個跛子，自卑地躲在家裡，卻粗暴地對待自己的弟妹，還有，阿芬的媽是個賭徒，好容易才說服她讓阿芬上天台讀書……這些都是我四周的現實的情況，而這一羣本來是無辜的孩子，卻認識得比我深……我想起了我的責任。

我走着，晶晶正在印「水不在深，有龍則靈」的字格，偶然地抬起頭，笑了。

「張姑娘，我寫得好不好？」

我點點頭。

許多的孩子都交了卷了，我讓其他的孩子們繼續寫字，便和幾個寫好了的到七樓去煮牛奶，孩子們幫助我運水，搗奶粉，生火，洗鍋子；她們都是合作的，負責的，活躍的，有信心的，當一個人從她們那裡得到了信心之後，這信心便永遠也不會失落。

牛奶煮好時，我跟她們排了隊用自己的杯子盛滿了來飲，這時，她們站在天台的每一處，有的坐在地上，有的喝完了又再排隊，她們笑呀，叫呀，有的還在唱歌……再回到座位上的時候，我教了她們一節國語，她們用心地聽，高興地讀，很快就能夠背誦了。我又給她們講了醜小鴨的故事，我講着，想起了所有平凡的生命和這羣不幸的孩子。醜小鴨有一天變了天鵝了，這一群小孩子呢？她們中間有幾個可以進學校，有幾個可以生活得比上一代幸福！

## (三)

下午，開始了我們的閱讀的時間。

她們靜靜地翻看自己心愛的書籍，而我，我就在一邊開始着手寫一個劇本。是的，孩子們不但要會讀，會寫，還要會思考，會發表，我希望她們能夠表演她們自己的生活裡所熟悉的事……我寫着，寫着……慧明走了過來。

「張姑娘，人魚公主為甚麼不殺掉那個王子呢？她自己卻死了，多麼可惜呀！」

「慧明，人魚公主沒有死，她上天堂去了。」

「天堂在哪裡呢？」

「天堂在世界上最美麗的地方，是在天上，但是，我們每個人都有天堂，那天堂是在我們自己的心裡，當一個人感到快樂的時候，當一個人覺得自己所做的事情是有意義的，是對的時候，他就是生活在天堂裡了。」

慧明望望我，走開了；我知道，她並不很明白我的意思，但是，有一天，當她長大了，她也許會明白的。

我繼續寫我的劇本，我寫着最平凡的故事，我想起了大衛·科波菲爾；約翰·克利斯朵夫；奧利華·脱威斯脱，我也想起了湯·莎耶；黑克比利·芬；……

很久，很久，孩子們有的看完書了，她們開始在綉花，打乒乓球，澆澆那幾棵仙人掌，下午的工作是自由的，我希望孩子們能夠選擇自己喜歡的工作。我叫她們跳繩，拍皮球，玩跳棋，而我，我放下了思想，改了一些簿子，孩子們的字寫得好很多，有的簿子的墨還是化開來，有的簿子已經不會一頁頁地散落。

生活在一起是一件愉快的工作，我改完了簿子，開始和她們一起玩「捉迷藏」，「猜領袖」，「找手帕」，「吹大風」這些遊戲，笑聲在昇華，我覺得我比以前更年輕，更快樂……

我們循例掃地，抹桌子，收拾書桌，抹黑板，洗鍋子，而當這些都完了，我們都知道，我們要明天再見了。

我們一起回到七樓，鎖上了天台的門。我把簿子鎖進了七樓的一個小櫥裡。

「張姑娘，明天見。」

「張姑娘，妳說過明天教我們唱歌。」

「張姑娘，媽媽說，有空到我們家裡去玩。」

「張姑娘，我送你下去，我住在二樓。」

「張姑娘……」

她們的手拉着我的衣服，有的在一邊向我招手，樓梯上擠滿了人，分不清誰的聲音是屬於誰的。

「張姑娘，放學了！」那是剛上樓的「大眼睛」的爸爸。

「放工了？徐先生。」

「張姑娘，明天早些來啊；妳辛苦了，阿花呢？」

「爸爸，我在這裡，我們剛放學。」是大眼睛阿花的聲音。

於是，到了樓下，説了無數聲的明天見，走完了長長的梯級，笑聲逐漸地遠了，我又來到了靜寂的路上。

我再一次發現我生活在這個世界上並不孤獨的，我知道，愛過我的，並不衹有一個人，而我愛過的人，也已經不再是一個。

我出來的時候，晨曦正在我的頭上，天空是高而澄清的，現在，我已經看得見有星，我也看得見不同色澤的燈火，來自高高低低的窗户。

二年了，我走着同樣的路，從晨曦到落日，從星天到朝陽，有過打風的日子，有過陰冷的日子，每天走着同樣的路，每天過着同樣的生活，但是二年前的生活，二年前的觀感和思想，二年前的愛和今天的是多麼不同。

明天，我還會再走同樣的一條路，我還會見這一群天真的孩子，我要給她們再講故事，再教新歌；明天，我有這麼多的明天，在將來的明天裡，我要告訴她們世界上充滿着愛，而在將來的明天裡，我永遠是她們的真正朋友——真正的朋友！

---

1 蔡炎培：〈蘋果樹下：五十年代的文學青年〉《蘋果日報》2013年5月3日。

2 劉以鬯編：《香港文學作家傳略》（香港：香港市政局公共圖書館，1996），頁245-246。

3 參考自：張灼祥主持的香港電台節目「人文風景：縫熊志」之作家簡介。摘取自：http://programme.rthk.org.hk/channel/radio/programme.php?p=3450&d=2009-09-19&e=97371&m=episode，摘取時間2016年9月2日。

# 苦海 ——沙洲冷

**選自** 《青年樂園》，第354期，1963年1月18日。

## 作者簡介

沙洲冷，據《青年樂園》總編輯陳序臻的回憶，他是一名中學教師。但忘記了是伊利沙伯中學，還是香島中學的教師。而據香港文化人吳萱人的回憶，他的作品深受當年學生的歡迎。但是查閱現行流通的介紹香港作家的典籍，均未找到沙洲冷的資料。[1]

## 賞析

選文描寫的是曾因碎石工作而患上「肺積塵」的工人林貴祥一家的悲苦。所謂的「苦海」，喻指苦的無邊無際，苦如海深。今天的讀者看來，或會覺得有點「洒狗血」。因為小說中的主角不僅因工作患上了「肺積塵」，住院將近4月，被砍去五根肋骨和半葉左肺，初步康復後又被廠方以此為藉口，調到薪金和福利不足以糊口的部門，同時也意味着他的一家將要被調離廠方提供的宿舍，無家可歸。與此同時，剛出生的女嬰早妹，更患上了惡疾。這對這個貧病家庭來說，可謂百上加斤。在諸工友的東拼西湊下，林貴祥帶着僅有的金錢、拖着病體急忙帶女兒到各醫院診症。最後發現她患上了急性腦膜炎，但林貴祥根本無法負擔醫藥費，女兒也只能慢慢步向死亡，而自己卻無能為力。被苦痛包圍的林貴祥，一度步近海岸，想到跳海自盡、棄女於海傍等。最後想到家人和工友的幫忙，抱着最後不知死活的嬰孩，決定回家去。這些「粵語殘片」式的片段，其實不無現實的底蘊。因為在五六十年代，香港政府對勞工階層沒有完整的保障，工人因工作而患病一般得不到合理的賠償。此外，由於私立醫院收費高昂，而公立醫院數目和人手不足，不少貧苦病患根本無法獲得及時而必要的救治。

和前文提到海辛的〈天災以外〉不同的是，本篇選文的社會控訴味道不濃，而側重描寫男主角林貴祥在生活種種苦難中的複雜心理。尤其是帶女兒診症到要跳海自盡之間的片段，尤見工筆，立體而具象地呈現出低下階層的悲苦。當中在描寫父親得知女兒將要無可救藥時，痛苦、焦急得口吐鮮血一段令人印象深刻；更難得的是選文在描寫工友的幫助時，沒有如當時許多小說般將群體力量的作用無限放大，意圖使人對主角的命運過於樂觀。小說最後採用開放式結局，究竟主角一家會如何去對付罪魁也沒有言明。

在醫院裏住了七十五天，施了兩次手術，林貴祥左胸給砍去了五根肋骨和半葉左肺。這樣他便出院了。據說，他已經再沒有「肺積塵」這種病了，碎石廠的肺病名單中又圈去了一名。不過，醫生還是叮囑他，半年內勿太過勞累。

林貴祥喘着氣，吃力地走到廠裏的寫字樓。「科文」告訴他，廠方已認為他不適合繼續在石廠工作，要調他出去。

一個晚上，林貴祥夫婦倆在輕悄悄地商量。

阿珍懷着一絲希望地說：「調出去總會好些吧。」

林貴祥沒有馬上回答，嘆了一口氣才苦澀地說：

「好？你以為真的好麼？」

停了一會，林貴祥突然紅着眼睛，迸出可怕的怒光，發狂似的叫道：

「好哇，要了我大半條命，就踢我走了！好聽，照顧我。你知道嗎？調出去，『花紅』沒有了，『補水』也沒有了，乾巴巴一份人工，吃甚麼？住甚麼？好，真的好，要迫到我們都死光了才更好呢！」

林貴祥越說越響，阿珍連忙止住他：

「小聲點吧，把他們吵醒了。」

跟着阿珍的視線，林貴祥望望身旁的兩個女兒，火氣也頓時消了一半。大概是太累了，蘭女沒醒過來；早妹剛被嚇醒，但也快要睡去了。林貴祥把身子湊近早妹，小心地把她蓬亂的頭髮弄好，目光中充滿愛撫。

他把嗓子壓得低低的，自語似的説：「你看，她又睡着了，她睡得多好呀。是我的不好，吵醒了她。……她們怎辦呢？」歇了會兒，他轉過身來向着阿珍，「我知道自己也活不久了，我死了，你能把她們撫養成人嗎？」

「別説了，你……」阿珍咽噎着，幾聲咳嗽使她説不下去。

……這一夜，他們用淚水洗白了天際。

過了幾天，他接到了正式的調職信。信上明白地説：十天以後，林貴祥要離開石廠，他們一家也要從宿舍搬出。焦急呀，林貴祥吃也吃不下，睡也睡不着，阿珍連眼都哭腫了。他們四出奔走，托親戚，找朋友，希望得到安身的地方；工友們也為他們急着、忙着。

可是，在這寸金尺土的世界裏，窮朋友能幫助他們些甚麼呢？本身也被拆遷、加租迫得走投無路，很多人要住在橋底、防空洞裏，朝不保暮。當然，到處都是空敞寬闊的高樓大廈，到處都在「招租」，可是對他們來説，這不簡直是一種諷刺麼？啊，何處是他們棲息之所？何處可以容得下這些被不平的社會所播弄的人？

十天的限期像彈簧似地越縮越緊，就剩下一個短短的明天了。

夜幕偷偷地下降。除了窗外的北風像小偷一樣從窗隙「颯颯」的竄進來，四周安定得很。阿珍喝了幾口粥水，靠在床上。這幾天的勞累，又使她病倒了。林貴祥和蘭女坐在燈下，一顆顆的穿着彩珠。

像想起了甚麼似的，林貴祥抬起頭，凝視着呆呆地蜷縮在牆角的早妹。他柔聲地說：「早妹，乖乖地去睡覺了。」早妹搓着眼睛，頹然的站起，慢慢地過來，倚在林貴祥的身邊。

林貴祥輕輕地撫着早妹的頭髮、面頰。忽然，他感覺到，早妹的臉上有點異樣，再仔細的用手掌放在她額角試試；真的，在發熱。天已昏黑，林貴祥只得向鄰居要包退熱散給早妹服食。

夜深沉，林貴祥家裏還是鬧哄哄的亮着燈。鄰近的工友都來了。眼看早妹的體溫直線上升，大家越發心急。路途這麼遠，天氣這麼冷，沒有車輛，不可能送早妹到醫生處瞧瞧。況且，沒有錢，送去也是白費。

大家不約而同地把口袋裏絕無僅有的三兩塊錢或一元幾角掏出來，遞到林貴祥的手中。林貴祥默默地接過來，只有那感激的目光傳出了心底的謝意和激情。

但是，儘管工友們的腰包都掏盡了，卻只湊得二十來塊錢。大家低語着商量明天在廠裏發動捐款，並派出代表去見主管，要求批准延期搬出並作出合理的安置。眼看已經是下半夜了，工友們才陸續回家休息。

很多工友睡不着，都為早妹一家人擔心、難過。林貴祥他們根本沒睡。早妹一直在發燒呻吟，身子嗦嗦發抖；阿珍也咳得比平常多而辛苦。他們盼望着明天，但又害怕明天——天亮以後，他們更接近那無家可歸的時刻了。

天剛發白，林貴祥別的都不管了，抱起熱得炙手的早妹，一直走到公立醫院的門診部。可是，那裏的「人龍」早已擺得長長的，非要等大半天不可。而早妹已經呼吸微弱，不省人事，時間再不能耽誤了。林貴祥急急地把她抱到一家私立醫務所去。

診斷結果：早妹患的是急性腦膜炎，要立即送到醫院去，不然恐怕會有性命危險。

這幾句話，更使林貴祥焦急，他匆匆付了錢，抱起早妹就往醫院跑去。

醫院是林立的，醫院的大門是敞開的。可是，林貴祥口袋裏剩下的十來元，又怎夠鋪成一條進入醫院的路呢？跑了好幾家，得來的不是斥罵，就是冷漠的一句：「別的沒床位了，有錢就住頭等吧！」

燈火已昏黃，林貴祥緊摟着早妹茫茫徘徊。

突然早妹急劇的抽搐着，兩隻眼球向上翻，臉上的肌肉繃得緊緊的，斜歪着嘴角。然後，咬緊着牙關，四肢僵硬地伸着，呼吸差不多要停止了。林貴祥看到這個樣子，心裏痛得被撕裂一般，忽然胸口一陣疼痛，一口鮮血，噴到早妹的身上、臉上。

他勉強支着身體，靠在牆邊，好一會才慢慢睜開眼睛繼續像幽魂似的蹣跚地走着。他茫然地走出馬路中心，一輛汽車在他身後急劇煞掣。打開車門，一個彪形大漢走出來兇狠狠的指着林貴祥罵：「媽的，嫌命長嗎？要死跳海好了，別連累人家！」再「嘭」的一響，把車門關上，車又開走了。

林貴祥仍像不聞不見的，照樣走着，只是嘴裏含糊的說：「要死跳海好了，要死跳海好了……」

貧困、惡疾、走投無路，女兒垂危……像舉着利刀的一羣魔魅，把他趕着。風在獰笑，海在召喚，樹葉在悲鳴。林貴祥一步步的走近海邊……

海是漆黑的一片。點點漁光，儼然就是閃動着的鬼火。忽然間，林貴祥見蘭女扶着妻子阿珍，從陰森的海面浮出來。她們圓瞪着眼睛，像怨恨他狠心死去，像哀求他切勿輕生。陡然間，她倆消失了，早妹卻僵直的站在面前。一會兒，阿珍、蘭女和早妹一起在他面前轉動、轉動，團團的轉動，忽兒哭，忽兒笑……

「爸爸——」一聲哀呼，林貴祥被驚醒過來，眼前的人影頓時消失了。他連忙回頭，尋覓這聲音的來源。但是，四面還是悄無聲息的，只是樹葉被風刮得「嘩嘩」作響。

「嗄，我不能死！我不能死，我不能死的呀！……」突然，林貴祥發了瘋似的，歇斯底里的狂叫。

過了不多久，他終於平靜下來了。他瞧瞧早妹。早妹已沒有痙攣了。臉兒燒得紅通通的，宛如是熟透了的蘋果；她閉着眼睛，昏沉沉的彷如酣睡了一般。

「早妹，是爸爸不好，爸爸沒本事養活你，爸爸沒本事醫好你。」林貴祥喃喃自語，一顆大大的淚珠濺在早妹的臉上，他趕忙把它拭去，「孩子，你跟着爸爸是要受苦的，你好好地躺在這兒，不要跟我這無用的爸爸了。」他把早妹安穩地放在海堤上，「在這兒，你永不再受苦了。」

林貴祥從身上把僅有的外套脫下，緊緊地裹着奄奄一息的早妹。他臉上的肌肉像痙攣似的抽搐着，在昏黃的燈下顯得更慘淡。他忍着最大的痛苦，轉身離去。就在這時候，早妹伸縮了一下，發出低低的哼聲。林貴祥心裏「噗」的一跳，立即回頭把她抱起，緊緊抱起。

不，我不應該這樣狠心，她是我的女兒，她是我的親骨肉。她不能夠死，我不能讓她死；要死，就一塊死吧！但縱然她現在不死，她真的能夠活下去嗎？誰能把她救活轉來嗎？就算她不死，也是活着受罪，難道我願意睜着眼睛看着她受痛苦挨飢餓嗎？……要是我也死了，蘭女、阿珍又怎樣活得成呢？我不能讓活着的再白白死掉了，她們是不能死，她們不應該死的！但是，不死又有甚麼辦法呢？早妹呀早妹，我可憐的孩子，你受苦太多了，你還願意跟爸爸受苦嗎？你，你不能再受苦了，你看，海是這樣深，裏面一定有許多好的東西……你別埋怨爸爸，你別埋怨我啊！噢，不，你罵我，你打我，你打我這無用的爸爸吧！我沒有用，我不配做你爸爸。唉，有哪個做爸爸的願意親手殺掉自己的孩子啊？我卻要殺死你！……甚麼？我要殺死你？是我要殺死你嗎？不是呀，我是不想你死的，我是想你活得快快樂樂的。對了，不是我，不是我要你死的。到底要你死的是誰呢？誰呢？……它要我們通通都死，我們卻偏偏不死，我們要活，我們偏要活，行不行呢？……

絕望、掙扎，在他的腦海裏翻滾着。林貴祥凝滯着兩隻灰色的眼睛，只要把手一鬆，早妹便會葬身於茫茫的夜海裏。但是，他卻把早妹抱得更緊了，生怕在那一瞬間會失去了自己的女兒。

一道亮光劃過林貴祥的眼帘，隨着一陣馬達聲，一輛汽車風馳般駛過身邊，然後消失在遠處的黑暗中。林貴祥從痛苦的迷惘中被拉了出來。彷彿，那輛汽車是載着一羣工友在四處找他，他們辛辛苦苦的籌到一些錢，要交給他去醫理早妹；昨晚的情景又在他的眼中顯現了。他的眼睛一亮，頓時充滿了生的慾望。他狠狠的咬着嘴唇，沉思道：我們可以不死，我們可以活，我們應該活，我們的生命不是那麼不值錢，我們有生的權利！

林貴祥毅然轉過身來，抱着早妹，瞧着遠遠的自己的家走去，向着溫暖的工友羣中走去。

可是，在他的懷裏，早妹已經永遠的離開了人間。帶着爸爸的血和淚，離開了她的姊姊，她的爸爸和媽媽；離開了這從她生下來第一天就折磨她的苦難的世界。還未等得到那些叔叔伯伯們的手温暖到她的小臉，她便這樣快的悄悄地離去了。她哪裏知道，她的爸爸，和那些叔叔伯伯們是怎樣的不願意她死，是怎樣的希望她和大家一道活下去。

林貴祥默默地、急急地走着。也不曉得他是否知道早妹已經死了。也許是不知道的吧，他多渴望着回到宿舍，接到工友們的錢，然後馬上把早妹送到醫院去，讓她得到新的生命，好好的活着呀！也許是已經知道了的，只不過他要抱着這無辜的犧牲者，去找尋殺死她的真正兇手。

[1] 詳見：吳萱人：〈歷史一念 香光（火）不斷〉《信報》P16，1996年9月4日。

# 纖纖 —舒鷹

**選自** 《青年樂園》，第483期，1965年7月9日。

## 作者簡介

舒鷹，原名龐志英（1944-），又有筆名林琵琶。廣東佛山人，自小就喜歡閱讀和寫作，中二移居香港，中學畢業於培道女中。1961年初，即在《青年樂園》發表創作。其後獲《青年樂園》編輯賞識，邀為刊物的義務編輯，直至1966年4月中離任。她的作品遍佈《青年樂園》的各個版面，體裁包括詩歌、散文和小說，其中尤以散文和小說見長。她在《青年樂園》發表的多篇讀書扎記，成為青少年讀者追捧和模彷的對象。如《青年樂園》後期的義務編輯李玉菱，便是因慕舒鷹之名而把筆名改為舒韻。[1]1966年3月，舒鷹以林琵琶的筆名開始在《中國學生周報》發表作品。自此逐漸淡出《青年樂園》的編輯工作。而林琵琶的筆名，不久便享盛名，更有引起文化人一時哄動之說。[2]後來，舒鷹到外國修讀有關美術史的碩士課程，現從事美術史的研究。

## 賞析

選文可以視之為魯迅〈傷逝〉的男女主角在香港的變奏。小說講述畫家「我」與修讀美術的千金小姐「她」的一段戀愛經歷。當彼此要面對生活現實時，和魯迅筆下的「子君」不同的是，「她」並沒有選擇與「我」出走，一起在外租房，幻想可以憑雙手和愛去度過一切的艱難，而是功利的選擇消費物慾，二人和平分手。其中側重透過「我」和「她」在分手前一晚的對話，交代二人的心理活動。小說善用意象，難得的是沒有過份地渲染傷感，反而更多的是無奈與平靜。最後作家匠心地寫到二人分手後，「我」在公路上剛好瞥見駛着豪華汽車經過的女主角。其中用環境的悶熱，烘托主角的落寞心境，恰到好處。

昨夜一夜睡不好，清早起來，天是黑的。雲很低，風又不祥地吹着，好像有甚麼神秘而危險的東西隱藏在一個可怕的地方——一下子就要爆炸起來，於是天啊、樹啊、人啊、房子啊……全都像塵土那樣飛、飛，飛上半空，然後化為烏有……

我扭開水喉，把頭放在下面，清涼的水嘩嘩叫着沖洗我的頭髮和臉，這叫我感到一點兒快意。從顏料堆裏找出一包麵包，和着冷開水啃了半塊，吞不下。胃裏藏着許多妖精，翻天覆地的直向喉嚨上打。我定一定神，歪在床上只是噓氣。

甚麼事情都該有個決定，纖纖為甚麼這樣躲躲閃閃？一是跟我，一是聽家裏的話，跟她的哥哥。中間沒有任何可以躲藏的地方，她該知道，她不再是小孩子了。

想起纖纖，心像被甚麼梗着，迷糊地泛起她那清瘦的臉。她是不該哭的，一向都是那麼精靈果敢的少女。我記得那一個冬天，她光芒得像劃過烏雲的閃電。那一次，在小小的房間裏，窗子密密地關閉着，雨下得很大，冬夜的風把殘舊的窗扉弄得吱吱作響。可是房間裏有的是春光，七個孩子圍着圓桌，微黃的燈光映在噴紅的臉上，興奮使好看的眉毛飛得更高了。

夜就像一隻無聲飛去的大雁，在牠的翅膀上輕顫着年輕一代的夢想……

我們談着屠格涅夫，談着魯迅，談着卡繆……熱情、憤怒和悲哀迅速地傳播在每一顆心。最後我們說到蘇格拉底。

「啊啊，蘇格拉底！」纖纖低叫道，激動地撥起垂在額前的鬈髮：「蘇格拉底的天鵝之歌！」

蘇格拉底的天鵝之歌！那在死前的一刹那唱得更雄壯更激越的天鵝！我們的心突然地跳得更快了，生與死像謎一般在眼前搖晃一種朦朧的為理想而死的渴望燃燒着年輕的心。纖纖舉起面前的茶杯，仰起脖子來一飲而盡。

瘋狂一刹那充實着整個房間，我激盪得連手也發抖了，天知道我們的感覺啊！一種偉大的意念震撼着全身——甚麼樣的偉大？我們不知道。只是狂熱，狂熱，狂熱！只有不能抑止的犧牲的慾望，就像有甚麼光榮的死正等待着我們，我們都成為一批慷慨就義的勇士了！

「朗誦吧，纖纖！」一個男孩突然大聲叫起來。纖纖放下茶杯，一扭身跑到書架前，隨便抽出一本書來。

空氣立刻變得莊重嚴肅了。纖纖有一副動人的嗓音，清越溫柔之中傾注着大量熱情。就像一顆明亮的火種，迅速地掠過每一顆心，點起了熊熊的火焰。

「他的整個生涯，」纖纖低聲唸道：「由孩提時代到最近幾天，像電一樣在他面前閃過。這二十四年的生活，究竟好呢，還是不好？他一年又一年地回想着，像個鐵面無私的法官，逐年加以審判……他犯過不少錯誤，由於缺乏經驗，由於年輕，然而大半還是由於無知而犯的錯誤。最主要的是在爭鬥的火熱時期中，他並沒有睡……即使到生活實在難以忍受時，也要找出活下去的方法，使你的生命有用處吧！」

我把頭擱在窗台上，一邊聽着，眼睛卻望着窗外閃電的白光。雨像潮水，潮水又像心底的波浪……

沒有人知道時間怎樣溜走，痛苦與激情絞着我的心。有誰曾在陰暗的角落沉思過生命的奧秘麼？心弦被高尚的信念撥動了再也不能平靜，可是你卻不知道何處——何處去把熱情安放！

緩緩回轉頭來，我看見朋友們激動得漲紅的臉，眼中閃着火光。纖纖筆直地坐着，雙手放在合起來的書上，雙眉鎖得很深，漆黑的睫毛不住地抖動着，臉上有一種肅穆剛毅的表情，只是嘴唇的顏色卻淡得近乎蒼白了。

我說不出心中的感覺，只是許久許久以後，這情景依然縈迴在我的腦中，一閉起眼睛，那一羣人便在空中飄舞。也許在我一生之中，再也不會忘掉的了。

那麼，事到如今，她為甚麼還要苦惱自己，又苦惱我呢？只要她對她的哥哥說：愛我！那我們便可以遠遠的離開，在陽光或者月下尋找我們的夢去。她是愛我的，我知道，她的眼睛藏不了秘密，何況我們已經說過——說得很清楚，人最好像風，喜歡到哪兒便吹向哪兒，自由自在的不拘一絲形迹。

我知道纖纖很有錢，這是認識她很久以後的事。其實她的樣子叫人一眼就看出是個富有人家的女兒——穿得雖然很隨便，可是永遠調和，大方。她激動，熱情，卻又很有分寸，很有教養。她有一種掩不住的氣質，即使在最忘形的時候也顯得高貴而凝重，叫你在她面前不敢放肆得過份。她就像一片和煦的陽光，晒進你的靈魂深處，溫柔地驅去你久埋的寂寞。

我們相愛，就像山間的泉水要流向大海，自然得沒有人知道在甚麼時候開始。那或者像春天，它無聲無息地徘徊在山野的霧裏，到你看見花開的時候，春其實早就來了很久很久了。

可是，可是……我可惱地把手指埋進頭髮裏——她昨天的話又是甚麼意思呢？

「我得想想，」她容色蒼白，無力地說道：「我怕……」

她怕！她怕甚麼呢？真是！我一份職業，她一份職業，就是這麼簡單。白天去工作，晚上回來，寫畫、看書。我會告訴她蜘蛛為甚麼是專在最慘暗的地方，織牠們永遠不能完結的傷心的網，因為牠們沒有翅膀。也許我們會很窮很窮，像教堂裏沒有油吃的老鼠。但我們將會快樂，她該知道。快樂是嬌嫩的小苗，要我和她的心一塊兒去培養。

我從床上坐起來，掀起架上的白布，呆望上面的一張油畫。昨夜難道真的神經錯亂？畫布上的顏色像苦水，筆劃在掙扎——悽慘和痛苦的意味。也許纖纖害怕和我一塊兒會給人瞧不起？我有畫，纖纖，我的畫就是我的身份，比一輛勞斯來斯有更多的價值——你親口說過的，纖纖，你不該忘記。

你不會忘記的，纖纖，是不是？

腦子很亂，口苦得甚麼都咽不下。可是我知道時間。纖纖約了我在咖啡屋，二點鐘——但天為甚麼這麼昏沉啊？黯澹憂傷的樣子。我寧願它下雨或者刮風，誰能忍受風雨前的酷熱？

一步步走近咖啡屋，一步步走向命運。將會有甚麼話從纖纖的口中吐出來？是歡笑還是眼淚蘊藏在她秀長的眼角？我望天，天很沉默，樹也沉默。咖啡屋的小門口像是通進墳墓的洞穴。

「列文！」

我跳了一下，法官的第一句話已經開始。我垂頭坐在她對面的椅子上，偷偷向她凝望。隱約有甚麼又硬又粗糙的東西，在心的嫩肉上磨着。

她很蒼白，臉是令人心疼地瘦削。頭髮沒有梳好，胡亂地紮在一條黑絲帶裏。一身白裙，眼睛暗淡地掃我一下，那嬌小的身體脆弱得像剛剛害過一場大病。

我想哭。她昨晚一夜沒有睡，我知道。為了忍着咽哽只好吮面前的咖啡，苦的味兒不在喉嚨，在心裏。

「哥哥說……」她低聲道，用着冷冰冰的聲調：「事情很明白，如果我……」她搖着頭，噓氣。

「纖纖。」我從檯下伸手拉着她顫抖的小手：「纖纖，對他說：我們願意在一起那就完了！告訴他我們不能夠離開，就像樹木不能離開泥土。」

她的眼皮抖了幾下。

「我們可以租一個房間，纖纖，四隻手一齊去打發日子。世界從來不輕易餓死一個人，除非走到末路……」

她抬起眼來：「除非走到末路……列文，你像個孩子，你只知道寫畫，看書，唸詩……租一個房間？又黑又小的，和全屋的三姑六婆在一起，我受不了。何況，何況……」她流下淚來：「我念美術的，常常要花許多錢……」

「別總是擔憂着錢，纖纖！」我說，煩躁地推開桌上的杯子：「只要你真的愛我……」

「我愛，列文！」她哭了：「可是……」

「你愛，你又要『可是』！啊，纖纖！你從來不是這樣糊塗的女孩子。」

「我很清醒，列文。我多麼願意撐一把小傘子在野外聽雨！但那是不能夠的，如果又去做工，又要做家務，又要吃飯洗衣服管孩子……那不是作詩，列文。我甚麼都不懂……」

「你可以學懂……」

「我不！列文，我不！哥哥說可以籌備給我開個畫展，如果我……」

「如果你和我永遠決絕？」

纖纖的臉紅起來了，羞慚地縮一下雙肩。我不願意再望她，只覺得眼前有一大堆亂麻，糾結着糾結着，越來越亂，越來越大，迎頭向我罩下來，我連忙閉上眼睛，一聲不響。

「列文！」她怯怯地叫道。

「你記得那個晚上麼，纖纖？」我低聲道：「你說：『即使到了生活實在難以忍受的時候，也要找出活下去的方法，使你的生命有用處吧！』就忘記得這麼快？」

「沒有。」她歎了一口氣：「我覺得：也許我以前太純真了，我不懂真正的生活……」

我張大眼睛，顫聲道：「那麼你現在懂了，纖纖。」

「我不知道——但那總是很苦很波折的……我不要騙你，列文。即使如今我跟你一塊兒走，終有……終有後悔的一天。誰願意作跌在膠水裏的蒼蠅？以為它很甜卻被黏着翅膀……」

「你也說翅膀！」我想笑，卻笑不出來。也許她是對的，那麼嬌養的女孩子，我無法給她理想中的幸福。

我沉默了。還有甚麼值得說的呢？希望是一株奇葩，而愛的夢幻，卻是這奇葩中最艷麗的一朵。而我呢，卻錯把這奇葩栽在鑽石砌成的小堆裏。

我再一次打量那如此愛我，又為我瘋狂熱愛的纖纖，她那柔美的嘴唇微微抖動着，黑白分明的雙眼異常嬌媚。難道我從來不曾注意過彼此間的距離麼？她是一個怯弱的、嬌縱的、慣於依賴的女孩，宛如一顆珍貴的明珠，只配用紅色的緞子襯托起來，炫耀在這人生的窗櫥裏。豐富的學識抬高她的身份，理想主義的狂熱增加了她迷人的嫵媚，使她與平庸的女孩子迥然有異——可是她自己卻是無法得救的。我想哭，這樣的分手催人熱淚。

我本以為出身不能鑄定人的一生，而此刻卻明明地擺着我和她的分別——我可以忍受飄泊的淒苦生涯，而那曾經尋求過「人生的美麗」的纖纖，卻終有一天會挽着一個紳士的手臂，出現在高貴的宴會和文藝沙龍裏。

「列文，」她抽咽着說：「不要恨我，列文，我對不起你。」

「有誰對不起誰呢？」我說，努力給她一個笑：「一切都來得及挽回——也許我們都錯了，生活確實很苦，不是詩。但是……」我歎一口氣，生命中總有許多不同的路，每一段路程留下不同的腳印，不同的記憶。

我和纖纖分了手，看着她駕了那輛藍色小跑車轉過馬路。她好像還看我一眼，也許沒有。誰清楚呢？一切都這樣模糊，叫我不敢相信。

路上很熱，風沒有來，雨也沒有——出奇的平靜。但時間是過去了，兩旁的路燈已透着黃光，雖然我來的時候是下午兩點。

再過幾個月又是冬天，一樣有冬天的夜晚和冬天的雨，但我知道再不會有小室裏温暖的空氣和激動的臉了。纖纖像一顆彗星，閃一閃便歸於沉寂。彗星對宇宙是沒有甚麼用處的，縱然寂寞的心也會為她一瞬的光芒而感到温馨。

我自己呢？我不知道。也許仍然是繪畫看書，又激動地為朦朧的憧憬造夢。我好像有一些信念——卻永遠不會明晰。

但我卻再也不敢回頭也不願回頭，誰願意看見身後一串孤零的腳印？

---

1 此根據筆者2015年兩次訪問李玉菱女士的口述歷史記錄。

2 吳萱人：〈從舒鷹到林琵琶〉，參見關永圻、黃子程編：《我們走過的路——戰後香港的政治運動》（香港：天地圖書有限公司，2015），頁115-120。

# 兄弟 —浩泉

**選自** 《青年樂園》，第591期，1967年8月4日。

**作者簡介**：詳見本書49頁。

## 賞析

浩泉是《青年樂園》後期其中一個重要的作家。選文特別之處是使用了對比的手法去呈現在同一個社會、同一個家庭的兩兄弟：父親因為溺愛大兒子而要小兒子出來工作分擔家計，結果大兒子不但讀書不成，最後更變得好吃懶做、嗜賭成性，更甚是偷竊同事的錢財而落得潛逃的下場。其中宣揚的是腳踏實地、不好高騖遠，對過份重視學位、文憑的家長不無諷刺。當然也側面地反映了五六十年代傳統「家父長制」的遺風。

## (一)

發完工資，夕陽已西斜，總管亞洪早就走了，鐵門也拉上了一半。這時，大猴洗完澡出來，看見弟弟小猴和大B還在疊着剛裱好的一疊紙，而膠水機亦未關，他就大聲嚷了起來：「關機！關機啊！耳聾了？」

「急甚麼呀！大猴。」大B知道出了糧，大猴急着出去，就故意慢條斯理地說。因為大猴兄弟倆生得瘦小，而又是姓侯，所以大家都叫他倆「大猴」和「小猴」。

大猴不理睬大B，他竟自跳上油桶，再走上膠水機轉動着的滾軸上面的兩條拱鐵上，一躍而上閣仔。

「為甚麼今天這樣生猛，連腳也不怕被捲去啊！」亞差善意地訕笑大猴道。「亞差」是客家人，生得一身黝黑結實的肌膚，廣州話又講得不準，有人就給他起了這個諢號。

大猴一向不滿這愛和自己「作對」的「亞差」。他並不答話，只顧埋頭穿着鞋，口裏哼着幾句不倫不類的歐西流行曲。穿好鞋跳下來，他又叫嚷了：「怎麼還不開飯啊？」

忽然，他看見裏面那個掃街的清潔工人還在捆着一些廢紙，便向他怒吼了：「垃圾佬！快點好嗎？他媽的！」

「想快就來幫幫忙吧！」大B還故意那麼悠閒。

「哎！也好。」大猴無可奈何地跳上了紙疊上一齊疊着紙。

他們疊好那些裱好了的紙就開飯了。

「大猴，今晚開檯打麻雀吧！」大B滿有興致地說。

「不。」大猴狼吞虎嚥地吃着飯，心想：今天出糧，和你們玩有甚麼意思啊！

「為甚麼啊？」大B問，「是不是另有更豐富的節目啊？」

「算你聰明！」

「那你今天晚上在這裏玩，明天晚上才出去吧！」

「不！明天晚上才和你們玩。」

「今晚吧！不然改十三張？」

「不，不，不！別嚕嗦了。」

大猴匆匆地梳好了頭就出去了。

「大哥，大哥！」小猴追了上去。大猴不耐煩地站住問道：「幹甚麼？」

「你到哪裏去啊？」一向沉默寡言的小猴怯怯地問。

「過海。」

「那你的錶、衣服，還有大牛那五十元……」大猴知道弟弟已猜到了自己的行徑，不禁老羞成怒地叱道：「那我曉得。我是你大哥，你不必管得太過份！」説着，他頭也不回地踏着夕陽的餘暉走了。

小猴像木頭似地呆呆站着，望着哥哥那逐漸消失的削瘦的身影，望着那沐在金黃色夕陽中的一幢幢高大的樓房，和行人如鯽、車水馬龍的繁華街道，不禁想起了自己的家，那破爛不堪的木屋和體弱多病的父親。……

想着，想着。小猴鼻子一酸，眼前一切都模糊了。

## (二)

全廠的工友都出去了，剩下小猴和亞差兩個，一起洗衣服。洗完了衣服，亞差問小猴道：「不出去嗎？」

「不……哦！我要到書店去買幾本書。」小猴如夢初醒似地拋開了手中的報紙。

「怎麼？我前天借給你的那兩本書看完了？」亞差驚詫地問。

「嗯！」

「你真用功，和你哥哥除了外貌相同外，簡直完全兩樣。」

「可是我再也不能進學校了！」小猴低下了頭。

「小猴，別難過，只要我們肯用功，一定會有進步的。」亞差勉勵地說，「今後你最好多寫些筆記。」

「好。那你以後要多幫助我啦！」

「那當然！」

亞差對小猴的關懷和經常對他哥哥的勸導，他都十分感激，這時他心中更是感到有一種說不出的温暖。

小猴從書店回來後，就坐在閣仔上看書，但是儘管他努力要集中精神，還是心不在焉，腦海中不斷地浮現出哥哥的形象。……

壁上電鐘的時針已指正十一──三個鐘頭過去了，他還看不到十頁書。……

這時候，大猴正從一間舞苑醉醺醺地走出來。外面的涼風使他清醒了點，他盤算着出了糧的二百多元，清還了膳食費和對面士多的香煙汽水錢，以及剛才花去了一些，現在還剩下一百多元。心想：這還可以玩玩。於是他一轉彎，拐入一條橫巷，登樓走進了一家小賭館。……

一轉眼已是十一點半了。大猴慶幸自己的「手氣」真不錯，才下了廿多元注，竟贏了將近兩百元，他打算最多再過半個鐘頭就要凱旋了。

但是，事情沒有這樣便宜。正當他洋洋得意的時候，「手氣」越來越壞了。不一會，身邊只剩下八十元了，他垂頭喪氣地準備走了。忽然聽到有人嘲笑道：「半途退縮，那算好漢。有膽量的再來過吧！」

他受不了這氣，就再坐下，決定再拼一拼。

糟糕！手頭的牌子越來越不像樣，身邊只剩下二十大元了！回去？在當舖間的手錶、衣服，欠大牛的五十元賭債，怎麼辦呢？於是他把心一橫，決定孤注一擲，用這二十元來決定自己最後的命運了！……

深夜十二點多鐘，大猴坐在渡海輪上，身上只剩下幾毛錢了。

今夜，他輾轉不能成眠，腦海就像翻滾着的萬花筒一樣。「完了！完了！……一切都完了！……手錶、衣服、大牛的五十元……病着的老頭子！……哎！甚麼都完了！……」

## (三)

第二天早上，大猴神情恍惚，沒精打彩，連他平日最諂媚、阿諛的「財神」── 出納亞陳的到來也假裝看不見了。大家知道他可能是輸了錢，但沒有人愛去理他。小猴心中悶悶不樂，但也不敢去問他哥哥一聲甚麼。

中午，大猴的父親提了一壺燉好了的雞湯來給他們兄弟倆佐餐。飯後，小猴將昨日領到的一百多元工資，留下十多元作早餐和零用，其餘的都給了父親。大猴上個月只給了父親二十元，這時眼見弟弟拿錢給父親，不知如何是好。當父親問他時，他卻低着頭走開了。

他父親氣得老淚縱橫，許久說不出話來。小猴忍住眼淚和亞差勸着他父親。他父親走時，他望着那瘦骨嶙峋的身子，襤褸不堪的衣裳和那蹣跚彎曲的背影，又不禁酸淚盈眶了。想到父親剛才那蠟黃的面色和不停咳嗽的辛苦樣子，他的眼淚再也忍不住了，就像小泉似地涔涔而下。

「父親和母親是那樣的艱苦，大哥卻那樣狠心，他真不是人！我恨死了他！」

……

大猴從廁所出來，已是下午三點了。廠房中一個人也沒有，原來中午到倉庫去出紙的貨車回來了，有的在對面廠房切紙，其餘的人都出去幫忙卸紙了。

忽然，大猴見到總管亞洪寫字桌的抽屜匙孔掛着一串鑰匙，顯然是他剛才拿賬簿出去點紙時忘了鎖的。大猴拋下手中的報紙，走過去拉開抽屜，看見裏面有一個飽飽的信封，寫着「李鴻生」三個字。他不禁心中一震，連忙關上抽屜。他知道這是前天請了假的小李尚未領去的工資。

這時，他心裏忽然有了個念頭：拿了它，不但可贖回手錶、衣服，還可以清還大牛那五十元債務。不然，這「牛魔王」可不是好惹的，他眼前彷彿又出現了剛才大牛那兇神惡煞的面孔。想着，他一看四周無人，立刻再拉開抽屜，拿了那沉甸甸的信封放入口袋，關上抽屜，又拿起那張報紙闖到後門外邊。……然後，又跑進廁所裏，以為一切都可以放心了。……

「小李的工資不見了！」

「錢不見了？誰偷的啊？」

「……」

外面鬧開了！這時，大猴才若無其事地從廁所出來，聽見亞洪胸有成竹地說：「大家別吵！總之錢是不會自己有腳跑掉的，哪個拿的識相嘛就自己認出來。不然……嘿嘿！好戲還在後頭呢！」

## (四)

已是深夜十二點多鐘了，到處一片靜謐。小猴躺在床上，翻來覆去，兩顆眼珠圓溜溜地望着一片漆黑的四周。他腦海中像有萬頃的驚濤駭浪在翻騰着，心中更像糾結着一團解不開的麻繩，一個難題正苦惱着他。

下午，他在黑暗的小紙倉中疊紙，哥哥所幹的一切，他都看見了。現在，是揭發哥哥，還是幫哥哥隱瞞呢？哥哥這種行為是不可原諒的，但到底是自己的親哥哥啊！如果說了出來，不知哥哥會受到甚麼樣的處罰？他越想越遠了。

……三年前，他小學畢業後，由於父親的第二期肺病更加嚴重，家境更為困難，他就被迫輟學出來做工了。他們一家住在一間破木屋，母親要拋下三歲的妹妹去當倒垃圾的清潔工人，還要每日拿些膠花回來和父親做。而他九歲的弟弟也要出去拾破銅爛鐵，賣給收買舖來幫補家計。

父親認為再辛苦也應給他大哥繼續讀書，免得再吃文盲的苦。哥哥也很用功讀書，成績有很大的進步。

一家就這樣安安靜靜地過了一年，儘管生活清苦一點，但一家大小倒和和睦睦，其樂融融，怎料，不如意的事發生了。他哥哥不知在甚麼時候，經常和一些不三不四的人來往，整天在外面胡混，看電影呀、開「派對」呀……，很晚才回家，功課跟着也一落千丈，而服飾也跟着越來越不像樣。

不久，他哥哥更學會了抽煙、喝酒和賭錢。

一天傍晚，父親忽然發現家中僅有的五十塊錢竟不翼而飛，就叫大哥來盤問，但大哥死不承認。父親氣得渾身顫抖，拿起雞毛掃要打他。

「我是拿的，不是偷的！」大哥竟這樣大叫，還把父親手中的雞毛掃搶去折斷。然後怒氣沖沖地出門去了。

第二天，一家人到處去尋找大哥，父親到學校去查問，原來他已沒有回學校好幾個月了，學費也沒有交！父親氣得老淚縱橫，他後悔自己枉費了一片心機。大哥在這家學校不但學壞了，而且以為自己多識了幾個字就了不起了，就看不起父母；在同學面前，他為自己有這樣一個貧苦的家而感到慚愧，更認為不屑有一個當「垃圾婆」的母親。

兩天後，父親才在一個菜市場找到大哥。

書是不能再讀下去的了，但是總不能整天游手好閒，所以，他大哥和他就進了這家紙品廠工作。進了工廠後，起初他大哥的行為較為收斂了一些，但不久又故態復萌了。……

小猴想着，說不說出來呢？如果不說出來，豈不是令哥哥泥足越陷越深，將來更無回頭之日？

「不行，不行！要說，要說！一定得講出來！」小猴在心中喊道。一會，他也就矇矇矓矓地睡着了。

……

翌晨小猴醒來時，亞差和大B也都起來了。小猴走到哥哥的鋪位叫哥哥起床，可是當他掀起棉被時，見到裏面裹着的是枕頭，哥哥已經不知甚麼時候走了！

小猴連忙問亞差他們，但大家都說沒有見到。人們正在陸續起來，這時候都吵開了：「大猴跑了！」

「看來錢一定是他偷的！」

「是呀！作賊心虛嘛！……」

小猴一時真不知如何是好，心裏又氣又急。不久，他才猛醒地拉出他哥哥的那個手提紙箱，打開一看，幾件較好的衣服都不見了，裏面也沒有錢或甚麼值錢的東西。只在亂紙堆中找到一張收音機的押票。原來，前月大B那個不翼而飛的收音機是被大猴偷去當了的。大B一見到這張押票，就搶過去指手劃腳地叫了起來：「哎呀！這隻馬騮精竟連我的收音機也偷去當了。好！小猴，你得賠我錢！……」

正在這個時候，廠長和亞洪來了，一聽說大猴逃跑了，亞洪就說：「我早就知道錢是他偷的了！」

接着，他和廠長咕嚕了一陣，決定大猴所偷去的那筆錢以後在小猴的工資扣回。

小猴走出街道上，出神地望着街尾的轉彎處，好像用眼光在搜索哥哥的身影似的。不知不覺地他眼角又嵌上了兩顆豆大的淚珠，他連忙把它擠掉，怕給別人窺見。一場風波總算是過去了，小猴的心房也亮堂得多了。他在心裏對自己說：「以後再也不掉眼淚了！」突然，一隻有力的手搭在他肩上，他吃了一驚，猛地一回頭，立即遇到了亞差那溫和鼓勵的眼光。……

街道上仍然是那樣的頻繁，行人如鯽、車水馬龍。大猴在街上踱着，好像在大沙漠中跋涉一樣，每一步都覺得那樣艱難、吃力。

來到了十字街頭，大猴剛要踏上通往木屋區的小路，但又一想：怎樣向老頭子交代呢？那麼應走哪條路啊？一陣涼風迎面而來，不禁使他打了個寒噤。回想起自己二十年的光陰，一瞬間就像涓涓的流水似的無情地逝去了，他心中不知是甚麼滋味，是辛酸？是痛苦？是怨恨？還是後悔？他一時也找不出答案。忽然，他看見街邊正坐着一個披頭散髮的流浪漢，一個念頭立即從他腦海中掠過：

「難道這種命運在等待着我？！」

他的心不禁猛地一顫，眼前的雲翳越來越濃了。……

# 與我偕行 —高翔

**選自** 《青年樂園》，第287期，1961年10月6日。

## 作者簡介

高翔，原名犁中明(1933-)，常用筆名有犁青，福建安溪人。其筆名眾多。1944年至46年間，居住於大陸期間，曾使用的筆名有：李犁尼、丹笛、徐彥、艾森華、尼古拉、碧波、魯茅、牧軍、莎菁、阿尼等三十多個，詩文刊載在《星光日報》、《中央日報》、《閩南新報》、《安溪民報》等。與文友、詩友來往時，自稱徐彥和犁青。

五十年代至七十年代，他又使用犁莎、李青、馬波、邵彥及、高翔、羅丁、丹青、丹娜、汪辛野、陳納、阿犁等三十多個筆名先後在香港的《文藝通訊》、《新詩歌》、《新青年文藝叢刊》、《華商報》、《正報》、《華僑日報》、《文藝世紀》、《文藝報》 等發表作品；期間又曾在印尼、菲律賓的《生活報》、《印華文藝》、《華僑導報》、《經濟導報》、《星光日報》等刊物發表作品，可謂作品遍及國內海外。

1950至1960年期間，犁青移居印度尼西亞，與父母及弟妹團聚，並在僑校任職。期間他積極參加各種文學活動，也因應時局的要求，負責編寫中國近代史、印尼歷史、地理及青年修養等學科教材。此外，為臻文化事業，他惡補印尼語，後投入翻譯工作，同時也發表大量作品，以詩文著稱。1981年在香港定居。[1]

## 賞析

選文〈與我偕行〉主要以女主角「我」的視角，書寫出一對青年男女的豆蔻之戀。故事開始講述第一天投身社會工作的「我」，正徘徊在熟悉的上學路上。原以為「我」只是在緬懷逝去的學習生活，但透過「我」的穿插回憶，才知道女主角其實在思念和惋惜那位數年來默然相伴上學而始終未有相識的「他」。女主角「我」一直暗自期待男主角會像往常一樣再次出現或等在那條她們相識的路上，但作者並沒有循此套路，而是安排「我」悵然有失地以為友誼將消逝。下班後，女主角赫然發現在等待情人的人群中，有那雙熟悉的眼睛。當女主角想到男方應該並不知道自己在那裡工作，他等待的也未必是自己時，「我」傷心地奔離。良久，才發現他又重新默默地一直跟在「我」的身後。當大家都以為男女主角會主動打破緘默相識，有個完滿結局時，作者再讓人意外地安排「我」終於忍不住質問男主角跟着自己的理由，而男主角以溫婉的語言和行動向「我」表明，他願意當她卑微的守護者。這讓女主角感動不已。故事最後，二人始終沒有真正相識，而是寧靜、安祥地相伴走着。小説寫的青蔥愛情，今天看來或許過份含蓄，但放在沒有電話、互聯網的時代，則不無合理。此外，小説尤見工筆的是在描寫情竇初開的女主角既期待又怕受傷害的心理。整體而言，小説的節奏徐疾有致。

今天應該又是學期開始的日子了，漫長的暑假已經結束。在我來説，卻恐怕今後永遠再也沒有這樣長的假期，因為我的學生生活早在開始放暑假的第一天就結束了。我整整用去了一個暑假的時間找尋職業，總算找到了一個百貨公司售貨員的職位，今天就要開始工作。

我踏出家門的時候，穿的是長袍，不是白色的繡有校章的衫裙；手挽着的是一個輕飄飄的手袋，而不是沉甸甸的書包；我現在要走去的不是狹小的學校，而是寬闊的社會。

這幾天都斷斷續續的下雨。剛才還下過一場小的，雨水沿着斜坡淌下去，馬路給一層薄薄的「溪水」蓋住，濕漉漉的要很小心一步一步跨過去。用這樣的速度行走，要七分半鐘才能夠走完這條斜路，到達跟從左邊伸過來斜路匯合的交點。我一點也不會弄錯，將近兩年了，我每天上學都把時間計算得很準確，已經成了習慣。拐過一個小彎，我可以看見左邊那條斜路，路上空蕩蕩的沒有一個人。我習慣地放慢了腳步，習慣地抬起右手，看看腕錶。

時間是九點四十七分。怎麼？我再看一次，的確是九點四十七分。我不自覺地停下來，再望望左邊那條斜路。……唉，我真糊塗，我今天又不是去上學，走到這個交點的時候當然不會是慣常的八點零七分啦！我，我為甚麼要放慢腳步？我等待甚麼？雖然兩條路上都沒有人，我覺得我的心事已經給別人看破了，怪難為情的，三步兩步走過了那個交點，眼睛極力避免向左邊那條斜路望過去。

習慣了的東西是難以擠除的，我終於回過頭去望一望那一條路。路上的確是空蕩蕩的沒有一個人。以前，我會把腳步再放慢一些，故意讓他追上來，讓他「偶然地」在我左邊或右邊一直陪我走到學校。

他是誰？我不知道。雖然我不能夠否認我們是「熟人」，但是，除了知道他是鄰近球場旁邊那間學校的學生以外，我是一無所知的。

我每天早上總是一敲過八點鐘就走出門口去上學，每天都走同一條路——其實也只有這一條路，走到斜路交點的時候總要向左邊望一望，看看有沒有車輛竄出來。不知道從那一天開始，我發覺到當我望過去的時候，我就會望見他挾着書本走過來。他的時間跟我的時間一樣準確，我一定會望見他；當我走到交叉點，他一定穿過了馬路踏上行人路恰巧就在我身旁。我走我的路，他走他的路，走到我的學校門口，他就穿過馬路轉到右邊去。

不論是春天、秋天，也不管是雨天、晴天，只要不是學校放假的日子，我們每天都有十分鐘到十一分鐘同路並行。我不認識他，他也不認識我，所以我們互相沒有招呼更沒有交談半句，只有在他走過來的短短一瞬間，我們的眼光會相遇一下。當他走在我身邊的時候，我沒有轉過臉去看看他，我從腳步聲知道他靠近我的左邊還是右邊，他不會落在我的後面，也不會搶在我的先頭。一兩個星期，兩三個月……三個學期過去了。我們每天默默相望一眼，默默同行短短的一截路，已經成為一種不可摒除的習慣。

有一天，我依着固定的時間走到斜路匯合的地方，沒有看見他。那時候，習慣還未牢固地形成，我只畧畧感到奇怪，他今天為甚麼特別早上學，就仍然繼續走自己的路。不多一會，我聽到後面有急速的腳步追上來，追到我身邊，我感覺到那是熟悉的腳步，是他。走到學校門口，果然是他，穿過馬路轉到右邊去，像往常一樣自自然然地消失在彎角那邊，並沒有回過頭來。他為甚麼要追上來，卻又不追過我的前頭？他並不特別要趕時間。那末，是為了跟我並行一段路嗎？多麼有趣！可是，當他追上來以後，為甚麼我能夠準確無誤的判斷出追上來的就是他呢？這就更加有趣了。

經過這一次，我對這個奇怪的「約會」漸漸發生了濃厚的興趣。我要試探一下。我特意延遲了三分鐘才出門口，沿着斜路走到將近交點的地方，我看見他站在那裏，望着腕錶；他抬起頭來，我們的眼光相遇了。我再走了兩步，他跨過馬路，踏上行人路的時候恰巧就在我身邊。我看見他的眼光裏有一句話要問我，但是他沒有問我，只是默默地在我身邊走着。

我們只是偶然在路上一起走着，像隨時隨地會這樣並行着走的千千萬萬的人一樣。然而，既然每天都是這樣，那就不是偶然的了。似乎我們之間已經有了協定，當某一個稍稍趕不及抵達的時候，先到的就得放慢腳步讓遲到的可以追上來。試過幾次，我看見他焦急地望腕錶，我就覺得抱歉；當他遲到的日子，我也看見他用一絲極輕微的笑意來表達他的歉意。

去年冬天，有好幾天我沒有看見他。我每一天都走得很慢，留心聽着後面追上來的腳步聲。我走到學校門口，在那裏徘徊着，等到最後一分鐘，仍然等不到他。同學們問我等甚麼，我說不出來。我怎能告訴他們，我在關心着一個還未相識的男孩子？我事實上是深切地關心着他，我每天都懷着希望離開家門，希望會看見他。一直到五天之後，我又遠遠地看見他站在那個地方，我裝作沒有看見，他應該知道，這樣無緣無故「失約」是多麼不夠朋友。但是等我一看到他的抱歉的笑意，我的怒氣又消散了。只是這樣看一眼，我發現有些不尋常，我破例再看一眼，他的臉瘦了一點，憔悴和疲怠還未退盡；他病了幾天，今天剛剛復原，一早就在那裏等我了。我不知道他從我的眼睛看到甚麼、看到多少，我看見他感謝我對他的關心。

我們的相遇，我們並肩同行，從此增加了一絲絲溫馨，一絲絲甜蜜。

然而，好景不常，我們不再相遇了。從他手挾着的書本，我早知道他也是今年畢業的。讀書的時候，我不打算結交男朋友；現在出來做事了，我可以認識他，願意跟他開始做朋友。但是，他是誰呢？他現在在甚麼地方呢？

我在踽踽獨行，他在甚麼地方？也許，他進了大學。也許不會吧，左邊那條斜路上都是跟我們一樣的普通人家，他大概沒有這樣的好運氣。我仍然希望他有機會上大學。不過，上學的時間比我上工的時間要早，我們沒有機會遇見了。也許，他像我一樣也開始走出社會了，這樣，我們的環境、地位都差不多，交朋友的可能性會高一些，可是，辦事的時間不同，我們相遇的機會仍然很微；今天沒有遇見他，以後我走到斜路匯合點的時間都像今天一樣，以後又怎會並肩同行呢？

暑假當中我經過這個地方的時候，我並沒有期待，因為我仍然意識到暑假過去以後才會跟他相遇，到今天我才真正體味到結束了學生生活之後，生活有了多麼深刻的變化。「本來會認為是平淡無奇的東西，到失去了的時候才發覺到原來是那麼珍貴！」

……我度過了手忙腳亂的第一天。到晚上九點鐘，已經疲憊得要軟融，要坍塌一樣。顧客漸漸離去了，我才稍為「清醒」一點，留意到女孩子們吱吱喳喳地談論着，互相取笑着：今晚輪到誰來接誰放工，今夜有多少個「跟班」？我覺得她們都是太無聊。換衣服的時候，公司門口總會聚集一羣男孩子，他們各自找尋一個「目標」，厚着臉皮走上來打招呼；或者挑定目標之後，天天借着買東西來套交情，套上了交情的就等在那裏陪女孩子回家。

有人說他們不要臉，有人誇誇其談以有「跟班」為榮，有人仍津津樂道地談笑。有人說，儘管我是今天才上班，不出三天，一定會有人追上來。管他，追上來我不會害怕，我也不會理睬；聽她們說，這些男孩子絕大多數是「白領」，苦悶的獨身漢；我覺得他們不會是壞人，可是作風卻的確太無聊。

我的估計幾乎完全錯了。我想像不到，等在門口的男人竟然會有這麼多。對我來說，這真是奇觀：這一個從十碼以外興沖沖走過來，這一個聚精會神在搜索，這一個一手挽住他的女朋友就湊過去在耳邊喃喃訴說些甚麼，這一個露出特別謙恭的笑容小心翼翼地迎上去；這一個的神色由焦急迅速轉為沮喪，然後懊惱地走過馬路……。還有這一些，三三兩兩站在一起低聲談笑，眼光瞟來瞟去。

最後這一種算是獵人？還是鑒賞家？我感覺到他們的眼光是最特別敏銳的。我是今晚剛出現的新「目標」，要黏到我身上來的可能性就是這一些吧。我挺直腰抬起頭走過去，堅定地直望住他們，看他們當中有誰敢來惹我！

一個，一個掃過去……我遇到一雙特別明亮的眼睛。是他的眼睛！他的打扮也跟以前不同了，齊齊整整，淺藍色的西裝，灰色夾雜着一絲絲深紅線的斜間領呔，金光閃閃的呔夾，看樣子也是踏進了社會。我從他身旁走過，他雙眼怔怔地望住我，嘴角上還留着一絲來不及完全收回去的笑意。

是他！站在這裏無聊地等待着。他並不是在等待着某一個人，卻等到了我！

不，我不願意這樣就給他等待到，因為他晚上跑到這裏來，根本就不是存心要遇見我。他不可能是今晚第一次跑來，更不可能知道會在這樣的情形下遇見我。

兩年來的相並同行，只是偶然。至少，在我看來是這樣。但我為甚麼在走到那個斜路交點的時候還會望一望腕錶呢？我為甚麼還要有所期待呢？

我不敢回頭去看，擠在人流當中轉出電車路，擠到更熱鬧的人流當中去。我怕發現他會追上來。

他已經變了。跟他站在一起的是些甚麼人呢？他們會把許多東西教給他，他已經曾在街頭對素昧生平的女人評頭品足了。多可怕！如果他真的追上來，就證明了他已經把我一向熟悉的拘謹和純樸都拋棄了。我應該遠遠避開他。

我竟然走到相反的方向，家在山坡上，卻走到海邊來。沿着海堤走過去，雨後的海風帶來初秋的涼意，吹散了一整天的昏亂。我雖然疲倦，但是還不急需回家躺上床休息；如果一放工就回家休息，我的生活豈不是變成了只是出售十打八打手帕、六七十條毛巾？生活當中應該還有別的東西，別人不應該只是為了我會出售毛巾、手帕才需要我的。

我想得太遠，也走得很遠了。我向原路走回去，經過百貨公司那條街口，人早散盡了；再走過去，店舖都關了門，行人只有疏疏落落的三幾個。雖然我不害怕，但總覺得寂寞，經過一條小街，路更靜人更稀；秋意更濃了。

我卻跨出馬路，眼望着斑馬線，我看見在自己長長的身影旁邊，有另外一個長長的身影在後面伸出來。我還沒有轉過頭去看，從熟悉的腳步聲我知道是誰跟上來了。

他又默默地在我身邊跟我一起走着。

這一段路，幾乎每一步都是熟悉的，每一秒鐘都是曾經精確地計算過的。他當然知道我必定要走這一條路回家，所以預先在街角等候着的？這樣說起來，他還沒有變得很多。

他這樣默默地走着，往日的一絲絲溫馨和甜蜜都在回憶中泛起來了。在幽暗的路燈下，在晚風當中，我感到不足；僅有回憶裏邊的一點點溫暖，又何必依戀期待呢？

他只像以前一樣默默地在我身邊走着，使我生氣。他為甚麼不開始跟我談話？他可以這樣開始：「我們可以說是老朋友了，但是，我不知道小姐貴姓。」我就可以告訴他，然後問他，他把姓名告訴我，然後，我們就會自自然然地談到我們當初是怎樣相遇。我會問他，那一次他害的是甚麼病，會讓他知道那時候我怎樣關心他惦記他。我又會告訴他，怎樣故意延遲上學；他就會告訴我，那一天他是多麼焦急地等候⋯⋯。

只要開始談起話來，一定有許多話可以談，我們的工作啦，我們的家庭啦，我們的興趣、嗜好啦⋯⋯越談越多，這短短的一段路程就不夠時間了；我們就可以從我放工的時候開始並肩漫步，我們就會有更長的時間互相陪伴着，我們也許會更長久更密切地一起走過人生的長途。

也許，他沒有勇氣開始。假如他有勇氣，早在我上學遲了出門的時候，他就應該會問我了。很簡單，只要說一句「八點十一分了」，我相信我願意找一句話來回答，至少也會點點頭或者笑一笑來表示我的歉意的。這樣，我們的約定就明朗化，何必等到今天！

我真的非常生氣，不止是為了他沒有這樣的勇氣，實際的原因是，他居然有勇氣站在百貨公司門口，他並不打算從我開始。既然這樣，為甚麼還要厚着臉皮跟上來呢？我想，我要不要開口問他：你是幹甚麼的，幹嗎老跟着我！

這樣問他，他會不會趁機會搭上話來呢！

不會的。很可能給我這樣問一句，他就覺得不好意思，掉轉頭走開。於是，我的怒氣就會消散了。然而，我隱隱約約在期待中的事情也永遠不會發生了。

我還在考慮。兩條路分開的地方卻已經在眼前，我放慢了腳步；他本來比我稍稍高一點，但是他的影子跟我的一樣長，我知道他是在垂低頭，但不知道他是在沉思，還是在感到歉愧。這兩個影子就要分開了，還有機會一起印在這條路上嗎，將繫於我要說出來的決定性的一問。

可是，路走完了，我不能停下來，我已經踏出馬路，只能夠挺直腰跨過去……終於，在斜路上只剩下我自己的孤零零的影子。

很難說，這時候我所感覺到的是失望？還是空虛？一陣沉重的疲倦壓在我的身上，沉重得使我拖不起腳步。

僅有的一絲溫馨和甜蜜都在那地方被遺棄、被埋葬了，我竟然傷心起來，淚水在眼眶裏運轉。我不能強迫自己不回過頭去憑弔一下。

透過一層水膜，一切看起來都是鬆散的、矇矓的；矇矇矓矓的一個人站在那個地方，左邊那條斜路上沒有人在走動。算了，即使是他還站在那裏，又有甚麼意義呢！這件事已經結束了。我繼續走我自己的路，一兩句淒怨的詩句在腦海裏浮起來：「我……偶爾投影在你的波心。你記得也好，最好你忘記！……」我會花很長時間努力去忘掉。

突然，我看見他的影子在我身邊。這一次我完全沒有感覺到他的腳步。在這段路上我沒有養成過習慣，這一段路不是我們並肩同行的地方。

我站定了，對他說：「你究竟為甚麼還要這樣跟着我！」

他抱歉地同時又是誠懇地望着我，說：「我並不是要給你帶來麻煩。只是，上面沒有街燈，路很黑。」

淚水再一次充盈我的眼眶。他並沒有等待我會感謝還是拒絕，就默默地繼續往上走去。

我輕輕抹掉淚水，默默地傍在他身邊，寧靜而且安詳地慢慢走着。……

[1] 卡桑編：《犁青作品評論集下編》（香港：香港文學評論出版社有限公司，2014），頁364-382。

# 文學（二）詩專頁、蓓蕾、萌芽

《青年樂園》的詩專頁版，其實是第103期（1958年3月28日）才創立的版面。最初大約每月刊出一次，其後應讀者要求頻率倍增（即每月兩次）。若從作品的數量和質量看來，可以說詩專頁版的文學水平其實是力有不逮的。所以今天能選出來還值得一讀的作品並不多。

蓓蕾版和萌芽版則是由1957年1月5日，第39期開始創立，改版自早前《青年樂園》的讀者樂園版。這兩個文學版面，一開始即有清晰的分工：蓓蕾版主要刊登專上學生的作品，萌芽版則主要刊載中學生的作品。為了加強對學生寫作的指導，萌芽版到了1958年5月5日，第108期起，每期開始闢欄評論和點撥學生的作品，並提出改善寫作技巧的方法。此外，一個有趣的現象是：《青年樂園》的各個版面均會撥出部份的欄位來刊登廣告，但只有萌芽版例外。這種持續多年的獨特編輯方針，體現了《青年樂園》仝人希望更加純粹和集中地向起步階段的學生灌輸知識和文化。

總的看來，蓓蕾版作品的文學和藝術性要比萌芽版上的高；而詩專頁、蓓蕾版和萌芽版這三個版面的作品，其文學和藝術性又要比前文介紹的沃土版和大地版上的為低。所以這三個文學版面的作者，能在日後成為名作家的並不多見，也由於水平較低，能被選編到本書的篇章亦較少。

萌芽
詩專頁
蓓蕾

# 早晨第一課 —荃灣教師．朱同[1]

**選自** 《青年樂園》，第129期，1958年9月26日。

## 賞析

選文是阿濃參加《青年樂園》1958年第一次詩創作比賽獲得第一名的得獎作品。作者投稿時註明自己的身份是教師，詩作亦融入此身份，詩的第一節道出一個有愛國熱情的教師想要對學生說的話。詩的第二節則再說明了這位老師對學生的期許。詩整體看來，熱情昂揚。正如阿濃自己日後回憶指，《青年樂園》比較重視健康的思想。[2]故這首他得獎之作，充分能展現《青年樂園》的編輯立場。

我要講中國人民多智慧，
古往今來對世界文明多貢獻；
我要講真理從來勝強權，
歷史「和平」二字最珍貴，
戰爭使血和眼淚流成河。

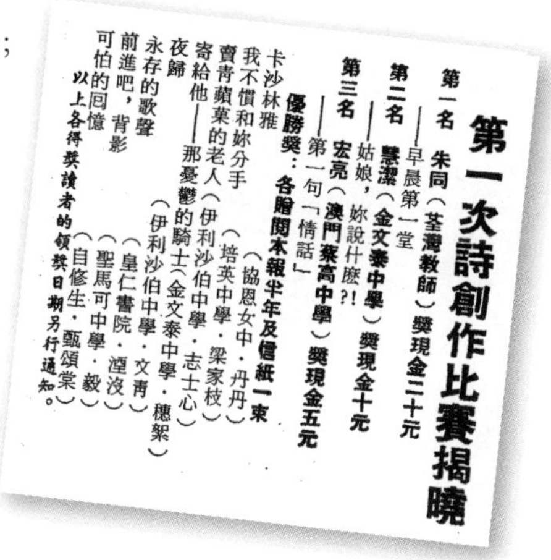
第一次詩創作比賽揭曉
第一名 朱同（荃灣教師）獎現金二十元
——早晨第一堂
第二名 慧潔（金文泰中學）獎現金十元
——姑娘，妳說什麽?!
第三名 宏亮（澳門蔡高中學）獎現金五元
——第一句「情話」
優勝獎：各贈閱本報半年及信紙一束
卡沙林雅（協恩女中．丹丹）
我不慣和妳分手（培英中學．梁家枝）
賣青蘋菓的老人（伊利沙伯中學．志士心）
寄給他——那憂鬱的騎士（金文泰中學．穗絮）
夜歸（伊利沙伯中學．文青）
永存的歌聲（皇仁書院．湮沒）
前進吧，背影（聖馬可中學．毅）
可怕的回憶（自修生．甄頌棠）
以上各得獎讀者的領獎日期另行通知。

對着你們——人類的花朵，
熱烈的期望發自心窩；
願你們能創作美妙的藝術，
願你們能制服兇惡的病魔，
願你們能控制善變的氣候，
願你們能征服神秘的宇宙。
想你們定不會使我失望，

一定能認真學習、努力向上；

只要你們記得——

成千上萬的孩子還被拒絕在學校門口，

你們就不應再有一丁點兒的懶惰。

1 作者朱同，是阿濃的筆名。詩歌得獎者揭曉通告中「早晨第一堂」應為「早晨第一課」，是當時的排版錯誤。

2 阿濃：〈我與《青年樂園》〉，頁2。

# 那有甚麼要緊呢？ —溫乃堅

**選自** 《青年樂園》，第304期，1962年1月26日。

## 作者簡介

溫乃堅（1942-），又有筆名海男，廣東肇慶人。主要作品有《溫乃堅詩集》。[1]他是最著名的倪匡迷，也由於他的剪存稿，才有明窗出版的倪匡小說。甚至倪匡的科幻小說《天書》，也受啟於溫乃堅先生。[2]

## 賞析

這是一首情詩。多少有點浪漫主義色彩。詩人將情人「你」分別與星星、月亮和太陽比況，襯托出「你」在「我」心中的無可比擬。此詩也有別解：其中所謂的「星星」、「月亮」、「太陽」，其實亦可視作是取材自徐速六十年代最受歡迎的連載小說作品《星星．月亮．太陽》。三者分別象徵的是三種不同性情的美女。而敘事者卻在文中說，在他的心目中，「你」要比她們都美。有了「你」即使是美如徐速筆下三位不同性情的女主角，也不重要。

縱使銀河裡的星星都隕落了
急墮入宇宙間無邊的黑暗裏
那有甚麼要緊呢？
只要一看見
　　你底閃亮的眼睛
我便忘卻了星星

縱使月亮脫離了地球的吸力
疾飛向宇宙無盡的縹緲處

那有甚麼要緊呢？
只要一撫上
　　你底柔和的臉頰
我便忘卻了月亮

縱使太陽裏的火焰都熄滅了
凍結在宇宙間死冷的氣流中
那有甚麼要緊呢？
只要一貼近
　　你底熾熱的心
我便忘卻了太陽
……
那有甚麼要緊呢？
那有甚麼要緊呢？
只要
　　你在我身旁
我便不需要
　　星星
　　月亮
　　太陽

---

1 方光輯錄、淩亦清整理：〈香港作家筆名別號錄（六）〉，《文學研究》，2007年6月30日，頁190。
2 衞斯理（倪匡）：〈後記〉，《天書》（香港：

# 孩子 —蘇浙公學・溫健騮

**選自** 《青年樂園》，第137期，1958年11月21日。

## 作者簡介

溫健騮（1944-1976），筆名包括：石衣、馬清如、徐醒吾、默娘、林行雲、徐一雲等。廣東高鶴人，5歲來港。1964年台灣外文系畢業。在台期間於《文星》等刊物發表詩作，早期詩風頗受余光中作品影響。回港後，作品大多發表在《中國學生周報》，並為該報撰寫論詩專欄，故創作尤以詩著稱。1968年，獲邀參加美國愛荷華的國際寫作計劃。1970年獲愛荷華大學文學碩士學位。1974年，曾先後在《今日世界》、《時代生活》擔任編輯。1975年和朋友創辦了《文學與美術》，希望推動香港文學與美術的發展。1976年6月，不幸因癌症不治逝世，年僅32歲。[1]

## 賞析

這首短詩，可以想到的是一個尋常的場景：當你手抱一個小孩時，他卻正抿着嘴、眨着眼。這時我們會逗趣地問尚未懂回答問題的孩子一些問題。詩歌雖然意旨明確，但在結構和形式上卻值得留意。全詩以疑問開始，疑問結束。作者先由「做甚麼」的疑問帶出，一個「抿着小嘴」、「眨着眼」的小孩。然後，再以設問來揣摩孩子的表情是怒了，還是其它原因。突然，他想到孩子可能是在鬧別扭。於是，作者便以長輩的身份勸戒他不要鬧別扭。因為當生命的列車由總站開出，即當孩子踏上路途時，將可能會走上了崎嶇的路途。最後詩歌以溫婉的疑問「你明白嗎？」呼應前文，且留下餘韻。

全詩在節奏和分行上，也值得細味。第二句的跨行句「孩子」空出三格，拉長了節奏，也拉長了疑問的思考空間；及至第六句跨行句「孩子」則只空出一格，因為經過揣摩推敲，作者突然想到小孩抿嘴、眨眼是因為鬧別扭。故即向「孩子」道出了長輩一連串的勸勉。因此令詩歌能緊扣題目。而詩歌富有張力的是，孩子是初生的嬰孩，應是充滿希望和活力；但作者又點出未來並非坦途，故現在不應抿嘴，因為未來可能抿嘴的地方還多，其中又不無悲觀和憂慮。以一篇中學生作品來說，也見詩人的早熟。

做甚麼？

　　　孩子

抿着小嘴，

眨着眼，

是怒？是？

　孩子，

不要再鬧別扭了；

看！那生命的列車

　　又從總站開出

明天，就得要走上

那崎嶇的道途了，

　孩子，

你明白嗎？

[1] 劉以鬯編：《香港文學作家傳略》（香港：香港市政局公共圖書館，1996），頁55。

# 山頂記事 — 范劍[1]

**選自** 《青年樂園》，第539期，1966年8月5日。

## 賞析

本詩序言所說的「八十年來最巨大暴雨侵襲」，的確真有其事。詳見本書97頁，不贅。

這首詩據序言說是由一個少女的日記改編而來，不論事情孰真孰假，由詩句的內容看來，可知那是寫一個不知人間疾苦的千金小姐對雨災的看法，當中充滿諷刺意味。因為對於這位千金小姐來說，暴雨只是借債的人、大阿飛、壞醫生、偷懶的傭人、甚或是令她的派對乏人參加的破壞者。此外，作者也藉少女的視角和口吻，諷刺她一家醉生夢死的生活。因為災害過後，她想到的第一件事是要父親給她買下一架直升機。

六月十二號，香港遭逢八十年來最巨大的暴雨侵襲，山上山下，頓成澤國，災難深重。本港曾特派直昇機載運物資飛赴山頂援救。數天後，筆者隨記者黃君攀登山頂探訪，拾得少女日記數篇，漬痕處處，戲改為怪詩一首。

暴雨——
你這討厭的借債鬼
已經關緊了門
你拼命拍門
已經關閉了窗
你大力敲窗

暴雨——

你這頑惡的大阿飛

推倒圍牆

弄翻汽車

折斷纜車路軌，那不關我的事

暴雨——

你這假正經的壞醫生

你禁止爹哋應酬、鬧酒、玩保齡球

你不許媽咪出去大戰方城鬥智慧

爹哋關在家裏三天老嚷血壓低

媽咪終宵在床上輾轉患失眠

暴雨——

你這「蛇王」的女傭人

我們吃不到鮮美的牛排、豬排、雞、鴨、青菜

我們嘗不到「新奇士」」、啤梨和提子

還有雪糕、汽水、巧克力

最斷癮，我的「派對」只有花貓做客人：

然後——

偉大的直昇機來了！

借債鬼早就給嚇跑了！

大阿飛被捉將牢裏去了！

壞醫生被乾脆趕跑了！

懶女傭被立刻辭掉了！

偉大的直昇機
你比聖誕老人來得更合時宜！

據說——
暴雨過後山下多奇景
幾十輛汽車堆疊似積木！
幾百條馬路，濁流滾滾如江河！
幾千間木屋倒塌像破火柴盒！
幾萬災民回到人猿時代去！
我失去了一次觀賞的好時機
爹哋，我們甚麼時候買架直昇機？

[1] 作者范劍，為海辛（1930-2010）的另一個筆名。

# 自己集 —協恩中學．藍子[1]

**選自** 選自《青年樂園》，第49期，1957年3月16日。

## 賞析

以下所選的詩歌是西西中學時代的作品。詩名是「自己集」，所記錄的、所説的大概是西西的自我審視。詩的第一節，敍事者一副自我否定的意味，但詩句卻同時指出自己是忠實和懶惰的；而詩的第二節告訴讀者一個孤單的人最珍惜的是自己和影子的友誼，因為彼此都是寂寞的。但詩句中所謂的友誼，實際上卻強化了敍事者的孤寂。詩的第三節，談到了主角不會因為悲痛失落而眼紅流淚，卻因學會了思想，懂得了憤怒而眼紅。而眼紅，在這裡不一定和悲切有關。因為詩中的主角同時指出「憤怒點燃了心靈的燈籠」。也就是説憤怒讓自己心理有了光、有了方向。第四節作者寫夢中希望和墮落相隨。最後警醒自己勿為世俗和名利墮落、妥協，否則後悔終身。詩的最後一節，鬥志更為昂揚，點出自己雖然會困惱和遺忘，遺忘也等於毀滅，但仍堅持在毀滅上創造，相信那是人生的希望和真理。綜合而言，詩的各節寫出了主角在面對自己的缺點、孤寂、憤怒和困惱等負面情緒時，總體上卻是怡然自處、樂觀積極的。

(一)

我對自己忠實

但是，我懶

有時候，我還是

懦弱

我不慣於沉默

我也不喜歡無言

我不想說我聰明

因為我是愚者

我不想說我能幹

因為我屬於低能

(二)

我有一個朋友

是我的影子

我珍惜我們的友情

因為，它沒有朋友

它是孤獨的

我有太多的朋友

而我依然孤獨

燈下，我們正好

談談已往的故事

(三)

我會眼紅的

不是流淚

也不是悲痛的一份失落

而是由於憤怒

點燃了心靈的燈籠

我珍惜憤怒

不管那是對或錯

因為我學會了思想

(四)

我會做夢的

夢見許多天堂

希望和理想

但是，我也夢見

我被惡魔追踪

被虛榮征服

被妒忌引誘

剩下來的是後悔

深痛和幽悒……

(五)

我也有困惱

我也會遺忘

遺忘在我是毀滅

我把創造

建立在毀滅上面

由於破壞，我創造

新的希望，向希望走

希望就是真理，我相信

[1] 作者藍子，即著名作家西西中學時代的筆名，介紹詳見本書第210頁。

## 文社作品選

# 賞析

《青年樂園》的編輯會不時開放版面讓讀者參與編務。總編陳序臻回憶說：「60年代文社興起，於是把部份不同的版面交給不同的文社包下來，他們的朋友互相介紹，發展了讀者。」[1]文社是六七十年代香港青年人的文藝小團體式組織。據文化人吳萱人先生的統計，在六七十年代，香港青年的文社約有至少362間，[2]可見文風之熾熱。這和香港當時位於「冷戰」的邊陲，左右政治的互相對峙，各方為了吸納支持者，辦了近三百多種報章、雜誌等。當時的青年人之所以成立文社，其實是學校以外，側重個人成長，希望聯合志同道合的朋友，互相鞭策、支持及日後聯合結集，增大影響力。[3]那麼它和我們今天所熟知的協會有甚麼分別呢？「協會可能是較成熟夠信心把團體名義放在與社會上其他文藝團體平起平坐，可能正式完成法律註冊社團手續，組織規範化，有常年計劃運作，出版代表性的機關刊物。」[4] 由於《青年樂園》是一份青年刊物，所以仍不可避免地和當時青年學生的社會政治相關。

青年樂園

讀者社

夢幻的樂園

渡船上的歌手

一個鬧鐘的自述

詩選

流螢集

[1] 朱鑑泉整理：〈向「青樂老鬼」取經座談紀錄〉，《有關「學生時代」改革第一號通訊》，第1期，1986年6月2日，頁2。由於1960年11月至1964年11月的《青年樂園》暫已佚失，有待出土。故尚未有足夠的具體例證。故曾為《青年樂園》和《周報》讀者的吳萱人先生對此有所保留，聊備一說。

[2] 吳萱人：《香港六七十年代文社運動整理及研究》（香港：臨時市政局公共圖書館，1999），頁48。

[3] 同上註，頁55。

[4] 同上註，頁22。

文社
作品選

# 夢幻的樂園 —— 夏颸

（金文泰中學．初三甲班．毅青社）

編甲三初泰文金
期1第

**選自** 《青年樂園》，第63期，1957年6月22日，第9版。

## 作者簡介

夏颸，即香港著名散文家兼學者盧瑋鑾（1939-），廣東番禺人。夏颸是作者中學時期的筆名，她後來改用小思為筆名，則是因為在《中國學生周報》寫第一個專欄時，由於排字房沒有颸字，再加上編輯陸離等喜歡小字編排，遂改筆名為小思。[1]她又有筆名明川、盧颿。小思長年致力於文學研究和史料搜集，「兼具學者、教師、作家等多重身份。作為學者，她為香港文學研究奠下雄厚基礎，惠澤後學無數，並創辦了香港中文大學的香港文學研究中心；從事中學大學教育三十餘年，小思曾榮獲香港教育學院傑出教育家獎和香港大學校長模範教學獎。」[2]她的散文創作，屢獲獎項，如青年文學獎、市政局中文文學創作獎、香港文學雙年獎等。2016香港藝術發展局為表彰小思多方面的成就，向她頒贈「終身成就獎」的最高殊榮。[3]

## 賞析

在作者這個中學年代的夢幻樂園裡，我們不難感受到一個熱愛文學創作的青年如何沉浸在自己的文學世界中，希望在文學之中尋得「真我」，並做好任人取笑的心理準備。作者在「楔子」後的兩節中，運用她豐富的想像，虛擬了兩個場景，讓自己和虛擬人物對話，其中均體現了一個對自我有所堅持、熱愛和平的青年作者的純淳心理，當中不無對現實世界的批評。此外，在這個以金文泰中學初三甲班．毅青社命名的版面，其中所有的文章都是出自當年金文泰中學初三甲班的學生。這類文社其實是以班級為單位的，香港研究文社的專家吳萱人曾向筆者指出這類班級性質的文社其實只屬班社。因為它只是以班級為單位，和多元、跨校的文社有一定的不同。

## 楔子

在現實的環境裡，卻替自己創造了一個夢幻的樂園，在那裡，我可無拘束地抒發一下，可找尋失去或得不到的東西，更可尋到天真的氣息。「人是離不開現實的。」我承認這句話，但在更深人靜的時候，我的思想，倒可以擺脫了這殘酷的現實，自由地去找些趣味。因此，每夜裏，我曾流連在自己的樂園中，創出了不少自以為不平凡的平凡故事，和許多荒誕無稽的笑話，但，不論怎樣，我是那樂園的主宰，我從那裡得到了安慰，唇上更會掛着微笑。也許，你會笑我是個傻子，在欺騙自己，不過，你要知道，只有深夜裡的我，才屬於我自己的，而且現實的洪流永不能沖走我這夢幻的樂園，如果有人稱我做「傻瓜」，我也願意接受。

## 星星的話

迷糊間，我飄然地離開了，那不見天日的混濁境界，坐着輕雲，浮游在清曦無邊的原野上空，這一個似曾相識的地方，使我心中有些迷惘。地上那些奇異的嬌嫩花兒，吹送陣陣幽香；青青的仙草，為我鋪陳了絲絨般的睡榻；我熟悉地臥下去，放縱地在上面打滾，打滾；更盡情地大笑，大笑⋯⋯驀地，我靜止下來，仰視着在我頭上的一片深藍色，更坎有一顆顆閃耀的星星，我的感情受了激動，低聲的喚道：「星兒呀，我終於找到妳了，可幸妳依然無恙。不要以為我忘記妳，只為那混濁的境界阻隔着我，使我無從擺脫；恐怕久別的我，也染上了幾分濁氣，更怕使妳的銀光沾着它。」突然，所有的星，集成一團銀霧，漸漸清晰、清晰，移近眼前，像一張溫和笑臉，又像一張莊重而天真的面孔，温柔地向我點點頭，「朋友呀！謝謝你的愛護，更高興見到你，不過，你真的改變了不少。別以為是甚麼污濁環境困擾你，而使你改變，而是你自己的思想改變，只要有堅強的意志，甚麼濁氣也不能沾染你、俘虜你。現在的你，已給自卑、懦弱及矛盾所籠罩着。朋友，醒來吧，不要再怨恨環境，小心尋回你自己。我願伴着你去找，但願我那絲銀光，使你看得清楚些。」我從燦爛的銀光中，清醒過來，決意找尋真正的自己。

## 和平的小麻雀

在一個狂風暴雨的黃昏，雨吞噬了大地，風玩弄着所有的生物，死物。有一隻離羣的小麻雀，在矮林中亂闖，希望逃過這一場無情的風雨。突然，在迷濛的雨幕裡，浮現了一個恐怖的魔影，正窺視這無知的小鳥，「啪」！他雙手一動，那小鳥便像觸電似的墮下來。魔影得意的移近，對小鳥瞟了一眼，便帶着瘋狂殘忍的笑聲，漸漸在雨幕上消失。我——這個忍受着雨狂風暴而踱步的傻瓜，發現了那隻呻吟的小麻雀，便拾起來，呀！我的手沾着一絲溫氣。「還沒有死去！」我告訴我自己。我小心地替牠抹去羽毛上的水點。當我看見牠從羽毛間沁出斑斑的血絲，我不禁低下頭來。一會兒，牠蘇醒了，用低微的聲音對我說：「朋友，請帶我回家吧！如果你願意，可暫變成一隻小麻雀，一同回到我們的王國裡……」好奇心驅使我點頭，立刻，我的身體縮小，縮小……直至變成了一隻小鳥。我自然拍起翅膀，和那曾受創的小麻雀，慢慢地穿過那迷濛的雨幕，仔細找尋自己應走的路。不久，我們到了，我只看見千千萬萬的麻雀，奇怪地盯着我，有些更交頭接耳在討論我。我走近一隻老麻雀面前，牠有禮地點點頭，說道，「朋友，謝謝你，把我們的王子救回來，全國的人民，都感到慶幸，也對你敬重，朋友，你願意參觀一下我們的領域嗎？」我同意了，但突有所感的對牠說：「你們這麼有力量，為甚麼不去復仇，我樂意領你們去，找尋那殘酷的魔影。」老麻雀安詳地笑了一笑：「朋友，對你的心意，極之感激，不過，我們是從不戰爭的。人類曾傷殘我們不少國民，但，我們都在忍受，我們只顧逃避他們的摧殘，事事都自己小心便算了。而且，一場戰爭的死傷恐怕比多年來給他們殘殺的數目多！唉，我們怎能鬥得過他們。我們的復仇心理，已在很久以前死掉了，請不要再提！」我聽完了，慚愧籠罩着我整個心扉，我黯然離開他們。對不起，麻雀們，我褻瀆了你們，更為被人們殘殺的犧牲者默禱。我仍躑躅在迷濛的雨幕裡。我仍然慚愧不安——因為我是人類。

[1] 參陳榮照導演、羅卡執行監製：「華人作家外判紀錄片系列」第六集：四人行：小思、古蒼梧、陸離、石琪（上）」摘取自：香港電台網站：http://podcast.rthk.hk/podcast/item_epi.php?pid=738&lang=zh-CN&id=47115，摘取時間：2016年5月13日，4:00 P.M.

[2] 香港文學研究中心、香港中文大學圖書館合辦：「曲水回眸：小思眼中的香港」展覽場刊之〈前言〉，2016，頁1。

[3] 劉以鬯編：《香港文學作家傳略》（香港：香港市政局公共圖書館，1996），頁163-164。

文社
作品選

# 英雄花的馳想 —舒韻（冬青文社）

**選自** 《青年樂園》，第476期，1965年5月21日。

## 賞析

舒韻，原名李玉菱（1947-），又名李秋瑩，是冬青文社的主要發起人。據她向筆者憶述：冬青文社是在1963年底，她在漢華中學就讀時，與幾位同班同學組織發起成立的。當時《青年樂園》已改變容許部份版面由文社成員包辦和負責組稿排版的方針。冬青文社成員的投稿亦並不常被編輯採用，只間或散見於各期刊物之中。舒韻是鮮有的由文社成員，慢慢發展成《青年樂園》半義務編輯和重要作者的代表。以下選文可見中學年代的舒韻文字流麗，文章由眼前的木棉花談到兒時聽到英雄花這個名字的來歷。然後再由老師和學生的對話，委婉地帶出英雄花的寓意。作者在字裡行間充滿理想和自我期許。事實上《青年樂園》的編輯不無慧眼，最終引導舒韻成為刊物中後期的重要工作人員，她也在《青年樂園》被封後，繼續長年在《新晚報》從事編輯「學生樂園」的工作，延續《青年樂園》的影響力。而有關版面的大體內容和編排，明顯與《青年樂園》一脈相承。

## （一）

迎着薰風，英雄花開了。

我就愛稱木棉花為英雄花；不是嗎？你看那璀璨的花朵，就像英雄的心一樣鮮紅高貴。

記得小時候，老師跟我們講過一個動人的故事……在那苦難的年月裏，有一個人為了保存大家的性命，犧牲了自己，終於被那豺狼似的人縛在樹上，活活把他燒死！樹葉被燒焦了，落了！第二天，東方升起了紅太陽，光禿禿的樹枝上綴滿了紅花。人們説，這是英雄的心，高高掛在枝上，放着光彩！……

打那個時候開始，我就覺得這樣的心多偉大多可愛啊！因此，對於那捎來春訊的英雄花，更禁不住敬仰而深愛！

## (二)

在一個春氣瀰漫的清晨，我領着孩子們來到了戶外；小鳥們叫，孩子們跳，忽然一個孩子指着身旁的樹問我：

「老師，這棵是甚麼樹？」

「英雄樹。」

「英雄樹？為甚麼叫做英雄樹呢？」幾個孩子不約而同地問，還瞪大了那對好奇的眼睛。在他們的央求下，我又生動地敍述了英雄樹的故事，最後，我問：

「那麼，你們喜歡這英雄的心嗎？」

「喜歡！」孩子們齊聲答。

「為甚麼呢？……」我還沒說完，只見小峯邊走邊大聲嚷道：

「拾到了，拾到了，我拾到英雄的心啦，我是英雄了，哈……」於是，孩子們一窩蜂似地簇擁着他，搶着他手中拿着的東西；忽然間，大家都不安地悄悄坐了下來，原來小峯哭了，他看着手中被搶爛的花流下了淚，彷彿那真個是一顆英雄的心！

「小峯，別難過！」我把他拉到身旁替他揩去滿臉的淚痕。孩子們也難過地沉默着，只有那枝頭上的小鳥還快活地唱着青春之歌；看着他們那副不安的樣子，我也不忍責備他們，柔和地說：

「孩子們，剛才的事，大家以為對嗎？」十幾個低垂的小腦袋搖晃了兩下，眼看這情景，我真想笑出來呢！

「小峯，你剛才拾到一朵花，是嗎？」他抬起了水汪汪的眼睛，點點頭。

「那你為甚麼說自己就是英雄呢？」

「老師，你說，英雄死了，樹上便開了花，你說那就是英雄的心，我拾到花，就是拾到英雄的心，我自然變成英雄囉……」孩子不等他說完，便嘻嘻哈哈地笑起來，有些還笑彎了腰；剛才的不愉快彷彿被笑聲吞噬了。

「大家說，他講的對嗎？」

「不對！」

「是的，小峯，你錯了，人們把花比作英雄的心，是說雖然他死了，但人們永遠不會忘記他，他的光輝的形象永遠是後人學習的好榜樣，所以，如果我們要當一個真正的英雄要怎樣做呢？」

「為了大家，犧牲自己！」孩子們昂高了頭，朗聲說着。旭日的紅輝把他們照得更可愛！看着他們，我禁不住欣慰地由衷地笑了。

## (三)

撩人的薔薇，請別牽着我的衣衫，請別搔着我的臉；那樣只會令人覺着你的討厭！

艷冶的玫瑰，不要插在我的鬢旁，醉人的芬芳，不要噴洒在我的身上；那樣也決不能換取我的半個微笑一聲允諾！

因為在那英雄樹下，早已深深地埋下我那顆倔強的心！永恒不變！

文社
作品選

# 「旋風社專號」 — 旋風社編

旋風社編
第1期

**選自** 《青年樂園》，第58期，1957年5月18日。

## 賞析

旋風社具體的創辦人今天暫不可考，但與前述的班社不同的是，參與這個文社的成員並不局限於一班、一校。以下旋風社的選文除了有金文泰中學的漢宗、華僑中學的野馬外，還有工專的浮生、南國書院的寒楓等等，可見這個文社已是一個跨越班級、學校甚或社會階層，反映文社在當時的青年學生群中盛行的情況。

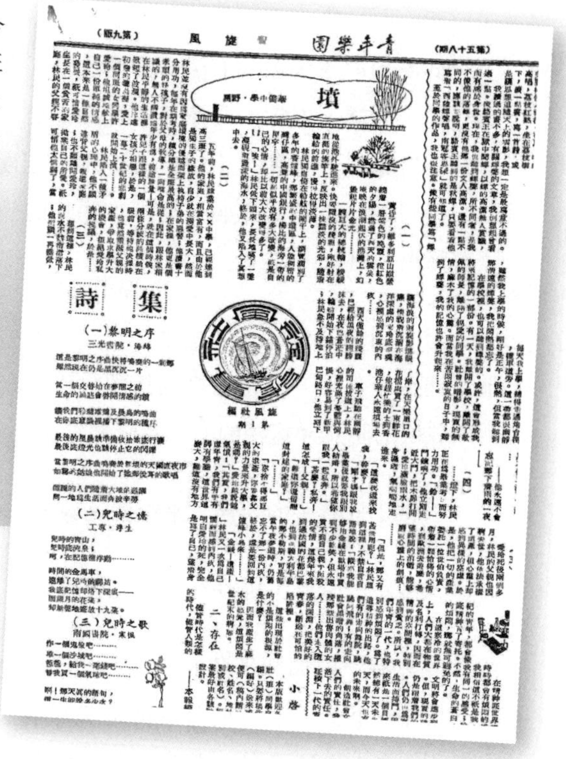

青年樂園 (第五十八期) 旋風 (第九版)

墳

旋風社編
第1期

詩集

(一)黎明之序
三光書院・海鋒

(二)兒時之憶
工專・浮生

(三)兒時之歌
南國書院・寒楓

二、存在

小啓

## 蟬聲 — 金文泰中學・漢宗

初夏的蟬聲，搖曳自密林的枝頭。

是哪一隻蟬兒叫得這樣響亮，聲音又這樣的悠長？

蟬聲，喚起多少離人對祖國江南初夏的懷念。我卻沒有一段鄉愁的記憶。「南海」的天地，不會在我腦海裡存有一點的輪廓，我從未到過故鄉呵！

在書本上，我追求得祖國的情調。一個願望，不覺在我心中滋長，要遍遊祖國偉大的山川。尤其是江南，風景情趣美麗得使人神往。初夏，鳴蟬高唱，荔枝紅熟，坐在荔枝樹下，讀一點書，寫一首詩，或是讓思想追隨天上的雲影，我想一定是最寫意不過的。

我讀過的書不多，有關蟬聲的文章，我倒想起曾看過一點。像駱賓王在獄中聞蟬，以蟬的高潔無人賞識，而有感於身世。現在，我也聽到蟬聲，所不同者，是我不像他的落難，更沒有他那一份文人高潔。還有一點不同的，應該要說明，駱賓王聽到的是秋蟬，只要看看他寫着「西陸蟬聲唱，南冠客思深」就可知道了。

至於同學的作品，我也很注意。似有些同學寫「蟬聲」時，文中寫他想起童年舊侶，或是偷摘荔枝的故事。也有寄意於思鄉，寄意往日生活在故國的時光。這樣的記憶我全都沒有，而我的記憶是怎樣的呢？

「當手握着手的時候，幸福就流過。

當離別的時候，再沒有誰在唱歡歌。」

我只有一份如此平凡的記憶，當我熱愛着的友人，要離我而遠去。在記憶中，我想到過去的日子都是美好幸福的，只是當時沒有覺察，而海把我的友人送到遠方，淡淡的離愁封鎖着我的嘴唇，再唱不出歡歌。

蟬聲傳自樹林，它的歌聲可是歡樂的嗎？

我的學校就在堅尼地道，每天我上學，總得走過砲台徑，纜車道旁。這一帶都很幽靜，雖然我上學的時候，剛好是正午，很熱，但當我聽到那清遠的蟬聲，我把悶熱都忘了。

在學校裡，也可以聽到蟬聲的。或許，這會形成我將來記憶的一部份。有一天，我離開了學校，離開了敬佩的師長，離開了親愛的同學。社會的暗影，現實的無情，麻木了我的心靈。而當我在苦悶寂寞的日子中，聽到了蟬聲，我的記憶也許會升起來……。

## 墳 *— 華僑中學．野馬*

### (一)

黃昏了，維多利亞山巔縈繞着一層紫色的晚霞，橙紅色的夕陽，燃遍了西天的雲朵，掩映在浪潮起伏的港灣上，幻盪起片片金光……

一艘巨大的總統輪，緩緩地從港外駛進來。快要隱沒的殘照，剛好射在直挺的旗竿上，反映出一抹黯淡的光彩，隨着輪船的前進，慢慢拉得淡薄。

林民獨自倚在船舷的闌干上，瀏覽濶別了多年的香爐峰，那繁盛的中環區，人煙稠密的灣仔區，高聳的中國銀行，櫛比的海旁一帶的屋宇……一切都似乎沒有多大的變化，祇是自己的心情，卻比以前大大改變得多了。

「唉！」林民低下頭來，長長地嘆了一聲，凝視着盪漾的海水，終於，他又陷入了冥想中去。

### (二)

五年前，林民肄業於XX中學，已經達到高三班了。他的家庭，相當富有，而且由於他是獨生子的緣故，自少就在溺愛中長大，然而林民並沒有因為家庭環境的優越而染上紈絝子弟的惡習；他讀書十分用功，每年在期考時，績分總是全班最高的；在家裡，他更是個孝順的好孩子，對於父母的教導，一向唯命是從；因此，跟林家相識的，無人不稱讚他年少有為，前途無量！可是，就在這個時候，在林民平靜的生活裡掀起了波瀾。他掉進初戀的漩渦裡，愛上一個同班的女同學許愛玲；他坦誠地獻上自己一份單純的情感，這本來是一種自然的發展，衹可惜愛玲生長在一個貧苦的家庭，林民的父親不容許兒子跟這樣的一個女孩子相戀，於是，一幕二十世紀的悲劇就開始上演……。

林民陷入一種矛盾的心理中，他不願違背父親，叛逆家庭；也不願離開愛玲，拋棄自己的所愛。衹可惜他太懦弱了，當兩條分歧的路橫躺在眼前，等待他抉擇時，他竟然垂涎父親的家產，爭取求學升大的機會，拒絕愛玲私奔的提議，於是……

## (三)

想到這裡，林民的淚水不禁潸潸落下；他把頭一再垂低，讓海浪的迴旋映進眼簾，懷祝着沉溺在海洋深處的愛玲底靈魂，心裡感到沉重的內疚……

西天僅餘的殘霞，已經給黑夜的翅膀抹去，在夜色蒼茫中，輪船開始下錨停泊；林民急不及待地上了岸，在天樂里口的花檔處買了一束鮮花，他趕忙乘的士到香港仔華人永遠墳場去。

車子飛馳在幽靜的司徒拔道上，林民心裡充滿了憂鬱與惆悵，好容易到了新鴨巴甸路口，他立即下車，在模糊的記憶中，搜索一條迂迴的小路；終於，他來到愛玲的墓前。深深地俯下身子，把鮮花放進石製的花插裡……

闊別多年，這一座荒塚四周，由於沒有人打理的緣故，已經長滿了野草……

萬籟無聲，陰風怒號，當一陣冷冽的狂風掠過心房，林民忍不住又流下了淚……

── 他永遠不會忘記那下着雨的一夜 ──

## （四）

……燈下，林民正在為畢業考試而努力用功。「鈴──」門鐘響了，他立刻走近大門，把門扉打開；愛玲滿臉雨水，一身濕透，氣喘喘地走進來。

「這麼夜還來找我，幹麼？」

「剛才媽跟我說，畢業後就要我跟別人結婚，所以希望你跟我一起私奔。」

「甚麼？私奔！這怎成！父親……」

「難道你還留戀這封建的家庭？」

「…… 」

「你捨不得那巨大的遺產，你要靠父親的力量來升大學，是嗎？」愛玲越說越氣憤：「其實，我們還年輕，我們有手有腳有學識，這世界這麼大，難道沒有地方給我們雙宿雙棲嗎？」

「……」聽了愛玲的話後，林民仍舊沉默地呆立着。

愛玲看見他竟然是這樣懦弱，憤怒得奪門而出，消失在滂沱的大雨中。第二天，當林民打開早報時，驀地發覺她已經於昨夜投海自盡！心裡不禁充滿了內疚……

## (五)

愛玲死後兩個多月，林民的父親也因病去世，他依法承繼了遺產，但心靈上卻感到異樣的空虛。於是，他把一切的產業委托一位世伯負責，帶着一顆愴痛的心，到歐洲去遊歷，希望時間的消逝，能夠磨脫心靈上的創痕……

「但是，那又有甚麼用呢？」林民想到這裡，不禁自言自語地說：「縱然我能夠用金錢在歡場中買到不少歡笑，但永遠買不到自己親手扼殺的愛情，這幾年來我到過法國的花都巴黎，也到過義大利半島的那不勒斯，可是每當午夜夢迴時，仍舊忘不了那一份內疚，終於，還是要回到這爐峰小島來……」

「金錢！遺產！」林民又一次為自己懦弱而感到內疚，他明白愛玲的死，完全是為了自己，望着身旁的一堆黃土，自己親手做成的，埋葬着自己愛情的墳，他心中充滿了感慨！他曾經想過要毀滅自己的生命，但當他明瞭生存的人，該為死去的人繼續活下去時，纔得回生的勇氣。

夜色漸濃了，昏暗中，墓地充滿了神秘，宛如有無數幽靈在啜泣。林民坐在墳旁，不忍離去，在晚風凜冽中，再一次為自己的懦弱而作深深的懺悔……

# 石榴樹 ——澳門·雪山草

**選自** 《青年樂園》，第258期，1961年3月17日。

## 作者簡介

雪山草，生卒年不詳，為澳門作家、詩人。五十年代末起，在香港的《文藝世紀》、《青年樂園》、《文匯報·文藝與青年》等報章副刊、青年刊物發表作品。據悉雪山草原名是吳震良，曾在澳門鐵城紀念中學小學部任職小學國文教師。他在內地出生，少年移居澳門，後又曾一度移居香港。作者選用雪山草為筆名，是因為雪山草是一種生命力極強的野草，在惡劣環境中也能生長欣榮，故用作筆名，意在自勉自勵。[1]

## 賞析

選文回憶記述了作者童年時種植石榴樹的經過。在家居門前種樹，在今天都市化的香港，已鮮有可能，但在那個都市規劃有待改進、缺乏文娛康樂活動的五六十年代，卻是青少年的一個普通經驗。在作者的闡述中，那兩棵石榴樹不僅負載着童年時他與四姊的相處之種種，更重要的是它也寄寓了作者對親情的追懷。因為作者今天已不在舊居生活，和四姊也分隔異地，需要以信函通訊。整篇散文，文字寫來自然、細膩，而且石榴樹也能貫穿全文，環環相扣，故藉此抒發的情感，便來得真摯。其中尤見工筆的是，作者在描述種植石榴樹時，除了詳細地記述了過程中遇到的波折外，更細膩地刻劃了作者在過程中心理的變化。而選文在首段和末段的呼應，更可視作中學生範文的典範。

每個人都有自己值得回憶的童年片段，我也是一樣。當我靜下來的時候，我的心又掛起翅膀，飛回家門前那兩棵石榴樹旁。啊！石榴樹，石榴樹，一想起它們，我心裏就充滿一種稚氣而又親切的甜蜜感情來。

那時我僅九歲。是在一天中午，大風雨過後，小雨還繼續下着。雨天，沒有同伴陪我玩，我無聊地癡癡地望着那由瓦簷滴下的水點，又稚氣地用雙手去掬水洗自己的臉，忽然四姊叫我：「弟弟，同你往屋後山下，找兩棵石榴回來種好不好？」四姊用手比劃着門前那塊小空地。

「好！」我快樂地說。

雨雖然止了，但灰濛濛的天似乎還要再下上一場。我們戴了竹笠帽，四姐揹了一把鋤頭就向屋後走去。

我家是在山腳下的，因此屋後就有許多小樹叢生，大風雨後山上許多松樹和一些不知名的大樹都被吹倒了。但，這些像我一般高的小樹還是堅挺地站在那兒，像一排小戰士，穿着被大雨洗刷得一塵不染的青綠色征衣。

「四姐，那兒有！」我銳利地從這些綠色小戰士間看到一棵小石榴樹，拾一顆石頭準確地扔過去，打中了它，小樹身搖了幾搖，顫落葉上點點水滴。

四姐走過去很小心地在它四圍鋤鬆了泥土，然後我也慢慢把它連根帶泥土拔起來。據四姐說，若鋤斷了中根（主根）是種不活的。我把它背了起來，歡喜得像第一次認識石榴樹似的，我心裏想：「嘿，我們種活了它，可有石榴吃啦。」

我正在想，四姐又在那邊發現了另一棵，比我發現的還要大，高過我的頭。「四姐，好大棵呀！明年準有石榴吃了。」四姐把它鋤下才回答我說：「這棵不一定會種活，越大越難，因為它的根鬚生老了，習慣了泥土，突然移植會不大適宜。」

我們找到了其餘兩棵，一共四棵。就在我們家門前那塊小空地上每隔兩尺的把它們種下。

第二天，第三天……我天天一早就起身去看護它們，給它們澆水，巴不得它們一下都長高起來，結了菓子給我吃。四姐還常常找一些泥和垃圾堆放在樹下，我知道是供給它們養料，我也照樣做了。

過了約十天，那棵較大的石榴樹忽然樹葉凋黃、垂下頭，像快要死了，我急得忙去告訴四姊。四姊說：「種不活了死了也罷，反正還有三棵。」果然不兩天，它死了！我為它的死而悶悶不樂，但心裏倒也佩服當時種樹時四姊的預見。

此後，我更小心照料其餘三棵了。每天上學、放學總在它們面前呆上好一會，細心察看；還做上高度記號，看它們長高速度如何。果然，小石榴樹不負我的願望，不過兩年，已高過我很多了，像幾把撐着綠色葉子的傘，在我家門前搖曳着。

就在這年春天，我看見石榴樹枝與葉間有無數綠芽子突出，我告訴四姐，四姐高興地說：「弟弟，開花啦！擔保不久就有石榴吃！」

果然，不久樹枝開花了，三棵石榴樹掛滿白中透紅的朵朵小花，在陽光輝耀下很美麗，看着，看着，我童稚的心也開花了。

然而，這可急死我啦！就在一個夜間，外面風雨交加，一場可怕的風暴刮起來。睡在牀上，我非常擔心石榴樹的安全，天剛亮就趕快爬起牀到外面看個究竟。還好，它們還是像戰士般屹立着，但那些白閃閃的美麗的小花朵，卻被可惡的風刮得一朵也不留了！我空自緊握着憤恨的小拳頭，無話可說地滴下淚水。

但，風暴是壓制不住石榴樹的生長意志的。過不了多久，它們又開出美麗的花朵，慢慢的進而結菓子了，幸好這時是假期，我整天待在樹下守護着它們。因為那些頑童正虎視眈眈的望着，在打主意了，而由於石榴一天天趨於成熟，像好花招蜜蜂一樣惹來一些討厭的小鳥胡亂啄食。初時，一個個掛着的石榴是青色的，轉而變白，後來又白中帶紅，成熟啦！一些成熟的石榴被百趕不去的小鳥啄食開了，裏面紅色的飄透出一陣陣特別的香味，真叫人非試不可。自然，還未熟透時，我這個口饞鬼早已偷偷地爬上樹去摘些下來吃了（儘管四姊不許可），到成熟了，我更是大吃特吃。

記得那第一天得四姊命令，許可我爬上去摘那些成熟的石榴時，一陣陣芬香撲鼻，我邊摘邊食，急得四姊在下面罵我：「小心呀！否則跌下來連你的屁股也摔成兩半。」第一次收穫，不知是因為它芳香可口，還是第一次吃自己親手種的菓子，我吃了許多，甚至連晚飯也沒有吃。到第二天大便時，卻苦了我：因為吃得太多了。消化不良，那些石榴核硬結，大便不通，還要叫媽媽來通便，真是又好氣又好笑！

如今，童年已過去了，轉眼離別了那幾棵石榴已五六年，聽說我和四姊種的那幾棵石榴如今還在，而且菓子依然是香甜可口，這是早些天四姊來信告訴我的。啊！我多麼希望能夠再嚐嚐它們的菓子！

1 林蕙：〈雪山草應是吳震良老師〉，《澳門日報》2011年7月20日，E02版。

# 望夫石的故事 —區惠本

**選自** 《青年樂園》，第87期，1957年12月7日。

## 作者簡介

區惠本，廣東南海人士。又有筆名木一、慧庵、孟子微、穆逸、于徵。[1]他曾在香港的嶺英中学就讀，後升讀新亞書院。區惠本後來擔任《明報晚報》的編輯，金庸昔日稿件都由他整理校對，亦曾經用多個筆名在報刊撰寫有關香港掌故的專欄。

## 賞析

選文是作者和友人在登獅子山時，為他講述沙田地標「望夫石」的傳說。全文刊登在《青年樂園》的蓓蕾版，文字通暢、顯淺易懂，是地方介紹的好文章。

那一天，周末，我和英到了沙田。當火車轟隆轟隆的走開了，我們離開了車站，穿過這鄉村唯一的墟市（已經染上了濃厚都市色彩的了），向着山的那邊走去。

田間的小徑非常利足，可惜我們迷了路，走到了車轍不通、荊棘滿佈的地方，我們隨即轉身回頭走，雖然跑了不少冤枉路，拐了幾個彎，畢竟，我們要攀登的山頭在望了。

「你看，這真像一個人像！」

英說着，像初次見到了陌生的東西一樣感到驚奇。她指了指在望的山峯轉過身來看着我。

「錯了，豈止一個人，你試仔細看清楚，不多不少，有兩個……」英隨即再轉回身，向山的那邊望，這回她覺得我說得有理，點了點頭。

「記得別人都說你長於講故事，這回又是怎樣的一個故事？我願意聽。」

「好吧，到了山那邊，讓我們就坐在那一大一小的母子石像之下，我對你講這個已經古老的故事。」

說着，我們的腳步加快了，英更興高采烈的走在我的前面。

……

就坐在這像母子般的巨石之下，凝望着四周，我開始對這裡的自然山川，一草一木，發生了極大的興味。

山，不能說是巍峨的，但遠望也頗為可觀。早晨這裡的山頭一定充滿了雲霞霧靄的，就像帷幔一樣，把山峯蓋上一層朦朧。黃昏，夕陽掛在天邊，草地上的陰影就是它溜走的腳步。幾隻晚鴉會在這時隨影追逐，樣子倒像是淒清、寂寞。

環繞着半山的，是一些矮矮的松樹，生得挺蒼老的，挺有生氣的，立在山腰。微風吹過，還可以看得見那松針的吹落和聽到隱約的松濤。

這時會有冷氣襲來，幾片樹葉飄過，你覺得地球上完全沒有一點聲音。

「給我講一個故事——一個發生在這山峯的故事。」

英祈求着，她牽動着我的手。

「好的，我答應給你講一個有關這山上的故事，但如果這故事是快樂的，你可以快樂；如果這故事是近乎悲哀的── 你不可以悲哀。」

英點點頭，她已經在凝望着我。

於是用像說故事的人的口吻，我說：讓時光倒流吧，載我們到從前的世界，回到了我們老祖母的那一代，這裡發生過一件事，一個女人，從活人變成了化石，至於她的名字早被人遺忘。在古老的歲月裡，的確有過這樣悲慘的故事，現在對年輕的一輩來說，恐怕是發霉了的歷史了。

這事發生在附近的鄉村。古老的日子，女人的命運是悲哀的，而我要說的這個女人也沒有例外。從小，她就受到了人世的虐待，她的爸媽不疼愛她，說她是「賠本貨」，她的兄弟歧視她，不把她當作親姊妹看待，在寂寞的小心靈裡，她已經感到了世界的可怕，背着別人的時候她偷偷落淚。除了她家人，遠近的鄉人都稱讚她，她年輕，人品好，本領又高強。

當她還未懂事，身心都未能發育完全時，她那忍心的爸媽，憑了媒人的一張油嘴，貪慕對方的優厚禮金，給她定下了一頭親事。

她是憑了別人走漏的一點風聲知道的，過去的日子雖然痛苦而寂寞，但要來的卻是那未知的命運。她的閨閣生活，縱然鬱鬱寡歡，但她是熟悉的。現在她要嫁到一個陌生的男人那邊，「這是怎樣的一個男人呢？如果她也像我的爸爸，我的兄弟……」她一想到這個，又會傷心的哭了。如果遇上了一個更粗暴無情的男人，她是無能為力的。

但畢竟她是「想通」了，這是命運，我們不要怨尤。跪在神龕前，她默禱但願未來的丈夫是溫柔的……在她的腦海裡所充滿着的是：月下老人，赤繩繫足……

她嫁了，這時候她才能看一眼她的丈夫——而且是偷看的。上天並沒有辜負她的一番私願，她嫁得很好，她生活得很幸福。那種恩愛而纏綿的日子，蜜一樣的，婚後才真正開始了她底初戀。一想起她底丈夫的心細、體貼，她的臉上又是泛起陣陣的紅霞。

這時候她工作得更辛勤，知道這個家是自己的，她很容易就心滿意足，總是覺得她以前的想法錯了，不應該沒有根由的胡思亂想。她曾經恐懼他是否能適合她的心意——一想到這裡又頗有點歉意似的。

但春宵苦短，幸福的日子是多麼易逝呢。她所常常擔心的問題終於發生了。她的丈夫是一個華僑，為了生活，他不能不重新挑起擔子，別離了那溫柔而又賢淑的妻，飄洋過海，再回到過去工作的地方。那日子近了，一想到命運的多蹇，難怪她又偷偷的下淚呢！

那一天，使她難過的一天終於來了。屋子外刮着風，簾子也翻飛的吹着，在屋子裡的她卻下着雨般的眼淚。這是他要遠行的前夕。她羞澀的伏在他的耳際，說她已經有了幾個月的身子… …

他提着簡單的包袱，眼淚汪汪的走了。

從此她空守着羅幃，那懶散而寂寞的日子，陪伴她的，是落着眼淚的雨。

那遠行的人，一去已永不回頭。

時光像小溪水一般的向前急流，一年、二年、三年，她的孩子長得活潑天真了，可是遠行人一紙信息也沒有。

她的家，正對着那長滿松樹的山峰。每天，她背着孩子，攀上荊棘的山頭，整天佇立着，向着那遙遠的彼方，那水和天的接合處，張望、張望。

一天失望了，第二天仍是失望。

也不知道經過多久，當燕子又一度歸來了，翦着海波；雁南飛了，長空裡一聲聲的呼嘯；那山峯上，微風仍然吹吻崗巒上的松林，於是人們開始發現了母子的化石竚立着，永遠瞭望着遠方。

……

當我回望我身畔的英時，她的臉上也不知甚麼時候淌着眼淚。這只是一個古老的故事，發生在那逝去了的年代，隨便在山附近的那一個牧童都會說的。

[1] 方光、淩亦清：〈香港作家筆名別號錄（五）〉《文學研究》（2007年春之卷），2007年3月30日，頁195。

# 壹件公益的事 —崇真·常敏

**選自** 《青年樂園》，第130期，1958年10月3日。

**作者簡介**：見本書的55頁。

## 賞析

何景常中學年代為《青年樂園》的活躍分子，不但積極為報社介紹讀者，而且也因為家庭條件的優越，經常借出自己的家居，讓《青年樂園》的讀者舉辦聯誼活動。選文所體現的正是一名《青年樂園》的熱心讀者對於刊物的真誠愛護和推介。

最近「我們的樂園」舉辦介紹訂戶有獎，直至現在已經有八九星期之久。在這個時期中，我們可以把這份美好的刊物——《青年樂園》介紹給自己的朋友、同學等閱讀。這並不是一件為了有獎而勉強去做的事情，而是把我們所認為良好的刊物，介紹給朋友閱讀，是一件喜事啦！

我記得在一二六期和一二四期裏，「我們的樂園」曾經分別刊出兩篇關於「介紹訂戶」的文章。在這些文章裏，我們可以得到一些怎樣把這份美好的刊物介紹給朋友的辦法。這都是我們一個很好的參考！

在上次舉辦介紹訂戶活動的時候，我曾經盡最大的力量，設法去介紹給我的親朋戚友等閱讀。到底我並沒有「白做」呢。因為到總結時，我所介紹的訂戶，竟有四十多位！真使我高興極了。

找基本讀者，這並不是一件易事，雖然我的朋友不少，但他們並不是全部也願意接納我的介紹。例如在上一次的介紹中，我和一位朋友說：「你曾否閱讀過一份名叫《青年樂園》的刊物呢？」

「《青年樂園》？」他懷着疑問地：「是一件甚麼東西？」

「噢！真糟糕了，為甚麼連這一份美好和有益的刊物也不知，倒真是一個大損失了。」我一面說一面拿出一份《青年樂園》週報給他：「你看這份精美的刊物吧，它不但有豐富的內容，而且價錢也很便宜呢。」

「唔，我看這份刊物的字體和印刷也不錯，至於它的內容怎樣，現在我還未清楚。你可否把這份週報借給我閱讀嗎？」

「不要緊，我就把它送給你吧。」當我把這份報紙給他後，我們便愉快地分別了。所以當今次的介紹訂戶有獎開始後，我又找着他了，結果真的，他竟一口答應訂閱半年，真教人愉快！

有些朋友，他們為了環境的關係，一時不能立即交出訂閱的報費來；這時，我們也應暫時代支好了，這樣我們也就能夠爭取多一位的讀者。這就稱為「不計成本，志在宣傳」的方法了。

有時還要掌握朋友的心理，投其所好而介紹！有些朋友喜歡閱讀別的刊物，這便要把「我們的報」的好處和他來一個比較吧，因此我們不但可以把大部份的美好和精華介紹給朋友，而且亦能夠知道自己所認為良好的報有甚麼不善之處，而要求加以改善！

現在各學校也開課了，在開課後，我想當然是有不少的新同學吧。所以這就是介紹訂戶的好機會了。我們要把握機會，不要讓它溜去！雖然現在距離截止的日期不遠，但我希望報社方面能夠稍為延長一些時間，好讓我們得到多些機會向新結識的同學介紹！（編者按：介紹訂戶有獎真的延至十月底截止）

最後，我希望所有的讀者也盡自己的力量去介紹吧，不要埋沒一份美好的刊物！因為當我們自己得到好處後，我們也要讓別的朋友得到利益呢！

# 文化藝術剪影

以下的散文，主要選自《青年樂園》生活修養、文林版和閱讀與寫作版的作品。早期的生活修養版主要由《青年樂園》的總經理洪新負責；洪新在1962年底因移居泰國而淡出《青年樂園》後，生活修養版改成了文林版，由李廣明社長負責。後來文林版和閱讀與寫作版，兩者會隔期輪流刊登，以使每期版面及其內容都有所變化。綜合而言，這三個版面主要刊載一些歷史故事、古典詩詞、中國藝術與文化或中國語文知識，以及宣傳一些待人處世的態度和思想等。經常給這三個版面撰稿的包括有：早期的總經理洪新、後來的李廣明社長、文史研究者智侶。

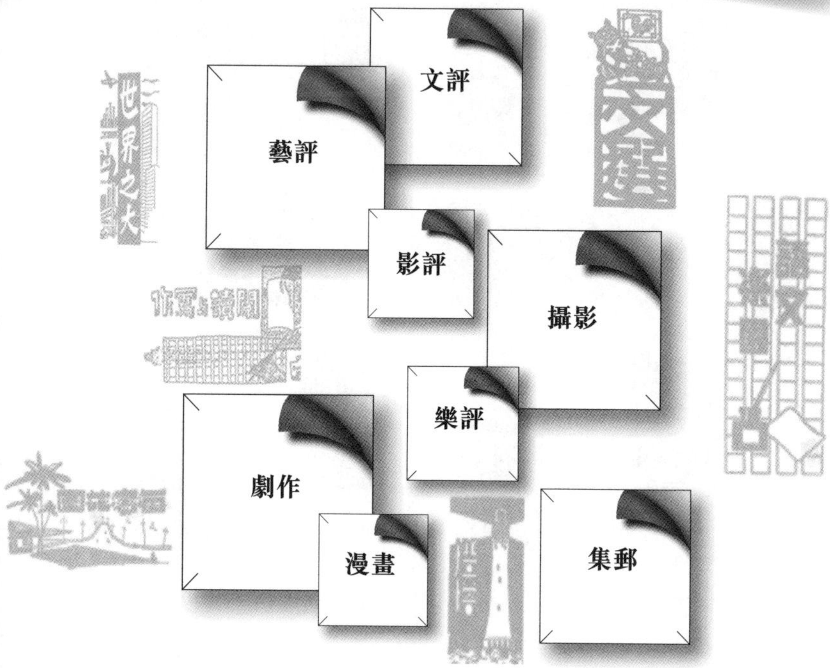

文林
閱讀與寫作
閱讀與寫作
世界之大
文林
文林
閱讀與寫作
文選
生活修養
生活修養
燈塔
閱讀與寫作
閱讀與寫作
閱讀與寫作
閱讀與寫作
歷史故事
閱讀與寫作
閱讀與寫作
閱讀與寫作
歷史故事
世界之大

文評

# 熱心愛國的演講家 —山洪

**選自** 《青年樂園》，第202期，1960年2月19日。

## 作者簡介

山洪，原名洪敬宜。又有筆名德權等。他是《青年樂園》早年的總經理。1962年中和妻子黃穗華（原《青年樂園》督印人）移居泰國，自此淡出。

## 賞析

《青年樂園》在內容上長年避談政治，一直有意淡化其政治立場。但同時相當重視向青少年讀者傳遞正面健康的人生觀，希望培養青少年積極頑強的意志，從而走上健康的道路。而選文正是《青年樂園》典型的既勵志又有思想引導意義的文章。文章的主角狄摩斯提尼不僅以頑強的毅力和意志克服口吃的天生缺陷，最終成為有魅力的演説家，而且當國家有難，人心惶惶時，他並沒有畏縮不前、敷衍塞責，而是勇於任事，透過自己的動人演講鼓勵和凝聚國人，為國人奔走於各國之間。雖最終事情沒有成功，但值得讚頌。

看官，常言道：英雄造時勢，時勢造英雄，說起來，一點都沒錯。時勢造了英雄，英雄也會造時勢的。你聽過世界上鼎鼎大名的演説家狄摩斯提尼的故事吧，你知道他嘴裏含着沙石練習演講，你也知道他對着大海大聲演講，可是，你知道他是一位熱心的愛國者嗎？你知道他是在怎樣的社會環境下苦練成功的呢？假如你不知，或知得不多，且聽我道來。

那是公元前五百年左右的事了。古代的希臘，是一個文化極發達的國家，尤其是在雅典，市民們都有極高的文化知識。他們喜歡在茶餘飯後爭論一些事情，上至天文地理，下至人情風俗，無所不談，也無所不爭，於是，在不自覺中產生了一種雄辯術，與詭辯不同，雄辯家要具備有一張演説極為流利的嘴，要有宏亮悦耳和聲調清晰的發音，也要具備極為廣博的知識，不論是文學上的，哲學上的還是科學上的，甚至每一個手勢，每一個詞，用得不適當，都會引起聽眾的譏笑，更甚的可能被聽眾喝倒彩。

每天，在法庭裏，在人民大會上，都有許多經驗豐富的演説家在演説。狄摩斯提尼還是小孩的時候，就生活在這樣的環境裏。有一次，他在法庭裏聽到一位演説家的演説，歡喜極了，立志要做一個演説家，他回到家裏，便把這個志願對人説了。看官，他説的話不由你不笑。多可憐呵！不識時務的小傢伙，平時説話都口吃，字音咬不清，聲調又是那麼沙啞，説話還不時的聳肩膀，多難看，而他竟然立這麼大的志願！大家聽了，都譏笑他是傻子，有人還説他瘋了。

這正所謂「笑罵由人」，狄摩斯提尼下了一番功夫，自以為差不多，便大胆地在人民大會上發表一篇冗長的演説，聽眾哄然嘩笑，喝倒彩之聲四起，以致他不得不緘口無言，從台上走下來。第一次的嘗試失敗似乎沒有嚇倒他，反而更加把勁，再接再厲。在不久後，他又來第二次嘗試，結果也是一樣被人嘲笑得走下台來。聽眾們嘲笑他那嘶啞的嗓子、因口吃不能把演詞讀得流利的嘴，使他垂頭喪氣地用雙手把臉遮住回家裏去。

在聽眾中，有一位著名的雅典演員 —— 狄摩斯提尼的朋友，這時卻緊跟在他的後面；當他們走在一起時，狄摩斯提尼便和他訴起苦來，說甚麼自己的演說內容如何精彩，就是沒有人懂它。這位演員聽了，對他說：「事情總是這樣的。但是，我想替你解除這個痛苦，請你給我唸一段索福克勒斯或歐里庇德斯的悲劇。」狄摩斯提尼照着做了。當他唸完後，演員也照樣朗誦他唸的那一段，可是，聲音和表情，在狄摩斯提尼聽來，卻完全是別的詩句，與自己唸的完全兩樣。這時，他才明白他的演說缺少了甚麼。

於是，他開始研究希臘文學，特別是著名的歷史學家福基吉得的文體和風格。他又去聽在風格上被認為是卓越的大師── 雅典哲學家柏拉圖的講課。然後，他認真地練嗓子和改進發音。他為了使自己養成大聲朗誦的習慣，毫無間斷地到山上去練嗓子，又到海濱去，力求使自己的聲音高過波浪的聲響，這時，他在沙灘上揀了許多小石子塞在嘴裏，咬嚼字音，使每一個字每一個詞的發音都非常清晰。這樣，經過長年的努力和苦練，到他三十歲的時候，就成為優秀的演說家了。也就在這時起，他開始參與了國家大事，用他的演說才能去與侵畧他的國家的敵人展開鬥爭。

這時，雅典人遭遇了極大的災難。在數年前曾與雅典人簽訂了和約的馬其頓王腓力及其部隊，撕毀了和約，舉兵向中部希臘進攻，直接威脅雅典城。雅典議會的議員們，召開了人民大會，把腓力王侵畧希臘的消息公佈出來，全城老百姓都被無言的沉默所籠罩，沒有人願意發表意見。傳令官一連問了好幾次：「誰願意講話？」都無人做聲。大家的眼光慢慢地不期然地集中在狄摩斯提尼身上。大家知道他是一個愛國者，是與馬其頓王作多次鬥爭的死敵。他眼見人們迫切地等待他發表意見，也就當仁不讓的發言了。他號召大家要勇敢，並用事實證明情況不是沒有希望的，只要派遣使團到希臘的大城第比斯去，與之結成聯盟，同時派遣軍隊到亞狄加的邊境去，好讓所有的人，包括腓力王在內，都了解雅典人不會那麼容易放棄自己的自由和獨立。他的建議獲得了熱烈的響應，提起了雅典人的勇氣。他也就被選為使者之一到第比斯去。當使團來到第比斯城時，他發現敵人已經趕過了他，馬其頓的使節早就來到這裏，并且不惜作出最慷慨的諾言，第比斯幾乎完全屈服了。但是，狄摩斯提尼不肯放棄最後一個機會，與馬其頓的使節展開了爭奪戰，用他那雄辯而有說服力的演說才能，就是關於希臘的名譽和光榮及有必要對共同敵人進行抵抗的演說，使第比斯人終於站到雅典人這一邊來。

他為了與準備奴役希臘人的馬其頓王作鬥爭，不止一次地在人民大會上發表演說，力圖激起雅典人的愛國熱情。他的演講詞「論腓力」演講集，有部份版保存到現在。當時，他幾乎成了雅典城的領袖，他使人民大會通過把劇院演出的一切收入作成軍費，加強海軍力量，還四處奔走去說服希臘各城結成聯盟。雖然這次戰爭，雅典人由於戰術上的錯誤失敗了，但是，狄摩斯提尼的功蹟卻永不磨滅！

# 拍案叫絕的聞一多 —青里

**選自**　《青年樂園》，第481期，1965年6月25日。

## 作者簡介

青里，即《青年樂園》的第二任社長李廣明先生。原名覃鏗泉(1924-2014)，又名覃剛，廣東肇慶人。1949年畢業於廣州文理學院(華南師範大學前身)生物系。1949年 5月移居香港，並改名李廣明，在香港工作居住凡33年。居港後，開始時曾在思明書院教學。1958年底至1967年曾為《青年樂園》的社長。1982 年，他獲調回暨南大學的華僑研究所工作。曾協助出版專刊：《印尼華僑史》、《美國華僑》、《馬來西亞華僑史》、《僑鄉通訊》等，直至退休。[1]

## 賞析

本篇選文同樣是《青年樂園》典型的「思想引導」文章。其中講述愛國者聞一多「拍案叫絕」的一生。「拍案叫絕」一方面也指他豐富的人生閱歷，在文學和古典文學研究的成就，是較少見的能遊走在文學、研究而又關心社會之間的大學者；另一方面又是指他雖出生在富戶世家，卻不耽於逸樂、敢於任事，明知朋友因敢言而被暗殺仍敢於向黑暗、不公、強權說不，在朋友的悼念會上發表了讓人拍案叫絕的演講，最後被特務暗殺殞命。雖然《青年樂園》無可否認和左派有千絲萬縷的關係，但由本文可見，即使在文章的內容提及國民黨政權的腐敗和黑暗時，作者也無意要借題發揮和肆意引申，藉此引導讀者否定國民黨政權或支持中共。這是在《青年樂園》近十二年的出版史上，絕大部份時間都能持守的編輯原則。

聞一多和朱自清先生是很要好的朋友，可是兩人的性格卻不同。朱自清先生小心、拘謹，溫文爾雅，從不疾言厲色；聞一多先生呢，豪放、爽朗，侃侃而談，大聲疾呼，有時會聲淚俱下。儘管兩人的性格迥異，但兩人所走的道路卻相同。他們起先走進「象牙之塔」裏，抱着不問世事的態度去進行藝術的研究和創造，但這種禁錮的態度，只能把人愈弄愈糊塗。而現實世界呢，黑暗和光明總不斷在搏鬥着，黑暗瘋狂地張牙舞爪，企圖吞噬着人們，這連困在象牙之塔的人也不能倖免的。在血的教訓下，這些人覺醒了，因而挺身而起，和人們一起撲滅黑暗，縱使犧牲亦在所不惜。這就是聞一多先生在〈獸．人．鬼〉這篇短文所說的：「反正我們要記得，人獸是不兩立的，而我們也深信，最後勝利必屬於人。」

聞一多先生，湖北浠水人，生長於一個富有的大家庭，十五歲那年，進入北京清華學校（清華大學前身）讀書，當五四運動熱潮衝進「清華園」，他曾在深夜裏用一張紅字寫了岳飛的〈滿江紅〉詞，貼在飯廳的門口，以表自己的激憤。一九二二年七月，他到美國留學，在那裏三年，學過畫，學過文學，也搞過戲劇工作。他一方面如飢似渴一樣，讀了許多西洋的古典名著和浪漫主義的文藝作品，把自己變成一個唯美派的詩人；另一方面，在美國親眼看到同胞受輕蔑受侮辱的事實，因之，對祖國的一切發生了懷念與留戀。在他第一本詩集《紅燭》中，這種感情表露得很明顯。回國一個時期後，他和徐志摩等創辦了《新月》雜誌。這時他將社會比作一溝死水，甘願「讓給醜惡來開墾」，自己卻鑽進象牙塔裏去，尋求「美的所在」。一九三O年以後，聞一多很少寫詩了，開始把自己關進古書齋裏去，進行唐詩、詩經、楚辭、神話的研究。這時他已回母校擔任文學教授。

抗戰後，他隨「西南聯大」流徙至昆明。沿途他看見人民的苦難及傷兵的飢餓；另一方面，他對那些官老爺們大興「轉進」，對老百姓卻要糧要丁，竭澤而漁，很是反感。特別在昆明以後，法幣天天貶值，教授們要擺地攤賣破舊來維持生活，很多愛國志士遭受監禁和殺害，這等等事實，逼着他不能再沉默了，他開始走出古書齋，向學生們說：「國家到了這地步，我們不管，還有誰管？」

一九四六年七月十一日，他的好友李公樸被特務暗殺。聞一多憤怒極了，縱使特務聲言要殺害他，但他毫不畏懼。在追悼李公樸的大會上，他拍案而起，怒斥了這羣嗜血的豺狼。兩小時後，他橫眉怒對特務的無聲手槍，犧牲了。這年他僅四十八歲。

[1] 此處曾參考許禮平先生所撰的李廣明生平。詳見許禮平：〈記《青年樂園》週報〉，《舊日風雲．二集》，頁278-279。

# 王安石嫁媳 —馮式

**選自** 《青年樂園》，第321期，1962年6月1日。

## 作者簡介

馮式，即前文介紹過的香港作家馮明之的另一個筆名。個人簡介可參考本書152頁。需要補充的是：他一般會以馮式的筆名替《青年樂園》撰寫文學賞析的文章。當中難得的是這些文章寫來不失當代情懷、雅俗兼備。他可說是《青年樂園》的「御用」文評家。這些文章後來陸續結集收錄在《中國文學家辭典》、《中國文學史話》、《中國文學史提綱》等著作中，故《青年樂園》其實是他這些文章其中一個原始發表地。

## 賞析

選文本是一篇介紹王安石的文章，作者並沒有固守高雅，或是生硬地照本宣科，而是另闢蹊徑，先由王安石嫁媳的角度來切入，介紹他的前衛和改革者風範，由此再兼及他的政治主張、文學素養和性情襟懷等，文章既有通俗趣味的一面，而又處處可見文評家的嚴謹，即使今天讀來也別有一番風味。

在唐宋古文八大家中間，王安石不僅是個著名的文學巨人，而且也是個很有魄力的社會改革家。他為着挽回北宋的國家命脈，解除當世的民間疾苦，曾經積極推行新法，因此引起各種保守勢力的反對；但是，他性格堅定，縱在反對者風起雲湧，舉世滔滔，都以新政為病的時候，仍然堅持自己的主張，有特立獨行，萬死不悔的襟抱。相傳他曾經對宋神宗說：「天命不足畏，人言不足恤，祖宗不足法。」這幾句話，在當時也曾被人引為攻擊的口實，有些替他辯護的人，則說他其實沒有講過。但不管他講過也好，沒有講過也好，這幾句話一樣可以概括出他畢生的奮鬥精神。他另外有一個著名的嫁媳故事，也可以看出他這種獨行其是，一往無前的勇猛作風。

王安石有個兒子，名叫王雱，字元澤，少年英幹有為，聰明絕頂。在王安石推行新法時，他也是重要的決策人物之一，王安石對他言聽計從，十分倚重。他後來娶了一位姓龐的妻子，生得明艷端莊，一時有才子佳人之稱，生活本該過得相當愉快。但也許正因為他過於聰明，為上蒼所忌，或是因為他讀書與工作過勞，身體支持不住，所以年紀輕輕，就染上了一個「瘵疾」，也就是一種肺結核病。這病使他無法過正常的婚姻生活，所以妻子雖然進了門，實際上也等於沒有丈夫一樣，幾年之後，王安石眼見兒子的病狀沒有起色，而這位漂亮的媳婦深閨獨處，夜夜孤衾，也未免有點可憐，於是就派人給她做媒，重新把她嫁了出去。最難得是王元澤本人，雖則病榻纏綿，對這位有名無實的妻子倒還十分憐惜，他也決定揮慧劍、斬情絲，放手讓妻子另行擇配。到她出嫁的前夕，王元澤還作了一首「眼兒媚」詞，送她出嫁，原詞道：

**楊柳絲絲弄輕柔，烟縷織成愁，海棠未雨，梨花先雪，一半春休。**
**而今往事難重省，歸夢繞秦樓。相思只在，丁香枝上，豆蔻梢頭。**

這一首詞，語意淒楚，情韻低徊，所謂「海棠未雨，梨花先雪」，正道出一種魚水難諧，美人另嫁的傷心情境。有些書上說：王元澤嫁妻，乃是因為兩人情感破裂。但從這首送嫁詞看起來，顯然是完全不確的。至於王安石，當時以宰相的尊榮，聲勢煊赫，居然也能夠同情到一名弱女子的生涯寂寞，不怕世俗的嘲諷，甚至不惜絕愛子之望，替她另訂良緣。這種作風，求之萬世，都是十分少見的。

王元澤自嫁妻以後，不到兩三年，也就不治而死。這時，王安石已經五十六歲，他所熱烈推行的新法，在各方面保守勢力的破壞與阻撓之下，終於陸續露出敗徵，最後歸於破產。此後，王安石就退出政治舞台，隱居於金陵的蔣山。但他對於自己的生平抱負，仍然不能忘懷，正所謂「志士暮年，壯心不已」，所以在他晚年的詩作裏面，雖然極力做成閒淡的調子，卻也不時透露出悲壯的情懷，譬如他的〈北陂杏花〉詩云：「一陂春水繞花身，花影妖嬈如占春。縱被東風吹作雪，絕勝南陌碾成塵！」在後面的兩句詩中，就深深表達出王安石那種堅定不移的戰鬥意志，當時有人把他稱作「拗相公」，倒也不是無因的。

王安石的詩固然寫得很好，他的詞也寫得相當玄妙，能夠掃盡過去那種委婉纖弱的作風，為蘇軾，辛棄疾一派的豪放格調開了先河。像下面這一首〈金陵懷古〉，用的是「桂枝香」詞牌，原文道：

**登臨送目，正故國晚秋，天氣初肅。千里澄江似練，翠峯如簇。**
**歸帆去棹殘陽裏，背面西風，酒旗斜矗。綵舟雲淡，星河鷺起，畫圖難足。**
**念往昔豪華競逐，歎門外樓頭，悲恨相續。千古憑高，對此漫長榮辱。**
**六朝舊事隨流水，但寒烟衰草凝綠。至今商女，時時猶唱，後庭遺曲。**

據說，當時做這個題目的，共有三十餘人，卻以王安石的這一首為絕唱。

除了詩詞之外，王安石的古文，在北宋一代更是權威的作手。他的文章，筆力縱橫，識見卓越，遠超同時代的許多作家之上。他和蘇軾兩人，都寫過「上皇帝書」，但蘇軾的文章，只是處處表示出對帝室的忠誠，沒有實際的，具體的政見；而王安石的文章，卻處處表示出對民瘼（編者按：瘼：疾，疾苦之意。）的關切，能夠提出當代的大問題與大癥結。所以不論器識與才幹，王安石都比蘇軾要勝了一籌。

可惜的是，這一位文學上和政治上的天才，卻在反對勢力的重重制肘之下，無法施展他的非凡抱負；新政失敗之後，他只好以詩人終老，度過餘年。但是，他的人格，他的風節，他的政治抱負和文學天才，在中國歷史上卻仍然放射出無限的光彩。

藝評

# 王羲之與書法 —楊敏

**選自** 《青年樂園》，第462期，1965年2月12日。

## 作者簡介

本篇的作者楊敏，其真實姓名今天已不可考。不過這是文藝刊物的常見現象。一份刊物的成功，其實靠的是無數的小作者不斷耕耘投稿和支持，固然其中一小部份能成為名家，然而更多的投稿人是以後不再從事文藝創作了。

## 賞析

選取本文其實希望展現《青年樂園》的豐富面貌。選文一方面在介紹王羲之的書法特色，另一方面也告訴讀者王羲之在成為書法家所作的努力。文章的重點既在講授和介紹書法的宏觀知識，更能引導讀者如何欣賞王羲之的書法，寫得錯落有致。

書法是中國的優秀文學遺產。書法本身也是一種藝術。提起書法，人們自然會想到王羲之。

王羲之，是東晉時候（公元三〇七年）山東琅琊人，曾做過右軍將軍會稽內史的官職，故也稱王右軍。

## 羲之書法耀古今，最初拜師衛夫人

王羲之的書法，世人稱為鐵劃銀鈎，是唐代以後所一致推崇的，有如唐詩、宋詞、元曲，它照耀歷史，震古爍今。他的書法有楷書、行書和草書拓本及摹臨本（拓本是用墨塗在刻有字的表面上，利用它的凹凸黑白關係，用紙蒙上經錘打拓出）。

羲之傳世的楷書，到現在只有〈樂毅論〉、〈黃庭經〉、〈東方朔讚〉拓本，這是他的楷書的代表作。書寫瀟灑縱橫，筋骨老健，不拘守方正直。王羲之楷書寫得好，是同他的第一個老師衛夫人很有關係的。他七歲時就開始讀書寫字，很是勤力。當時汝陰太守李矩的夫人衛茂漪，書法很好，她的書法被讚稱如插花舞女、端莊淑慧，名譽很高；因此，王羲之的父親王曠就叫他拜她為師。

## 十二為書現老成，伯父留跡作範本

羲之十二歲時寫字已經很好，並在父親枕頭箱偷得筆法，但文字深奧，看不出甚麼道理來。後來父親發覺了，教導他，說他年紀小不懂得，待長大了才教他。羲之叩頭說：「我長大了，已經成功啦。」父親覺得他的話蠻有道理，就扼要地把主要筆法講給他聽，他好像領會了，馬上把法度加以實踐，經幾天的功夫，把字寫好交給衛老師看，衛老師看了不禁驚歎道：「羲之的年紀這麼小，寫出的書法已有老成的氣概，他日一定有大成就！」

羲之的楷書寫得好，是有理由的，他的伯父王導、叔父王廙，書法都很有名。他們常常教導他，怎樣學好書法；王導還把鍾繇所寫的〈宣示表〉墨跡，交給他，要他學習，此〈宣示表〉對他的楷書影響很大。

原來，鍾繇的書法，在當時是煊赫一時的。他一生學書法三十年，他經常在練字後洗筆，曾把池水染成墨，而「坐則畫地、臥則畫被」，為了把筆法弄好，又曾半夜苦研當時製墨專家及章學家韋誕遺給子孫的漢末書家蔡邕的筆法。鍾繇傳世的書法除〈宣示表〉外，還有〈薦季直表〉。他的書法結字非常嚴密，筆斷意連、筆短意長，非常巧妙，不愧為右軍臨書範本。

## 遊名山博覽篆隸，融會貫通自成家

王羲之自從得了鍾繇的筆法真跡後，對書法的啓發甚大。那時，他的書法已經很有名望，後來又有機會北遊名山大澤，看到李斯、曹喜、梁鵠、蔡邕等名家石經、淳古的墨跡，博覽了不少秦漢篆隸，眼界大開。於是，他悉心揣摸，把隸書的法度，融入真、行、草各體中去。果然，他自創的書法，用筆流暢，極其含蓄，實屬妙品。從此，他逐漸擺脫了衞夫人的「小路」（筆法），推陳出新，自成一家。

那時候，有名的書家庾翼，看到子孫輩爭臨右軍書法，氣得喊出：「兒輩厭家鷄愛野鶩。」意思是說，他的後輩都不學庾家的舊體書法，而學王家的新體書法。可見王右軍當時的書法，早已打進書家的「學府」去。事實勝於雄辯，庾翼後來也不得不讚美王羲之的書法為「煥若神明」了。

## 行書字體剛且勁，婀娜如飛舞之仙

王羲之的行書，以〈蘭亭詩序〉為代表，〈懷仁集聖教序〉為輔。蘭亭序是他在五十一歲時最成功的作品。永和癸丑年三月三日，他和朋友子輩們四十二人，在會稽山陰蘭亭一處相聚，那裏風景極好，崇山峻嶺、茂林修竹、清流激湍；到酒興既濃時，他揮起鼠鬚筆，即席在蠶繭紙上書寫，得心應手，作成〈蘭亭詩序〉，共三百二十五字，字體剛勁婀娜（像永、暮、春的撇捺），窈窕合度，如飛舞之仙，成為古今一致所推許的天下第一行書。這「序」的真跡已給唐太宗陪葬，現在所留下的只有唐褚遂良、馮承素、歐陽詢及元趙孟頫等的摹本或臨本。（「臨書」是以紙放在古帖之旁，細看帖的筆勢而臨寫；「摹書」是用薄紙覆蓋在帖之上，按着原跡筆劃大小而勾填。）

## 草書如龍跳虎臥，狀斷而連斜而正

王羲之的草書，以〈十七帖〉為主、〈淳化閣帖〉為輔，〈十七帖〉是唐太宗令褚遂良收集右軍墨跡，裝為一卷，約丈餘長，共九百四十二字，由廿七個帖組成。開始是「十七」二字，因而得名。此帖絕大多數為今草，完整的唐人摹本，宋時已散失，只有零片簡十多張，傳至現在，只剩下〈遠宦帖〉和〈遊目帖〉。它的書體出神入化，極其飛動、筆致娟秀，像醉翁似斜似正，字斷而意連，而血脈相貫。梁武帝曾喻它為「龍跳天門、虎臥鳳闕」，唐太宗則讚美說：「煙霏露結，狀若斷而連，鳳翥龍蟠，勢如斜而正。」但王羲之自己只是認為，他的「真書（楷書）勝鍾，草故減張」。鍾是鍾繇，張是張芝。其實，鑑賞家早就認為：他的草書並不遜於張芝呢。有一次，庾翼寫信給羲之說：「以前我存有張芝的草書十紙，後來散失了，到見了你寫給我哥哥庾亮的信，才發覺你的書法『煥若神明』，頓使我失了張芝的書法而像復得一樣！」

## 羲之字跡萬五紙，一字真跡無留存

王羲之傳世的楷、行、草都有他的代表作，但未見有隸書出現，據說他可能將隸書融合、演進到真書裏，這是他把書法「化古為今」的成功處。

王羲之的字跡，據歷代著錄所載，頗為大觀，當時統計：王羲之、獻之（獻之是羲之第七子，書法與父齊名）精品、次品、三品及新購未評定的，共有七百零七卷，每卷均二丈長，即共達一千四百一十四丈。若平均每帖以一尺計算，即有一萬五千紙之多，可見他的書法之多了。單據唐太宗收購右軍真跡令褚遂良鑒定的，有二千二百九十紙，其中真書五十紙，行書二百四十紙，草書二千多紙。但經過千百年以後，時代不斷變遷，散失了很多。到了清朝，僅餘〈快雪時晴〉、〈如何〉、〈奉橘〉、〈脩載〉、〈此事〉等帖，流到日本的有〈哀禍〉、〈孔侍中〉、〈二謝〉、〈得示〉、〈游目〉等帖，那只是滄海一粟吧了。據專家鑑定：到今天，羲之已無一字真跡留存。我們賴以窺見他的真跡的，盡是臨本或雙勾填墨本（專家們把書法細琢勾邊後，以原墨色填上，精確到絲毫不差的程度，俗叫次真跡）。

王羲之生長在一個動亂的社會中，經歷過淝水之戰，也曾做過驃騎將軍。他很同情民間疾苦，在會稽時，百姓賦役繁重，常遭饑餓，他一面開倉貸糧給貧民，一面向朝廷力爭。可惜一直來，都得不到朝廷的重任，只好稱病辭官，晚年以遊山玩水，養鵝畫畫為樂。卒年五十九歲。儘管他一生不算得志，但他的書法藝術，冠絕古今，如日中天、永晝不夜，為後世所推崇！

# 介紹幾幅世界有名的裝飾畫——英國畫家比亞茲萊及其作品 ——王凝

**選自** 《青年樂園》，第92期，1958年1月10日。

## 作者簡介

王凝，原名汪澄（1920-2002），浙江杭州人。早歲雅好繪事，曾留學英國，返香港後致力美術教育，年輕時是中華全國木刻協會會員。五十年代返港後，獲聘為《青年樂園》周報的第一任社長。1959年初，離任創辦另一份刊物《小朋友》。六十年代中，汪澄先後赴法國、美國等地深造，後曾移居夏威夷、紐約等。[1]

## 賞析

選文在描述手法和用語遣辭上不失藝術家的風範。其中介紹的是五四運動時期頗受現代文學作家關注的英國藝術家比亞茲萊（Aubrey Beardsley）的作品。在1920年代，中國書籍裝幀界更曾興起過一陣「比亞茲萊熱潮」。[2]《青樂》的另一名作者葉靈鳳，年輕時便曾被稱為「東方的比亞茲萊」。而比亞茲萊之所以為中國現代文學作家所熟知，最初是由「創造社」的郭沫若和田漢向現代作家介紹所致。[3]

比亞茲萊是英國唯美主義、頹廢派藝術的傑出代表。他的繪畫所表現的主體絕大多數皆為女性，他以高度符號化、情色化的方式展現了維多利亞時代備受壓抑的女性群體的生存狀態和精神面貌。他的作品常見怪誕的、非自然的藝術風格和直白的裸體意象。[4] 數十年後的1958年，汪澄在選文介紹中，又重新審視和介紹了比亞茲萊作品的優點：豐富的想象力，優美的黑白對照，平衡而又完美的構圖，細緻而又有力的線條。而且常對貴族帶有諷刺和嘲笑。汪澄同時指出比亞茲萊的作品，仍然存在缺點的就是：在內容與形式上，都缺乏一種深度的思想性。

《莎樂美》（Salome）是十九世紀英國文學家王爾德所作的劇本，這個戲劇在世界文學史上很有名。

比亞茲萊（Aubrey Beardsley）是十九世紀末（1872－1898）的英國裝飾藝術家，他用卓越的繪畫藝術替王爾德的《莎樂美》文學名著畫插圖。這些插圖藝術價值極高，它受到世界廣大人們的讚譽，認為比亞茲萊是一個裝飾藝術少有的天才。

比亞茲萊的父親是一個金銀匠人，一個工藝小生產者。他少年的時候，便喜愛文學、音樂、繪畫等藝術，他對文學修養很深，因此，他所作的文學名著插畫，都富於詩意，充分表現出他的藝術才華。

有一位歐洲文學批評家，對他的插畫非常推崇，認為他的裝飾畫，像蕭邦的鋼琴樂曲，像達·文西的繪畫，像凱茲的詩，像華格納歌劇的序曲……

魯迅先生也曾在《藝苑朝華》第四輯介紹過他的插畫，並寫了一篇文章稱讚他的藝術。魯迅先生認為他的黑白裝飾畫是非常傑出的，影響也是非常廣泛的，所以介紹給中國文壇，希望中國的文學藝術家除了發揚中國的傳統藝術之外，並吸收外國藝術的優點，從而豐富本國藝術的生命。比亞茲萊的插畫藝術，無疑是可以作為我們一種很好的參考。

我們可以從本版介紹他的插畫，看出他的創作特點：豐富的想像力，優美的黑白對照，平衡而又完美的構圖，細緻而又有力的線條。這些特點，構成一幅優美明朗的畫面，使人看起來產生美感。

「孔雀裙」、「赫洛德的眼睛」、「頂點」（見本版）作者運用強烈的黑白對比手法，有效地表現出主題。我們看他的每幅畫，都覺得很單純，但每個人物的特點都給作者用高度的概括力抓住了，畫面每個重要的部份，作者都用細緻的描繪來使它突出，因此，我們覺得他描繪的主題人物，很明朗突出。

還有一點值得注意的，就是比亞茲萊的繪畫，不但構圖優美，而且往往在他的作品中看到濃厚的諷刺性，他把那些妖艷的貴婦人那些好考究的、傲慢的病態，從他的畫筆下暴露出來，對沒落的貴族社會一種嘲笑。

綜觀比亞茲萊的繪畫，我們可以得出一個結論：

他的作品優點 —— 內容常常帶有一定的對現實的諷

刺意味，這是值得我們學習的。同時，他的畫面，形式優美，黑白對比強烈而又自然，高度發揮了圖案的裝飾效果。特別對如何突出主題人物的手法，是值得我們去體會的。

他的作品缺點——無論內容與形式上，都缺乏一種深度的思想性，他過份追尋畫面的形式美，便流於「唯美」的傾向，因此，魯迅先生把他這種純粹的「美」，看作「惡魔的美」。

---

1 此處曾參考許禮平所撰的汪澄生平。

2 袁熙暘：〈新藝術的餘暉—20世紀20年代中國書籍裝幀界的「比亞茲萊熱」〉《非典型設計史》（北京：北京大學出版社，2015），頁273。

3 葉靈鳳：〈獻給魯迅先生〉收錄於陳子善編：《葉靈鳳隨筆合集之一忘憂草》（（上海：文匯出版社，1998），頁311-312。

4 李雷：《審美現代性與都市唯美風：「海派唯美主義」思想研究》（北京：文化藝術出版社，2013），頁123。

# 壹個優美的藝術欣賞會 —馬鑑

**選自** 《青年樂園》，第60期，1957年6月1日。

## 作者簡介

馬鑑（1883－1959年），字季明，浙江寧波人，著名文史學者。清代秀才，早年就讀於上海南洋公學。曾任教於北平協和醫學院。1925年，留學美國紐約，獲美國哥倫比亞大學教育學碩士學位。1926-1936年，出任北京燕京大學國文系教授，並擔任國文系主任。1937-1941年，出任香港大學文學院教授。1942-1945年，出任四川成都燕京大學國文系教授和國文系主任。1944-1945年，出任燕京大學文學院院長。曾任燕京大學圖書館主席，為保護館藏做了大量工作。1946-1951年，出任香港大學中文系主任。有藏書齋名「老學齋」，藏書甚豐。[1]

## 賞析

選文是曾出任香港大學中文系主任的馬鑑教授，為嶺英中學建校十九周年所作。馬鑑自1941年10月10日起，與許地山等一起成為嶺英中學的校董會成員。[2] 故其後也曾安排兒子馬臨（後出任香港中文大學校長）在嶺英中學就讀。而《青年樂園》後來的總編輯陳序臻等也是嶺英中學的畢業生，估計因此而結緣。選文主要內容是評論兩位嶺英中學畢業生的國畫和攝影，其中在國畫評論上，尤其顯出馬鑑國學名家的識見。值得注意的是，在五四運動前後，北京大學有「一錢二周三沈五馬」之說，其中的「二周」其實便是魯迅兄弟，而馬鑑則名列「五馬」之中。[3] 故以其地位和影響力能替《青年樂園》撰寫此稿，不無扶掖後輩、推廣教育的意味。

本年六月一日，為嶺英中學建校十九周年紀念，在這時期，同學們的成績都陳列出來，供社會人士評判，這當然屬於課堂以內的各項習作，無需我來一一介紹。至於課外個人遊藝作品，卻有值得一說的，現在分述如下：

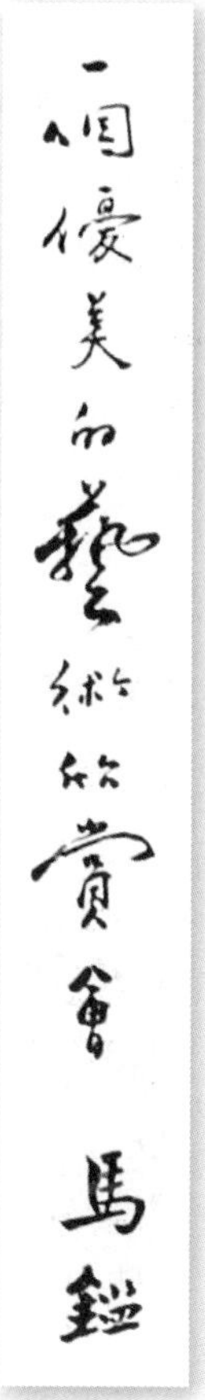


## (一)

張文鋭——國畫；文鋭已畢業於嶺英中學，但他愛好藝術，又師從鮑少游先生學習國畫，數年以來，他的繪畫與日俱進，這固然由於文鋭的天資，但亦不能不佩服鮑先生少游的教法。此次展出有四十餘幅之多，其中如：「葫蘆」、「秋芳圖」、「秋圃雙禽」、「翠竹幽禽」、「蘆花游鯉」、「蕉陰清趣」、「花前月下賞螢光」、「煙樹雲山擬米家」等作，都確能得其師真傳，不愧傑作，若加以歲月，必能造詣過人，為藝術界後起之傑。

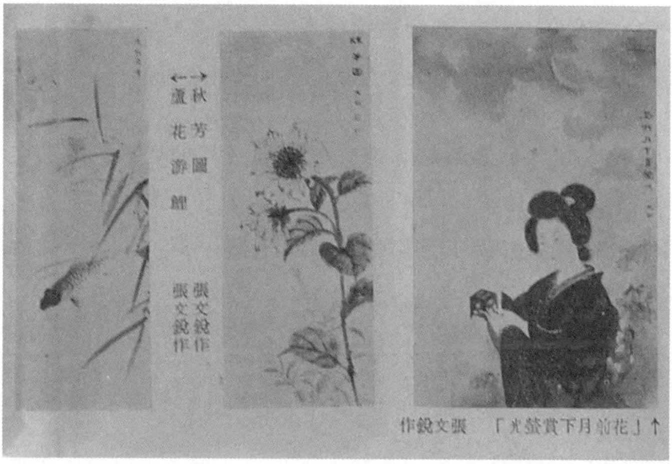

## （二）

張堯光──攝影；堯光於課餘之暇，愛好攝影，不惜時間，不計金錢，惟在求精，於風景人像靜物，一一嘗試，而尤於街頭景物有特別的興趣。他的作品如：「互助」，「幻滅在瞬息之間」等，都是應徵入選的傑作，此次陳列出來供大家欣賞。此外還有他自己心愛的作品四十幀，亦同時展出，讓大家批評。堯光年少英俊，對於攝影專心致志，不患沒有光大的前途，香港人士好此道，先進甚多，當然給他精神上鼓勵。

孔門教人，注重游藝，現代教育，亦注意課外活動，洪校長是教育界的前輩，用他十九年的精力，得到這樣的成績，今天看到「二張」出品，已令人嘆為難得，「嶺英」的前途，將來正是未可限量的。

張文銳是國畫家鮑少游的高足，他在一九五一年開始習國畫。他創作的題材，非常廣泛：山水、人物、花鳥、草蟲都作多樣的嘗試。他的繪畫作風，受鮑少游影響，用筆用墨輕快、活潑，每一幅畫，都洋溢出筆意墨韻的情趣，從他四十多幅作品之中，可以看出他是一個勤力的青年畫家，今後，他能百尺竿頭，再進一步，必然會創造出更優美的成績。

張堯光與張文銳二君這次聯合展出的藝術作品，無論在數量上與質量上，都達到一定的水準。他們都很年青，都很努力創作和勤懇學習；他們在青年人中作出一個良好的榜樣。

嶺英中學於本星期六舉行十九週年紀念慶祝會，除了展出學生各科成績之外，還展出張堯光張文銳兩君的藝術作品──這個慶祝會裡非常令人注目的一項展出。希望本報愛好美術與攝影的讀者不要錯過參觀的機會。因為，在這個展覽會裏，你將會得到許多有關藝術創作的知識，它能提供你許多藝術創作上的參考。

我們也希望教育界和藝術界，今後多舉辦這種青年人的藝術作品展覽會，以鼓勵青年人對藝術發生興趣，培養青年人具有藝術的修養。我們更希望社會人士，對青年的藝術創作，加意愛護，給青年人在創作上關懷與支持。讓青年的藝術之花普遍開放出來。

(展出地點：銅鑼灣嶺英中學內　展出日期：六月一日星期六)

## 介紹兩位青年藝術家　本報記者

張堯光與張文銳都是嶺英中學培育出來的兩朵花。這兩朵初放的鮮花，很受本港藝術界的重視，不少青年對他們的藝術作品，也發生極大的興趣。

張堯光是本港名攝影家顏震東的學生，他在一九五四年開始學習藝術攝影，到今天只不過兩年，已在青年攝影界中，露出鋒芒，得到許多攝影名家的好評。他對筆者說：「我最喜歡參觀攝影展覽會，本港每次展出的攝影名家作品，我必在會場流連忘返，細心學習。有時，參觀了一次，又去一次；有時。在同一個展覽會同一張來賓簽名緞布上，可以找出四五個『張堯光』的名字。」可見他對攝影藝術的學習是如何的虛心。張堯光的攝影藝術作風，重視寫實，他探索人們日常平凡的生活，從人們的現實生活中，寫出人生的意義。他是一個很有前途的青年攝影家。

---

[1] 詳見：廣州市文物博物館學會編：《廣州市文化廣電新聞出版局》（廣州：文博文物出版社，2013），頁365。

[2] 洪高煌：〈嶺英中學十年來日記〉《嶺英中學十週年紀念特刊》（香港：嶺英中學，11948），頁107、110。

[3] 所謂「一錢二周三沈五馬」，「一錢」其實是指錢玄同，「二周」是周樹人、周作人（魯迅兄弟），「三沈」是指沈士遠、沈尹默、沈兼士兄弟三人，而「五馬」則指馬裕藻、馬衡、馬鑑、馬准和馬廉兄弟五人。詳見李宗剛：《新式教育下的公共領域與五四運動的發生》（濟南：齊魯書社，2006），頁201。

影評

# 多姿多彩《八十日環遊世界》—中流

**選自** 《青年樂園》，第143期，1959年1月2日。

## 賞析

《青年樂園》有關電影的介紹版面，是由1956年7月21日，第15期起開始出現。最初只提供不同院綫的不同電影上映時間，逐漸擴展為電影的內容介紹或評論。約由至1957年8月10日，第70期起，此一欄目主要由娛樂戲院的宣傳部張先生，以「中流」的筆名來撰寫，約至1964年底。同期的《中國學生周報》的電影欄目，內容較為嚴肅、學術味道較濃，影評亦較為詳細，後期在介紹和探討歐西電影方面尤見著稱。而《青年樂園》的編輯則視看電影為一種通俗的娛樂消費活動，故影評一般較為通俗，主要以介紹電影的本事內容為主。以下的選文便是其中一週的電影介紹：

上週首輪各院賣座，笑片高踞首席，尤其娛樂樂宮線的《糊塗保姆》一枝獨秀，利舞台和普慶的《傻人當兵》也不示弱，無怪大假期內各院都喜歡上映笑片了。本星期，首輪各線均推出新片，其中聲勢最大的，當然是《八十日環遊世界》了。

**《八十日環遊世界》**（Around the World In 80 Days）（都城景星上映）這片聲勢之大，真是空前。原書是法國著名科學小説家凡爾．孚恩的名著，改編後的電影，在銀幕上可算多彩多姿，但失去了原著特有的風味。這是文學和電影互有短長的地方，最有天才的導演也無法彌縫這缺陷的。片裏出現的各地名勝風光，有許多像西班牙的鬥牛，印度王子的殉情等，都已看過，但有許多東西和景色卻是一新眼界的。片裏有一兩處賣弄攝影技術，很像立體電影，也很有趣。

**《妖島神魔》**（The 7th Voyage Of Sinbad）（娛樂樂宮上映）根據《天方夜譚》拍攝的影片已有過不少，這片雖以《天方夜譚》中「辛伯航海家的第七次航海」為片名，但故事實是《天方夜譚》的大成。這本家傳戶誦的名著裏所出現的神燈、巨人、大鵬鳥、毒龍等都在這片出現。故事也改編得相當生動，而且還使用一種新發明的「神化攝影法」（Dynamation）來拍攝，以這類影片而論，這片確是略勝一籌的。

**《少女嬉春》**（This Happy Feeling）（利舞台普慶上映）好萊塢近來有種風氣，好拍老男少女的影片。這類片以前有過《甜姐兒》和《花都春夢》，這片也是這一類型。郤佐真斯的喜劇天才已在《荒唐上校》裏表演過，在這片的表現也很不錯，可惜劇本太胡鬧，使人看了印象很壞。

**《歡樂人家》**（The Remarkable Mr Pennypacker）（樂聲百老匯上映）奇利夫頓韋是個「妙人」，他的喜劇天才是久有定評的。這片的劇情雖太誇張，但由於他的演技，很能把觀眾情緒控制。這是新年假期內一部不錯的笑片。

**《派對女郎》**（The Party Girl）（豪華百樂門上映）這一線今年的聖誕和新年上映的影片，都是殺氣騰騰的。派對女郎也是女人、打槍、尋仇、報復。這類影片，有害無益，不看也罷。

# 攝影

《青年樂園》的藝術攝影版，是當時青少年刊物中一個頗具特色的欄目。五十年代中，攝影活動開始在香港青少年中風行起來。《青年樂園》在創刊不久，便以隔期出版的形式，專題介紹攝影活動。撰文者不少是當時香港攝影學會和中華攝影學會的成員，當中較為著名的有：鄒其厚，陳復禮，潘日波、夏森林、吳兆堅等。《青年樂園》十分重視和這些攝影名家及攝影學會的合作。如曾以《青年樂園》報社的名義，為這些攝影名家舉行作品展。又如報道香港大學學生攝影比賽和香港國際攝影沙龍的消息等。此外，報社也舉辦了多屆攝影比賽，並邀請攝影學會的名家擔任攝影比賽評判和開設公開講座，直至1964年底才告一段落。

## 作者簡介

潘日波（1914-1989），香港出生，抗日戰爭時期返回內地。曾先後在廣西的百色和廣東的台山、韶關、廣州等地當教師。五十年代戰後回港，轉而從事職業攝影工作。1953年考取了英國皇家攝影學會的ARPS（中級會士）和FRPS（高級會士）名銜。[1]後來，更成立「潘日波攝影學院」，多年從事攝影教育工作。他的作品屢獲肯定，曾多年名列「世界沙龍成績十傑」。[2] 1958年，潘日波與陳復禮、鄧雪峰、譚宗望、何宗熹等攝影愛好者組建了中華攝影學會，它與香港攝影學會一起成為香港兩大攝影組織，推動攝影藝術與中國傳統文化的融合及香港攝影藝術的發展。[3] 更有把他和鄧雪峰、羅蘇民譽為香港藝術攝影界的「三大宗師」。[4] 潘日波和《青年樂園》早有結緣。如1957年4月，報社就以香港《青年樂園》週報的名義，替潘日波舉辦「潘日波的藝術攝影作品展覽會」。

## 作者簡介

陳復禮（1916-），香港著名攝影家，廣東潮州人。19歲畢業於廣東省立韓山師範學校，1936年赴南洋謀生。先僑居泰國，1942年旅居越南。在此期間開始業餘學習攝影，作品陸續入選世界各地國際攝影沙龍。1951年聯合當地攝影愛好者，組成越南攝影學會，任副會長。1955年定居香港經商，繼續從事攝影藝術創作。1958年與影友創立香港中華攝影學會，任永遠榮譽會長，1959年兼任香港攝影學會副會長；1960年在香港創立影藝出版公司，出版《攝影藝術》月刊。1964年改名《攝影畫報》月刊，任主編及督印人。1961年取得香港攝影學會榮譽高級會士，考獲英國皇家攝影學會高級會士；並先後於1957-1961年連續被列入美國攝影學會年度統計世界各地國際沙龍入選成績前10名；1964年獲美國攝影學會高級會士。1980年當選中國攝影家協會副主席，繼又任中國華僑攝影學會副會長，港澳攝影協會會長，香港中國旅遊出版社社長，中國文學藝術界聯合會第四屆全國委員會委員。[5]陳復禮曾任多屆全國政協委員，1996年任香港特別行政區第一屆政府推選委員會委員，2007年獲香港特別行政區政府頒授銅紫荊星章。2014年獲香港藝術發展局頒發「2013香港藝術發展獎」之「終身成就獎」。[6]

陳復禮的作品題材廣泛，風景、人物、靜物等無不涉獵，尤其風景攝影的表現技法獨樹一幟。先後獲200多個國際攝影沙龍金獎、銀獎和銅獎。代表作有《堅毅》、《流浪者》、《搏鬥》、《矣乃一聲山水綠》、《朝暉頌》、《千里共嬋娟》等。主要著作有《中國畫意和風景攝影》、《再論中國畫與攝影》、《陳復禮攝影作品集》和《中國風景》。1959年開始在香港、越南、泰國、印度及中國各地，舉辦過多次個人攝影作品展覽。1982年春在美國波士頓舉行個人作品展覽，觀眾為之傾倒，展期一再延長，竟達14周之久。[7]

1960年《青年樂園》攝影比賽頒獎留念照。前排四人為得獎人士，後排左起為《青年樂園》總經理熊敬宜、李廣明社長，潘日波先生。
（圖片為李廣明社長遺孀吳子柏女士提供）

1 所有愛好攝影的人士都可成為英國皇家攝影學會的普通會員，加入英國皇家攝影學會普通會員需要支付71英鎊的會員費。除普通會員外還有三個榮譽稱號：LRPS（初級會士）、 ARPS（中級會士）、 FRPS（高級會士）。英國皇家攝影學會對於那些在攝影領域裡取得成就的會員授予其聲望很高的榮譽頭銜。學會的榮譽頭銜在世界攝影界得到認同，並成為衡量攝影師水準的標準。詳見：邵大浪：《國際攝影展覽及參展對策》(北京：中國攝影出版社，2006)，頁33。

2 潘日波遺稿：〈艱苦的路程〉《沙龍懷舊之潘日波遺作》(出版資料不詳)，相關文章轉引下載自：https://www.facebook.com/ProPhotoClass/photos/a.278741395593695.1073741840.219289164872252/278741515593683/?type=3&theater，摘取下載日期：2016年9月20日。

3 陳申、徐希景：《中國攝影藝術史》(北京：三聯書店，2011)，頁521。

4 同註2。

5 陳復禮：《陳復禮攝影自選集》（香港：香港中國旅遊出版社，1996），頁I-IV。

6 詳見：「香港藝術發展局網頁」：http://www.hkadc.org.hk/?p=3542&lang=tc，摘取時間：2016年4月3日，14:00。

7 陳復禮：《陳復禮攝影自選集》，頁I-IV。

# 關於參加攝影比賽的幾點意見 ——*潘日波（FRPS）*

**選自**　《青年樂園》，第60期，1957年6月1日。

## 賞析

兩篇選文分別由潘、陳兩位攝影名家撰寫，可見《青年樂園》的攝影知識介紹已相當詳盡和專業。由其中的講評內容可見，從取景、用鏡、角度、構圖、用光、晒相、情趣等詳細評論青少年攝影作品，文字毫不艱澀，通俗易懂，實乃青少年攝影進修的通俗版面：

本報今次舉辦的第一屆攝影比賽，初時擬定的題目，就是「春」和「光與影」，後來徇各位讀者的要求，就增加一項「自由題」，這麼一來，簡直就沒有題材上的限制了。自然，題材廣泛，攝影者就易於着手找尋資料，上至天空，下至地面，無一不是你拍攝的對象。因此，我對這次的攝影比賽，順便提供如下幾點意見，聊供參考吧了。

**（一）**

我們欲求攝影藝術的進步，就得精益求精，大家參賽的照片，一致希望共同維持這個原則。

**（二）**

我們誠懇的希望本港及海外僑胞踴躍參加，共同負起提倡攝影藝術和藝術教育的責任。

## （三）

參加比賽，無需計較成敗。得到優勝，足以證明你底藝術生命又跨上一個進程。落選，也不算得是失敗，不過替你來一次進度的檢查，這才是成功的開始。

## （四）

不要完全根據個人成見上的愛惡，去選擇照片，有時得獎的一幀，就非你始料所及的，因為評判員的多數同意，才是最後的決定。

## （五）

攝影的技術，包括：題材、意義、情趣、用光、構圖、角度、畫面的優美……。黑房的工作，包括：放大時配紙，色調，和黑房技術的控制，如要取勝這兩方面，都要相提並重的。

# 攝影簡評 ——陳復禮（ARPS）

**選自** 青年樂園》，第462期，1965年2月12日。

志君這幀「望千秋水」（大概是望穿秋水之誤吧！）是一幅很不錯的生活照片，它最低限度已做到光正確，層次分明這地步。作者雖然沒有說明拍攝的過程，不過，相信拍時有加上淺黃濾色鏡，所以天空白雲才有這樣好的表現。在戶外陽光下拍照，特別是天為背景的，一個中色的濾色鏡，是決不可少的。

在取景方面，我不大贊成無緣無故把鏡箱弄偏，看來怪不順眼，都沒有若何特色，不妨去蕪餘菁，裁去大部份：這樣的一幀生活照片，看來便簡潔得多了。還有，照片的中央，有幾條黑色的痕跡，好像是菲林上的毛病。如果志君拍好的照片，每一張都如此，便應該檢查一下相機是否不妥，或沖時有問題了。

樂評

# 鋼琴詩人蕭邦 —羣明．魯璉

**選自** 《青年樂園》，第184期，1959年10月16日。

## 賞析

音樂評論是《青年樂園》十分重視的欄目。正如前文提到《青年樂園》十分重視廣受學生讀者關注的群體活動。校際音樂節更是刊物專題報道的「第一主角」。每次校際音樂節，《青年樂園》都會至少有兩至三期專題報道和評論。所以，《青年樂園》在內容上也十分重視音樂知識、名曲、內容的介紹。但《青年樂園》的音樂評論，基本上會較肯定古典音樂的部份。故六十年代中，當西方流行音樂開始風行全港之時，《青年樂園》的音樂評論對披頭四、爵士音樂、阿哥哥等大多持負面態度。以下選文出自作者羣明．魯璉的音樂評論和介紹正是《青年樂園》音樂品味取向的一個例證。

一九六〇年世界樂壇都準備隆重的舉辦音樂會來紀念蕭邦（Chopin 1810-1849）誕生一百五十週年，特別是他的祖國波蘭，政府將一九六〇年定名為「紀念蕭邦年」。在計劃項目中，除了蕭邦樂曲演奏的音樂會之外，還準備出版有關蕭邦事跡的書，舉辦國際蕭邦樂曲比賽，作曲家大會及展覽會等。

蕭邦是音樂史上對鋼琴演奏最有貢獻的一人。許多名音樂家都寫過稱讚他的話：

聖桑說他改革了神聖的藝術，鋪平現代音樂的大道。

舒曼說他是當代最傑出的，最顯赫的詩聖。

魯賓斯坦稱他為鋼琴的靈魂，鋼琴詩人。

還有數不盡的稱譽，蕭邦是當之無愧的。

蕭邦，全名是佛德烈．法蘭西斯．蕭邦（F.Francois Chopin），在一八一〇年三月一日生於波蘭首都華沙附近的些拉蘇哇．窩拉（Zelazowa Wola）。他最早的老師是一個波希米亞作曲家蕭尼（Zywry），他學習鋼琴進步得很快，八歲便公開演奏《奏鳴曲》。

三年後，他受教於波蘭音樂學院院長約瑟．愛思那（Joseph Elsner），院長教他和聲及對位法，而且很賞識他的天才。當時他對戲劇很感興趣，曾經和姊妹合作過一個獨幕喜劇，但他後來並未作過歌劇，真奇怪。

蕭邦早期的作品是一些國民舞曲，如馬祖卡舞曲，波蘭舞曲和圓舞曲等。這些作品有些是他在維也納的演奏會表演的。一八三〇年三月，他決定離開波蘭到巴黎和倫敦旅行。臨走前，在華沙舉行一個告別演奏會，表演得太好了，經不起聽眾的熱烈要求，結果要重演兩次，延至十一月才動身。

他旅行各地演奏，途中聽到俄軍攻陷華沙的消息，悲憤異常，作了C短調練習曲（原名為革命的練習曲）。

他廿二歲到達巴黎，很受上流人士的歡迎，但是沒人了解他，幫助他發展他的音樂天才。當時許多知名的文學家、音樂家都到巴黎旅行或留居，如李斯特、貝遼茲、曼德爾遜、海涅、巴爾札克、喬治桑等。經過李斯特介紹，蕭邦認識了女小說家喬治桑。兩人感情很好，很多時蕭邦一面彈琴，喬治桑一面在旁邊寫作，她有些出名的作品便是這樣寫成的。一八三八年，蕭邦，喬治桑和她的子女一同到馬助卡島休養，在這段羅曼蒂克的生活中，蕭邦寫成了輝煌的作品──《前奏曲》。當時他患上肺病，經濟又困難，加上精神上的痛苦（喬治桑已羅敷有夫，不能跟他結婚，二人只是暗中戀愛），把他的身體折磨得很厲害。

一八四八年，他到倫敦舉行演奏會。一年後便回巴黎，不久一病不起。一八四九年十月十七日，這位音樂界的奇才便因肺病而死。蕭邦的葬禮中奏起了莫札特的鎮魂樂，安葬在Pere-La-Chaise墓地，和比里尼（Belini），查路邊尼（Cherubini）為鄰，享年只有三十九歲。他雖是在短短的生命中，但卻留給我們豐富的音樂遺產。

他在卅二歲至卅四歲這三年間，曾特別為波蘭的詩篇來譜曲，一共寫了十七首，作品編號是七十四，而〈少女的願望〉是第一首。歌詞的作者是波蘭詩人屈蒂威奇（Stephen Witwicki），也是蕭邦的一位好朋友。

蕭邦一生雖然很少寫歌曲，但從這歌曲來看，他的寫作技巧實在可以媲美他的鋼琴曲。〈少女的願望〉是一首美妙的抒情歌曲，婉轉而幽雅，富於感情。

十月十七日是蕭邦逝世一百一十週年紀念日，所以特別選了他的歌曲〈少女的願望〉介紹一下。

劇作

# 浪子回頭 — 獨幕時代粵劇 *—黃炤桃編*

**選自** 《青年樂園》，第140期，1958年12月12日。

**作者簡介**：詳見本書63頁。

## 賞析

這齣「獨幕時代粵劇」，以學生作題材和內容。它是漫畫家黃炤桃先生在中學時代較有特色的嘗試。除了在內容以學生入劇外，更特別的是作者棄用粵劇劇本常用的工尺譜而改用簡譜。正如作者自言，這類題材的創作當年只能見諸於《青年樂園》，是因為其選稿較為寬泛，而且容許粵語入文的程度較高。[1] 而同時期的《中國學生周報》則不然，只在較輕鬆的「快活谷」，才容許少量粵語入文。今天我們閱讀有關獨幕劇本時，雖不無稚嫩之氣，但仍見作者青少年時代的勇氣和大膽嘗試。

**時**：某日黃昏。

**地**：香港街頭。

**人**：小春、小夏（中學生，十七八歲，鼻樑架近視眼鏡。）、貓王九、馬騮飛（懶學生，年歲與小春二人相若。）

**景**：舞台正中為「麻雀學校」，設立體門口，以便利出場。（「銀台上」牌子頭一句起幕，音樂起梆子慢板板面，小春、小夏挾課本上）

春：(梆子慢板）紅日落西山，晚霞多艷麗，又是黃昏、時候。

夏：(接唱前曲）嘆韶光，如飛箭，莫等閒白了少年頭。

春：(滾花半句）為求上進苦用功。

夏：(接唱半句）不讓韶光空溜走。

（沖頭鑼鼓，貓王九從「麻雀學校」內蹌踉拖馬騮飛上。

小春二人見狀，忙避一旁靜窺究竟。）

貓：(氣憤地指馬騮飛唱小曲反線雙星恨尾段）

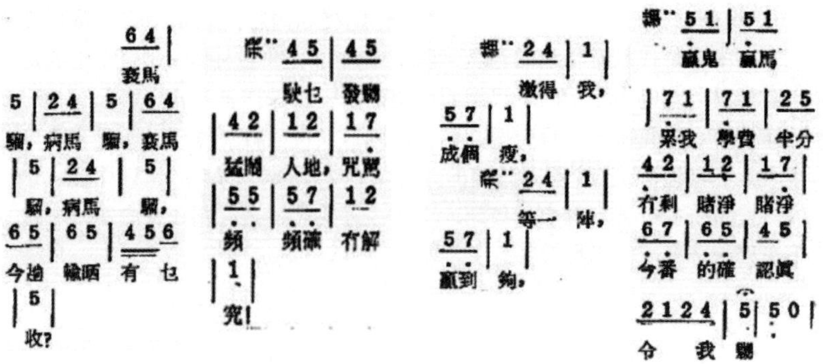

飛：(花）牛唔飲水點撳得牛頭低，你輸錢（上聲）何必將我怨尤。

貓：(花）估話你帶我來此地發橫財，怎料橫財不到手。

飛：(白欖）賭錢（上聲）勝負平常事，暫時輸吓又何愁。（呢）你老豆（平聲）咁多身家，攞錢開聲立刻有。如果佢攬住個荷包，你就實行三隻手。

貓：(白欖）三隻手？你叫我偷（呀）？

**飛：**（白欖）你唔偷，邊度有？（雙）（白）快啲番去攞錢賭過啦！包你贏嘅叻呢次！

**貓：**（白）係嚊，好，我而家番去先！（二人轉身欲走。重一才與春夏二人碰面。）

**春：**（上前口古）哈哈，馬騮飛，貓王九，你地唔係告咗病假嘅？點解會嚟呢度呀又？（指麻雀學校）

（馬騮飛、貓王九發覺小春二人，起先狼狽萬分，後置之泰然。）

**貓：**（口古）好奇咩，我地不過逢場作興之嗎，「咪」得多會頭痛㗎，四眼春，勸你地咪日日伏案埋頭。

**夏：**（口古）哦，讀書就頭痛，打麻雀就唔頭痛，又係你教我地嘞，貓王九！

**飛：**（對貓口古）車，同佢講咁多做乜嘢吖，佢都食塞米嘅（對夏）我話你地都傻嘅，打麻雀又點同讀書呢，打麻雀係一種精神享受，讀書係貼錢買難受，兩樣拉埋講，簡宜水溝油。（夏春氣結）

**飛：**（續唱長句滾花下句）你地一個傻（指春）一個吽（指夏）一個係阿丁（指春）一個係阿茂（指夏），只曉勤讀書偏唔識享受，快樂點可向讀書中求，我馬騮飛打牌稱妙手，對住一枱麻雀，便永無憂。學吓我啦兩位仁兄，包你延年益壽。

**春：**（對夏台口唱長句花下句）聽他一片胡言真荒謬，有書唔讀願閒遊。浪漫性情堪疾首，你話點得佢覺悟、更回頭。問一句小夏同窗，如何將他挽救。

**夏：**（花下句）眼看他二人趨墮落，可惜我無妙策共良謀。我地惟有勸導一番，磨「利」個口。（對貓唱長句二王）我真為貓哥擔憂。

**春：**（長句二王）我亦為飛王眉皺。

**貓、飛：**（對春夏二人唱長句二王）自尋煩惱替人愁。

**夏：**（續唱前曲）歲月如梭君知否？

**春：**（續唱）青絲容易轉白頭。

**夏：**（續唱）愛惜韶光應奮鬥。

**春：**（續唱尾句）好趁未曾降雨，及早綢繆。

**夏：**（二王）老大方悔前非，個陣不堪、回首。

**飛、貓：**（台口唱慢二王）聽他兩人説話，似覺大有、理由。

**春：**（貓唱小曲雨打芭蕉中段，用G調）

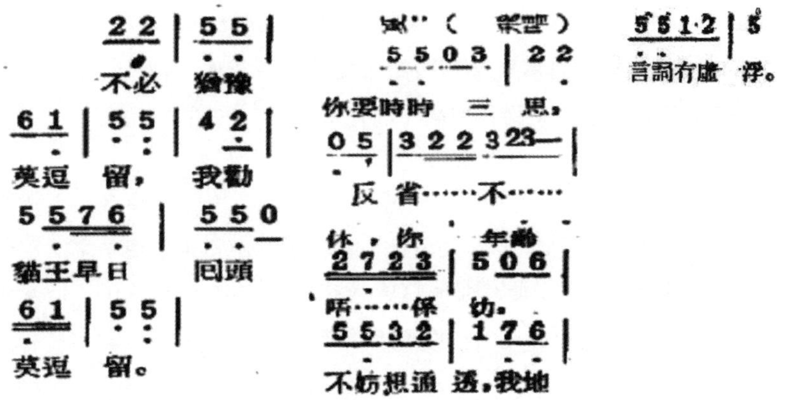
不必 猶豫
莫逗 留，我勸
貓王早日 回頭
莫逗 留。
你要時時 三 思，
反 省……不……
休，你 年齡
不妨想通 透，我地
言詞冇虛 浮。

**飛：**（覺悟唱滾花半句）當頭一棒醒痴迷。

**貓：**（接唱花半句）尚喜臨崖蒙拯救。

**四人：**（同唱二流）千金難換（士）浪子回頭（尺）。

---

[1] 香山阿黃：〈再説樂園〉《星島日報》，1992年6月19日。

**漫畫**

# 西西的畫作

選自第18期1956年8月11日。

# 陳毓祥的畫作

## 作者簡介和賞析

陳毓祥（1950-1996），廣東潮陽人，小學就讀於北角堡壘山官立小學，因成績優異考入英皇書院。1975年獲香港大學社會科學榮譽學士。1980年獲中文大學分院哲學碩士學位，後又獲英國多個文憑。

七十年代開始，陳毓祥先後做過電台時事評論及中學教師，亦曾擔任節目主持、編導、監製、電視部副總監和《快報》執行董事。陳毓祥熱心公益，積極參與社會活動，是保釣運動的領軍人物。1985年，他當選為香港十大傑出青年。1995年榮獲香港新華社委任為地區事務顧問。1996年9月26日陳毓祥在前往釣魚台宣示主權時，因日本飛機及戰艦堵截盤旋引起巨浪波濤，腳部被繩索纏繞，撞船甲板昏眩，遇溺犧牲。以下選圖，是陳毓祥在英皇書院就讀期間所畫的漫畫。他同時使用「東東」的筆名在《青年樂園》發表過多篇文章。[1]

選自第482期，1965年7月2日。

選自第483期，1965年7月9日。

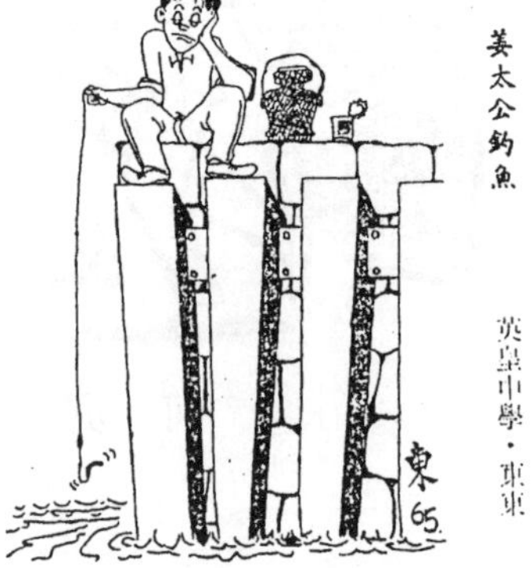

選自第485期，1965年7月23日。

選自第488期，1965年8月13日。

選自第531期，1966年6月10日。

選自第533期，1966年6月42日。

[1] 參見：《70年代香港保釣活動回顧 點點秋思・緬懷故友 陳毓祥先生紀念晚會場刊（2016）》2016年10月8日，頁2。

# 黃炤桃畫作

選自第143期，1959年1月2日。

選自第146期，1959年1月23日。

選自第210期，1960年4月15日。

選自第213期，1960年5月6日。

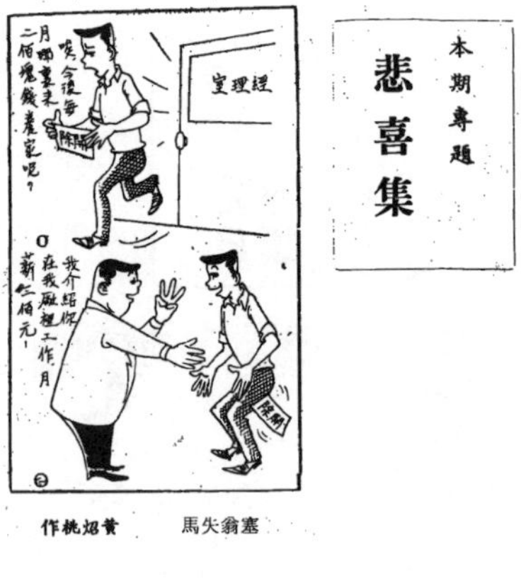

選自第195期，1960年1月1日。

選自第203期，1960年2月26日。

選自第201期，1960年2月20日。

選自1953年8月13日。

# 馬樂漫畫選

## 賞析

馬樂（1931-），原名馬逢樂。在香港嶺英中學畢業後，加入先施公司工作。最初任職美術主任，負責設計公司的印刷品、廣告、櫥窗設計等。1959年初，《青年樂園》的原社長美術家汪澄轉任《小朋友》社長。總編輯陳序臻便邀請馬樂這位嶺英學長幫忙，協助《青年樂園》設計每版的封面版頭、版徽、畫版和畫插圖等。後來，隨着馬樂在先施公司的職務日漸繁忙而淡出。以下選圖的署名為「白文」，便是馬先生的筆名。不過據總編輯陳序臻憶述指，有關筆名也曾為前社長汪澄所使用。

選自第184期，1959年10月16日。

選自第188期，1959年11月30日。

選自第204期，1960年3月4日。

選自第214期，1960年5月30日。

選自第224期，1960年7月22日。

選自第231期，1960年9月9日。

集郵

# 牛年趣談郵票上的牛 —尊漢

**選自** 《青年樂園》，第256期，1961年3月3日。

## 賞析

《青年樂園》的編輯仝人十分重視介紹青少年讀者健康而有趣的活動。在五六十年代，香港青少年很喜歡集郵，因為通過集郵，除了「集」的樂趣外，還可以透過一枚小小的郵票，想像和認識與之有關的歷史、地理及風土人情等背景知識。此外，有關活動也可培養青少年學生對舊物的珍視，同時也可在集郵的過程中訓練青少年的整理能力，甚至可以透過同好交換郵票的過程，認識朋友，故深受家長和老師的鼓勵。《青年樂園》由1958年中起，每隔幾期便會有集郵專頁，介紹收藏和取看郵票的方法等，並主要討論和介紹各個地方的郵票的背景和內涵。這個的專頁刊出的次數直至1964年底才逐漸減少。時至今日，隨着通訊的普及，互聯網無遠弗屆，人們依賴收寄實體信件作通訊的需求越來越低，集郵的活動也隨之而日漸式微。以下選文便是《青年樂園》介紹郵票的版面。

(圖一)

在本集郵票樂園第卅三期，我們曾介紹過日本、南韓與琉球所發行的新年郵票，圖案都是分別描寫牛的，因為今年是牛年。農曆辛丑年已經來臨，丑是屬牛，別的國家也有定今年為牛年，是仿

(圖二)

效我國的。在牛年的開始，讓我們來談談牛吧。在郵票上，我們能夠看到許多種牛，也會看到牛各方面的用途。

在人類所擁有的各種家畜中，牛應該居第一位的，牠們的數目比不上羊那麼多，牠們也不像犬或馬常常受到稱讚，但是沒有別一種家畜像牠們那樣對人類有廣大的用途。牛肉、內臟、牛乳、乳酪與乾乳酪，可作食糧，牛皮可以製革，牛角可以熔膠，從牛體上可提取多種維他命，牛骨可以化煉成肥料或充家畜飼料等等。同時，在世界上的八億隻牛中，有多過三分之一的數目是操勞役的，如犁田、拉車、推磨、運水與負重等等工作；這就是在非洲與亞洲的住民畜養牛的主要原因。

(圖三)

(圖四)

我們不知道牛是在哪個時代或在那一處地方最初由人類畜養的。從岩穴裏的繪畫或碎骨上的刻圖，我們可查考出在歐洲與亞洲的古代民族，有獵捕各種野牛，現今我們所畜養的牛，就是由牠們馴化而來的。

根據動物學家與考古家的研究，遠在一萬年前，亞洲中部與南部的遊牧民族，已畜養牛作為糧食。當農業與市鎮社會生活發展之後，牛就被用作牽引的動物，牠們在經濟上，佔着重要的位置。所以埃及人、敍利亞人與其他古代民族也有奉牛為神的；但也有用牛做祭祀的犧牲品。我國的《論語》書中有這句語：「犁牛之子騂且角，雖欲勿用，山川其舍諸？」

(圖五)

(圖六)

古代的民族，以擁有牛若干隻來定家財的等級，有些地方則用牛來易妻的，這就是用牛若干

(圖七)

(圖八)

隻來換一個女子為妻。所以英文的「Pecuniary」（金錢上的），是由拉丁文「Pecus」（牛）字所化出來的。從前以色列人繼承祖先的風俗，把畜牧當作一種很高貴的職業，有地位的人不以看牛為恥；所以當掃羅被選做國王之後，他仍舊去看牛。

在蒸氣未發明之前，人類除靠自己的膂力來做各種工作外，還使用牛的勞力；馬與驢子是在後期才由人馴服使用的，不過牠們比不上牛那樣的耐勞與容易料理，牛幫助白人在北美洲與南非洲等地開墾成功，白種人駕着牛車，跋涉崎嶇山路，找尋新的地方，牛的速率雖比不上馬，但是負重多而且穩步。

(圖九)

牛給我們的種種用途，真是寫之不盡。要知道，牛更能點綴風景，在田野間，當我們拍照或繪畫時，假如添加一隻牛，無疑是更生色了。

照專家的研究，牛有三百多種，就算是家畜的牛，種類也有很多，普通分為兩大種，歐洲牛，學名「Bostaurus」與印度牛或喚瘤牛（Zebu），學名「Bosindicus」。歐洲牛的畜養主要供給肉食，搾取牛乳與從牛乳所製成的附食品如乳酪與乾乳酪等。歐洲牛由歐洲移民傳帶到美洲與澳洲及新西蘭，那些地方原本是沒有那種牛的，今日牧牛業已變成最主要的產業。

(圖十)

(圖十一)

(圖十二)

印度牛本是印度的土產，後來由人傳帶到非洲與南亞各地，印度牛除用作肉食或搾取牛乳之外，更用作犂田或拉車等工作。印度牛跟歐洲牛的最大區別，是在前者的背上有隆肉，故名為瘤牛，在喉部有垂肉，同時印度

(圖十三)

牛是比較歐洲牛為機警。歐洲牛與印度牛配合而成的混種，在許多地方有繁殖，非洲的安高利種牛（Ankale）有巨大的彎角，極為鋒利，就算獅子也怕跟牠相鬥的。

(圖十四)

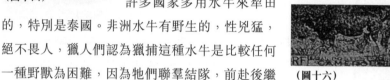

水牛是人類所畜的另一種牛，因牠們喜歡在有水的地方生活，故名水牛。氣力比較普通牛更大，在亞洲許多國家多用水牛來犁田的，特別是泰國。非洲水牛有野生的，性兇猛，絕不畏人，獵人們認為獵捕這種水牛是比較任何一種野獸為困難，因為牠們聯羣結隊，前赴後繼的衝前。但被捕後又可馴服的。

(圖十五)

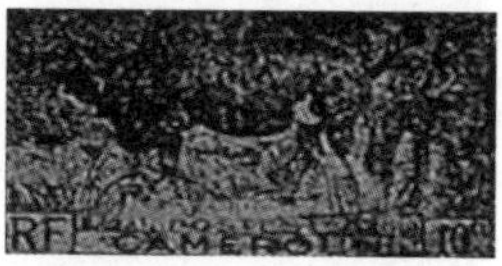
(圖十六)

(圖十七)

美洲野牛，在從前繁衍最多的時代，估計有八千萬頭，如今留存的極少，被小心保護，以防絕種。有一個時期，在美國的一個地方，闊二百哩長三百哩的區域內，完全充滿野牛的。白種人在附近設廠專製罐頭牛腩，和用牛角製膠；至於牛體則拋棄不要，由此可見野牛的多。美洲野牛喜歡聚族同居，在拔隊行走時，總是由最年老的母牛引路前行，當遇有意外，母牛及時發出危險的警號，後隨者蹄聲躂躂，響如春雷，且是煙塵滾滾。美洲野牛，為昔日紅印第安人所愛吃，味鮮甜可口，牛毛可編織成禦寒的衣物。

在歐洲東北部，現仍有少許野牛，不避冰雪。這種野牛也瀕絕種，政府有懸令禁止加以傷害的。

(圖十八)

(圖十九)

(圖二十)

犂牛（編者按：即牦牛，又名犛牛）是西藏最有負重能力的動物，住民多畜養來做交通的主要工具；但在蒙古，用這種犂牛與印度牛相配，而產生一種像犂牛那樣耐勞與印度牛那樣多乳的混種牛。

麝香牛（Musk ox）是在美洲的一種奇怪的反芻獸，一半像牛，一半像羊，有長毛，嗅味似麝香，故名麝香牛。

(圖二十一)

(圖二十二)

牛性好鬥，故人類有用兩牛相鬥來取樂或賭博，名為鬥牛；但也有人與牛相鬥的，最顯著的是西班牙式鬥牛，除在西班牙本國最盛行之外，在拉丁美洲國家的人士也喜歡看這種鬥牛的。

在郵集上，有一千多種郵票描寫牛的。在這裏我們衹能選擇一部份介紹出來，使大家對牛有更多更趣味的認識。

(圖二十三)

## 格陵蘭的民俗郵票

格陵蘭將於本月十六日發行第一種描寫當地民俗的郵票，圖案描寫一個擊鼓的人。票價是三十五柯利（Ore）。

（圖一）希臘郵票，圖案刻古代壁畫繪有人跳躍過牛背耍樂的。
（圖二）保加利亞郵票，圖刻農夫用雙牛犂田。
（圖三）的里雅德郵票，圖刻歐洲種雙牛。
（圖四）印度郵票，圖刻運輸郵件所用的牛車。
（圖五）阿根廷在去年所出郵票展覽會紀念郵票，圖刻在多年前所用的郵政牛車。
（圖六）巴拿馬郵票，圖刻牛車搬運甘蔗。
（圖七）美國的紀念郵票，圖案刻殖民駕牛車找尋新的地方。
（圖八）南非聯邦郵票，圖案刻殖民乘用多隻牛所牽行的車輛。
（圖九）法國的風景郵票，圖案刻在美麗湖畔的牛羣。
（圖十）哥倫比亞郵票，圖刻畜養來做肉食用的牛。
（圖十一）澳洲所出的宣傳增產糧食的郵票，圖案刻搾取牛乳，用製乳酪。
（圖十二）澳洲郵票，宣傳增產糧食的，圖案刻作肉食用的牛。
（圖十三）澳洲所出青年農人圖郵票，圖刻青年男女與小牛。
（圖十四）多米尼加郵票，圖刻驅牛到市場。
（圖十五）前法屬金馬倫郵票，圖刻當地牧牛者與非洲牛。
（圖十六）泰國郵票，圖刻農人用水牛犂田。
（圖十七）葡屬安哥拉郵票，圖案刻一隻非洲水牛。
（圖十八）英屬怯尼亞，烏干達與坦干宜卡所出的郵票，圖刻非洲水牛。
（圖十九）美國的紀念郵票，圖刻印第安人獵野牛。
（圖二十）波蘭所出的宣傳保護野生獸物郵票，圖刻一隻野牛與兒子。
（圖二十一）蒙古郵票，圖刻一隻蒙古種牛
（圖二十二）加拿大郵票，圖刻一隻麝香牛。
（圖二十三）西班牙的鬥牛郵票，圖刻一個鬥牛勇士閃避一隻牛的衝撞。

# 牛年趣談郵票上的牛

·尊　漢·

在本集郵樂園第卅三期，我們曾介紹過日本、南韓與琉球所發出的新年郵票，圖案都是分別描寫牛的，因爲今年是牛年。農曆辛丑年已經來臨，丑是屬牛，別的國家也有定今年爲牛年，是仿效我國的。在牛年的開始，讓我們來談談牛吧。在郵票上，我們能夠看到許多種牛，也會看到牛各方面的用途。

在人類所擁有的各種家畜中，牛應該居第一位的，牠們的數目比不上羊那麼多，牠們也不像犬或馬常常受到稱讚，但是沒有別一種家畜像牠們那樣對人類有廣大的用途。牛肉、內臟、牛乳、乳酪與乾乳酪，可作食糧，牛皮可以製革，牛角可以……

## 轉報郵新

## 猜圖有獎問答 徵求版頭圖案揭曉了！

### 猜圖有獎問答

### 徵求版頭圖案

# 《青樂》生活點滴

《青年樂園》仝人銳意培養青少年積極上進、友愛互助、關愛社群的人文精神。除了透過刊物的文字平台，提供健康、實用的生活和藝術資訊，鼓勵讀者就不同的社會文化議題進行切磋討論外，更開放社址，引導或讓青年學生自發舉行活動。如各類的興趣組、讀書會、聯誼活動和舊書轉換站等。其中每逢節日尤其是中秋、聖誕等，都引導或讓青年學生自發舉行派對；又或是不時舉辦不同版面的讀者晚會、話劇表演、爬山、露營等。此外，更通過聘請學生當派報員的方式等，讓經濟困難的學生踐行助人自助的精神。透過上述長期的文藝薰陶和群體活動，知行合一地將刊物所宣揚的人文精神落到實處。在眾多舊人的回憶中，更有以「上十三樓」來簡稱到《青年樂園》參加活動。可見，這些未必見諸刊物內容的活動，是恒常舉辦而相當豐富的。因此《青年樂園》其實並不僅僅只是一份刊物，而更某程度上扮演著青年學生社團的角色。

《青年樂園》的辦報重心一直是圍繞着協助學生解決其成長所要迫切面對的學業、生活、心理等問題。刊物的功課學習版更是《青年樂園》最大的特色。其中，除了每期會邀請不同學校的老師或成績優異的同學，輪流地就着不同的科目撰寫學科專欄（包括生物、地理、數學、物理、化學等）外，每年會考後，更會率先刊印會考各科試題的參考答案。隨後也會結集出版，方便學生即時掌握必備的會考資訊。在青少年讀者的生理和心理等方面，《青年樂園》也未有偏廢，故創刊後不久即設立讀者信箱，嘗試回應和解答青少年讀者成長中遇到的問題。此外，就讀者廣泛關注的近視、青春期心理等問題，報刊也開設專欄介紹和討論，協助讀者解決疑難。

**郊遊資訊**

## 賞析

《青年樂園》十分重視青少年學生所愛好的群體活動，每逢暑假，青少年學生功課沒有那麼緊張，《青年樂園》的編輯和讀者就會不時組織登山、遠足、燒烤、露營等活動。《青年樂園》的編輯仝人認為群體生活十分重要，尤其是登山、遠足等戶外活動，不僅可以讓讀者在群體活動中建立互助互愛的群體精神，也可以培養青少年學生領導、協作和獨立自理等能力。這種群體精神，與為社會服務，甚至為國家貢獻的精神其實是相通的。與此相配合，《青年樂園》會另出暑期專頁版，提供一些暑期活動的資訊以及暑期的好去處。

以下的〈遠征鳳凰山〉便是《青年樂園》的編輯以小組的形式組織戶外活動後的一篇分享文章，其中充滿了紀實和青春的氣息。《青年樂園》的編輯李石、李兆新、傅華彪和吳秋四個年青人為了擺脱沉悶的生活，決心組織一次登鳳凰山的遠足活動。過程之中不無艱辛、險阻，更不無刺激、驚喜，如夜間捉蟹、遇蛇，風餐露宿，最後在鳳凰山上觀日出等，青春氣息滿溢於文。另一篇〈暑假旅行露營游泳要覽〉，是一篇資訊性相對較強的説明文字。首先它介紹和比較了洪聖爺灣、大浪灣、平洲、荔枝園露營地點的特色和前往方法；然後又介紹和比較了北潭涌、橋咀、滘中灣等三個游泳好地方。此外，它也説明環游五塘區方法，介紹青林、火石洲的山洞和釣魚的不同好去處。總的看來，其實都不希望學生只沉迷在書本之中，而建議了一些既健康又免費的康樂活動。更難得的是其中還細緻地配上了路綫地圖和前往之交通工具，具有相當的指導意義。

## 遠征鳳凰山 *—初雛．秋桐．峻峯．立新．集體創作*

**選自** 《青年樂園》，第550期，1966年10月21日。

### 序

睡覺，工作；工作，睡覺，每天都是這樣單調地生活，默默地度過每個白天和黑夜，沒有生活氣息，我們像個無鬚的老頭兒。

然而，我們不能這樣活下去，讓時光把我們的銳氣漸漸消磨。我們是年青人，就要有年輕人應有的那股豪氣，我們決定要到生活中去闖。

讓登鳳凰山觀日出作為我們第一次的壯舉吧！

不理梅窩到昂平的路程有多遠，我們不乘搭車輛；也不管野山嶺中露營會碰到甚麼危險，我們決不宿旅店；即使會遇到種種困難，我們也決不退讓；鳳凰山是香港的第二大山頭，到底有啥了不起，我們早就希望見識見識。

這次郊遊有兩天三個夜晚，我們帶備了充足的糧餉、衣服和用具。背囊雖然重了些，但沒有減損大家的志氣，選了一個風和日麗的日子，我們意氣風發地朝大嶼山前進。

## 銀礦洞捉蟹記

銀礦洞是我們露營生活的第一夜，在營地的旁邊，有一條小溪，在明媚的月色下，泛起點點銀光，大家忍不住到水裏去玩玩，怎料在溪水裏，我們見到一隻全身是爪的東西，細看之下，原來是蟹，峯也看到另一隻，這下大家可興奮了，於是來個捉蟹節目，四個人分成兩組，每二人一組，分路進軍。

在溪邊，我們摺起褲腳，捲起衫袖，一步一步地向剛才發現蟹的地方走去，蟹還沒走，兩個人用電筒把蟹照個正着，這樣就不怕它跑了，但又不敢去捉它，真急死人，看它毫不示弱，張起一對齒鉗，嚴陣以待，着實不可輕視，伸到水裏的手不知甚麼時候縮了回來，轉念一想：小小一隻蟹難道還怕了它嗎？此外，蟹肉的香味也壯了自己的膽。一場決戰就這樣開始了，秋不顧一切，一手把蟹用力按着，作垂死掙扎的它拼命亂抓，使秋沒法把它捉上來，堅持了好一會，旁邊的初哥有點不耐煩的問：「捉到了嗎？嗨！怕它甚麼，最多讓它咬一口，沒有失敗那有成功呢？」秋壯壯膽，忙亂中手指一痛，不管三七二十一，一手抓下去，終於捉住了，只是被它先鉗一下，心裏有些不甘，幸好不是謠傳那樣：要等打雷才放鬆，要不，可真要命呢。

這隻蟹又肥又大，不枉費一場心機，接着又到處尋找了，我們用電筒照過每個角落，很快又發現第二隻，這次可沒那樣害怕了，而且摸到一些門路：從後面下手；要快、準、大膽，它就沒你辦法。以後陸續捉到幾隻，但後來的好像越來越機靈了，見光就走，有很多跑掉了。

經過半夜辛勞，數一數共獵獲了十多隻，不禁垂涎三尺；才想到這種蟹是否能吃，只好留待明天問問村人再作打算。

第二天一早，有個老伯經過，我們忙向他請教，老伯撚撚鬍子說：「有酒更妙！」聽了他的話，我們可高興了，總算苦盡甘來。

## 在烈日下前進

吃罷河蟹，太陽已高照，看來今天天氣會很炎熱呀！我們揹起沉重背囊，向昂平出發，我們一邊走一邊計劃以後節目，說說笑笑的，開頭還不覺得怎樣，但太陽嚴威似火，我們臭汗淋漓，開水跟汗水正好成了反比，汗流多了，壺裏的水就少了，有的汗水已結成了鹽，同伴們都口渴得很厲害，口唇枯乾；但茶壺裏最後的一點水，還是推推讓讓的才喝了。

路，彎曲又漫長，漸漸地有人追不上了，前面的朋友停下來，幫他揹些東西，盡量使他負擔輕些，走了大半天，腳的確有點兒痛，在樹蔭下大家停下來歇一下。「公共汽車就在我們面前嘟嘟嘟地駛過，哼！神氣甚麼？我們腳板就是磨出了血，也不會乘搭你這車的。」

太陽移向西邊，我們終於到達石壁，從石壁到昂平聽說只有一條山路：我們初到貴境，十分生疏，走了不少寃枉路才算「行歸正道」，沿着小路向前走，不知不覺我們已走上了山腰。

一道清泉潺潺流下，我們在這裏燒糖水，到泉水裏洗個澡去，清涼透徹心房，其樂陶陶。

## 險峻的夜山路

太陽偷偷地躲在重山後，我們打算喝了糖水，便立刻前進。本來預料下午四時到達昂平，想不到現在太陽已下山，我們仍在山腰，疲倦令人懶得動身，要是能在這裏躲下來睡一覺該多好哇。但這裏不行。「咯咯……咯咯咯……」突然，一種沙啞的叫聲傳來，聲音很大，是甚麼呢？「是蛇」，新肯定地說。兩支斧頭握在同伴手中，來吧，那怕你爬出一條大蟒蛇，我們也要跟你拚一拚。

樹木為重山裝飾成一副猙獰的面孔，像一隻隻野獸張牙舞爪，如帶一般的小徑盤繞山腰，雜草掩蓋高低不平的石頭，山路很窄，在黑夜中摸路，只要跨出一步就會滾落黑沉沉的山下去。我們貼着山壁走，小道引我們進叢林，叢林裏蛛絲雜草，樹枝遍地，轉了一圈，走出叢林時，大家皮肉都被樹枝劃得傷痕條條，這一些倒是我們沒料到的。

黑夜阻不住我們前進，每一步，我們都先用腳尖探一探。證實是腳踏實地了，我們就放心走去，荊棘遮蓋了險峻的路，但掩不掉我們的決心，隨着電筒的光柱，我們走過一個又一個山，但是山外有山，大山重重，轉得頭昏眼黑。「假如迷了路，可怎麼辦啦？」有人提出問題，迷路是可怕的，特別在黑夜的山頭，但我們異口同聲地回答：「走到天亮。」大家意見統一，意志堅定，於是又振作精神向前走，「小心啦？」「抓緊路邊的雜草慢慢走。」大家互相提醒，互相照顧，過斜坡了，我們先把手提的行李拋過去，然後手拉着手，慢慢的移動腳步，感情從我們手中互相交流，我們在滑梯般的斜坡移動，一步一步，一個一個……，這時一聲鐘聲遙遙傳來，呀！昂平在望了，那是「寶蓮寺」傳來的鐘聲。

## 睡在荒山野嶺中

到昂平已快夜深了，昨夜難得好眠，今天晚上又怎樣？到「張記」旅店去租間房，每人三元已夠了，也許那會舒服點。但我們決不，由他「張記」，由他「寶蓮寺」，我們不去想，秋説：「要舒服不如在家裏，何必到這荒山野嶺來？」對！我們既來了就不求舒服。

沒有露營的營幕，每人只有一張膠布，北風肅殺，這裏是秋天裏的寒冬，我們鋪好「床鋪」席地而睡，山蚊螞蟻在這為非作歹，又是來咬又是叮，我們在地上撒了硫磺，用膠布把身體捲得結結實實，活像一條大臘腸，就地一滾，搵周公去矣，但一下子又是翻來覆去，好夢難成。

「峯，看，有個黑影。」初哥推推峯，峯順他手勢望去，真的有個黑影站在我們不遠處。奇了，半夜三更，到底那是甚麼？峯摸出電筒對準牠射去，立刻一對純青的目光反射過來，心有餘悸，正想去拿斧頭擲過去，但它溜跑了。「是隻野山貓」初哥對我說。

露天而睡，其樂無窮

## 我們站在峯頂上

凌晨三點正，我們起「床」收拾行裝，起程上鳳凰山頂觀日出。我們沒有釘鞋、拐杖，沒有任何登山用具，路途對我們更是萬分生疏，我們揹起背囊，在鳳凰山邊尋找上山的路徑，時間一分一秒地溜走，我們找了不短的時間仍沒頭緒，真是急死人，如果攀上山後，太陽已出來，那真是前功盡廢。正在這時，從我們面前的山腰傳來親切的呼喚：「朋友，上鳳凰山嗎？打從這兒來。」幾支電筒的光柱引導我們走向一小道。「小心點，山斜路滑不好走的，時間還早，慢慢來。」

山腰的朋友在等我們，他們用電筒引導我們向上走，我們受了鼓舞，充滿無限的信心，快到達他們那裏時，一塊大石阻着去路。「朋友，爬上來，不要往下看，大膽點。」於是下來幾個人，幫助我們一個一個地攀上了那塊大石，「你們也是上山觀日出的嗎？」「是呀，碰到你們真巧哇。」「這就熱鬧了。」同道中人，萍水相逢，大家一見如故。他們人數比較多，年紀比較大，最令人敬佩的就是那幾位老頭兒。

青年人在前頭帶路，經常傳來警戒的號召；喂，危石呀！危石，真是登山人們的大敵，你在前面踩了它，它就向山下滾，滾到後面人的頭上，會令他頭破血流。假如你大意的踏上去，將會跟它一塊兒跌下山腳，一失足成千古恨。帶路都小心翼翼的試探每塊石頭，然後轉告同伴。

山路像刀切過一樣，登山每步都非常吃力，大家把重心放在前頭，後腳一登，上去一步，又一登……汗水濕透了衣服，氣喘如牛。

老頭兒寶刀未老，他跟年輕人一樣有勁，不時還發出種種怪聲，聲音響徹山谷，羣山傳來回音，愉快的氣氛充滿山谷，我們眼中沒有困難，當然更沒人願意半途而廢。累了，原位站着歇一歇，喝點兒水又繼續向前進，前進！啊，山峯的旗杆在電筒照射下清楚出現了，就快到達頂峯了，朋友們，同伴們，鼓起幹勁加油吧，勝利屬於我們的。

山頂空氣比較稀薄，老頭兒把藥油搽在枯燥的雙唇上，年輕的再喝點兒水潤潤喉嚨，來吧，朋友，咱們一塊向上，向上——終於我們站在鳳凰山頭上，摸着峯上冰凍的旗杆，大家萬分感慨。老頭兒用拐杖敲打峯頂的石頭，自語：「沒啥了不起。」大家歡呼，有人高唱，鳳凰山頂在沸騰，這座海拔三〇六六尺的香港第二高山，一聲不響的低下頭。

過了這山還有山，重重大山擺在面前，朋友，鼓足勇氣攀高吧

## 鳳凰山上觀日出

真沒料到山頂北風凜烈，比昨晚在昂平冷得多，大家不住地打着冷戰，幸好我們帶來了毛氈，把它張開來抵擋勁風，幾個人擠迫在一起，這樣可溫暖多了，我看看周圍，同伴有的在跳躍，有的在作體操，老頭兒耍太極，他們做各種運動來抵抗寒冷的侵襲。

我們在山頂渡過一段長時間，注視到山邊有幾朵微白色的雲，肯定那是日出的東方，大家停下運動，注視東方的天色，漸漸地，雲朵在變換，紫色、深紅、橙紅……多姿多彩變化無窮。最後是由金黃色變淡白。「太陽快出來了，準備鳴炮」老頭兒溫和的叫他的伙伴。我們的心卜卜地跳，長久盼望能觀日出的願望今天終於實現了，大家目不轉睛，一眨也不敢眨，朋友們有的選擇有利地位，架起相機來。大家都抱着愉快的心情，百倍注意着這寶貴的一刻……

大海一片風平浪靜，在那天海相交的海平線上，露出一點深紅。來啦，太陽出來了！山上的朋友在歡呼、炮仗噼噼啪啪、相機卡嚓卡嚓。太陽由一點，一片，一塊，半邊……最後全個升起來，像個大火輪浮游在海平線上，海面金鱗閃閃，東天霞光燦爛，映紅了鳳凰山上歡叫的我們。

任由風刺骨，忍耐地站着，喜看旭日初昇

太陽啊！你衝破那黎明前的黑夜，把光芒照射大地，照亮了我們的心，給我們溫暖。升起吧，向那空中上升，世上的生物需要你光輝的普照。

## 尾聲

我們乘了凌晨三時的小輪離開大澳，也結束這次三晚兩天的旅程。

這是一段平凡的路，也是一段難忘的路，我們沒有揹過那麼重的東西在烈日下走十幾哩路，沒有試過餓着肚子在黑夜中跑山路；更沒有試過露宿在山野上。但這一切的困難終於在我們堅強的意志下屈服了。

生活，就是這樣在我們面前展示，你要平凡地生活，便會像個垂死的人一樣，毫無生活氣息，呆滯地渡過一生。但是，當你敢於投進生活的洪流裏，敢於到困難中去鍛煉，你便會感到生活的寬闊，和多姿多彩的生活色素。令你得到欣悅，慰藉。

# 暑假旅行露營游泳要覽

**選自** 《青年樂園》，第484期，1965年7月16日。

本版是本報暑期專輯之一。全版由長雄、雁、金言、偉斌、欣欣等撰稿。「學與做」暫停一期 —*編者*

## 洪聖爺灣

去露營，又不想帶帳幕又要有屋住，可到南丫島的洪聖爺灣，那裏灣大（約容一百人）、水清、沙幼如粉，水漲時灘較平，初學者可下水，水大退時灘較傾斜，有石，不懂游泳者切勿下水。在沙灘可搭營，也可租屋住。那裏有一新建的二層樓房，名叫「寧園」。樓上有大廳，可睡約二十人，另有房間三個，有床被蚊帳等設備，廚房炊具齊全，可租用，露營者若超過十人，要預先接洽租錢及其他。寧園後面有山可爬。到此游泳則不用預約，另有兩個棚，更衣沖身者兩位三毫。

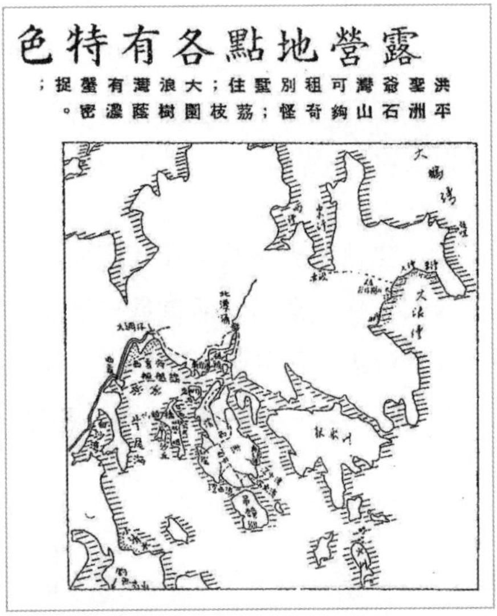


路程：在上環（威利麻街對正）碼頭深水埗航線左側搭榕樹灣船前往。上岸後向右行入榕樹灣市區，沿路行，見有一茅寮賣汽水餅食的，正對街口右轉，沿田路可達。

## 大浪灣

位於九龍的最東面，分為東灣、大灣、大浪、西灣等四個小灣，以第三個灣——大浪灣最好，沙幼水清，沙灘之後有一大草坪，之後是松樹（營就紮在草坪上）。有二溪流，略帶鹹味，可沖身。煮食可到沙灘後面松樹林的黎家村取食水，需自備糧食。除游水，爬山、釣魚、爬樹外，又可捉小蟹，有毛蟹、花殼蟹……。

路程：可由大埔滘搭定期輪船到赤逕（船費一元二角，最遲要搭六時四十分那班火車才能趕得到船期），在赤逕上船後向左邊一平石砌小路直行便可到達。若從西貢搭機帆到爛泥灣再向東北行亦可，但必須約定機帆回程。

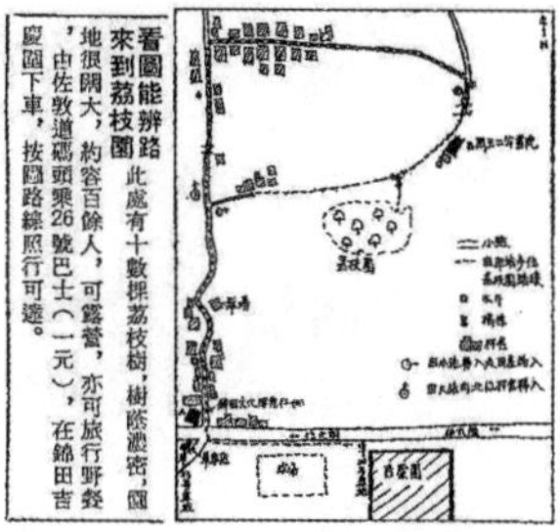


在大灣起程之後又可向東北再行到短咀（墨魚聚居地），晚上在岸邊釣其墨魚（用燈光照，墨魚便圍攏，用網網牠便可）。回程最好由原路走，以免迷失，若截到魚船到赤逕更佳。

## 平洲

在香港最東北的大鵬灣中（不要誤會是近銀鑛灣的那個），全個島是岩石，屬千頁岩，像是一層一層接疊上去，鄉民就用它來砌屋住。山不高，上山時像上樓梯般一級一級的上，確實有趣，早上可上山觀日出，又可坐在岩石尖端垂釣。若租艇出平洲至塔門間可釣到大魚，但風浪較大。

旅行、游泳地方簡介

下列表格▲表示旅行地點；★表示游泳地點

| | 地名 | 路程 | 環境 | 費用 |
|---|---|---|---|---|
| ▲ | 筲箕灣山 | 成安街上成安村徑上山頂沿山徑左行半小時可達。 | 三面環山的谷地，平坦，容七十人，溪流可食用。 | 二角 |
| ▲ | 松樹林 | 西貢總站，沿右邊小路直行，約卅分鐘可達。 | 大片草地之後斜坡上樹木林立，清涼幽靜。 | 六角 |
| ▲★ | 斬竹灣 | 西貢搭28號車到大網仔，向西南小路直行可達。 | 草坪很大，有溪水流出海，可野餐及露營。 | 八角 |
| ▲ | 馬鞍山 | 沙田碼頭搭船上馬鞍山，參觀後沿山徑至西貢回程。 | 是礦場，預約好可到洞內參觀採礦。 | 二角（船費） |
| ▲ | 八仙嶺 | 大埔墟坐25號車到汀角找山路上山。 | 一連八座山，正對船灣，上落共三時。 | 一元四角 |
| ▲ | 荔枝園 | 青衣島經街市，未到沙灘前右轉，行田基直上。 | 山頂有大平原，容百人，山腰大斜坡有樹。 | 四角 |
| ▲★ | 南丫島 | 上環（威利麻街）往深水埗線碼頭側搭船前往。 | 山頂初處可憩息，索罟灣城校側有泳場，山坡樹木多。 | 四角 |
| ★▲ | 石排灣 | 南丫島東南方，（蘆荻灣亦可游泳。） | 內有兩大海灘，一在榕樹灣，一在東灣，適宜游泳。 | 四角 |
| ★▲ | 龜背灣 | 筲箕灣搭14號車可達，沿左邊小路直下海灘。 | 水較清，大灘後面有樹木，溪水可飲用。 | 四角 |
| ★ | 大浪灣 | 石澳前一站下車後直達海灘。 | 須自備食物及水，環境比石澳差，風浪較細。 | 六角 |
| ★ | 汀九 | 從汀九再過，十二咪至十三咪卻有泳場及沙灘泳屋。 | 水清，除汀九人較多外，其他不甚擠。 | 六角七角 |
| ★▲ | 青山灣 | 容龍別墅下車往回走，見路左邊有「松山小築」字樣側入。 | 擁擠人稀，靠後一邊大樹林，坐臥野餐均可。 | 八角 |
| ★▲ | 烏溪沙 | 馬料水火車站，崇基碼頭搭船直達。 | 海灣多個可任擇，沙幼水清。 | 一元 |
| ★ | 東灣 | 由長洲穿過街市，沿左邊路直行可達。 | 沙灘頗大，沙略粗大，有更衣儲物室，籃球場。 | 一元二角 |
| ▲★ | 水浪窩 | 統一碼頭搭大澳線在大澳上岸，向南行可達。 | 在二澳口，有大瀑布，下潭可游泳，上可爬山。 | 一元二角 |
| ▲★ | 雞翼角 | 大嶼山西南極端，二澳村前行見燈塔便是，或稱分流灣。 | 灘大沙幼，夏天溯溪水淺處，臥在其中，亦一樂。 | 一元二角 |
| ▲ | 東涌 | 在統一碼頭搭大嶼線東涌上岸。 | 上岸向右行，沿田基覓到溪流，直上可達鳳凰。 | 一元二角 |

除搭營外，若三五人去，可借村民屋住宿，若十多人去，可向村長（姓李）交涉，借用村中維新學校課室住宿也極方便。

路程：每日下午二時至三時間，在大埔滘有街渡開出，每日只有一班船，在平洲則在上午開出。船費每位二元。

## 三個游泳好地方

## 北潭涌游水可免曬黑；

## 橋咀水碧綠，爬山夠刺激；

## 滘中灣潛水最適宜。

### 北潭涌

從九龍城碼頭乘搭22號巴士（車費六角）到達西貢，再轉乘28號車在大網仔下車之後，過了石橋，走右伸出的一條路；靠海濱行走約三刻鐘，來到石屎堤基，瞧見一片草地，依傍着河，假如不在這處過橋，沿河的右岸再上約五分鐘，便再有一度石橋，河的左岸有一片較細的草地，環境較好，後面有一潭。

另一路，可從西貢碼頭坐機帆（船費每人一元），船只能泊在河口。從碼頭到北潭涌，仍需循海濱走，需時二十分鐘。

到北潭涌，最好是野餐或露營，食水要從上流汲取，河口是鹹淡水交界處。

不大懂游泳的，可躺在橋下浸浸水，既清涼又不曬。要游泳，可在河口或上面草地背後的潭；釣魚卻要另尋小徑到河口的盡端。

## 橋咀

（從西貢租艇前往）爬山最好，山坡峻峭，又沒有山徑，一路要手足並用，最好預備手套。

上了橋咀碼頭，右邊大草地，可作臨時足球場，球場後面也有一塊較小的草地，可在此野餐。此地沒有溪流，要露營便要和該島的居民「買淡水」。海水異常碧綠，可游泳，同時亦可在艇上垂釣。

橋咀石碼頭的東南，有一個「小島」，退潮時，小島由一段沙丘連接，可遊玩一時。

## 滘西灣

位於西貢之南，島上有三個沙灘（滘西灣，滘中灣和白環）很適合游泳。

乘船到島北的小市鎮泊岸，穿過市鎮，跟着山徑向南行約半小時便可到各灣。游泳以滘西灣最佳，沙幼水清，灣旁有一條淡水溪流，風浪不大。滘中灣由執毛灣、滘中灣和滘東灣組成，地方幽靜，亦有溪流，水較深，在此潛水最適合。白灣，因沙灘小，只適合小規模海浴。

## 看圖環遊五塘區

環遊五塘區，若以黃泥涌水塘為起點，可在跑馬地一號巴士站出發，沿藍塘道上，在瑪利諾書院左邊沿石級再上，過大坑道後，沿斜路走，便可抵達黃泥涌峽道與深水灣道交界處的聖約翰石碑（石筆）。

朝石碑方面走，向斜路上，便抵達黃泥涌水塘，此塘面積不大，築有堤壩及濾水池。再走一段斜路，以後皆是下坡路，不難行，大約走半小時，便到達大潭水塘及大潭副塘。中有堤壩及石橋，在大潭水塘向北走，有路可通往北角及鰂魚涌，若再向東南行，約二十分鐘，便可見大潭中水塘的堤壩橫架在山谷之上，欲走到壩上鐵橋遠眺者，可由路邊小徑向上走，但膽小者請勿嘗試。

過了大潭中水塘後，已能在樹叢中隱約見到大潭篤水塘的十二孔大堤壩，引水道及洩水道的設備很多。當你走到大壩之上，向南可到赤柱去，向北則走回筲箕灣或可到石澳去。若從筲箕灣出發亦可，但要走較多斜路，比較難行。

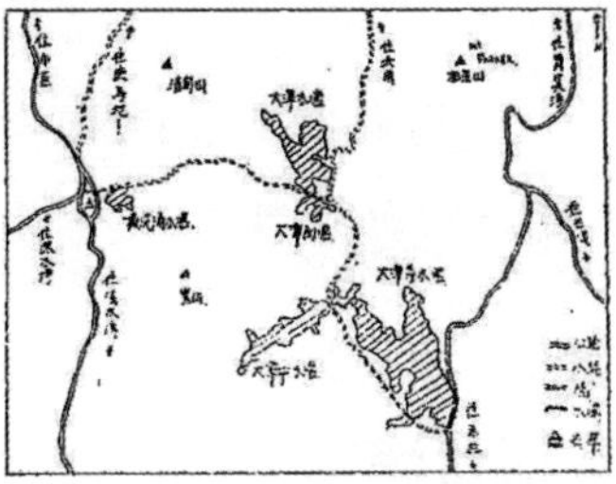

## 青林山洞好探險　火石洲上穿山洞

探險，大概各位都會有這個好奇心吧，長洲、梅窩、塔門的張保仔洞，大概各位已去過。現在介紹的是南丫島的張保仔洞，這洞在榕樹灣南邊的「青林」地方。從榕樹灣大街尾健康院側，經高塱上山，過一個山坳，向下走向海邊，洞口的左邊有一大而尖的石凸出；右邊也有丈多高的大石。洞口就在岸邊與山頂的中間，洞口多而窄，洞內曲折高低，從石縫一層層鑽入，深不可測，很是驚人。洞內上方滿掛蝙蝠，鄉人稱它「盲老鼠窿」。聽說若進洞內深處，要自備氧氣，出來時手足也變了藍色；若觸及蝙蝠，牠照面撞來也不奇。

另一處是火石洲，在西貢坐機帆可到。洲之北有幾個小島，水退時島便連成一串，可以通行，島上有許多大石重疊，形成許多山洞，有深也有淺，深的不過是幾塊石的範圍，在此，穿山洞、遊玩、釣魚也是一樂。

## 釣魚好地方

釣魚最理想的地方，有如下幾個：

（一）大磨刀及小磨刀，兩島相隔為鄰，在青山灣與大嶼山之間，可在青山租艇（十人艇每日約四十五元）前往，在島上岸邊釣也可，坐船繞島周圍釣也可，總之怎樣釣也會有魚上釣的。

（二）大澳門，由九龍城碼頭搭21號車直達，在岸邊釣收穫不大，若乘船出灣外釣魚會更佳。五六人一個下午約十五元艇租。

（三）青山道十四咪半，在岸邊釣也有收穫。租艇出海，沿海路到十三咪一帶，四斤幾重的大石斑都會釣到。夏季更會照到墨魚呢，但非在晚上不可了。

（四）從塔門搭機帆出大鵬灣，真是每動一下都有魚上釣，但是浪很大，若非健將，就在環島或稍出一點已有好收穫了。

（五）由筲箕灣租艇，搖近太古船塢海面釣魚也不俗，夏天多「油鯁」。若在岸邊，放長絲釣，也會有收穫。

## 青年服務站

## 課本出讓站

### 賞析

1959年7月起，李廣明等《青年樂園》編輯仝人在聽取讀者意見後，為協助學生節省購買課本的金錢和時間，每年暑假均舉辦「課本出讓站」的活動，除了借出場地，更組織學生義工，包辦從收書、定價、分類、出讓、收錢、結帳、退款到退書等整個過程，而且分文不取。這個活動大受學生的歡迎和支持，並持續舉辦了8年，直至停刊為止。這是《青年樂園》最為人津津樂道的一項學生服務。同期的《中國學生周報》或有見及此，也在一年後仿效《青年樂園》形式設立「舊書出讓欄」。但只兩年後，便無疾而終，轉而刊登舊書買賣中介書商的廣告。

本報「課本出讓站」已開始服務！

售書日期：八月四日至八月十七日

售書時間：下午二時至四時半

售書期間，繼續收書至八月九日止

每年暑假，不少同學、家長都會因課本的問題而煩惱。新的課本不是價錢太貴，就是缺貨，再加上今年的價格又飛漲了，同學們的負擔便更重了。「樂園」每年舉辦的「課本出讓站」，就是為了替讀友們解決這問題而設的，讀友們可以把用過的課本拿到本站來出讓，也可以到本站購買所需的課本，年來為不少同學節省了部份買書錢，受到廣大讀者的熱烈歡迎！

部份工作是由一些熱心的讀友擔當起來，他們在百忙中抽出時間來，發揮了互助友愛的精神，這種可貴的精神，深受讀者的讚許。

今年的課本出讓站已於七月廿八日開始收書了，幾天來，讀友們拿課本到站上出讓的很多，而且都能了解本站的目的，定價也很便宜。現站上仍繼續收書，希注意日期及時間。

現將出讓站出讓書本和購買書本的辦法列下：

**收書日期及時間**

由七月廿八日起至八月九日止，每日上午九時至十一時半止（下午及星期日停止收書）。

**收書範圍**

只收中英文中學適用課本，不適用的及小學課本、課外參考書，一律不收。

**出讓書本者須知**

①出讓的書本，請拿到本報社登記。②書本售價，由出讓者自訂。服務人員不負責討價議價。③登記後，由本站發回收據（請保存好，萬勿遺失）。④俟售書完竣後，在本報刊出領書款及交回剩餘課本的日期，出讓書者請憑本站發出之收據，到本報社領回書款。

**售書日期及時間**

由八月四日起至八月十七日止（逢星期二、六、日休息）；每日下午二時至四時半。

**購買書本者須知**

①購書者須是在校同學。②須持書單來本社購買。③在書單上請整列明購書者中文姓名，並在要購買的書名前，加上「△」符號，使服務人員易於工作。④為使大家購書機會均等起見，認定購書時，每次必須在每張書單上，貼上本報購書印花一枚（現附刊在下角），以茲識別。

1966

請寄售課本者注意

**補領書款最後本週六**

課本出讓站工作已全部結束了。但仍有部份寄售課本的同學未依照手續來站領回書款，現特再定出**八月廿八日**（星期六）這一天，為**最後補領書款日期**。**時間是：上午九時至十一時半；下午二時至四時半。**逾時恕不代辦補領手續，希寄售課本的同學密切注意。

本報「課本出讓站」啓

## 青少年心理和疑惑

### 賞析

「小玲小姐信箱」是《青年樂園》自創刊起便設立的重要欄目。此一欄主要由黃穗華和黃穗良（黃寧，吳康民妻子）負責。其後她們二人離開《青年樂園》的編輯崗位，但有關欄目依然保存下來，並最終成為僅有的自創刊起，一直被保留至1967年的欄目。

這個欄目其實某程度是仿傚同時期的《中國學生周報》中的「大孩子信箱」。二者的共同之處是接受讀者來函、解答讀者疑難、分享青少年學生的經驗和情緒。但細辨之下，又可見二者在最初立意時的分別：「小玲小姐信箱」是希望以姐姐的身份或態度去與讀者對話，讀者被視為弟妹，而姐姐所給予的意見一般更見親切且大多只屬商討性質；「大孩子信箱」則將所有讀者視為思想未成熟的「大孩子」，編者常以長輩的態度去教化和啟蒙讀者。總的來說，對《青年樂園》而言，「小玲小姐信箱」是讀者和刊物交流的重要欄目。其後，或鑒於小玲是女性的身份，未必方便男性讀者交流，《青年樂園》的總經理洪敬宜，便以德權的筆名，以男性的身份與讀者交流。由此可見刊物對讀者需求的關注和考慮。以下兩篇選文，第一篇選錄了創刊號「小玲小姐信箱」的數則通訊，第二篇則選錄了德權回應讀者對「夢」的疑問：

## 小玲小姐信箱

**選自** 《青年樂園》，第1期，1956年4月14日。

### (一)

寶儀讀友：

年齡十六歲，體重九十七磅五尺三寸高，在中國女子來說頗算標準，但還不算健美。

## (二)

麥子讀友：

我不能介紹你買甚麼書，讀書方法也沒有現成一套的，如果你缺乏正確而具體的指導，最多在閱讀時「多翻」和「比較」，一多翻，就有比較，比較是醫治受騙的好方子。

## (三)

國華讀友：

暗瘡又稱「面疱」，是年青人生殖腺分泌旺盛刺激而起，或由皮膚不潔產生。常用肥皂洗臉，通大便，少吃脂性食物可減少。

## (四)

小微讀友：

（一）近視眼的人，常戴近視眼鏡，一般可制止近視再進行（按：應為加深），但不是絕對的，戴總比不戴好。（二）看書約距離眼睛一尺左右，每一小時休息十五分鐘。（三）不要看字體太小和紙面光滑特強的書本。

（一）

寶儀讀友：

年齡十六歲，體重九十七磅五尺三寸高，在中國女子來說頗算標準，但還不算健美。

（二）

麥子讀友：

我不能介紹你買什麼書，讀書方法也沒有現成一套的，如果你缺乏正確而具體的指導，最好在閱讀時「多翻」和「比較」，一多翻，就有比較，比較是醫治受騙的好方子。

（三）

國華讀友：

暗瘡又稱「面疱」是年青人生殖腺分泌旺盛刺激而起，或由皮膚不潔產生。常用肥皂洗臉，通大便，少吃脂性食物可減少。

（四）

小微讀友：

（一）近視眼的人，常戴近視眼鏡，一般可制止近視再進行，但不是絕對的，戴總比不戴好。（二）看書約距離眼睛一尺左右，每一小時休息十五分鐘。（三）不要看字體太小和紙面光滑特強的書本。

## 夢是預兆嗎 —德權[1]

**選自** 《青年樂園》，1962年6月1日，第321期。

**有一個晚上，他發了一個惡夢，夢見自己一位好朋友不幸死了；他擔心，他痛苦… …他來信說，不知該怎樣辦好！？… … …**

流溪讀友：

你來信說，數日前一個晚上，發了一個惡夢，夢見一位朋友不幸死去；你擔心，精神上感到莫大的痛苦，你問：這個夢會不會兑現？

有人認為夢是一種預兆。他們常將夢裏的故事，與日後發生的事故，扯在一起，認為是「應驗」。其實這只是巧合吧了。曾有過一個夢學家兼營航船實業的人，他夢見自己的一艘船，在大浪中被打翻沉落海底。醒後他立刻將這艘船賣了出去。三年後，這艘船果然沉沒了。這事件，被這位夢學家利用來證實：夢是一種預兆。其實，三年是很長的時間，船在海上遇險，是完全有可能的。因為觸礁，遇上颶風，都可以使船沉沒；假如是一艘破船的話，沉沒的可能性就會更大。這位夢學家為甚麼不追尋沉船的原因，而胡扯到夢的預兆上來呢？這不正是說明他不敢正視現實麼！？

對於夢的迷信，在歷史上也曾記載過一個荒誕的故事。安祿山打進長安，做了一個夢。夢見自己袖子很長，於是，他找一個樂工為他「解夢」，這個人因畏怯安祿山的權勢，就說這是象徵「垂衣而治」；後來，唐玄宗打回長安，抓住這個樂工要治叛逆罪，他又辯說：「為安祿山圓夢是假話，其實夢見袖子太長，是說明『出手不得』，註定要失敗的。」從這個樂工的胡扯，我們可得知「夢是預兆」一說，也是胡說。

據現代生理學家解釋：夢是在不熟睡狀態下發生的。因為在熟睡時，大腦全部處於抑制狀態，不可能發生夢；在淺睡時，大腦的抑制還不完全，因此日間感受的事物，就會雜亂無章地扯在一起了。

據心理學家的分析，夢常有幾種：（一）滿足慾望的，如馬票夢；（二）思想性的，如夢見解答了一個難題；（三）憂鬱促成的，當一個人對某一件事太過患得患失時，常會發惡夢。其它客觀的原因也會促成夢的發生。譬如睡眠姿勢不好，以手壓在胸部上，會發生掙扎性的夢。科學家曾作過這樣的實驗：在一個淺睡的人旁邊，吹起一陣冷風，此人漸夢見自己置身在北極中。所以發夢的原因，除了淺睡時不可抑制的潛意識所引起者外，外界環境的刺激，也可以產生夢的。

從以上的事例，可以證明：發夢在生理和心理上都有其原因，不理是發惡夢或者是開口夢，都不需害怕。你平時可能對這位朋友很關心，並且日間耳濡目染一些恐怖事件，因此在夜間淺睡時，就發生這樣的惡夢，將他和一些恐怖的死亡扯在一起，這是不足為奇的。你不要擔心，更不須煩惱，在夢中將一些日間感受的事胡亂扯在一起，是不會兑現的，因為這不是事實！

[1] 作者德權，是《青年樂園》，第一任總經理洪敬宜的筆名。

## 讀者論壇

## 賞析

《青年樂園》的「讀者論壇」版至少早在1964年底已經創立，一開始的內容主要是鼓勵和增強讀者就自己所關注的社會問題或文化思潮進行思辯。如討論某位歷史人物是否英雄或漢奸[1]、紅顏是否禍水[2]、死刑是否符合人道[3]等話題。其內容鮮與政治和社會相關。但是隨着時代的變化，尤其是文革風潮在港澳的蔓延，其內容日漸增加了思想、政治或意識形態的辯論。如1966年5月13日第528期的論題「核彈與中國」，引導學生討論中國大陸應否發展核彈的問題，最後是大多數的回應來稿均支持中國發展核彈。這和當時左派報章與《明報》筆戰所持的立場和觀點如出一轍；又如1967年1月6日第561期的文章〈從矛盾中看問題〉，介紹了毛澤東的〈矛盾論〉，引發讀者討論；另外，討論得最多的，莫如「有神論與否」這個題目。由1967年8月11日第592期起，展開了多期的討論，佔讀者論壇版大部份版面，並刊載至停刊前的一期。更有意思的是：1967年3月17日，皇仁書院與香港瑪利諾女書院舉行了一場英語辯論會，論題是「香港獨立是需要的」，而辯論中的正方最後成為勝利者。於是《青年樂園》就由1967年5月5日第578期起，圍繞這個辯題展開了多期的討論，而所有來稿都一致地對「港獨」予以否定或批判。青少年學生思考和探討香港的歸屬和身份似乎其來有自，「港獨」也未必是噤若寒蟬、不可討論的議題。證諸青年時代的毛澤東亦曾發表過要求湖南獨立的論點。[4]上世紀六十年代在《青年樂園》報上批判源於一場辯論會的所謂「港獨」陰謀，或許值得我們在今天冷靜深思。

選自1967年5月5日，
第578期。

讀者來信

「香港國」乃痴人夢囈

一羣學生上

中華民族尊嚴不可侮

六名皇仁學生

讀者來信

「香港國」是政治陰謀

祖國土地不容分割

一羣中華兒女

選自1967年5月19日，
第581期。

# 「香港國」乃痴人夢囈

**選自** 《青年樂園》，第578期，1967年5月5日。

編輯先生：

我們想借貴報一角，發表這封信，因為這件事，細想起來，很令人氣憤。

現在看來，有關方面是千方百計地企圖通過各種渠道，愚弄我們學生，它要我們忘記祖國；要我們作應聲蟲，作喇叭筒，詛咒我們的國家，詛咒我們偉大的民族；要我們永遠當西方的「僕歐」（編者按：「Boy」的諧音）……

這件事情是這樣的：正當本港有關方面在極力鼓吹「香港國」的時候，皇仁書院和瑪利諾女書院舉行一個辯論會，其題目為「香港獨立是需要的」。而辯論的結果是正方勝反方，也就是說「香港國」是需要或應該成立。這顯然是愚弄我們學生的一種陰謀。當局一向壓制我們學生談政治，可是這次卻經過周密的組織，大開方便之門，通過一個辯論會，向學生灌輸毒素，其手段何其毒辣也。當場的學生，「矇查查」者也多，有些還以為辯口才呢！評判的方式，也很特別的，它根本不設評判，不計分，以舉手投票作決定。表決時，正方是以百多名勝反方。相信有關當局，對於這個結果，都會暗暗竊笑。

其次，這條題目很是陰險，正方的結論是「香港國」，反方的結論是殖民地統治，兩者都是一丘之貉。記得在辯論會過程中，他們說甚麼「香港的學生及人士，對政治不大注重，不關心時事，不能自己管理自己……」；又說甚麼「許多人，尤其是貧苦人家和工人，都是無知的，所以受騙了；學生是理智的，受過教育的，所以不會受騙……」；正方更搬出包登那一套，說甚麼「香港的經濟和人口都有足夠獨立的理由」。還有許多侮辱祖國的話，說甚麼「中國人民不知自由之可貴」啦，說「中國人民苦極」啦，……真是荒唐到極點！將父執輩、國家、民族都罵盡了。我們相信，這不是我們學生可能說的，這是奴化教育的結果呢？還是另有別因？真使我們百思不得其解。

除此，還有許多令人氣憤填膺的說話。最令人憤怒的，就是在整個辯論會中，沒有一位辯論者或「Floor Speaker」提及到香港是中國土地的一部分，要它成為一個國，簡直就是可笑。而且我們黃皮膚、黑頭髮，是堂堂正正的中國人，如果香港成為香港國，難道我們要變成黃面老番？荒謬！

我們寫這封信時，心情既沉痛又氣憤。沉痛的是有些同學受了這些詭計的騙，氣憤的是有關方面竟肆意愚弄我們。我們盼望同學不要將此事作為閒事。

一羣學生上

## 中華民族尊嚴不可侮（二）

**選自** 《青年樂園》，第578期，1967年5月5日。

親愛的同學們：

我們是六名皇仁書院學生。我校與香港瑪利諾女校在三月十七日舉行了一個英語辯論會，起初我們沒有注意，所以沒有去聽講，最近才在報章上看到這個辯論會大有問題！

這個「問題」辯論會是在香港瑪利諾女校舉行的，題目叫做「The Independence of Hong Kong Is Desirable」（香港獨立是需要的）。這個辯論會在男女混合的形式下進行，並且不設評判，由同學們舉手表決。本來學校舉行辯論會是平常事，可是這一個辯論會和「香港國」輿論是差不多同時出現的；更嚴重的是，辯論會大肆宣揚香港獨立，侮辱中華民族，漠視中國主權，把香港獨立看作是天經地義的事！

最令我們痛心疾首的是，當日竟有不少同學舉手贊成香港獨立，結果辯論會得出一個荒謬的結論：「香港要獨立」。這些同學很可能是受了長期的奴化教育，喪失了自己的民族立場，不識分清是非黑白。

我們是一羣中華民族的子孫，我們堅決反對香港獨立。鼓吹香港獨立，是某些別有用心的人的一條分割中國人民的詭計。

我們懇切希望那些曾經舉手贊成香港獨立的同學澄清一下他們的態度，也希望曾經出席過或沒有出席過這辯論會的同學都表示一下他們對這辯論會的意見。

六名皇仁學生

## 「香港國」是政治陰謀 *— 朝花文社・梳打*

**選自** 《青年樂園》，第580期，1967年5月19日。

從中國開元至今香港一直是中國土地，是不能分割的，亦不能否認的。不過在清朝期間，由於清政府腐化無能，列強便乘虛而入，侵略中國，其中英國便於一八四零年發起鴉片戰爭，但因清廷的積弱不振，崇外、懼外、無奮起抗敵之志，故而戰敗。為了維持其封建統治勢力，便出賣了中國人民的利益，背叛了民族，簽下屈辱的《南京條約》，其中有一則便是把香港割讓給英國，故此至今乃為英國的殖民地。

而現今中國以嶄新面貌屹立於世界列強中，不再是懦弱無能了，因此，以前不合理的條約也是必需廢除的。而當局現今卻提出要把香港「獨立」而成一「國家」，還不是為了使香港更進一步成為英國的殖民地（屬地）嗎？這是香港百份之九十五的中國人，絕對反對的（當然一小撮受奴化的中國人例外）。

在歐美風氣的影響下，一些青年人，不是腐化墮落嗎？在學生方面則實行奴化教育，使學生失去民族立場，變成歐美的那些頹喪青年一樣，做及時行樂主義者，更嚴重的使他們忘記自己是中國人。正如前幾星期教育當局所説，要加強小學生的英文程度，目的固然一方面是為了提高小學生的英文程度，但我想更重要的目的，是使同學們更洋化，將來好為他們的哈巴狗。由於當局長期以奴化教育毒害青年，因此一些青年學生受迷惑了，使這些人也不分青紅皂白的追隨他們，真是悲而可嘆，但那些甘心為奴的人，真是可鄙可恥，可怒可惡。但你們必須看清楚，廣大的香港同胞都是不可侮的中國人，做走狗替剝削者賣力只是滄海一粟，微不足道，不能阻擋洪流的前進。「螞蟻緣槐誇大國，蚍蜉撼樹談何易」。因此希望被迷惑了的人，應醒（按：應為省）悟起來，看清楚目前的形勢，走向光明的道路。

最後，我們堅決反對「香港獨立」的賣國主義論調，亦堅決支持皇仁書院與瑪利諾女校那些反對「獨立」的同學。

# 祖國土地不容分割 ——一羣中華兒女

**選自** 《青年樂園》，第580期，1967年5月19日。

對於「香港需要獨立」的問題，竟有不少同學舉手贊成，我們替他們悲傷，但相信他們大部分是受蒙蔽的，只是有關當局和學校當局的陰謀詭計，使他們受欺騙，我們希望這些同學，能清醒一下，不要再受愚弄。

香港的獨立，我們是堅決不贊成的，相信廣大的讀者也不會贊成的，七億同胞和廣大香港同胞，也不會贊成的。香港是中國永不可分割的土地，百多年前，因滿清的腐敗無能，受列強欺侮，因而在鴉片戰爭後，讓英國侵佔香港。列強當時沒有想到中國百多年後，是那麼強盛，他們要永遠侵佔香港的白日夢不能實現，所以想出「香港獨立」和「香港國」的鬼把戲，使香港脫離中國。

同學們，認清大勢，今天的中國是一片大好形勢，無比強大。中國江山一分一毫也不能割掉，香港的居民，世世代代都是中華民族的子孫，作為一個中國人，有權處理自己的土地，我們不要受欺騙、愚弄，我們要狠狠揭露那些崇洋反華的民族敗類的醜惡嘴臉，狠狠地打擊他們那種荒謬理論。

同學們，讓我們再一次呼喊，香港永遠不能脫離中國獨立，香港永遠是中國的土地！

---

[1] 如：〈趙匡胤是英雄？〉，《青年樂園》，1965年1月23日，第452期。

[2] 如：〈紅顏是否禍水？〉，《青年樂園》，1966年1月21日，第511-512期。

[3] 如：〈死亡違反人道？〉，《青年樂園》，1965年2月26日，第464期。

[4] 蔣建農編：《毛澤東全書•第6卷：思想精華》（石家莊：河北人民出版社，1998），頁205-207。

## 流行音樂和文化的討論

### 賞析

在《青年樂園》的末期，有關流行音樂和西方時尚的討論佔了相當篇幅，而且大多持否定的態度，符合《青年樂園》一貫的立場。有趣的是，同時期的《中國學生周報》對西方的流行文化和時尚的立場，竟然和《青年樂園》不無相通。或許正因如此，文化人崑南在1967年1月11日，創辦《香港青年周報》，以流行音樂和文化為內容重心，大受青少年讀者的歡迎。以下選取《青年樂園》其中一期的讀者論壇內容，說明有關議題的討論：

### 結他．時尚．批評及其他 *—迦密英文中學．熱血*

**選自** 《青年樂園》，第568期，1967年2月24日。

陳君說：「FIVE HUNDRED MILES」（《五百哩》）這首歌是一首抒情的民歌。不錯，這是一首民歌，但陳君你不能忘記，多數民歌已經給時下的流行歌曲所模仿，而給變成庸俗，失去其價值了。這首歌便是一例。難怪「冷眼」君說這是「下流可怕的聲音」。陳君又說：「那位唱主音的還曾在音樂會的當晚在一所基督教堂演奏結他哩。」我想這人能夠入教堂表演其青春樂曲，他很可能是一個基督徒，如果是基督徒，他為何扮得有如時下的「亞飛」一樣？在聖經中雖沒有標明當基督徒是不能扮成亞飛模樣，但你要記得基督徒要做出一個好榜樣給非基督徒看，好使他們得到神的救恩。甚麼是好榜樣呢？就是要先潔淨自己的心。這句話我送給那位在音樂會中一個節目裏唱主音的同學想想，他的行徑是一個基督徒所應做的嗎？

## 「結他」是物・問題在人 *— 雲雁文社合作*

「結他」是一種樂器，我們不能說不好。因為樂器是死物，演奏者才是活的，才是控制樂器的主宰。所以說一種樂器的好壞，最主要的還是演奏者所表現的態度。我們贊成「結他」表演，但我們不贊成「狂人式」的演奏法。

## 「結他」是物・問題在人 *— 自修生・向延*

在學校音樂會裏演奏狂蕩的音樂，我們是應該筆伐，在教堂演奏結他又有甚麼值得誇耀？看下去，我奇怪作者為甚麼要用引號括着國產樂器四個字，只有不是中國人才會覺得有趣和奇怪，也只有這些人才不欣賞中國人民造的東西。國產電結他，不是預備給人奏壞音樂的。一件東西是死的，而人對它的利用是活的，所以不能說中國有結他出產就要用來奏狂歌亂舞。

## 夜總會是甚麼貨色？ *— 印刷工人・炮手*

若按照陳鈞潤君的邏輯：夜總會是「高尚」的，夜總會的表演是「時尚」而且流行的；故此，在夜總會中表演的，在學校亦可以表演，視其趨勢，大抵陳鈞潤君正欲替學校與夜總會之間鋪設一道「熱線」來貫通「學校—夜總會」吧！

## 夜總會是甚麼貨色？ *—海員．文翔*

陳君，「夜總會」這些鬼地方根本不值得年青人踏足的，冷眼君沒曾到過並不是奇事，有點認識也不稀奇！誰個不曉得「夜總會」？何況冷眼君又不是胡扯。其實「夜總會」裏的情形正是如此，撇開香港，諸如日本，南美，東南亞……的夜總會，我到過不下數十間，看來都是一個樣子；充滿着輕浮放蕩，咆哮瘋狂……。

## 關於批評的態度問題 *—庇理羅士女校．木公*

陳君覺得「任何音樂會都歡迎客觀的批評，但批評者必須有最低限度的立場和資格」；言外之意，似乎覺得冷眼君並無資格發表自己的意見，因其「無一字表現對音樂最低限度的認識」。這樣說來，貴校以後如果再開音樂會，相信要寫明祇有音樂家才准光臨，再不就來個小測驗才准入場，以免對牛彈琴了。

## 關於批評的態度問題 *—聖保祿女中．旁觀*

我很高興看到陳君尚未忘記本身是來自「禮儀之邦」，但可惜只做到孔子所說的「思」，而未能達到「學」。誠然，冷眼君的抨擊有失於禮，但你文中所用的論調，不單只已達到破口大罵的程度，甚至於連市井之言也搬諸於文，似乎是忘了中國傳統思想中「知錯犯錯」、「罪加一等」的良言。你認為冷眼君對貴校校長的「不成話」批評是「personal insult」，然則你把人百般侮辱、奚落至一文不值又算是甚麼呢？為着維護自己而不惜傷害別人，更可惡的是貶低別人以抬高自己的聲價，這是君子之所為嗎？

## 進步與時尚截然不同 *— 培正中學．麥*

究竟「進步思想」與「時尚」有甚麼分別呢？據我所知，進步思想是精神上的東西。「時尚」則祇是衣着、服飾……等追求時髦而已，這是物質上的東西。二者的分別極之不同的。有進步的思想，其行動、言論，都會對人有好的影響，他不一定穿着現在流行的衣服，梳着最新的髮型……。他對世界的觀念是完全異於落後的人，他能克服困難，能做別人認為不能做的事。而「時尚」呢？祇是外表新，打扮奇而已。一個外表「時尚」的人，其行為並不一定高尚，思想並不一定比別人進步，反之，其行動、言論都是浮驕的，祇顧個人的利益，顯得十分渺小。

## 甚麼叫「愛管閒事」？！ *— 金文泰中學．嘉川*

西方腐朽不堪的生活方式，在學校公開散播，對於這種令人痛心的現象，難道「我們一羣流着中華民族的血液的青年人」，可以置之不理嗎？可以任其泛濫嗎？還怕別人批評指出嗎？請問陳君，難道這就是「潑婦罵街」、「愛管閒事」、「沒受教養」、「標奇立異」嗎？

## 甚麼叫「愛管閒事」？！ *— 培正夜校．苦定甘*

〈一個音樂會〉一文，揭露了某些角落的醜態，對於傳播西方腐朽的「爵士」音樂，作了深刻的批評、諷刺，這並不關乎一首《五百哩》的民歌問題，是整個社會的問題。有人說，有些人是很愛管閒事的，對，但要看管甚麼閒事啊！對於社會上的壞風氣，我們要管，我們要批評，我們年青人也不管，誰來管？誰來批評？冷眼君的一文，可謂一針見血，他把那些將別人説成是狹隘民族思想的人，刺得哇哇大叫，露出本來真相。

生理
知識

## 眼睛和視力保健

### 賞析

《青年樂園》重視介紹日常生活的知識，希望青少年讀者透過刊物豐富常識、擴闊視野。一些和青少年學生健康切身的議題，如選文的「近視藥方」或「保眼操」等更是大受歡迎。《青年樂園》請來中醫師，分五期替青少年學生討論和辨識多劑近視藥方。更多次應讀者要求重刊「保眼操」的內容。

## 「近視藥方」淺析（一） — 子平

選自 《青年樂園》，第542期，1966年8月26日。

近視，對這裏的學生來說，的確是一個相當嚴重的問題。如果對全港學生，來一次視力測驗，相信患近視的人數是不少的。近視的成因，大家都知道是由於不重視保護眼睛健康所致。相信同學們都了解這個顯淺的道理的，可是，為甚麼有這樣多的人患上近視呢？這就不能不令人想起會考制度和「填鴨式」的教育了。每一個學生，由幼稚園以至高中，為着升級，為着升學，為着會考合格，要經過種種測驗、考試，過完一關又一關，終日埋首在書堆中，「死咪」、「死啃」、「死記」，長此下去，怎能不患上近視呢？

近視，雖然是一種毛病，如果太深，對於做某些工作的確是有妨礙的，就算在日常生活中也是不大方便的。

因此，患上近視的同學，都希望知道一些方法，或尋求一些藥物，能夠改善他們的視力，或者能防止近視加深也好。

本報曾經介紹過保眼操和近視藥方，希望對患近視的同學有一些幫助。據一些曾經採用過保眼操或服過近視藥方的同學說，採用保眼操的，如果按照方法有耐心的做下去，是有一定療效的；失敗的，多數是沒有恒心，或不按照方法去做。服近視藥方的，淺近視有效，深近視效果不顯著。

本文將近視藥方再介紹一次，同時對方內各種藥物的性能和效用加以分析，希望同學們在這方面獲得一些知識。

現將近視藥方列下：

石菖蒲三錢、白茯苓三錢、車前子三前、遠志二錢、黨參三錢、石決明二錢、肥知母（鹽水炒）二錢、川黃柏（鹽水炒）二錢、生地黃五錢、五味子二錢、枸杞子三錢、菟絲子三錢，上述藥物，用三碗清水，煎成一碗。服法：每天服一劑，連服四天。

以後在原方加蕤仁霜三錢、決明子三錢、細辛五分。

服法：每天一劑，連服兩天。

我以為如果服藥後，已開始見效，視力較前增進，可照原方（已加蕤仁霜等藥的）擴大五倍，配成藥丸（可托中藥店代製），繼續服食，每日服三次，每次三錢，相信效果更好。

# 「近視藥方」淺析（二）

·子千·

為了使大家比較容易了解「近視藥方」的效用，現在先談一些有關中醫的治療原則和理論是有必要的。

一 中醫臨床診斷治療的基本原則是「辨症施治」。由於過去歷史條件的限制，中醫對一些病原體（如細菌、病毒等）和病灶的認識還不夠具體，但是針對這些病原體和病灶所產生的病症，卻有獨到的辨症方法和見解。「辨症施治」的目標，就是通過這些病症的辨認，判斷其屬性的類型，結合人體對疾病反應的個體特異性等，運用藥物、針灸、按摩等各種療法，來排除和消滅各種病原體及其影響，修復各種病灶損傷，恢復人體生理平衡，從而達到治癒疾病的目的。

「陰陽」和「五行」學說，是中醫的基礎理論知識，是古代的樸素唯物主義思想。古代有人迷信神權，認為世界是神創造的。着生產力的發展，人類對自然界的認識也漸漸提高了，根據自己經驗和知識，對神權產生了懷疑，因為神不能解決生活和勞動中發生的問題，有病的時候，也不能靠神來治病。人類經過長時期對自然界的觀察和研究，發現自然界是物質所構成的，一些自然界變化也是物質運動的結果，人們把對各種自然現象觀察結果，加以綜合、分析和歸納，經用「陰陽」和「五行」來作了最簡練的概括，說明自然界一切現象和事物間的關係，且把它運用到醫學上，來說明人體的生理和病理的現象，用做診斷和治療病症的根據。

「陰陽」這兩個字，初聽起來，會覺得很玄妙，不容易理解，其實「陰陽」有一定內容，是可以理解的東西。古代的人把一切事物中相對的屬性，分稱「陰陽」。如月是陰，日是陽，黑夜是陰，白天是陽；水是陰，火是陽等。由於月光、水是涼的，日光和火是熱的。即是說凡屬涼性的事物作「陰」，熱性的事物作「陽」。人體有病，也是「陰陽」不平衡所致。

「五行」是指人們日常生活中最常接觸的五類物質——木、火、土、金、水，古人就以這五類物質作為宇宙間萬物的基礎的唯物概念。根據這個概念，古人就把一切事物和現象，按照不同的特性都歸納於五行之中，使「五行」成為具體物質的抽象化代名詞。

醫學上也將人體的內臟歸納於「五行」之中：肝、膽、目、筋屬木；心、小腸、舌、脈屬火；脾、胃、口、肉屬土；肺、大腸、鼻、毛屬金；腎、膀胱、耳、骨屬水。

中醫治療眼疾，都會想到治肝的問題。因為，肝、膽、目、筋都是屬於「木」的。如果眼赤，他們認為是木生火，肝火上炎之故，便施用一些平肝降火藥；眼睛視物不清或模糊，他們認為是肝血不足，水不涵木，便施用一些滋腎（屬水）、養肝的藥物。他們根據這種理論去「辨症施治」，療效很好。

認識了中醫這些治療原則和理論，對「近視藥方」才能比較容易了解。

文林

選自1966年9月2日，
第543期。

# 「近視藥方」淺析（三）

·子千·

由於中醫治病原則是「隨症施治」，同時，醫治某種疾病也是整體治療的。例如治眼疾，他們注意到清肝、養肝；加強脾、胃的消化能力；同時更注意滋腎。即是說，加強機體的健康，進而達到治病的目的。

從「近視藥方」內的藥物來研究，可以看見開方的人，是根據這個原則，制定這張藥方的。它裏面包含有：明目、補氣補血、滋腎養肝、開竅等藥物。

①石菖蒲　天南星科（Araceae）植物石菖蒲的乾燥莖狀根。功能：開竅、逐痰、益智、散風、去濕、寬中開胃、解毒殺蟲。主治：癲癇風疾、痰厥昏迷、健忘多夢、風寒濕痺、氣閉耳聾、下痢禁口等。它在「近視藥方」內主要的作用，是開竅和寬中開胃。因為眼也是「竅」之一，寬中開胃，可以增強體力，幫助視力的增進。

②遠志　遠志科（Polygalaceae）植物遠志的乾燥根部。功能：益智安神、散鬱除痰。主治：驚悸健忘、癰疽瘡腫、咳嗽多痰。同時遠志含有遠志皂素（Senegin）、遠志醇（Polygalit－$C_6H_{12}O_5$），配合其他藥物，可治神經衰弱、健忘、驚悸等症。即是說，它對大腦皮層和腦部神經，是有一定作用的。

③五味子　木蘭科（Magnoliaceae）植物北五味子的乾燥成熟果實。功能：增強視覺的感應性、斂肺、滋腎、生津、收汗、澀精。主治：神經衰弱、心肌乏力、疲勞過度、體力勞動和腦力勞動力減低、肺虛喘咳、自汗、盜汗等。它在藥方裏起的作用是：增強視覺的感應性，治療神經衰弱。

④石決明　鮑魚的殼。功能：平肝潛陽、除熱明目。主治：肝風眩暈、青盲內障、骨蒸勞熱。平肝潛陽、除熱明目、善治青盲內障，都是說明它可以治療目疾的。

⑤生地黃　玄參科（Scrophulariaceae）植物地黃新鮮或乾燥的根塊。功能：滋陰退陽、生血涼血。主治：陰虛發熱、消渴、吐血、衄血、尿血、崩漏。它的作用主要是生血，因為生血才能養肝和起補眼作用，視力不好，有些是由於血不能培養視覺神經的緣故，想加強視力，增強氣血也是很重要的。

文林

選自1966年9月9日，
第544期。

# 保眼操（第二套）下

第七節：掐法——左（右）手大拇指和食指由睛明穴起，沿鼻兩側向下掐至鼻孔兩側，再分開，向下掐至下頷骨處，兩手交替掐。四八呼。

第八節：頭維穴與風池穴聯合揉捻——（一）頭維穴：額角前入髮際五分處；（二）風池穴：頸後髮際凹陷處。選兩個與前相同。右（左）手拇指和食指分別按壓在兩側頭維上，左（右）手拇指和食指分別按在兩側風池穴上，向裏向外交替揉捻半分鐘。

第九節：搔摩——雙手食指、中指、無名指、小指不行由前穴上方髮際處起，向後搔至頸部後面凹陷處止。共搔四次，

第十節：用中等力量揉捻額側——雙手四指（食指、中指、無名指、小指）按在左右兩側髮際處，向裏向外交替揉捻。四八呼，再向後推四次。

第十一節：擊枕葉——部位在頭後枕骨處。雙手掌壓在兩耳上，四指向後在枕葉上輕擊片刻。然後兩掌緊壓兩耳，食指壓在中指上，向下彈擊枕葉，連續十次。做四次。

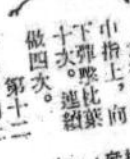

第十二節：眼球體操——（一）向上、向下看。坐位（或立位），二臂上曲肘，二手半握拳，食指向上伸直，置於眼前，與眼同高。和二指相距約二十厘米，與眼相距二十五——三十厘米。動作：①兩臂徐徐向上伸直，兩眼隨着看食指；②屈腕，食指向下指，徐徐向下降，兩眼隨着看食指。上、下各做四次。注意：頭不動，上與下的速度要均勻，呼吸要自然。（二）臂曲向左、向右看。左（右）臂曲肘，手半握拳，食指向上伸直，置於兩眉中央。與眼相距約二十五——三十厘米。動作：①左（右）臂外展，眼隨食指向左（右）看；②臂內收，眼隨食指還原。左右各做四次。注意：頭與上體不動，兩臂交換做，呼吸要自然。（三）左（右）臂向斜上、斜下方看。左（右）食指向上伸曲肘，手半握拳，食指與眼相距約二十五——三十厘米。動作：①左（右）臂向斜上方徐徐伸直，眼隨着看食指；②還原；③左（右）手臂向左（右）斜下方徐徐伸直，眼隨着看食指；④還原。上、下斜方各做四次。注意：頭與上體不動，兩臂交換做，呼吸要自然。（四）旋轉眼球——左（右）臂屈肘，手半握拳，手腕微屈，食指伸直置於兩眼之間。動作：食指向左（右）劃圈，眼隨食指轉動。劃圈四次。注意：頭不動，劃圈速度要均勻，呼吸要自然。

第十三節：點合谷穴與光明穴——（一）合谷穴：大拇指與食指伸直，掌骨凹陷處（參看第一套第十節圖）；（二）光明穴：外踝上方五寸處（如圖）。點合谷穴方法同第一套；點光明穴，雙手中指壓在食指上，食指壓在兩腿的光明穴上，點四八呼。

第十四節：靜默——做法同第一套，只不過時間要三分鐘。

第十五節：踮跳——踮跳前，一手的食指和拇指由第一頸椎向下揉捻至第五頸椎，共做四次。然後踮跳一分鐘，方法同第一套。（完）

# 借款求學非善法

慈鋼妹妹：

你想投考中文大學，因家庭環境困難，想找一個貸款機構借款，幫助你繼續完成學業，你的苦學精神可嘉，但採取的不是善法，任何貸款機構都不會憑空借款給人的，第一要有人事或實物（如屋契、地契、貴重物品之類）担保，其次一定要收利息，同時會限期歸還。就算他們允許你畢業後歸還，幾年之後，利上加利，你已經負債纍纍了，到時怎樣歸還呢？我以為你最好替一些初中或小學生補習，賺一些錢作為學費和零用錢，做一個半工讀的苦學生，這樣雖然暫時辛苦一些，但比較實際可行，不會給債務拖累了自己，不知道你認為對嗎？祝你成功！

（小玲）

選自1965年6月18日，
第480期。

## 賞析

《青年樂園》對於常識的介紹也遍及少男少女的青春期性知識。以下所選的專題介紹更罕有地引來《中國學生周報》的批評。由此可見五六十年代香港的社會風氣未必那樣開放，相反更有略嫌保守之疑。

(12) 科學之窗(專輯) 青年樂園 (第一四三期) 一九五九年一月二日

# 給少男少女們

編者的話

## 少女青春期有什麼生理變化？

文風

## 青年頭髮會變白

## 男子為何要生鬚

## 處女膜是什麼？

小玲

## 看黃色書報電影為什麼有害

林學

## 手淫有沒有害處？

時光

## 編者的話

年青的朋友們，我們刊出這個專輯，主要的目的是幫助大家在發育的過程中，用正確的科學的態度來對待男女的生理衞生問題。由於香港這個畸形的社會，到處都充滿着色情，有些青年，就會錯誤地認為，一談到生理衞生問題，談到性知識方面，就意味着色情，意味着醜惡。其實，生理衞生知識和色情並沒有共通之處，我們不能混為一談。生理衞生，就是身體發育與成長過程中的自然現象的知識。「色情」，則是對性的挑逗、性的誘惑，描寫兩性間的曖昧行為。

朋友，你是個男孩子吧，有一天，你發覺你的嘴邊不知為甚麼蒙上一層粗粗的汗毛，你的肩膀伸長，喉核漸漸增大，在頸裏突出，聲音從尖銳變為低沉，你很奇怪嗎？

朋友，妳是女孩子吧，有一天，妳也發覺，妳的臀部慢慢擴大，胸部隆起，妳的身體變得豐滿起來，妳會愛打扮，愛穿時髦的衣服，愛在朋友面前炫耀自己，妳渴望見到異性青年，可是，當妳見着的時候，又感到害羞，不知所措。……這，妳知道為甚麼？

你，男孩子，妳，女孩子，都已開始進入青春期了。正當這個時候，對性的感覺是好奇的，敏感的，有些還認為是神秘的。其實，這沒有甚麼神秘可言。只要我們明白，這是生理的現象，就用不着大驚小怪。只要我們明白，發育成長的生理過程，並用正確的態度去對待它，就能對我們的健康有所幫助。

## 處女膜是甚麼？ —小玲

有一位妹妹寫信告訴我，她有一次打籃球，回家洗澡時，發覺內褲有幾點血漬，她懷疑處女膜弄破了，擔心將來結婚會被丈夫懷疑不貞，因此，她憂心忡忡，整日不安。

處女膜弄破了，這是有可能的，但是，為了這而不安，卻是多餘的。古時，以男性為中心的社會，把女子作為附屬品和洩慾器，以處女膜是否完整來衡量這個女子是否貞節，這是對女性的絕大侮辱。好像這位讀者，只是因為運動弄破了處女膜，與是否貞節無關。可是，古時人們對生理衛生採取不科學的態度，並且用此來束縛婦女，是要不得的。

其實，處女膜並不是神秘的東西，它不過是在陰道口的薄膜，很容易受一些外力影響而弄破，比方，劇烈運動，乘腳踏車、手淫等。這塊薄膜不是完整無缺的，有的人的薄膜中間有個圓孔，有的人則分成上下兩塊半月形，方便通經。但是，有個別的人的處女膜，則完全封閉而且很厚的，人們叫她做「石女」，這種情形，一碰上月經來潮，肚痛難忍，因為經血不能排洩出去，現在科學昌明，只要動手術，便可以改變現狀的。

從這樣看來，處女膜就不再是愛情上「貞操」的標誌。是否貞節，是以怎樣對待愛情來看的。但是，不少男子受到封建思想的影響，往往以處女膜完整與否作為藉口是不對的。

## 賞析

前文刊出後不久，便遭到《中國學生周報》的批評，暗指《青年樂園》宣傳黃色，是黃色刊物，要讀者提防這個「黃色的陷阱」，並明言不會刊登有關生理知識的立場和緣由。[1]但《青年樂園》對於有關議題的處理，卻得到不少讀者的肯定，更有讀者撰文替其辯解，如以下題為〈生理知識和色情的分別〉，就是當時皇仁書院的一名學生對《青年樂園》表示支持的投稿。作者「不名」，即後來香港著名經濟學家陳坤耀教授當時所採用的筆名。[2]

### 生理知識和色情的分別 *— 皇仁書院 · 不名*

我們的精神良友──《青年樂園》，在一四三期上，刊了一版專輯「給少男少女們」，大家看了，相信都覺得這些是寶貴的知識，引導青少年人走上正確的道路吧。

但是，有一個刊物，卻對於這個專輯大加批評，竟指為黃色的文章，我看了以後，心裏很不舒服，也不解這報社的意思是甚麼。他們的批評，不論惡意的或是善意的，我都覺得很不對，他們竟說我們的樂園是因銷路下降，而「走邪門」，來迎合低級趣味。

在一月十六日出版的某週報上，其中一版有一篇文章是批評這個專輯的，文章中挖取了一些在專輯裏的字句，但是是沒有上文和下文的，他們指說這些是黃色。如果給沒有看過專輯的人們看了，因為沒有上下文，很容易發生錯覺，以為這個專輯是充滿了色情的，而會對報社加以指責。但我相信看過專輯的人們，都會不同意他們的說法。

其實，色情和生理衛生知識是有很大分別的。色情是淫猥的描寫，和渲染上了不堪入目的文字；同時更是對性的引誘，好像色情的電影，專以性感來吸引無知的人們，迎合低級趣味。

但是，衛生知識呢，卻大大的不同了。它是不能和色情混在一起來說。生理衛生在大學裏，有專門的課程來研究，在中學裏的生物課也有提及，這樣，可知道不是色情了。生理衛生不僅不是黃色，更是抗拒黃色毒素的好「藥物」。把生理的知識輸入年青的腦裏，這樣，他們就不會視性是神秘的，就不會走進黃色的陷阱。生理衛生是青年人在發育時期要有的知識，使他們能認識到成長過程的自然現象。在某周報上，大概自知不對，所以也認為生理衛生知識是青年學生應該取得的。但他們說不應在報章上刊登，這卻使我百思莫解了。青年學生們大都不好意思從家長或師長處取得生理知識，那麼在報章上使青年學生取得知識，這不是很好的嗎？

從上面所說的，生理知識和色情不是有很大的分別嗎？在我們《樂園》科學版專輯上的生理知識，和低級趣味的色情真是有天淵之別啊！

[1] 該文提到：「在今年初的一期『X年X園』上，有整整一版，名為『科學之窗』。從這個『窗』裡，我們看到『科學』是甚麼呢？……當然，我們並不是說青年學生不應該取得關於兩性的生理常識；但是，性教育應當由學校中的師長、家庭中的長輩、或是醫生，視學生的年齡和需要，分班或個別傳授；顯然不應當由青年學生為對象的報刊來代勞。性知識，不應該視作神秘；但也不可在青年刊物上繪聲繪色地描述，因為這樣適足以被少數輕薄男學生利用作對女同學惡作劇，適足以刺激青年男女對性生活的好奇興趣……」詳見：〈謹防黃色的陷阱〉《中國學生周報》，第339期，第2版，1959年1月16日。

2 1959年1月31日第147期《青年樂園》，第10版的「青苗•文化走廊」中，刊出「皇仁書院」學生「不名」（嶺南大學前校長陳坤耀）的〈生理知識和色情的分別〉一文，為《青年樂園》說項辯解此據陳序臻2010年3月6日接受石中英、張偉成訪問的錄音而知（感謝石中英先生提供）。其中提到：「你說嶺南的陳坤耀？他應是最早上來的那一批人之一。我記得他大約是1957、1958年上去的。因為我記得那時我們搞了個文藝組，他那時也有參與。……忘記了是1957年還是1958年，我們當時出了一篇文章在科學版，說述青春時期的少男會遺精、夢遺之類的內容，那樣《中國學生周報》攻擊我們宣傳「色情活動」。陳坤耀就寫了一篇文章反駁他們，你們說我怎能印象不深呢？他就署名皇仁書院•陳坤耀。大意是這是科學，為何是黃色？後來他上來我們的社址，又參加我們的活動。陳坤耀那時很厲害，他上來時，皮鞋刷得光亮光亮的……他上社址來，便是來找老編，相當主動和勇敢。」雖然有關的原稿並不是署名陳坤耀，但觀其版面和年期、內容等均與陳序臻先生所說的相脗合，故可信。

## 功課輔導

# 英文版

《青年樂園》作為青年學生的刊物，於1956年4月14日的創刊號內，雖然沒有英語專屬版面，亦沒有專屬版頭，卻已經有兩篇有關英語學習的文章刊登在第八版內。即英語雜談的「怎樣記憶英文生字」及「你是否也犯同樣的錯誤」兩篇文章。同時，在這兩篇文章後，還特別註上「朋友，你學英文有何困難？本報為你解答」的字句。由此可見，《青年樂園》一開始就頗重視學生的英語學習。

英語雜談

### 怎樣記憶英文生字

·丁小·

有這麼的一些懶虫，希望科學家發明一種學問知識的針藥，若果要學英文就注射英文劑，這樣便會懂英文，但始終是一件不可能的事。一種學問你想不費吹灰之力便可獲得，不會這麼容易，必須經過辛勤勞苦才能把握到的，記憶英文生字也一樣是這個道理。

許多同學常常會這樣說：「今天默書真糟糕，錯了幾個字，我明明昨晚是讀過，本來是識的，但不知怎的又記不起來。」有些同學造英文句，或者英文作文，執起筆來常常會有「執筆忽字」之苦。

確實記牢英文生字，對我們學習英文是一件重要而較難的事件，那麼怎樣才能够記牢呢？我教你一個方法：首先你到書店買一個記事部（必須能放入口袋裡），回家把它每一頁劃三條線備用。當你上英文課的時候，把你認為是生的字，用紅鉛筆在字的下面劃一劃做記號，回家溫習時把每個生字寫在記事部的第一行裡，然後每個字從英文字典裡找出它的發音，填入第二行，同時看看屬於什麼詞類，填入第三行，第四行填上中文注解或英文注解。例如：

這樣第一個步驟便算完了。

其次生字部必隨身携帶，當你坐車返學的時候，把它拿出來讀讀，利用一切空閒的時間熟記它，總之必須每天都有「一面之緣」，而且熟記它的拼音方法，讀拼音的時候，不要害羞，最好把它當歌來唱。這樣，這些生字便永遠屬於你的，同時在你造句作文時要用到它時都記得了。

如果，你讀英文生字的時間放在早上，那就更好不過，担保你容易熟記，因為早上頭腦比較清醒。所以，你臨睡前把生字部放在枕頭下，第二朝一早拿出來唸。這樣堅持下去，那你便有很大進步。當然最初實行這個方法，會覺得很麻煩，但若果堅持兩星期左右，那你會習慣了，到時養成習慣便不難，相反，假如有一天早上沒有唸生字，你會覺得很難過。

當然記憶英文生字，還有其他方法，這篇文章希望作「抛磚引玉」，若果同學們有更好的方法，那就補充這篇文章的不足吧！

### 你是否也犯同樣的錯誤

·行 心·

英文文法是一門比較複雜的學科，在學習過程中，如果我們不強記一些規則，我們就會寫出一些在文法上有錯誤的句子，以下就是一些似是而非的句子：

(1) You can take any of the two books.'
(2) H's work is super:or than mine.
(3) I prefer to do this than that.
(4) His opinion :s different than that of mine.
(5) The news are good.
(6) Mathemetics are not taught in our school.
(7) The number of students in my class are very large.
(8) She is more wiser than her sister.
(9) Napoleon was the most bravest general of his time.
(10) He is tallr than me.
(11) I have rece:ved your letter yesterday.
(12) One must not l e too sure of his own success.

以上那些句子是一般常犯的錯誤，現在讓我們來改這些句子吧！

第一句應改成為"You can take either of the two books."因為超過兩件東西才能用"any"兩件東西須要用"either".

第二句應改為"His work is super:or to mine"因為"or"結尾的字如 super:or, interior, sexior junior"等於能用"than".

第三句應改為"I psfer to do this to that.

第四句應改為"His opin'on is different fromfrom that of mine."因為在 different, prefer, scarcely 等字之後不能用"than"

第五句應改為"The news is good."因為"news"是單數

第六句應改為"Mathemet'cs is not taught in our school."因為學科名稱是單數。

第七句應改為"The number of students in my class is very large."因為"number"是單數，而在句子中 number 是主詞，因此要用單數動詞

第八句應改為"She is wiser than her sister."因為"wiser"已經是比較級的形容詞，用不着加上"more"這個字。

第九句應啟為"Napoleon wasthe bravest general of h's time"原因與第八句相同。

第十句應改為"Ee is taller than I'因為這個句子原 應該是這樣的"He is taller than I am tall.'

第十一句應改為"I rece:ved your letter yesterday."因為表示過去時間的副詞是不能用現在完成式的。

第十二句應改為的"One must not be too sure of one's own success."因為 one 是一個不定代名詞，這個代名詞是不能用 he, his 或 him來代替的。

朋友！這一類的句子實在太多了，真是不勝枚舉！因為篇幅有限，不能多寫，我這一篇就算是抛磚引玉吧！希望更有心得的朋友能多寫些這一方面的文章到本刊供大家研究吧！

朋友，你學英文有何困難？本報為你解答。

朋友，你學英文有何困難？本報為你解答。

由第二期起，周刊已有「英語樂園」的版面，內設有「英文之頁」。英文文章已有所增加，但未有盡佔全版面。

由第六期起，「英語樂園」已佔滿全版，一般放在第九版、第十一版或第十二版的位置。版內正式設有「英語樂園」的版頭。自此，刊登的內容比較多樣化，目的是希望引起同學學習英文的興趣。

早期的「英語樂園」，可能由於人手短缺，編排比較粗疏，文章內時有出現錯漏。

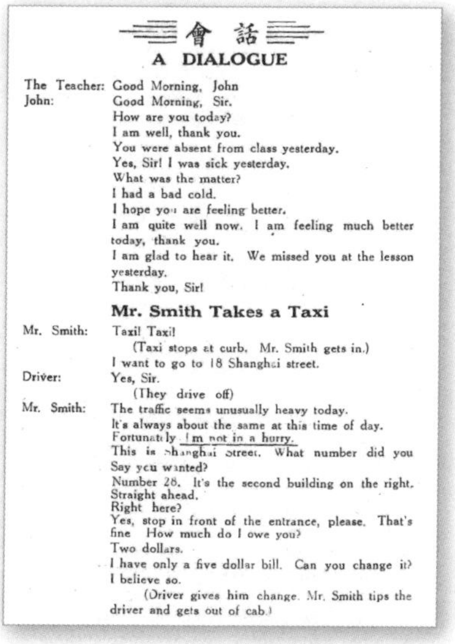

會話

A DIALOGUE

The Teacher: Good Morning, John
John: Good Morning, Sir.
How are you today?
I am well, thank you.
You were absent from class yesterday.
Yes, Sir! I was sick yesterday.
What was the matter?
I had a bad cold.
I hope you are feeling better.
I am quite well now. I am feeling much better today, thank you.
I am glad to hear it. We missed you at the lesson yesterday.
Thank you, Sir!

**Mr. Smith Takes a Taxi**

Mr. Smith: Taxi! Taxi!
(Taxi stops at curb. Mr. Smith gets in.)
I want to go to 18 Shanghai street.
Driver: Yes, Sir.
(They drive off)
Mr. Smith: The traffic seems unusually heavy today.
It's always about the same at this time of day.
Fortunately I m not in a hurry.
This is Shanghai Street. What number did you Say you wanted?
Number 28. It's the second building on the right. Straight ahead.
Right here?
Yes, stop in front of the entrance, please. That's fine How much do I owe you?
Two dollars.
I have only a five dollar bill. Can you change it?
I believe so.
(Driver gives him change. Mr. Smith tips the driver and gets out of cab.)

漏了句號、標示對話人

由第三十八期起至第六〇七期（《青樂》最後一期，1967 11 24）：版面改作「英語」二字，而不再是以前的「英語樂園」了。「英語樂園」的版頭，亦不時採用包括學生在內的不同的設計。

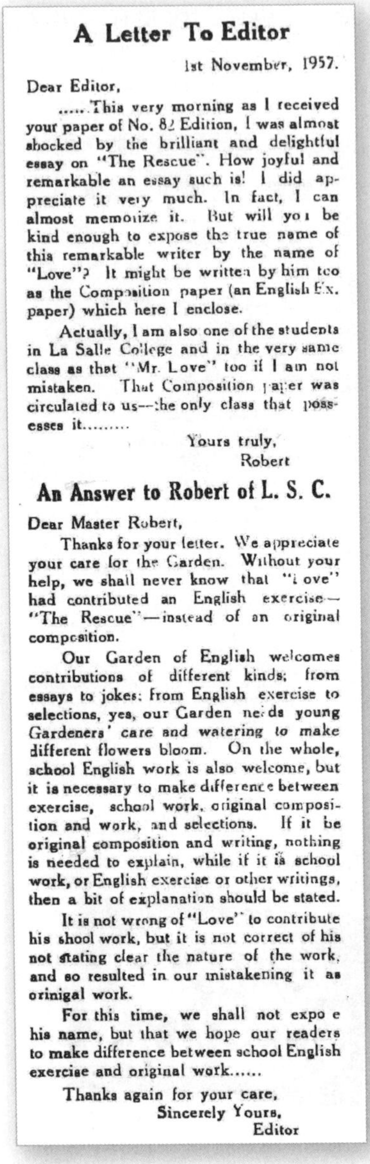

## A Letter To Editor

1st November, 1957.

Dear Editor,

......This very morning as I received your paper of No. 84 Edition, I was almost shocked by the brilliant and delightful essay on "The Rescue". How joyful and remarkable an essay such is! I did appreciate it very much. In fact, I can almost memorize it. But will you be kind enough to expose the true name of this remarkable writer by the name of "Love"? It might be written by him too as the Composition paper (an English Ex. paper) which here I enclose.

Actually, I am also one of the students in La Salle College and in the very same class as that "Mr. Love" too if I am not mistaken. That Composition paper was circulated to us—the only class that possesses it.........

Yours truly,
Robert

## An Answer to Robert of L. S. C.

Dear Master Robert,

Thanks for your letter. We appreciate your care for the Garden. Without your help, we shall never know that "Love" had contributed an English exercise—"The Rescue"—instead of an original composition.

Our Garden of English welcomes contributions of different kinds; from essays to jokes; from English exercise to selections, yes, our Garden needs young Gardeners' care and watering to make different flowers bloom. On the whole, school English work is also welcome, but it is necessary to make difference between exercise, school work, original composition and work, and selections. If it be original composition and writing, nothing is needed to explain, while if it is school work, or English exercise or other writings, then a bit of explanation should be stated.

It is not wrong of "Love" to contribute his shool work, but it is not correct of his not stating clear the nature of the work, and so resulted in our mistakening it as orinigal work.

For this time, we shall not expose his name, but that we hope our readers to make difference between school English exercise and original work......

Thanks again for your care,
Sincerely Yours,
Editor

英語版的版面用詞及版頭設計的不同；文章數量及形式的增多，由最初只佔部份版面至盡佔全版；由文章含有中文用語至全用英文表述等等的變化，見證了英語版在與讀者的不間斷的互動中，不斷改進，務求切合學生的學習需要。正如英語版編輯於1957年11月1日第八十四期答讀者函件中所説："Our Garden of English welcomes contributions of different kinds, from essays to jokes, from English exercise to selections. Yes, our Garden needs young Gardeners' care and watering to make different flowers bloom."。1958年3月14日第一〇一期中，The Editor's "A Few Words to Our Readers" 中亦提及："This Garden of English is a garden "of", "for", and "by" our readers."

不斷發展、不斷改進的英語版面，除了包括上述編輯所説的Essays，Jokes等外，還有"Self-Help Corner"、"Form Five's Corner"、"Let's Try to Write Better"、"Cartoons"及"At My Desk"— Words from the Editor等等。其後，由於英語版面的內容太多，與會考有關的英文科文章，被搬移至「課內學習」版內。英語版的版面，多固定在第五版刊登。

Let's Try to Write Better

## Water Problem (Original version)

by David (St. Paul's Co-ed.)

Although the government had spent a large amount of money and took three years' time to build the Tai Lam Chung Reservoir, it cannot hold enou... to meet what is wanted. This is because that the ...ustry are continuing to grow. Some people think that ... Reservoir is completed, the water problem in Hong ... solved. That is to say: by the year of 1962 when ... from the Sek Pik Reservoir, water restriction will ...xtent.

...e government has tried harder than before to find a ...sent situation better. It has decided to lay a large ...e Tai Lam Chung Reservoir with the Sum Chun ...rnment has also drawn up a future plan. A fresh ...ilt at Plover Bay. We hope that the water problem ... satisfactorily solved some day.

## ... Problem (Revised version)

...spent a handsome fund and three years' ...ng Reservoir, its limited capacity can ...e ever growing population and industry. ...completion of the Sek Pik Reservoir, ...g would not have been solved. This ...k Pik system is functioning, we still ...n in the dry season.

...n exerted by government to secure an ...ciency. The Public Works Depart...e taken a joint measure to lay a ...Lam Chung Reservoir with the Sun ...ing future demand, government has ...ludes the construction of a fresh ...e are anxious that the water pro...ly solved in the foreseeable future.

FORM FIVE'S CORNER

## What the Oral Test Requires

by Wai Kwan

The Oral English Examination consists of four parts:

(A) PICTURE DESCRIPTION — This is indeed a speaking speed and fluency test. Within the period of 1 minute, if the candidate can speak 140 words or more, he will score the maximum marks of 15 for this test. The table of scoring is as follows:

| No. of words: | 140 | 130 | 120 | 110 | 100 | 90 | 80 | 70 | 60 |
|---|---|---|---|---|---|---|---|---|---|
| Score: | 15 | 14 | 13 | 11 | 9 | 7 | 5 | 3 | 1 |

From the above table, we know that if the candidate utters less than 60 words within that minute, he will lose all the 15 marks. Besides speed, the quality of vocabulary will also be considered. Outstanding in vocabulary and idiomatic expression: 5 extra marks ... 4 extra marks; simple y... childish in parts: 2 extra ... only; gabbling: no extra ... unrecognisable words wil... deduction is as follows:

| ERRORS: |
|---|
| DEDUCT: |

(B) READING — In re... taken into consideration. ... clear generally: 4 marks; ... causing strain to grasp cert... mumbling and inaudible: no... marks; quite ...

SELF-HELP Corner

## Have You Ever Notice these Differences?

Selected by Moon Cake

...gh the Americans and the ...k the same language, there ...slight differences in usage ...worth noticin... ...cludes the ...

...stant

...tatio...

"Ah, my friend, you are on the wrong step."

Edmund

## Ambition, a Virtue and Also a Vice

Juliet W. (P.B.S.)

Ambition is a passion closely allied to hope. It may be defined as the desire for advancement or as the eagerness to excel others. According to the former definition, ambition is a noble passion, but according to the latter, it is a shortcoming.

Each of us, old or young, wise or foolish, has an ambition of his own; and it is grievous for him whose heart has never been fired by the slightest spark of ambition. Its absence manifests deterioration, in the race of life which is full of keen competitions and long struggles. The prosperity or the downfall of a nation may be correctly prophesied by measuring the ambition flaming in the breasts of its people. This is because ambition is the incentive to progress, to hard work and to the development of a man's faculties. It is ambition for fame that makes many a scientist risk his life in scientific research; and that urges many a valiant soldiers to fight till his last breath.

The great men in the world possess one form or another of this quality. History furnished us with many examples. For instance, Alexander the Great wept when he found he had no more worlds to conguer. ...hen a man is fired by ambition, he is on the high road to ...use he is stimulated to do his utmost.

...other hand, ambition when taken in the sense of desiring to ... leads to some inevitable vices such as envy and dishonour. ...ss to outshine others may induce a person to employ, in his ...erhanded methods which are against the principles of honour. ...nerates great evils, and its over-indulgence has ruined many ...er. The case of Napoleon is a good illustration of the good ...es of ambition. His inflexible ambition to conquer Europe ...untless and invincible. No nation was then strong enough to ... ambition and he nearly fulfilled his desire. However, his ...n some measure, attributed to his ambition. It was also his ... threw the whole Europe into incessant warfare and veritable ...s Caesar dearly paid for his ambition with his life. He plainly ... his ruin was the consequence of his ambition. As a matter ...mbition of politicians is the direct cause of war. Sometimes ...on is over-developed, one is apt to attempt things beyond ... or the rules of propriety. The wish to become rich may ...son to take up immoral trades or unlawful concerns and he ... a criminal.

...up, ambition is good as a stimulus to the performance of ... and to development of faculties; but its over-indulgence ...e harm than good.

## A JOKE

*A new way to catch pickpockets*

by David Ho (St. Mark's College)

At one time in Paris, it was forbidden by the law to travel with a dog in a public vehicle. One day a lady, accompanied by a pet terrier, entered an omnibus. Intending to evade the law, she put her pet in her dress pocket. It so happened that a pickpocket sat next to her. Her bulging pocket offered the greatest temptation. Very soon, the unfrotunate pickpocket started his work. He carefully put his hand under her drees and searched her pocket. Great was his horror to find a pair or sharp teeth inserted into his fingers. His exclamation of pain and surprise drew the attention of the whole bus, and his fate was thus determined

多樣化的英語版

在60年代，香港的大學學位，僧多粥少的情況非常嚴重。為此，1965年6月25日第四八一期起，在英語版內新闢了一個“Study Aboard”專欄。由一位曾經留學加拿大而獲得碩士的本港青年撰稿。作者留學加拿大四年，假期中曾旅遊加拿大及美國各地，對西方的一些風土人情、生活習慣，有親身的體會。專欄從「怎樣由香港到外國升學」談起，一直談到當地的中國留學生的生活狀況。為有意到海外升學的同學提供了寶貴的資訊。

下期預告

你準備到外國升學嗎？
你希望到外國升學嗎？
到外國去升學需要怎樣的條件？
到外國去升學需要辦那些手續？

下一期，我們新闢了一個專欄「Study abroad」（在「英語」版刊登）。這個專欄是由一位曾經留學加拿大而獲得碩士的本港青年撰稿的。作者留學加拿大四年，假期中曾旅遊加拿大及美國各地，對西方的一些風土人情、生活習慣，有親身的體會。本欄從「怎樣由香港到外國升學」談起，一直談到當地的中國留學生的生活狀況。讀者們讀了，有意到外國升學的，可得到寶貴的參攷資料；不想到外國升學的，也可由此而增廣見聞。

以下是 “Study Abroad” 出籠前，
在第四八〇期頭版的預告：

**你準備到外國升學嗎？**

**你希望到外國升學嗎？**

**到外國去升學需要怎樣的條件？**

**到外國去升學需要辦那些手續？**

**下一期，我們新闢了一個專欄**
**“Study Abroad”在「英語」版刊登。**

由四八一期開始，“Study Abroad”每期刊登一個專題，以下是部份題目：

1. THE PURPOSE OF THIS SERIES
2. GETTING READY IN HONG KONG
3. THE CANADIAN CLIMATE AT VARIOUS UNIVERSITY LOCATIONS
4. THE CANADIAN CLIMATE AND NECESSARY CLOTHINGS
5. ENRICH YOURSELF WITH CHINESE CULTURE
6. THE BOY-GIRL RELATIONSHIP
7. UNIVERSITY LIFE IN CANADA
8. CAMPUS ACTIVITIES
9. CAMPUS ACTIVITIES II
10. ACADEMIC ADJUSTMENT

STUDY ABROAD
2. GETTING READY IN HONG KONG
1. THE PURPOSES OF THIS SERIES
3. THE CANADIAN CLIMATE AT VARIOUS UNIVERSITY LOCATIONS
4. THE CANADIAN CLIMATE AND NECESSARY CLOTHINGS
5. ENRICH YOURSELF WITH CHINESE CULTURE
6. THE BOY-GIRL RELATIONSHIP
8. CAMPUS ACTIVITIES
10. Academic Adjustment
9. CAMPUS ACTIVITIES II.
7. UNIVERSITY LIFE IN CANADA

由481期開始的STUDY ABROAD. 專題

1967年10月6日第六OO期的英語版內， Editor's Note提出，由本月開始，會有特定題目向讀者徵稿，希望讀者踴躍投稿，以提高「英語樂園」的水平。第一個題目是“Why Do We Learn English?” 。1967年11月10日第六O五期，編者在眾多來稿中，選登了3篇分別代表3個不同意見的文章，希望讀者分辨出那些是正確的意見，並對不正確的意見提出批評，《青樂》對不同意見持開放態度。在這一期中，亦設定了兩道題目：An Affair to Remember 及 The Back Street，將分別於第六O八及第六一一期刊登。

青年樂園 （第六〇五期） 一九六七年十一月十日

(5)

英語

FOR THE BENEFIT OF ALL

THE REASONER (KING'S COLLEGE)

Frequently, we find that teddy-boys are good English speakers and the swingers and A-go-goers are good at English too. Why, then? Do they just learn English *for the sake of*① playing and enjoying themselves? whereas, in fact, they are not enjoying but wasting their precious time. This, perhaps, might not be their own fault. Should they have in mind a purpose, they would not fall into the trap of the *artful*② people.

Most unfortunately, many people would not ask why when they are trying to do something. This will *inevitably*③ lead to the result as mentioned above. To avoid this, it is best for the English learners to understand why they learn English.

As to be expected, many people would argue that they are being forced to learn English by their parents. But this is insufficient. Parents can only force their children to take up a book, and cannot force them to work hard. Whether one learns English whole-heartedly or not is entirely up to one's own will. The 'being forced' reason is therefore *inadequate*④.

The most popular reason to give, is, perhaps, the 'money' reason. This kind of people would argue that without English one cannot earn much money. Yes, this is true in Hong Kong. But are we so low and mean as to think about money all the time? Obviously, the 'money' reason cannot be the main reason. But, how about the 'fame' reason? There are undeniably a lot of people (not only pupils but also adults) who learn English simply because they want to be admired by those who do not know. This is foolish enough (though not so obvious.) Is it right to feel proud when a Chinese has to learn English whereas a Briton has no obligation to learn Chinese at all? In fact, speaking from a national point of view, learning English is more disgracing than being famed.

There is another reason which is ... This type of people ... scientifically a *backward*⑤ country, and so they learnt English in order that they could read more foreign science books and learnt more scientific knowledge. They would then, in the future, apply their knowledge to the construction of a strong China. This is good. But we should not forget the other aspects of civilisation. Philosophy is one thing and Art—including music, drawing, painting, *sculpture*⑥ etc.,—is another. The Western countries have their *merits*⑦. These are what we have to learn, and without English we cannot do so. However, they have *refuse*⑧ as well, such as the hit songs, the romantic dances, and the loose way of leading a life. Refuse is rubbish, and rubbish must be thrown into the dustbin.

To sum up, we learn English in order that we can introduce good and thriving things into our own country —for the benefit of us all.

① for the purpose of; ② cunning, 狡猾; ③ certainly; ④ not enough; ⑤ not advanced, 落後; ⑥ art of carving; ⑦ good points; ⑧ waste matter, 垃圾.

IT IS A WORLD-WIDE LANGUAGE

BY KWONG CHEE

English is one of the thousands of languages that exist in the world. The pronounced difference of English from others is that it is not a mere native dialect but a mixture of various foreign languages including Latin, Hebrew, etc. Therefore, it is normal to find that its spellings and appearances resemble in some respects some Latin and Hebrew-based European languages. A knowledge in English would fascilitate our study in other European languages.

Why do we learn English? When such question is raised to English-learners, it is surprising to find that most of the answers offered are stories ranging from seemingly paradoxical great reasons telling to groundless theories offering that make no sense. The major part of them regard English a mere decoration, and English learning attributive of modernity, like the seal for mini skirts. Among these people, teddy teenagers mount a high percentage. They organize bands, singing mostly Western pop songs. Others give priority to foul language learning, because their English is intended for scolding. Book-worms try to memorize the new words they even 'encounter'. Their assiduity results in poor English written in an incredibly unnatural way.

Why do we learn English? We ... answer; because ... the scope ... the more we learn, the more we should apprehend of our triviality and inferiority.

As stated before, English is rather a mixture. Its mature evolution can be illustrated by its rich vocabulary and diversity, yet its verbal and literal application can easily be handled. In fact, English of incorrect grammar spoken by rickshaw-man still means a lot to their foreign customers. Thus we should understand why English forms up the framework of the world-wide medium of presentation. Many international assemblies, negotiations and meetings related to political bargain, technology researching and social projects planning take English as the basic presentative language. In a rally, people of different nationalities speaking their dialects will obviously leave themselves bewildered; accordingly, it is thousand times a miracle if that ... can lead to any constructive ...

We reach a conclusion that as English serves as a world-wide ...king language, we should learn it wholeheartedly, so as to be benefited from it. In order to achieve accomplishment, we have to pay for it with our invaluable time, energy and money. There is no shortcut or any gateway either. If our zeal originates from a temporary impulse or from any cursed motives like those of the teddy teenagers, we are bound to profit in nil. Certainly, we don't like our English work being regarded as laughing stocks or being criticised as nothing more than a few pages of English embodying an unsubstantial content associated with an immature construction and an old style after '11' successive years of studying.

Is that so?

Editor's Note

You are reading the first issue for a specified topic. In this issue, only three pieces were selected from the contributions, and each represents the idea of a certain group of people. The readers are therefore advised to think after they have read each and to choose for themselves the correct idea and to discard the wrong idea by criticising it. The Garden will be open for all criticism.

TOPIC FOR ISSUE NO. 608

AN AFFAIR TO REMEMBER

DEAD LINE: NOVEMBER, 18.

TOPIC FOR ISSUE NO. 611

THE BACK STREET

DEAD LINE: DECEMBER, 8.

The editor would like to remind the readers that the ideas expressed in each piece may not represent the view-points of the editor.

GARDEN OF ENGLISH

EDITOR'S NOTES

Recently we have received much good advice from our readers and writers concerning this page. Many thanks to them and we do need more honest criticism from our readers.

"What should I write?" some of our writers may scratch their heads and ask. Well, some readers give us a good suggestion: give specific topics!

Now, from this month onward, a specific topic will be provided and selected essays will be published every third week. We earnestly hope that our writers give us support, without which we can do very little in improving the standard of our "Garden of English."

TOPIC FOR OCTOBER:

WHY DO WE LEARN ENGLISH?

DEAD LINE: OCT 31, 1967

第600期的徵稿啟示。

FOR IT IS OUR RAIN

SUNNY (ST. PAUL'S COLLEGE)

... we look deeper into the matter. The water is indeed doing good to the earth. It supplies nutrition to the plantations and thus beautifies the earth. The sea washes the shore and carries away its dirt. It makes the stone into round, smooth and perfect pebbles. Moreover, the eroded materials, though being carried away from the earth, is deposited on the sea bottom. Can one say that they are being destroyed? It's just an exchange!

Now we come back to our question—why do we learn English? English to us is quite similar to water to earth. Plantations need water. Absorbing the water, plants burst open their flowers and ripen their fruits. To us, we absorb English into our culture and produce splendid 'fruits'. Water is also vital to plantations. Without water, they have to suffer or perhaps die. English is also essential as we have to earn at least our living in order to survive. Now, someone may argue that we can still live without any knowledge of English. But, the trees may not all die without water. They may find a substitute. Why do they not find a substitute? Because water is very useful and do them no harm. Now, it can be deduced that we may still survive if we do not learn English. But as English will do us no harm and is useful, why do we not learn it?

Each civilization is bound to have its own good points as well as weakness. From English we can get something to fill our 'weak gaps' and thus improve our own civilization. That is the aim of cultural exchange, and our reason for learning English.

第605期獲選刊的徵文

可惜《青年樂園》第六O七期（出版於1967年11月24日）是最後一期了。這期的英語版內仍刊登一個徵稿告示，題目是“The Back Street”及 “The Market”，將分別於12月8日及12月30日截稿；文章則相應於第611期及614期刊登。

事實上，所有稿件都沒法刊登，永遠不能和讀者見面了。

在此，特將第六O七期的英語版全版展示如下，以示對“Garden of English”的不捨與懷念。

青年樂園　（第六〇七期）　一九六七年十一月二十四日

(5)

語　英

## Morning In Sai Kung

At the early hour of five the little village of Sai Kung comes to life. The night storm has ended and the grey mists have been swept away by the morning wind. The little clouds on the sky are all pink. The sun is rising above the horizon in the east and is pouring slanting rays on the good, rich earth which is now smelling fresh and damp. The little winds come in delightful little gusts and bring a fresh scent of newly bathed soil with it. The grass looks greener and is sticking up everywhere around the little cottages. Plants are uncurling their leaves and young green buds of leaves are showing. There are tender fluting sounds here and there and everywhere as if scores of birds begin to tune up for a concert. Suddenly a cock begins his solo, and is then followed by many other cocks in the village. Their sounds finally mix into a chorus which tells the people, "It's time to get up."

"Time to get up." People hear the singing and jump out of their beds. White naughty little clouds of smoke also dance out of their beds — the chimneys, and join with the morning wind. Little cottage doors and windows are swung open. Oh! How happy the people are when they see the golden beams pouring into their tiny houses. Children run out of the doors gaily and with their arms widely open to welcome the glorious sun. The farmers are walking with happy strides along the path to their fields. Their high-coloured faces look fresh and bright which can be compared with the morning sun. They are pleasant, they are smiling, they are singing. There in the field, the amber waves of golden grain are saying 'good morning' to them.

Thus a new day is begun.

Rainy (H. K. S. Y. S. S.)

## THE ABSENT-MINDED PROFESSOR

K. L. (Sacred Heart Can. College)

Mr. Perkins was an old professor who studied Science. Although he could cure people of their forgetfulness, he could not rid himself from it. He forgot even the most urgent and important things, and, as a result of this, he got into trouble for quite a number of times.

His sixtieth birthday was coming soon, and to celebrate this great event, which he thought was, he decided to hold a grand banquet on that day. He planned to invite as many of his friends and relations as possible.

He bought a pile of invitation cards and addressed them with great care. Then he stamped them. Just as he finished stamping, the phone rang. He quickly put back the invitation cards into the drawer of his writing table, and attended to the telephone call. It brought the news that he had to go for an important engagement, which he had forgotten, I suppose. He left his house, forgetting about everything.

The day came, on which he ordered his servants to decorate the hall most beautifully. He had ordered the most tasty delicacies, and soon all the cooks were busily working. He walked in and out of the kitchen, demanding the smallest little thing to be done with the greatest care.

Soon, it was seven o'clock. He sat happily in his big armchair, waiting for his guests. Half an hour passed, and nobody came. Another hour passed, and still no one appeared. The dining tables were covered with the most delicious things, but nobody offered to taste them. So, he decided that they were not coming.

So, he went into his study to read a look. As soon as the drawer of the writing table was drawn out, an astonished and disappointed man appeared grasping the invitation cards, which were so carefully addressed and stamped, but not yet posted! That was why nobody came.

He was very unhappy about this, so, he made up his mind to habit himself with a good memory. And, when his seventieth birthday came, he remembered very well to send the cards; and he never forgot that lesson.

FUN　NUF

✲ Sharon: If two's company and three's a crowd, what are four and five?
Agnes: I don't know.
Sharon: Nine.

✲ Irene: Excuse me, but I think you are sitting in my seat.
Lousia: Really? Can you prove it?
Irene: I think so. I left my ice-cream on it.

Mary (Chinese Y.M.C.A. Middle School)

FUN　NUF

GARDEN OF ENGLISH

TOPIC FOR ISSUE NO. 611
THE BACK STREET
DEAD LINE: DECEMBER, 8.
TOPIC FOR ISSUE NO. 614
THE MARKET
DEAD LINE: DECEMBER, 30.

## To Be A Teacher

Henry (Queen's College)

I want to be a teacher. He can learn as he teaches. This advantage is seldom found in other jobs. Besides, he can contribute his part to society by training his students to be useful citizens in future. It is also a very interesting job, because a teacher is going to deal with all kinds of students. Some students are good and diligent while some are naughty and lazy. So a teacher must treat their students individually according to their conduct with various kinds of method. If the student is good and diligent, a teacher should encourage him to do better. On the other hand, if he is lazy and naughty, a teacher must help him and encourage him to work hard.

... improve his ...

Thus the little ...
Humble though they be,
Make the mighty eyes
of eternity①.

by Julia A. Fletcher

## Owed to New York

Vulgar② of manner, overfed③,
Overdressed and underbred,
Heartless, godless, hell's delight,
Rude by day and lewd④ by night;
Bedwarfed the man, o'ergrown the brute,
Ruled by loss and prostitute⑤,
Purple-robed and pauper-clad,
Raving⑥, rotting, money-mad;
A squirming⑦ herd in Mammon's⑧ mesh⑨,
A wilderness of human flesh;
crazed by avarice⑩, lust and rum⑪,
New York, thy name's "Delirium."⑫

Byron R. Newton

① endless duration; ② low, coarse, mean; ③ to be fed to excess; ④ dissolute:淫蕩; ⑤ a strumpet, 妓女; ⑥ being wild; ⑦ wriggling蠕動; ⑧ of the god of riches財神; ⑨ network; ⑩ excessive love of gain; ⑪ sweet spirit, ⑫ wild excitement.

## DUTIES OF A STUDENT

Yee (Yale English College)

We, students, are the future redeemers of China, so the first thing we ought to do is to learn what is the best way to serve our country. In other words, we are bound to fulfil our duties, not for ourselves, but for the benefit of the whole nation.

We, students, must pay close attention to teachers' lectures. From them, we may learn some useful things. However, a teacher may not be right all the time. So we have to use our brain and make our decision.

Time is limited but knowledge is unlimited. Time flies away as fast as an arrow, and we cannot get back the passed time. The value of time is as precious as that of gold. When the lessons are over, we should spend some time on reading newspapers and magazines so that we may get to know the affairs of our country and the world.

Besides, we can increase our knowledge not only from books but also from observation. Even ordinary grasses and trees are sources from which we can get a good deal of knowledge if we really observe.

## Wise Words

W. K. Lau (Tech. College Eve. Dept.)

★ To buy books only because they were published by an eminent printer, is much as if a man should buy clothes that did not fit him, only because made by some famous tailor.

★ We should choose our books as we would do our companions, for their sterling and intrinsic merit.

★ Much reading is like much eating—wholly useless without digestion.

TOPIC FOR ISSUE NO. 611
THE BACK STREET
DEAD LINE: DECEMBER, 8.
TOPIC FOR ISSUE NO. 614
THE MARKET
DEAD LINE: DECEMBER, 30.

徵稿啟示

## 其它功課輔導

## 賞析

《青年樂園》的功課學習版是報刊最大的特色。其中，除了每期會邀請不同學校的老師或成績優異的同學，輪流地就着不同的科目撰寫學科專欄（包括生物、地理、數學、物理、化學等）外，每年會考後，更會率先刊印會考各科試題的參考答案。隨後也會結集出版，方便學生即時掌握必備的會考資訊。

## 何景安老師功課指導

### 賞析

以下選文的功課版選輯，是由時任培僑中學化學老師的何景安（1933-）所撰。正如前文提到，《青年樂園》最初由當時的培僑中學教師吳康民幕後推動創立，他邀請同事何景安替《青年樂園》的功課和科普版撰稿，故可以說何老師是《青年樂園》功課版的第一代「台柱」。值得注意的是，在左右對峙的五六十年代，或為避免負責人和編輯明顯的左派背景而致刊物不能進入校園，《青年樂園》的稿件，基本上沒有署明左派學校的教師和作者。這樣的編輯方針約在創刊的十年後（1966年），才陸續放棄。因此何景安老師所撰的功課指導和科普知識，無一不以筆名示人。其中賀帆、平凡和貝凡均是他在《青年樂園》經常使用的筆名。另外，值得一提的是，在最初的時候，《青年樂園》仝人為了營造功課和科普版有專人負責的觀感，故《青年樂園》的編輯間或也使用有關筆名來撰稿。據何景安老師自述，他約在1958年左右開始投稿，每則稿費有一元、一元五角、二元五角、以三元的多些。當年乘巴士分段可能需車資兩毫或三毫，他認為已算是不錯的酬勞了。

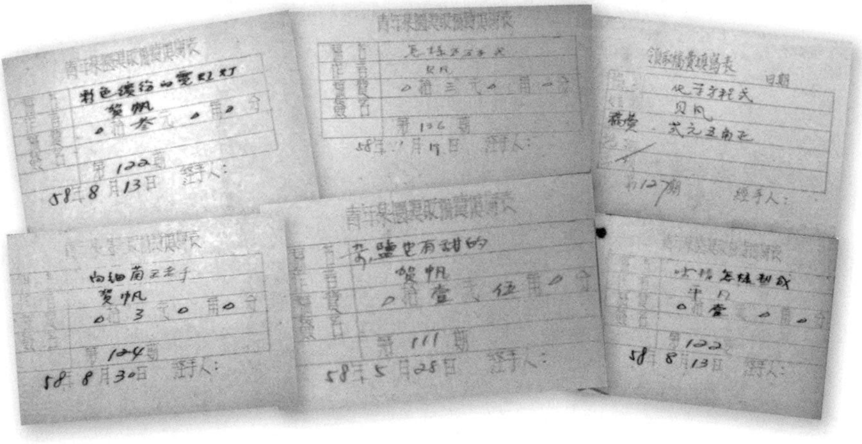

何景安老師珍藏之《青年樂園》稿費單

選自1958年11月7日，
第135期。

# 化學元素符號寫法的演變

## 談談化學方程式（三）

·貝　凡·

數理化學習

既然「象形」的符號不能表示該物質的成份，符號的數目又愈來愈多，而科學家從研究物質中又逐漸發現它們的組成，知道了許多外表極不相同的物質會含有共同的元素，於是就全部丟棄舊的。不科學的符號，重新設計出一套化學符號來，"到著名的英國化學家道爾頓時代，已經發現有四十多種元素，知道水是一種化合物，由氫和氧……的物質構成，於是就到……成無數的物質……

……

用第一……也許有……一個字……呢?我們……較中就可……的拉丁文……就另加一……另外再稍……

氯……
氧……
氬（……

銀（……
金（A……
砷（A……

這些符號，……就先把最常用的二……固，再記新的，一般……素符號，對於一般的……特別常用的有:

| | | |
|---|---|---|
| H | O | Cl |
| P | K | Na |
| Al | Zn | Fe |
| Pb | Br | I |

次的是:

| | | |
|---|---|---|
| | F | Cr |
| Sn | Si | W |
| He | Ne | Ar |
| Rn | Ra | U |

算起來，大約是四十多……很少應用，有機會再去記憶……不常用，會很快忘掉的。

選自1958年11月14日，
第136期。

# 怎樣寫分子式

## 談談化學方程式（四）

·貝　凡·

數理化學習

元素符號的寫法也要注意，第一個字母是要寫大楷的，而第二個字母只能寫小楷，例如氯，寫成「Cl」，不能寫成爲「cl」，這一例，是很多同學會犯的毛病，不少高中三的同學也易犯上的；另一例是：鈷這種元素，應該寫成爲「Co」，第二個字母「O」是要小楷的。如果寫成大楷，那就變成「CO」，人家就會誤會爲一氧化碳的分子式了，這一點，是要注意了解的。

×　　×　　×

前面談了一大堆，算是把元素符號的大概說過了，能夠了解元素符號的演變對我們也是有用的，這可以使我們感到：就是這些看來非常枯燥的、老師又要强……精力啊！……遺產，讓……個小時甚……呢!?比起……同事了。

我們……號去寫分……

爲什……分子式呢……分子式來……元素符號……就沒有可……怎樣寫分……

分子……，它既……成份，……

選自1958年10月31日，
第134期。

# 古代的化學元素符號

## 談談化學方程式（二）

·貝　凡·

數理化學習

在一二七期中曾經和同學談過：化學方程式是化學的語言，這種語言是沒有國界的，全世界的化學家都採用同一樣的方法去寫方程式，只是其中非常個別的地方稍有不同。假如各個國家的化學家都用自己本國的文字和方法去寫方程式的話，那就非常不便了，例如

$$2H_2 + O_2 \longrightarrow 2H_2O$$

這一個方程式，中國人大可以寫成：氫＋氧⟶水；英國人則寫成：

Hydrogen＋Oxygen ⟶ Water

世界上還有法文、俄文、德文、日文、西班牙文、印地文……等等，各樹一幟，其不便處是可以想象得到的。所以這「共同」語言採取了一定的標準，在表示物質的時候都使用拉丁文符號所組成的分子式來表示。這樣，我們就必須熟悉符號所代表的東西，因此，化學教師們都一定要求同學背熟某些化學的元素符號。

×　　×　　×

世界上的物質雖然很多，但却只是由不多的元素來組成，爲了工作的方便，古代科學家就已經利用各種符號來代替元素和一些物質過去的符號都很古怪，你們的教科書上面也可能有一兩個，大概你們沒有想過爲什麼……樣設計的吧！那麼在這裏也簡單地跟大家……句。你看見過有下面的一種化學符號嗎?……樣子是：

☽這個樣子正像一彎新月，現在不少同……用「月光像水銀瀉滿大地」這句話去描……嗎?！古代科學家也就利用這種符號代……『銀』。『鐵』，是古代製作刀鎗劍……的原料，因此有人把鐵的符號設計成……♂意思表示矛和盾。『銅』這種金屬……玻璃鏡之前，是一種很好的反光鏡……在許多舊古董的鏡子都是一種銅……是：

♀你說像不像一個可以握着的鏡……這種符號很不容易寫，寫得不好……誤會，以爲是別一種物質，而且每件物質都要設計出符號來表示，例如：肥皂寫成：◊（菱形），酒精寫成：ºₒ>º，不勝其煩，腦袋也不易記得那麼多，而新發現、發明的物質又逐漸增加，因此這種符號終於也要受淘汰了，到現在，除了極少數人之外，已經沒有什麼人去爲了它而死「啋」一番了。就算是本文的作者，相信背熟了也是很快便遺忘了的。這種符號的設計也極爲不科學，不可能表示出其中的物質成份等關係。

選自1958年9月12日，
第127期。

# 談談化學方程式（一）

## ——給學習化學的同學們

·貝　凡·

200÷16＝12.5 這個算術式，如果用文字來完整表達，就應寫作：二百這個數目用十六這個數目來除的時候得出十二點五這個數目。看到這裏，有些同學可能會大罵『笨蛋』不已的吧！那會有人用這又長又臭、囉囉嗦嗦的文字來表達的。對！罵得合理。用算術式比用文字的確簡便得多，化學方程式也像算術式那樣有同樣的意義，例如

$$2NaCl + H_2SO_4 \xrightarrow{\triangle} Na_2SO_4 + 2HCl\uparrow$$

這個式，就表示了：由兩分子食鹽（每分子氯化鈉由氯元素的一個原子和鈉元素的一個原子組成）和一分子硫酸（每分子由兩個氫原子、一個硫原子和四個氧原子組成）在加熱的情形下，可相互作用而生成一分子硫酸鈉（每分子由兩個鈉原子、一個硫原子和四個氧原子組成）和兩分子氯化氫（每分子由一個氫原子和一個氯原子組成），因爲氯化氫是氣體，故上昇而逸去。兩者相比，就極爲强烈地顯示出使用化學方程式有很大的優越的地方，非常便利。所以有人說化學方程式是化學的語言，利用它可以表達化學反應的情形。

很多同學對化學方程式感到非常頭痛，這也難怪，因爲化學上物質間相互的變化異常複雜、千變萬化，但只要我們脚踏實地，用心去學，却也是不難掌握的。此外沒有什麼靈方妙藥：吃了十顆八顆便會牢記，或者科學家們發明一個專門記憶化學方程式的腦袋，每個售價X元，等等古怪東西。自然界總不那麼便宜人們的，終日夢想購個『腦袋』去記憶方程式的人，相信大多是條懶蟲，這的確神醫束手無策。但也不要把化學方程式想像得很可怕，如果能動動腦筋，整理出幾類類型，就可以運用它來帮助我們寫出化學方程式了。

## 陳坤耀功課指導

### 作者簡介

陳坤耀（1945-），香港著名經濟學家。陳先生的簡介詳見本書的67頁。

陳先生的簡介詳見本書的67頁。

1966年，當時在香港大學就讀經濟系的陳坤耀接受《青年樂園》編輯的邀請，寫了約共12期的經濟科的會考指南。陳坤耀中學時代曾在《青年樂園》編輯的協助下成功出版了一本暢銷的生物科參考書。或因如此，即使他已淡出《青年樂園》的活動，也再拾筆寫下有關的參考資料。陳的成功，也提醒了《青年樂園》仝人，青少年讀者對會考參考書的龐大需求，故他們不時會以「青年樂園出版社」的名義出版會考參考書。一定程度地緩和了報社的經濟壓力。以下是有關經濟參考資料的選輯：

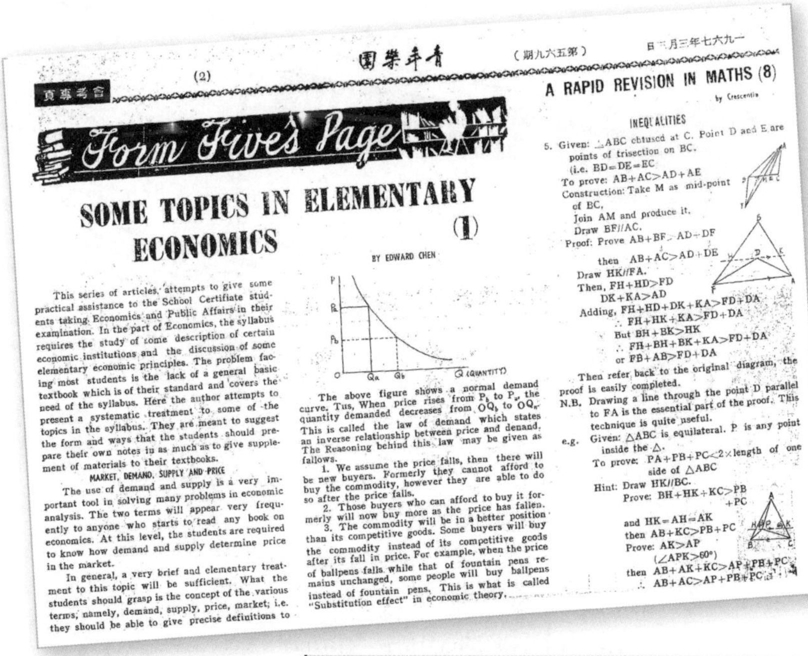

(2) 青年樂園 （第五六九期） 一九六七年三月三日

會考專頁

Form Five's Page

# SOME TOPICS IN ELEMENTARY ECONOMICS (1)

BY EDWARD CHEN

This series of articles attempts to give some practical assistance to the School Certifiate students taking Economics and Public Affairs in their examination. In the part of Economics, the syllabus requires the study of some description of certain economic institutions and the discussion of some elementary economic principles. The problem facing most students is the lack of a general basic textbook which is of their standard and covers the need of the syllabus. Here the author attempts to present a systematic treatment to some of the topics in the syllabus. They are meant to suggest the form and ways that the students should prepare their own notes in as much as to give supplement of materials to their textbooks.

MARKET, DEMAND, SUPPLY AND PRICE

The use of demand and supply is a very important tool in solving many problems in economic analysis. The two terms will appear very frequently to anyone who starts to read any book on economics. At this level, the students are required to know how demand and supply determine price in the market.

In general, a very brief and elementary treatment to this topic will be sufficient. What the students should grasp is the concept of the various terms, namely, demand, supply, price, market; i.e. they should be able to give precise definitions to



The above figure shows a normal demand curve. Tus, When price rises from $P_b$ to $P_a$, the quantity demanded decreases from $OQ_b$ to $OQ_a$. This is called the law of demand which states an inverse relationship between price and denand. The Reasoning behind this law may be given as fallows.

1. We assume the price falls, then there will be new buyers. Formerly they cannot afford to buy the commodity, however they are able to do so after the price falls.

2. Those buyers who can afford to buy it formerly will now buy more as the price has fallen.

3. The commodity will be in a better position than its competitive goods. Some buyers will buy the commodity instead of its competitive goods after its fall in price. For example, when the price of ballpens falls while that of fountain pens remains unchanged, some people will buy ballpens instead of fountain pens. This is what is called "Substitution effect" in economic theory.

## A RAPID REVISION IN MATHS (8)

by Crescentia

INEQUALITIES

5. Given: △ABC obtused at C. Point D and E are points of trisection on BC. (i.e. BD=DE=EC

To prove: AB+AC>AD+AE

Construction: Take M as mid-point of BC, Join AM and produce it. Draw BF//AC.

Proof: Prove AB+BF>AD+DF

then AB+AC>AD+DE

Draw HK//FA.

Then, FH+HD>FD

DK+KA>AD

Adding, FH+HD+DK+KA>FD+DA

∴ FH+HK+KA>FD+DA

But BH+BK>HK

∴ FH+BH+BK+KA>FD+DA

or FB+AB>FD+DA

Then refer back to the original diagram, the proof is easily completed.

N.B. Drawing a line through the point D parallel to FA is the essential part of the proof. This technique is quite useful.

e.g. Given: △ABC is equilateral. P is any point inside the △.

To prove: PA+PB+PC<2×length of one side of △ABC

Hint: Draw HK//BC.

Prove: BH+HK+KC>PB+PC

and HK=AH=AK

then AB+KC>PB+PC

Prove: AK>AP (∠APK>60°)

then AB+AK+KC>AP+PB+PC

∴ AB+AC>AP+PB+PC

**選自** 1967年3月3日，第569期。

會考專頁 (2) 青年樂園 (第五七〇期) 一九六七年三月十日

# Form Five's Page

## Some Topics In Elementary Economy (2)

By EDWARD CHEN

SUPPLY: it is defined as the amounts of the commodity offer to sale in the market per unit time at a given price.

Factors Affecting Supply:

1. The price of the commodity itself.
2. The prices of other commodities.
3. The taste of the producers, ($T_p$
4. Prices of the factors of production, e.g. wages, raw materials, ($F_p$
5. The state of technology. (E)

In mathematical terms:

$S_n = f(P_n, P_1 \ldots P_{n-1}, T_p, F_p, E)$

Thus each variable has a definite functional relationship with the supply of a certain commodity.

SUPPLY CURVE: It shows the relationship between the supply of a certain commodity and its price, assuming the other factors remain constant. Thus, $S_n = f(P_n)$

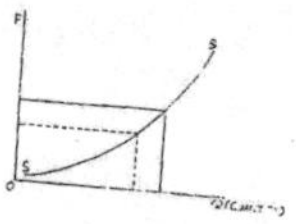

Similar explanation can be applied to a Change in supply.

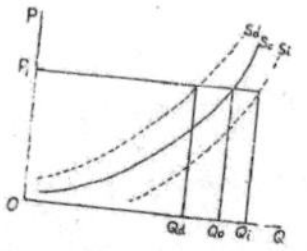

In this case, any shifting to the left means a decrease in supply, and that to the right means an increase.

The students should distinguish the two concepts: a change in demand (or supply); a change in the quantity demanded (or supplied). The first one is what we have just discussed. A change in the quantity demanded means that the quantity changes due to a change in price while the other factors remain unchanged; i.e. there is no new curve, the change is a shifting upwards or downwards along

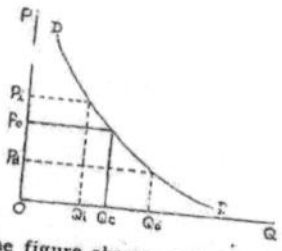

The figure shows a change in the quantity demanded. The original price is $P_0$, the quantity demanded is $OQ_0$. When the price increases to $P_1$, the quantity drops to $OQ_1$; when the price decreases to $P_2$, the quantity increases to $OQ_2$. The change of the quantity demanded is a movement along the same curve, and therefore it is different from the concept we previously discuss.

THE MARKET PRICE:

We are now able to find the equilibrium market price of the commodity by employing the tool of demand and supply. The price of a certain commodity depends on its demand and supply in the market.

The equilibrium price (i.e. the price at which there is no tendency to go up or down) will be achieve when the quantity demanded is equal to the quantity supplied. Thus Dn=Sn is the necessary condition for equilibrium, and therefore for the determination of market price.

Only when $D_n = S_n$, both the sellers and the buyers are satisfied with the existing condition in the market. There is no tendency for the price at that

pressure acting on the equilibrium price toward any direction.

The equilibrium price can be easily found by graphical solution.

The equilibrium price is given by the intersecting point of the demand and supply curve.

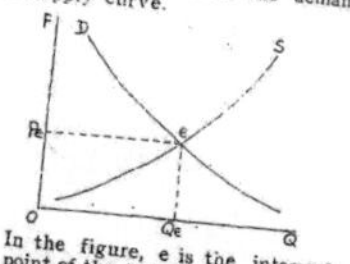

In the figure, e is the intersecting point of the two curves. The price is therefore $P_e$ and the quantity demanded and supplied is $OQ_e$.

Let us now examine why there is no point other than e that equilibrium price can be achieved.

(1) Case I: $D_a < S_a$

In this case, the price is above equilibrium.

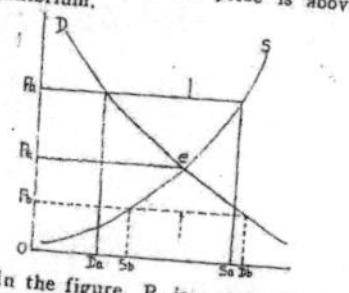

In the figure, $P_a$ is a price level above equilibrium. It can be seen that the quantity demanded is $OD_a$ and that supplied is $OS_a$. $OS_a$ is obviously greater than $OD_a$. Hence, there is an excess of goods in the market. In order to increase sale the sellers are forced to cut down the price. In this way there is a downward pressure acting on the equilibrium level $P_a$ toward the equilibrium level

**選自** 1967年3月10日，第570期。

會考專頁 (2) 青年樂園 (第五七八期) 一九六七年五月五日

# FORM FIVE'S PAGE (10)

## Some Topics In Elementary Economics

By EDWARD CHEN

PRIVATE AND PUBLIC ENTERPRISE

Monopolies granted by the Government

In some cases, mostly in the case of public utilities (they are services rendered to the public) e.g. electricity, gas, telephone services, the services are run by monopolies. Their right is granted by the government for a certain length of time.

Examples in Hong Kong: Tram Company, ferry services, Bus Company, Electricity.

In Hong Kong, the government, in order to ensure that those Companies with monopolistic right render satisfactory services to the public, set up some special advisory committees to supervise their general functioning.

Examples: the Traffic Advisory Committee, the Advisory Committee on Telephone Services.

Advantages & Disadvantages of Public Enterprise

Advantages:

1. It enables the provision of a relatively large amount of specialized plant and equipment which require large-scale investments. These large-scale projects are too costly to be undertaken by private individuals.
2. It provides uniform services and uniform prices. This is convenient to the consumers and prevents the consumers from being betrayed because of their imperfect information of the market.
3. Since public enterprise does not consider profit-making the most important part in its policy-decision, it, often, provides cheaper services. In case there are profits, they are returned to the general public through government expenditure. By this means, equality in the distribution of wealth can better be attained.

Disadvantages

1. It limits consumers' choice to a considerable extent because the consumers have no alternative but to accept the goods or services offered to them by the special authority.
2. There is no competition under the system of public enterprise. Very often, this reduces the incentive for improvement. As a result, the quality of goods and services may not be so good.
3. It interferes the government budget.
4. Directors and workers are civil servants, and so they have no direct personal interest in the enterprise. In some cases, this would lead to lower efficiency of working.

It should be noted that the advantages of public enterprise are the disadvantages of private enterprise and the reverse is also true.

Private Enterprise

By which is meant all business organisations, such as firms, which are owned and controlled by private individuals who take the responsibility for decisions and attempt to make a profit.

The system of private enterprise is the typical form of organisation under capitalism. In general, in Hong Kong, the economic role of the government is negative, its policy is collectly regarded as laissez-faire (let things alone). Hence, the system of private enterprise is the dominant feature of the economy of Hong Kong.

We can distinguish the following types of private enterprise.

1. The sole-proprietorship or the one-man business.
2. The Partnership.
3. The Company.
   a/ the private company.
   b/ the public company.
4. Co-operative societies.

There is no room here to discuss the details of these business units. Any elementary Economics textbooks contain a chapter on this topic. The students are advised to pay attention to the features, advantages and disadvantages of each of the above mentioned business units. (END)

**選自** 1967年5月5日，第578期。

## 曾鈺成功課指導版

### 賞析

以下的英文版純數參考資料選輯，是前立法會主席曾鈺成（1947-）在大學時代替《青年樂園》撰寫的中學數學科輔導資料。1964年曾鈺成參加中學會考後，由於數學科成績優異，被《青年樂園》的功課版編輯傅華彪力邀替刊物撰寫會考數學心得，自此不僅與《青年樂園》結緣，更與比他年長約10歲的傅華彪成為忘年之交，也因此慢慢接受愛國思想。1965年，曾鈺成考進了香港大學數學系，而以下選文的純數要點介紹共有十四期，寫於1966年至1967年間，即曾鈺成大學二年級至三年級之時。據曾鈺成自述，當年純數屬課程改革後較新的課題，坊間較難找到有關的參考書，故最後需要自找教材做準備。曾鈺成嘗言：自己曾以不平和畢道凡的筆名在《青年樂園》發表作品，不過卻已難稽考，因為有關期數的《青年樂園》暫已逸失。

**選自** 1966年6月10日，第531期。

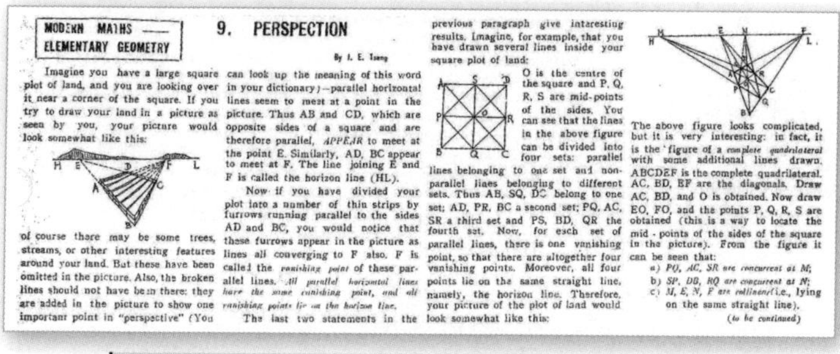

MODERN MATHS — ELEMENTARY GEOMETRY

**9. PERSPECTION**

By J. E. Tsang

Imagine you have a large square plot of land, and you are looking over it near a corner of the square. If you try to draw your land in a picture as seen by you, your picture would look somewhat like this:

(H E D F L A C B)

of course there may be some trees, streams, or other interesting features around your land. But these have been omitted in the picture. Also, the broken lines should not have been there: they are added in the picture to show one important point in "perspective" (You can look up the meaning of this word in your dictionary)—parallel horizontal lines seem to meet at a point in the picture. Thus AB and CD, which are opposite sides of a square and are therefore parallel, *APPEAR* to meet at the point E. Similarly, AD, BC appear to meet at F. The line joining E and F is called the horizon line (HL).

Now if you have divided your plot into a number of thin strips by furrows running parallel to the sides AD and BC, you would notice that these furrows appear in the picture as lines all converging to F also. F is called the *vanishing point* of these parallel lines. *All parallel horizontal lines have the same vanishing point, and all vanishing points lie on the horizon line.*

The last two statements in the previous paragraph give interesting results. Imagine, for example, that you have drawn several lines inside your square plot of land:

(A S D P O R B Q C)

O is the centre of the square and P, Q, R, S are mid-points of the sides. You can see that the lines in the above figure can be divided into four sets: parallel lines belonging to one set and non-parallel lines belonging to different sets. Thus AB, SQ, DC belong to one set; AD, PR, BC a second set; PQ, AC, SR a third set and PS, BD, QR the fourth set. Now, for each set of parallel lines, there is one vanishing point, so that there are altogether four vanishing points. Moreover, all four points lie on the same straight line, namely, the horizon line. Therefore, your picture of the plot of land would look somewhat like this:

(H M E N F L A R P C Q B)

The above figure looks complicated, but it is very interesting: in fact, it is the figure of a *complete quadrilateral* with some additional lines drawn. ABCDEF is the complete quadrilateral. AC, BD, EF are the diagonals. Draw AC, BD, and O is obtained. Now draw EO, FO, and the points P, Q, R, S are obtained (this is a way to locate the mid-points of the sides of the square in the picture). From the figure it can be seen that:

a) *PQ, AC, SR are concurrent at M;*
b) *SP, DB, RQ are concurrent at N;*
c) *M, E, N, F are collinear* (i.e., lying on the same straight line).

*(to be continued)*

**選自** 1966年7月1日，第534期。

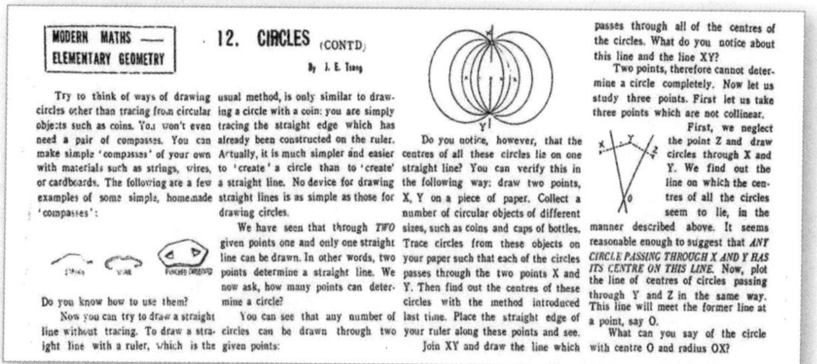

MODERN MATHS — ELEMENTARY GEOMETRY

**12. CIRCLES** (CONTD)

By J. E. Tsang

Try to think of ways of drawing circles other than tracing from circular objects such as coins. You won't even need a pair of compasses. You can make simple 'compasses' of your own with materials such as strings, wires, or cardboards. The following are a few examples of some simple, homemade 'compasses':

(STRING WIRE PUNCHED CARDBOARD)

Do you know how to use them?

Now you can try to draw a straight line without tracing. To draw a straight line with a ruler, which is the usual method, is only similar to drawing a circle with a coin: you are simply tracing the straight edge which has already been constructed on the ruler. Actually, it is much simpler and easier to 'create' a circle than to 'create' a straight line. No device for drawing straight lines is as simple as those for drawing circles.

We have seen that through *TWO* given points one and only one straight line can be drawn. In other words, two points determine a straight line. We now ask, how many points can determine a circle?

You can see that any number of circles can be drawn through two given points:

(X Y)

Do you notice, however, that the centres of all these circles lie on one straight line? You can verify this in the following way: draw two points, X, Y on a piece of paper. Collect a number of circular objects of different sizes, such as coins and caps of bottles. Trace circles from these objects on your paper such that each of the circles passes through the two points X and Y. Then find out the centres of these circles with the method introduced last time. Place the straight edge of your ruler along these points and see.

Join XY and draw the line which passes through all of the centres of the circles. What do you notice about this line and the line XY?

Two points, therefore cannot determine a circle completely. Now let us study three points. First let us take three points which are not collinear.

(X Y Z O)

First, we neglect the point Z and draw circles through X and Y. We find out the line on which the centres of all the circles seem to lie, in the manner described above. It seems reasonable enough to suggest that *ANY CIRCLE PASSING THROUGH X AND Y HAS ITS CENTRE ON THIS LINE.* Now, plot the line of centres of circles passing through Y and Z in the same way. This line will meet the former line at a point, say O.

What can you say of the circle with centre O and radius OX?

選自 1966年11月18日，第554期。

**MODERN MATHS — ELEMENTAR/ GEOMETRY**

## 11. CIRCLES

By J. E. Tsang

You must have known the word "circle" for a long time. In fact, many things are circular — the wheels of a car, the mouth of a tea-cup, rings, coins etc. Imagine how inconvenient it would be if we did not know the circle: cars could not go without circular wheels, bottles could not have screw-in caps, and many interesting games could not be played (for example basketball).

Circles also occur in nature, though these are not very common. If you make a wire loop as shown in the figure, with a loop of string inside, and fill the inside of the wire loop with a soap film, you will obtain a good circle when you pierce the film inside the string loop. The pierced soap film tends to pull the string loop outwards, forming a circle. You may

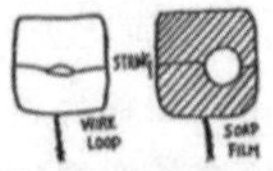


notice that when you blow soap bubbles you get spheres, which appear as circles when viewed from any angle.

So now you know at least what a circle looks like, and once again we have to come to the definition. What exactly is a circle? Maybe you know the definition from your text book already. If not, you can think about it. What is the path of a stone when it is swung round and round at the end of a tight string, with the other end of the string held fixed? Do you know how a circle can be drawn besides tracing? Why is this method applicable? Now you should get some idea of what a circle exactly is.

There is exactly one point called the "centre" inside a circle, which is equidistant from any point on the circumference, that is, if you measure the distance from this point to any point on the circumference, you will always get the same length. Which point is this? (Remember swinging a stone to get a circle?) Any line passing through the centre of a circle and terminating at the circumference at both ends is called a "*DIAMETER*". It follows that any two different diameters of a circle must intersect at the centre of the circle. There are many ways of locating the centre of a given circle. The following is a quick and practical way. Suppose you have a circular tin and you want to bore a hole at the centre of its bottom. You can take a piece of paper with a right angle e.g., you can tear a corner out of a page of an old exercise book. Place the paper so that the corner is at the circumference, and mark the points where the sides intersect the circumference (see figure). Shift the paper to obtain

another pair of such points. If you now join the two pairs of points, you get two diameters, which intersect at the centre (O). You can see that a diameter always "subtends" a right angle at the circumference.

選自 1966年11月18日，第554期。

**MODERN MATHS — RELATIONS**

## 4. DIADIC RELATIONS

by J. E. TSANG

*(Continued from last Issue)*

We shall now consider diadic relations in some details. First of all we must define exactly what is meant by a diadic relation. This we shall do in terms of sets.

Consider the following two sets:

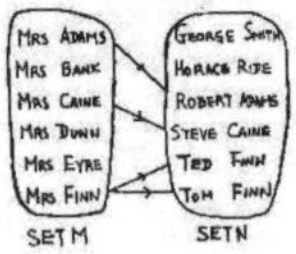


The lines are drawn in such a way that each line goes from a mother to her child. Thus if we let the initial of the family name stand for the mother and the initial of the first name stand for the son (writing $T_1$ for Ted and $T_2$ for Tom), we have

A is the mother of R

C is the mother of S

F is the mother of $T_1$ and $T_2$,

while no other relations exist between members of the two sets.

Now let us write out in a table the cartesian product set of the two sets M and N:

| M \ N | G | H | R | S | $T_1$ | $T_2$ |
|---|---|---|---|---|---|---|
| A | (A,G) | (A,H) | (A,R) | (A,S) | (A,$T_1$) | (A,$T_2$) |
| B | (B,G) | (B,H) | (B,R) | (B,S) | (B,$T_1$) | (B,$T_2$) |
| C | (C,G) | (C,H) | (C,R) | (C,S) | (C,$T_1$) | (C,$T_2$) |
| D | (D,G) | (D,H) | (D,R) | (D,S) | (D,$T_1$) | (C,$T_2$) |
| E | (E,G) | (E,H) | (E,R) | (E,S) | (E,$T_1$) | (E,$T_2$) |
| F | (F,G) | (F,H) | (F,R) | (F,S) | (F,$T_1$) | (F,$T_2$) |

In the table four of the ordered pairs are underlined. In each of these underlined pairs, the first component *is the mother of* the second component. If we collect these ordered pairs in a set and call it G, we have

$G = \{ (A,R),(C,S),(F,T_1),(F,T_2) \}$

Clearly, $G \subset M \times N$ and, if we write R for the relation "is mother of", we can define G in another way:

$G = \{ (x,y) \in M \times N : x R y \}$

In this case the two statements

$(x,y) \in G$

and $x R y$

are equivalent, i.e., they are only different ways of saying the same thing. We say that the set G of ordered pairs is the *graph* of the relation R.

The set $\{ x:(x,y) \in G \} = \{ A,C,F \}$ is called the *domain* of R.

and the set $\{ y:(x,y) \in G \} = \{ R,S,T_1, T_2 \}$ is called the *range* of R.

Clearly $G \subset$ (domain of R) $\times$ (range of R) $\subset M \times N$.

We can always define a relation R by defining its graph G as a subset of the cartesian product set of a set containing the domain of R and a set containing the range.

*(to be continued)*

選自 1966年12月16日，第558期。

**MODERN MATHS — RELATIONS**

## 8. A Way To Form New Relations

by J. E. TSANG

*(Continued from last Issue)*

We shall now consider a way to form a new relation from two given relations. Let R be a relation from A to B, S a relation from B to C, then SoR is a relation from A to C, such that for any $a \in A$, $c \in C$, $a(SoR)c$ if and only if $aRb$ and $bSc$ for some $b \in B$.

The definition given above is somewhat formidable and we shall explain more clearly. For simplicity, consider three sets A, B and C, each with only a few elements. We define a relation R from A to B by drawing lines which join the elements that are related:

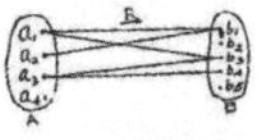

For any $a \in A$, $b \in B$, $a R b$ if and only if we can find a line joining a and b. Similarly, we define a relation S from B to C.

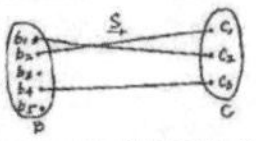

Then we put all three sets together, and add in the links which define the relations:

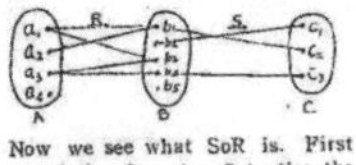

Now we see what SoR is. First it is a relation *from A to C* (notice the order of S and R, and of A and C). Second, any element $a \in A$ and any element $c \in C$ are related by $S o R$ if and only if we can find a line starting from a, passing through some b in B, and ending at C in C. Looking at the figure, we see that $a_1$ and $c_2$, $a_2$ and $c_2$, $a_3$ and $c_3$ are thus related, while no other elements in A and C are related in the same way.

If G is the graph of R, H the graph of S, and K the graph of $S o R$, we have

$G = \{(a_1, b_1), (a_1, b_3),) (a_2, b_1), (a_3, b_3), (a_3, b_4)\}$

$H = \{(b_1, c_2) (b_2, c_1), (b_4, c_3)\}$

and $K = \{(a_1, c_2), (a_2, c_2), (a_3, c_3)\}$

In general, if $G \subset A \times B$ and $H \subset B \times C$

$HoG = K = \{(a, c) \in A \times C: (a, b) \in G$ and $(b, c) \in H$ for some $b \in B\}$

SoR is called the *composite relation* of R and S

*Exercises*

(1) Give as many examples of composite relations as you can find.

(2) Let R be a relation in a set A. Show that:

(a) R is symmetric if and only if $R = R^{-1}$

(b) R is antisymmetric if and only if $G \cap G^{-1} \subset \triangle$, where G, $G^{-1}$ are graphs of R and $R^{-1}$ respectively and $\triangle$ is the diagonal $\{(a, a): a \in A\}$

(c) R is transitive if and only if $GoG \subset G$.

*(to be continued)*

# 陳文岩醫生功課指導

## 賞析

以下的中文版物理科參考資料選輯，是國際著名的腎科醫生陳文岩（1944-），在中學時代替《青年樂園》所撰的學習資料。陳文岩中學時在皇仁書院就讀，成績優異。除了以弦鈞的筆名撰寫功課指導外，他的文章也常見於《青年樂園》的讀者論壇版。1972年陳文岩在香港大學醫學院畢業後，赴英國深造。陳文岩現為中國書協香港分會顧問、香港詩詞學會名譽會長，在詩詞、書法藝術領域頗有造詣，曾在中華世紀壇藝術館舉辦過兩次個展。

**選自** 1965年7月23日，第485期。

### 一本好的力學書

——弦　鈞——

在暑假看些什麽課外書好呢？書店裏有那些好書呢？這些都是大家希望知道的。

說到課外書，我個人較喜歡看中文的。首先，中文書比英文或其他外文書便宜得多，另一特點是，這些書籍（尤其是大陸版的）總是不厭求詳地把原理闡明，不比一般純粹爲賺錢的書本。

一般初讀中文書（科技方面的），都會感到閱讀有困難，因爲差不多每一個字都有一定的意義；而且對術語不熟悉。這些困難只有通過自己的努力才能解決（如術語不明就盡量找它們的英文對照）；過了這一關，以後都容易了。

這裏介紹一本有關物理的書本：

書　名：力學中若干容易混淆的問題
作　者：陳立明
出版者：上海教育出版社
價　錢：港幣六角

內　容：這本書淺明詳細地針對中學生在學習力學（mechanics）及運動學（motion）時常會碰到的疑惑。書中着重用例題來解說原理。不同於一般泛泛空論者。尤其可取的，就是這本書對一些基本原理闡說得很清楚。而一般教科書上有的東西則不談。所以，該書是一本心得之作。

爲了更具體的說明這本書的價値，我想是把書中幾段精彩的地方提一提：

書中提出靜力學問題和動力學問題，是一般學習力學的同學必須了解的，因爲不明白靜力和動力的概念，常常會錯用靜力學原理來解動力學問題。

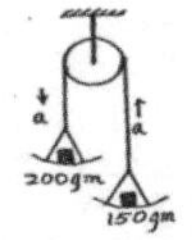


例如：你知道兩個盤子所受的壓力嗎？相信許多不徹底明白加速度的同學一定會脫口而出：是 150 gm. 及 200 gm.；理由是：作用力等於反作用力。盤子所受的壓力等於砝碼的重量。這樣，你錯了。

又如：$m_1$=100 克，$m_2$=10 克。木塊和地板間的摩擦系數=0.5.

(1) 如果以水平推力F作用於 $m_1$ 上，使兩木塊在地面上作勻速直線運動，求木塊 $m_1$ 和 $m_2$ 間的相互作用力。

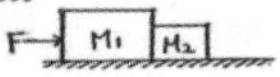


(2) 如果增大推力F使它們各以加速度 a=490 cm/sec² 作勻加速運動，那麽兩木塊 $m_1$ 和 $m_2$ 之間的相互作用力將變爲多少？F是多少？

這本書會告訴你怎樣解答這兩題。

書中關於利用能量守恒定律解題也說得很詳細。往往一題題目如用能量守恒定律來計算，可節省許多無謂的時間。

如：把一根橫臥在地面上的長爲 L，粗細均勻的鐵管中豎立起來，需要對它作多少功？設鐵管子的質量是 m. 如果你用 W=FS 去解題，你會很難得到答案。

這本書，我個人意見認爲比較適合 F. IV 和 F. V 的同學閱讀。

**選自** 1966年8月19日，第541期。

### 打破作圖難關（五）

·弦鈞·

8）已知一定圓及一線段，求作一點於線上，使由這點引至圓的切線，交成60°角

解法：作一草圖

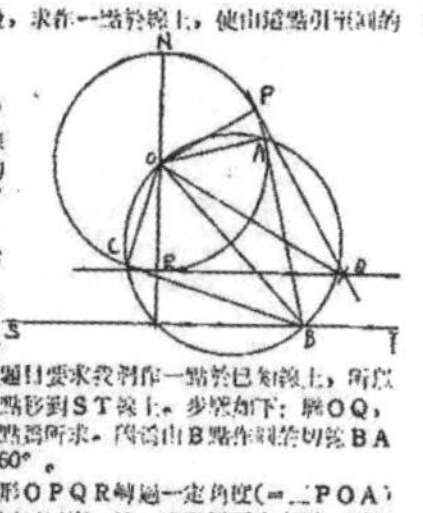


就圓心O作∠NOP=60°，過P點作切線PQ，過直徑NOR的另一端R作RQ//ST（ST爲已知線段）。這樣由於 cyclic quad（圓內四邊形），知∠PQR=∠PON=60°，則Q點符合所求的條件。可是，題目要求我們作一點於已知線上，所以現在我們須設法將Q點移到ST線上。步驟如下：連OQ，作OB=OQ，則B點爲所求。因爲由B點作圓的切線BA，BC，則∠ABC=60°。

看，我們把整個四邊形OPQR轉過一定角度（=∠POA）變成了OABC，很容易的一轉，B點便可決定了。不過要注意的是，上例有更易的解法，但爲了推廣旋轉法，我們便利用上法來解。

9）已知一圓及一定直線，求作一點於線上，使由該點至圓的切線爲定長。

解法：作一草圖

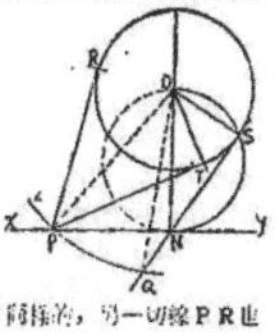


作ON，由圓心垂直已知線XY，由N點作切線NS，延長SN，作SQ等於定長，這樣Q點便符合所求的條件。只要我們把△OSQ轉過一定角度，則可求得於XY線上的點。由O作OP=OQ，則P爲所求點。因爲這樣一來，我們便把△OSQ移到△OTP。則PT=QS=定長。同樣地，另一切線PR也爲定長。

很明顯，本題有二解，因爲從N可作兩切線，分別把所得三角形左旋右旋便得兩點（另一點當在N的右邊）。

現在再讓我們來比較前兩例，只有經過思考或實際研究才能探得兩者的共同點：首先，二題中所給條件差不多，都是一圓及一線。在我們的解法中，都是作垂直於已知線的直徑（因爲圓心爲已知，圓心至直線的距離也爲已知），這一點不可不注意。（待續）

**選自** 1966年9月9日，第544期。

# 打破作圖難關（八）

·弦鈎·

⑯ 已知一平行四邊形的二鄰邊及夾角，求作另一平行四邊形，與已知四邊形等積，等角，但不等邊。

解法:

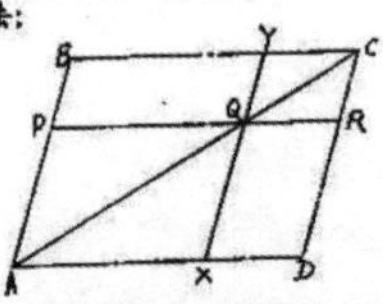


只要我們知道下面的事實，上題便易如反掌了：在一平行四邊形ABCD中，取於對角線AC上的一點Q，過Q點作平行於對邊的直線PR，XY，則XQRD與QPBY等面積。（這題證明任何教科書都有，現在只要用它來解上一題。）

在已知平行四邊形ADRP中，取AX等於所求平行四邊形的一邊。作平行線XQ延長至Y，AQ與CR延長線交於C。連CY，交AP延長線於B。則AXYB爲所求。

⑰ 已知三角形的頂角及底邊，另一邊的中線也爲已知，求作三角形。

（這類題目解法非常容易，凡是已知三角形的底邊及一頂角，一般都是用這種方法解決，希望各位留意。）

解法:

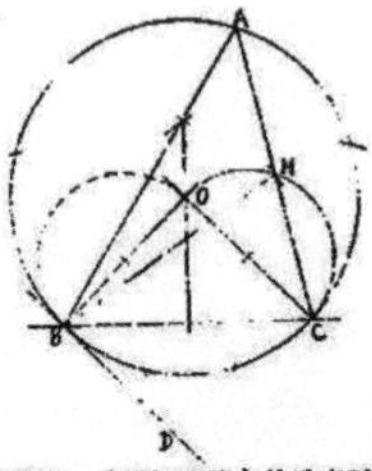


作BC，（已知底邊）的垂直平分線，以BC爲一邊，作∠CBD＝已知頂角，在B作垂直於BD的直線，交BC的垂直平分線於O。以O爲圓心，可作一圓BAC，則BC所對的圓周角均等於∠CBD（也即已知頂角）。這是作圖中的一個基本作圖法，一定要掌握它。已知底邊及頂角的一律可用這方法。以OC爲直徑，作半圓OMC，再由B作BM：使等於已知中線長。連CM，延長交圓於A，連BA，則△BAC爲所求。這裏最難的，是決定M點，這個只要連OM，便可看到∠OMC是90，且AM＝MC，所以M是中點。

⑱ 已知三角形的周長、頂角及高，求作三角形。

解法:

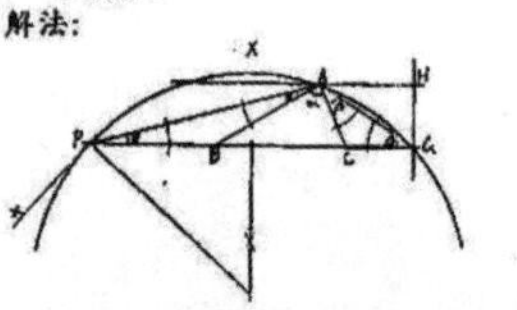


凡是已知三角形的周長，作法必須把周長化爲一直線，所以，作PQ＝已知周長，然後照上例作∠XPQ＝90°＋½α（α＝已知頂角），於是得到一圓，則PQ所對的圓周角是90°＋½α。於Q點作垂直PQ的HQ，使HQ＝已知高。作平行線便得A點。由此便決定△PAQ。再由A點作∠PAB＝∠APB，及∠CAQ＝∠CQA，於是便決定BC二點。△ABC便爲所求。

上例非常重要，因爲在這裏，我們重溫應用決定三角形底邊及頂角的方法，同時又是已知周長來作三角形的典型方法，各位必須熟習。爲什麼要作∠PAQ＝90°＋½α？只要看一看△PAQ的幾個角，便知道∠PAQ＝θ＋α＋β＝90°＋½α了。

當然這問題也有別解，不再詳述了。

**選自** 1966年9月30日，第547期。

# 打破作圖難關（十一）

·弦鈎·

㉘ 已知三角形ABC，求作P點於AB上，Q點於AC上，且使BP：PQ：QC＝3：4：5.

解法:

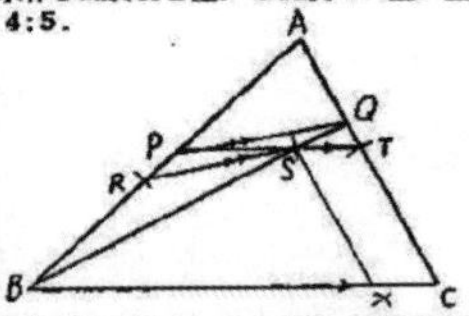


這一題可用比例作圖法解。先取BR等於3單位長度（或3吋，或3 cm.），取CT等於5單位長度，於R點作圓弧，半徑長4單位。過T作平行線TS//BC，交圓弧於S，則BR：RS：SX＝3：4：5。然後作PQ//RS（先延長BS至Q），由相似三角形關係，可知BP：PQ：QC＝3：4：5。

相似比例作圖法一定會利用相似三角形。到此我們相信讀者們對於幾何作圖一定不感到害怕了吧！而且相信各位會對它感到興趣，因爲它可以培養我們對問題的分析能力啊！我們相信各位如果能夠掌握以上各題（第一次如果看不懂，可再看一次，先看完圖再依題所示的去想、去做，直至完全明瞭爲止）。再做些各種書上的習題，便可以打破作圖的難關了。

最後要重複一次。

① 作圖時先假定已作成，畫出草圖。

② 如果給定點與線，則兩點間的距離，或點至給定線的垂直距離一定有用。

③ 必須熟習有關定理及所有基本作圖法，〔如：怎樣決定三角形。給定了底邊及頂角，怎樣作出圓，使底邊所對的圓周角等於已知頂角。

給定了三角形周長，怎樣把它先化爲一直線。

怎樣把一多邊形化爲等面積的三角形。

怎樣利用(Pythagaras)畢氏定理幾何作圖求平方根等等。〕

④ 一般說來，拿到問題時，只要5分鐘至10分鐘便可想到解法（初學當然要多些時間），如果想不到時不要一直死用一種方法，因爲這樣會令你失去很多寶貴的時間。

（完）

# 版頭選萃

《青年樂園》出版逾11年，曾設立多個不同的版面和欄位。為了讓版面更加生動和具象，一般都會為不同的版面和欄目設計不同的圖案或標誌。更特別的是，有關版頭圖案或欄目標誌，不少均出自學生的手筆。而且《青年樂園》的編輯更會定期徵集新的版頭圖案或欄目標誌，以使同一版面有所變化，以下謹選輯一些前文未錄的部份版頭圖案或欄目標誌。

# 廣告選輯

《青年樂園》所刊登的廣告數量眾多，粗略統計，每期的各類廣告平均至少有25個。《中國學生周報》，除友聯出版社本身的廣告後，平均每期大約有12個小廣告或以下，而且，後者頭版甚少撥出位置刊登廣告，這樣的情況一直到了1966年中才慢慢改變。但《青年樂園》大部份的廣告均是外來的廣告，而且刊物的頭版早就撥出少許版面來刊登廣告，廣告主要是關於打字社、補習社、函授學校、近視丹、保腦丸、增高丸、衛生巾、菲林等等有關學生實際需要的內容，每期均有3至5個。由這些廣告可以看出昔日學生的關注和需求。

## 菲林廣告

WHITE BEAR
白熊
攝影沖印公司
愛克發
ISS
特快全色軟片
愛克發
IU 超速
全色軟片
速度特快！
影像清晰！
攝影鏡箱
人人都挂想着
柯達
Kodak
愛克發
各種
顯影藥劑
"原子牌"
"分子牌"
酸性定影藥
總代理：捷成洋行
全世界攝影人士無論業餘或職業攝影家一
都愛用
柯達黑白及彩色軟片
Kodacolor
柯達的最大貢獻！
柯達相機
係最佳的禮品
好消息！
一種柯達 35mm 軟片
專為印放彩色照片之用
35mm 鏡箱
Kodacolor
請特別注意
本港沖洗印放
想獲最佳的照片
須用優良的菲林
Isopan ISS 21
ISS
愛克發
特快全色菲林
ASA 100
十全十美 人人樂用
在這種情況下：
Isopan Ultra 25
ASA 250
愛克發
IU
全色菲林
會給你最佳的效果
拍攝美麗的彩色生活照片
易如反掌
櫻花牌菲林
SAKURA FILM
大通公司
四季適宜
彩色攝影
本公司
ILFORD
請愛好攝影者注意！
NICROPHEN
櫻花牌菲林
SAKURA FILM
總代理：大通公司

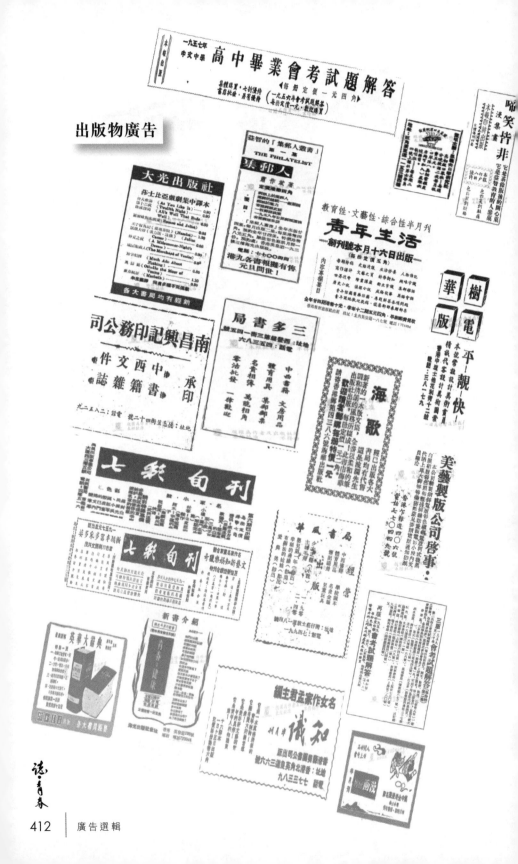

# 出版物廣告

本報出版
一九五七年
中文中學
高中畢業會考試題解答
（每冊定價一元四角）
（一九五六年會考試題解答 每冊定價一元，歡迎購買）
集體購買，七折優待
書店批發，另有優待

嘻笑皆非
宅是茶餘飯後的開心菓
宅是益智教育的人參菓
本報印行 八開 漫畫集

益智的「集郵人叢書」第一集
THE PHILATELIST
集郵人
蕭作棠著
定價港幣四角
「集郵人叢書」全年出版廿四集，每月出版二集。每集港幣四角。預約全年廿四集，特價港幣八元五角。贈送彩色郵票月曆一份。預約處：香港英皇道一九三號三樓海光出版社。
電話：七七〇〇四四
港九各書報攤有售
元旦問世！

大光出版社
莎士比亞戲劇集中譯本
皆大歡喜（As You Like It）…… 0.90
第十二夜（Twelfth Night）…… 0.90
終成眷屬（All's Well That Ends Well）
羅密歐與朱麗葉（Romeo and Juliet）…… 0.90
王子復仇記（漢姆萊特）（Hamlet）…… 0.95
凱撒大帝（Julius Caesar）…… 1.30
仲夏夜之夢（A Midsummer-Night's Dream）…… 0.85
威尼斯商人（The Merchant of Venice）…… 0.80
無事生非（Much Ado About Nothing）…… 0.85
奧瑟羅（Othello the Moor of Venice）…… 0.85
麥克白（Macbeth）…… 1.10
朱生豪譯 尚有多種不克備載 …… 0.80
各大書局均有經銷

教育性·文藝性·綜合性半月刊
青年生活
——創刊號本月十六日出版——
（每冊定價五角）
內容革新要目
專題特寫　史話漫談　生活修養　人物傳記
寫作講評　文藝之頁　科學新知　趣味字謎
世界珍奇　繪畫講座　衞生常識　集郵雜談
歷史小說　偵探小說　成語故事　英語會話
青年修養修養信箱·專題解答各項問題
青年園地歡迎投稿·設集郵部奉贈郵票
全年廿四期港幣十元·半年十二期五元四角·平郵郵費免收
香港教育出版社出版　社址：北角英皇道一八七號　電話：711054

樹華電版
平·靚·快
本號常聘設計美術專員
精細代客設計美術圖案
香港中環士他花利街十二號
電話：三八一七九

南昌興記印務公司
承印
中西書籍雜誌
中西文件
地址：德忌笠街四十二號　電話：二八五二九

三多書局
地址：西營盤第三街一四五號
電話：四五三八六
中西書籍　文房用品
體育用具　集郵郵票
名貴相簿　郵票相角
零沽批發　一律歡迎

海歌
新穎的一本散文集，
國和清朗的風格，
出版社出版，每冊定價一元
歡迎讀者郵購每冊特價一元二角
請寄香港郵箱第四三八六號海華出版社
經已出版各大書局均有代售
這是蔡彈先生以柔和的筆，全寄此海山的……

美藝製版公司啟事：
本公司新裝銅鋅電版彩色網紙照相製版彩色照相排排鋅版鉛條式代晒上車大師字排鉛雕刻及小稿……
香港乍非道四〇六號
電話七七〇四四九號

七彩旬刊

七彩旬刊

華風書局
經營
中西書籍　學校課本
體育用品　名貴金筆
簿記賬簿　兒童玩具
出版
少女之戀（小說）　一·九零
主婦手冊　二·四零
嬰兒第一年（即出）
幸福的邊緣（即出）
有饑的結婚（即出）
愛與美（即出）
地址：灣仔莊士敦道一八四號
電話：七四九九一

再版一九五九中文中學會考試題解答
三版一九五九會考試題解答

英華大辭典
各大書局經售

新書介紹
青春健康
海光出版社出版

名女作家孟君主編
知識半月刊
香港英皇道三六六號
地址：北角英皇道三六六號
電話：七七三八九

# 院校、補習社廣告

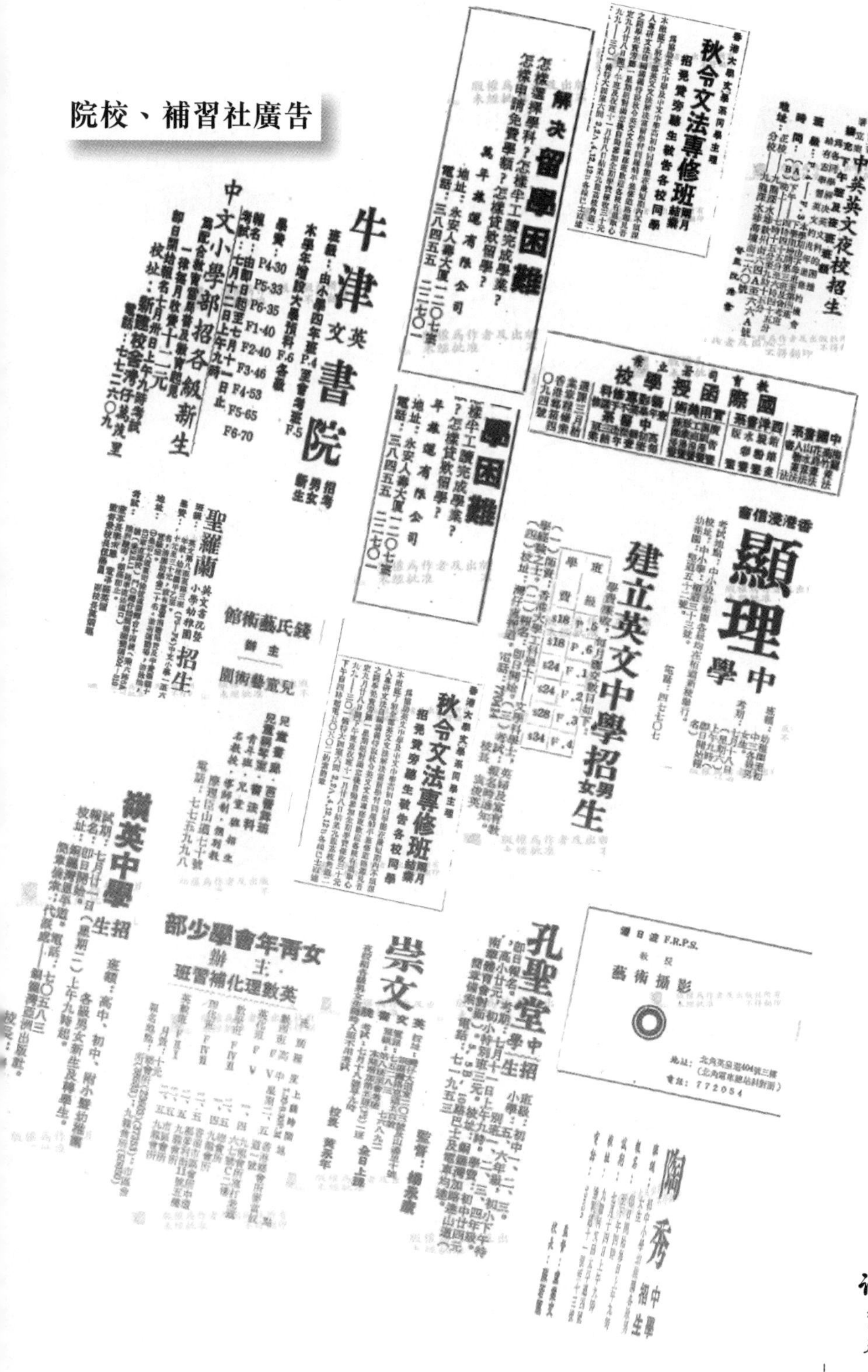

牛津英文書院
招考男女新生
班級：由小學四年至P.4至會考班F.5
本學年增設大學預科F.6全級
學費：P4-30 P5-33 P6-35 F1-40 F2-40 F3-46 F4-53 F5-65 F6-70
報名：由即日起至七月十一日止
考試：七月十二日上午九時
中文小學部招各級新生
即日開始報名七月卅日上午九時考試
校址：新建校舍灣仔萬茂里
電話：七七二六〇九
解決留學困難
怎樣選擇學科？怎樣半工讀完成學業？
怎樣申請免費學額？怎樣貸款留學？
萬年來蔑有限公司
地址：永安人壽大廈一二〇七室
電話：三八四五五 二二七〇一
香港大學文學系同學主理
秋令文法專修班
招免費旁聽生敬告各校同學
中英英文夜校招生
國際函授學校
顯理中學
香港浸信會
建立英文中學招男女生
聖羅蘭 英文書院 小學幼稚園 招生
錢氏藝術館
兒童藝術園
秋令文法專修班
漢英中學招生
女青年會學少部
英數理化補習班
崇文
孔聖堂中學招生
藝術攝影
北角英皇道404號三樓
電話：772054
陶秀中學招生

# 打字社、院校、打字機廣告

打字機競銷門平賣
旺角亞皆老街54號五樓先施對面
直接來貨新舊座檯手提二百餘部
零沽批發、新機$185、舊機50元、租機15元
市場競爭 一共門平 歡迎參觀
香港文儀器材行
UNDERWOOD
由美國新到大批二手打字機
款式齊備價錢公道歡迎參觀
永聯打字機行
香港中環德成大廈八樓
九龍尖沙咀麼地道16號
電話：240303 234921
聖心打字學院
文員商業打字全科速成班招生
特點
聖玫瑰打字學院
英國必文學院註冊香港考試中心
打字全科速成班招生
易明數理專科
實用打字學院主辦
「暑期打字速成班」即日招生
女青年打字學院
領事牌
Consul
打字机
特價
$225.-
飛鷹牌
ADLER
打字機
西德出品．構造精良
字體多種．價廉實用
冠軍牌
德國打字機
Winner
款式新穎
機件精良
定價最平
手提機$190.00
中型機$290.00
總代理華聯打字機公司
中環瑞興大廈304室電話：437736
香港打字學院
文員打字訓練班招生
平靚打字機租售！
WELIMAN TYPEWRITING INSTITUTE
London Pitman Examinations Centre
偉民打字學院
英國必文學院註册香港考試中心
打字速成班招生
簡章備索 時間任擇 個別教授
院址：旺角彌敦道七三四號二樓
即半島洪記洗染公司樓上 電話：813682
院長洪偉民

國際商業打字學院
暑期打字速成班續招新生
$35學至全科畢業．雜費全免
免費教授進出口手續文件CIF計價及國際貿易知識
九龍油蔴地彌敦道五一〇號彌敦大廈七樓
潤林打字社
續班招生：電話734070
校社寬敞 環境幽靜
全部新機 新法教授
商業文件 三月畢業
軒尼詩道70號新聯大樓十樓
打字！打字！
後浪推前浪，後起之秀！
香港商科打字學院
院長 何彼得
亞洲打字學院
暑期速成班招生
特聘持有英國打字專科教師文憑及獲FIPS，FSCT榮銜經驗教師授課
院址：
東亞商科打字學院
暑期打字速成班招生
增購新機及電動打字機．特設免費商科班
增設打字機部廉價推銷各國新型手提及座枱打字機
院址：九龍彌敦道六三四號A二樓 電話八四二四六五
香港打字學院
暑期文員打字速成班招生
優待學界！全科畢業四十元免雜費
時間任擇 兩月畢業
發給證書 輔導就業
電話：882903
世界打字社
香港銅鑼灣軒尼詩道五三四號二樓電話
九龍旺角彌敦道六五四利威大廈金菊園四樓
九龍分校電話：八五二七四零
早午晚上課
打字機大平賣「CONSUL」領事牌
總代理 永發打字機公司
全部新機及電動打字機
文員商科打字速成班
優待學界：全科四十元至畢業
免什費，附設：租機十八元抹油三元換帶二元
香港打字學院招生
電話：八八二九〇三
打字機競銷門平賣
旺角亞皆老街54號五樓先施對面
直接來貨新舊座檯手提二百餘部
市場競爭 一於門平 歡迎參觀
香港文儀器材行
打字機特價週
UNDERWOOD $130
SMITH-CORONA $110
HERMES $150
ORGA $70
BAR-LOCK $90
REMINGTON $120
打字速成特別班招生
正宗必文新法速成．廣泛實用課程．管教嚴格．教學認真
全港唯一採用OLIVETTI及IBM電機授課．知識全面
時短．效大．實用．費廉．請参觀比較入學
（簡章備索．郵索即寄）

## 文具廣告

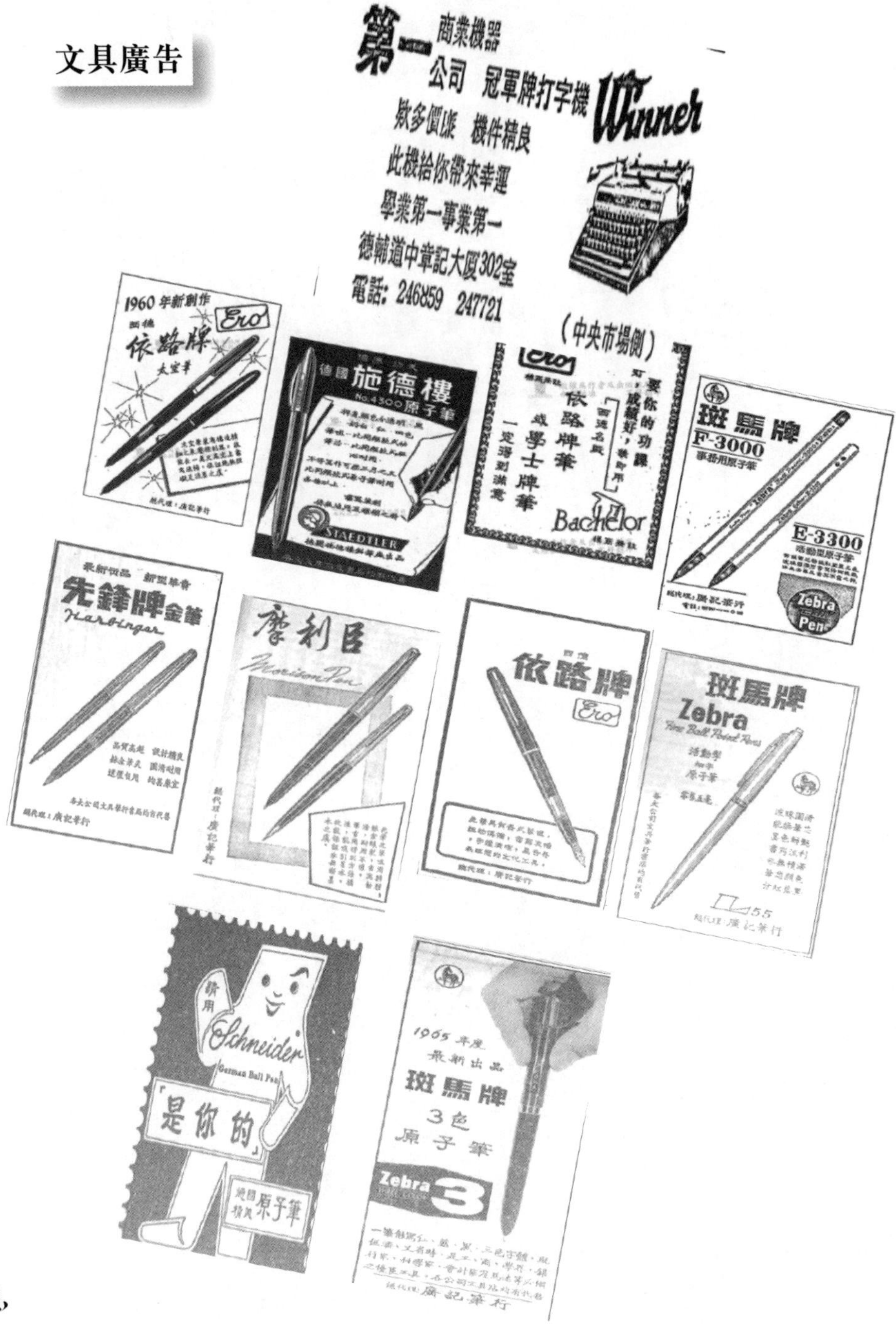
第一商業機器公司
冠軍牌打字機
Winner
欵多價廉　機件精良
此機給你帶來幸運
學業第一事業第一
德輔道中章記大厦302室
電話：246859　247721
（中央市場側）
1960年新創作
西德
依路牌
Ero
德國
施德樓
No.4300原子筆
STAEDTLER
Ero
要你的功課成績好，務請用
西德名廠
依路牌筆
或學士牌筆
一定得到滿意
Bachelor
斑馬牌
F-3000
E-3300
Zebra Pen
先鋒牌金筆
Harbinger
摩利臣
Morison Pen
依路牌
Ero
斑馬牌
Zebra
請用
Schneider
German Ball Pen
「是你的」
原子筆
1965年度
最新出品
斑馬牌
3色
原子筆
Zebra 3

# 生活用品廣告

MM式增高機
37102

憑你明智的選擇
獲我輝煌之貢獻

柳屋髮腊
黏髮力強
爽而不膩
藥効養髮

Fides-快治
青年男女最苦惱事!
暗瘡粉刺
最新特效藥
「快治」

中國文化油印公司
專門人才擔任各種字體油印
學校講義教材試卷刺本社團
商號公司書函文件各種報表
來件多少一律歡迎取費最廉
如蒙委托請函通知派員接洽

雷達行有限公司
RADAR CO., LTD.

A systematic approach to
FACTORIZATION
PRICE PER COPY
INTRODUCTION:

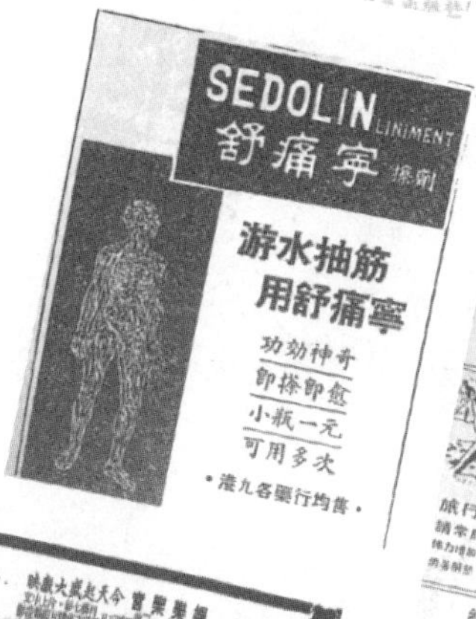
SEDOLIN LINIMENT
舒痛寧擦劑
游水抽筋
用舒痛寧
功効神奇
即搽即愈
小瓶一元
可用多次
•港九各藥行均售•

仁丹
消暑解熱・生津止渴
祛除口臭・消除疲勞
調整腸胃
增進食慾
提神醒腦
口腔消毒
預防一切傳染疾病
各大藥行均有售
旅行・游泳
請常服「仁丹」
參加舞會
文際應酬
總代理:香港大東行

龍虎山生死鬥
今天起大獻映
LAST TRAIN FROM GUN HILL

斷腸紅
留學???
BIOLOGY—
GATEWAY TO SUCCESS
PART I: ANIMAL KINGDOM
(THIRD EDITION)
PART II: PLANT KINGDOM
(FOURTH PRINTING)
NOW AVAILABLE
INDISPENSABLE TO ALL SCHOOL CERTIFICATE STUDENTS
CLEAR, COMPREHENSIVE, SYSTEMATIC, CONTAINING EXTENSION OF ORDINARY TEXT, TABLES, MATERIAL DIAGRAMS.
總代理:北角藝美圖書公司
港九各大書局均有代售

娛樂 名
今天盛大獻映
桂河橋

YUL BRYNNER GINA LOLLOBRIGIDA SOLOMON SHEBA

文林
文林
文林
文選
世界之大
文選
世界之大
世界之大
世界之大
娛樂園
周末花園
海濱花園
海濱花園
海濱花園
海濱花園
海濱花園
海濱花園
海濱花園
海濱花園
海濱花園
閱讀與寫作
閱讀與寫作
閱讀與寫作
閱讀與寫作
閱讀與寫作
閱讀寫作
閱讀與寫作
閱讀寫作
閱讀與寫作
閱讀寫作
閱讀與寫作
閱讀與寫作
燈塔
燈塔
燈塔
燈塔
燈塔

# 餘音

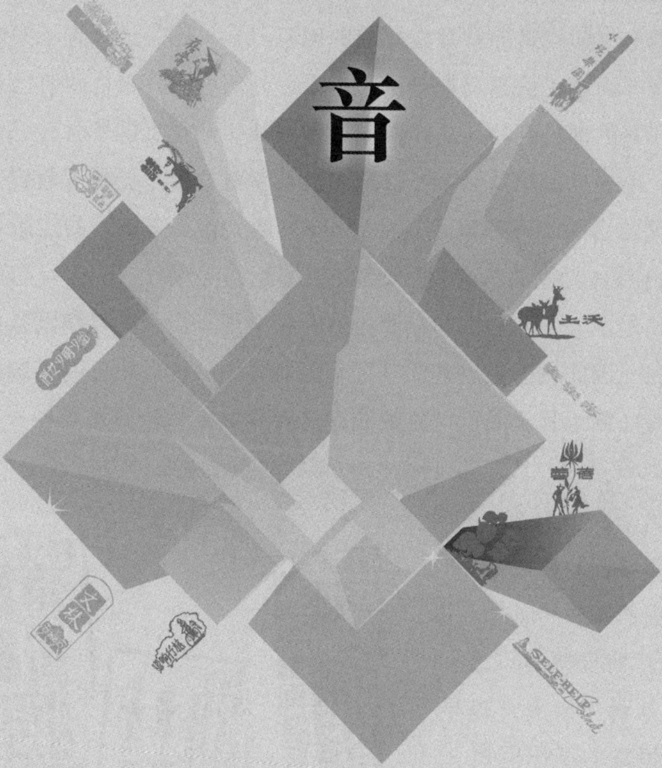

# 疾風暴雨中的《青年樂園》[1]

1967年11月22日（星期三），港英當局勒令《青年樂園》停刊，但最後一期《青年樂園》的報頭上所印上的出版日期，卻是1967年11月24日（星期五）。乍看來，讀者會以為《青年樂園》仝人是違反禁令來出版最後一期刊物，其實這只是一個美麗的誤會。當年《青年樂園》一般會在周五於各報攤公開發售，故此每期報頭上的出版日期均是在周五那天。實際上，印刷廠通常會在此前的兩至三日，已完成《青年樂園》的印刷工作。而為了優惠長期訂戶和本港以外的客戶，報社會將已在周二或周三印好的部份刊物，由印刷廠領回報社，然後安排學生義工疊好報紙，再交給學生派報員派發予訂戶，故部份訂戶會早於周五收到刊物。按照一貫的出版時序和流程，由於第606期《青年樂園》的出版日期是1967年11月17日，故第607期《青年樂園》的出版日期，正好是1967年11月24日星期五。而法庭頒令禁止《青年樂園》出版的日期則是11月22日星期三。因此在這天以前，其實《青年樂園》的編輯已將有關稿件交予印刷廠印刷，甚至將已印好的該期《青年樂園》取回報社和分送至各報攤。也就是說，今天我們在1967年11月23日的《文匯報》、《大公報》、《新晚報》找到的有關《青年樂園》在1967年11月22日提前出版的廣告，其實只是一種宣傳的口徑。既然把《青年樂園》提早付印是恒常的工作模式，所謂因為收到禁止出版的頒令而要提早出版或連夜趕印一事，就只不過是公

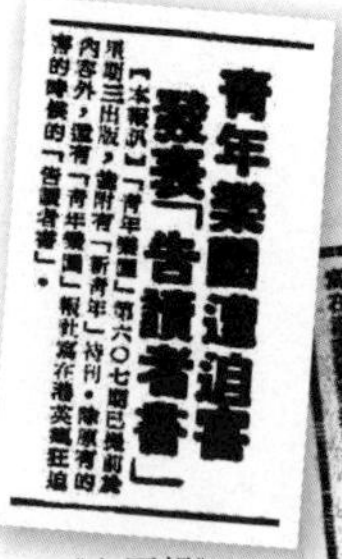
青年樂園遭迫害
發表「告讀者書」
【本報訊】「青年樂園」第六〇七期已提前於星期三出版，並附有「新青年」特刊。除原有的內容外，還有「青年樂園」報社寫在港英瘋狂迫害的時候的「告讀者書」。

《文匯報》
1967年11月23日，
第4版。

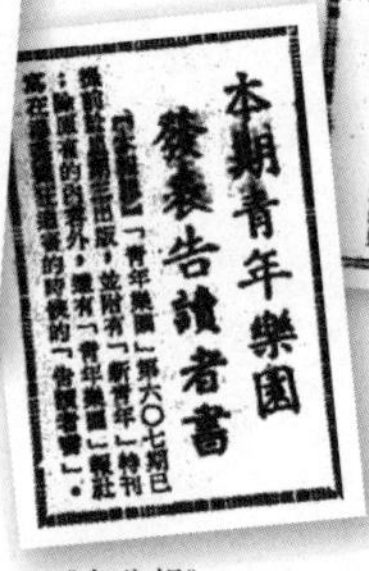
本期青年樂園
發表告讀者書
【本報訊】「青年樂園」第六〇七期已提前於昨天出版，並附有「新青年」特刊；除原有的內容外，還有「青年樂園」報社寫在港英瘋狂迫害的時候的「告讀者書」。

《大公報》
1967年11月23日，
第3版。

青年樂園
提前出版
【本報訊】「青年樂園」第六〇七期已提前於周三出版，並附有「新青年」特刊，除原有的內容外，並有「青年樂園」報社寫在港英瘋狂迫害的時候的「告讀者書」，希望讀者們留意並踴躍購買。

《新晚報》
1967年11月23日，
第6版。

眾基於時間的巧合而衍生的猜想或想當然耳。這也解釋了為甚麼最後一期（第607期）的《青年樂園》並沒有任何回應港英當局11月22日封令的內容。

雖然最後一期《青年樂園》的編輯和印刷，實際並沒有受到封令的影響，但這並不意味着《青年樂園》的負責人對刊物會被封沒有任何的準備。早在11月17日，港英當局已向《青年樂園》報社發出了四張傳票，[2]傳召報社的負責人於11月22日到法庭答辯。接到港英當局的傳票當日，督印人和總編輯陳序臻即寫好抗議信，打算11月18日到法庭抗議。但11月18日是星期六，法庭只辦公半天，加上周六是賽馬日，交通擠塞，令陳序臻到達法庭時，不得其門而入，更遑論抗議了。其後《青年樂園》編輯仝人商討後，認為輿論根本掌握在港英手中，即使再正義的行動也會最終被污名化，而且「衝擊」法庭，進行抗議正好給予港英口實，等同自投羅網，最後，陳序臻決定11月22日缺席法庭審訊，而「衝擊」法庭的行動也就此取消。

港英當局在督印人缺席聆訊的情況下，由法庭頒令即行暫時禁止《青年樂園》和《新青年》出版，等待上訴的裁決。《青年樂園》仝人認為港英當局指控刊物內容有煽動性、禁止出版的做法根本只是莫須有的迫害，亦必「羅織」種種「證據」，令《青年樂園》無從抗辯。故報社收到判決後，沒有派人上訴；事實上，六七暴動期間，不少被港英當局拘捕的學生，無論以何種理由抗辯，最終仍被判重刑。《青年樂園》遭票控的訴訟，到此暫告一個段落。由於陳序臻並沒有在11月22日到庭應訊，雖有港英通緝《青年樂園》負責人的報道，但陳序臻事後強調，他在整個過程中，法庭並沒有對他發出通緝令。當讀者翻查昔日的報刊報道，無論屬性是親中的左派報紙，還是立場偏右的報刊，都在11月22日法庭判決後，一致地在報道陳序臻和《青年樂園》這件案件時，都將「通緝」的帽子套在陳的頭上，其實都是各取所需的演繹，[3]左派文宣藉此凸顯港英的迫害、陳的英勇無畏，希望鼓舞人心。右派輿論則用以彰顯港英當局的權威，左派刊物和當事人的罪惡。這是當年冷戰格局之下左右意識形態對峙的時代烙印。

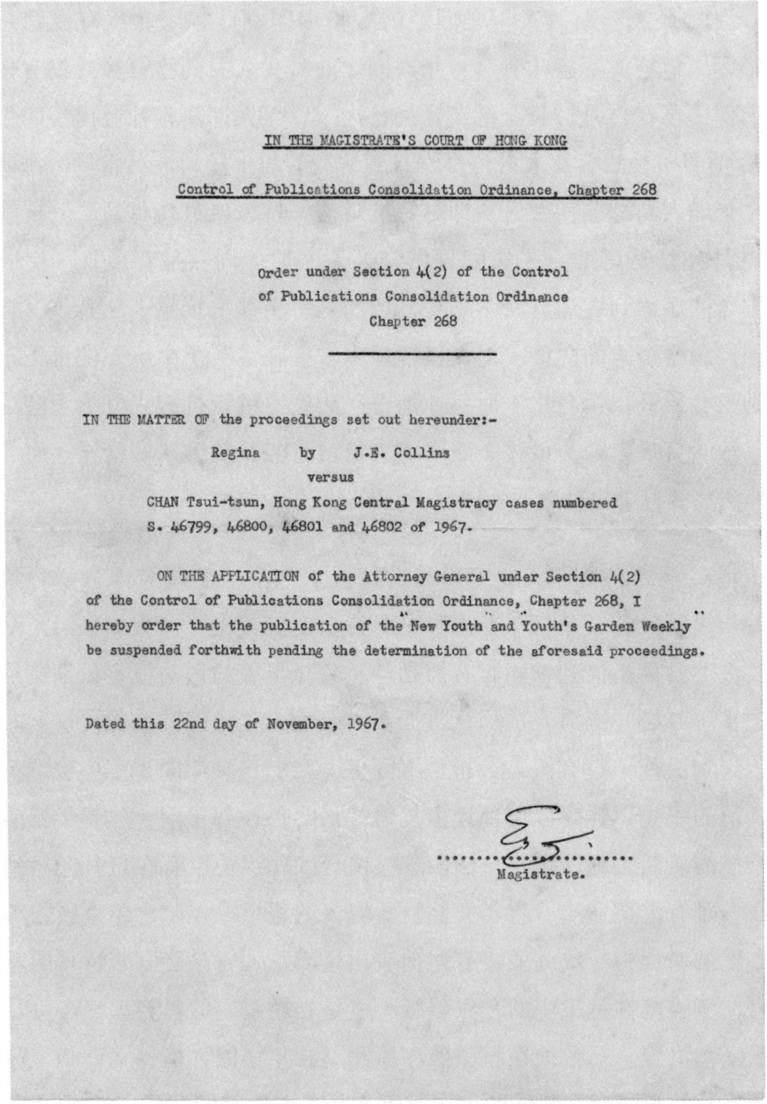

IN THE MAGISTRATE'S COURT OF HONG KONG

Control of Publications Consolidation Ordinance, Chapter 268

Order under Section 4(2) of the Control
of Publications Consolidation Ordinance
Chapter 268

IN THE MATTER OF the proceedings set out hereunder:-

Regina by J.E. Collins

versus

CHAN Tsui-tsun, Hong Kong Central Magistracy cases numbered S. 46799, 46800, 46801 and 46802 of 1967.

ON THE APPLICATION of the Attorney General under Section 4(2) of the Control of Publications Consolidation Ordinance, Chapter 268, I hereby order that the publication of the "New Youth" and "Youth's Garden Weekly" be suspended forthwith pending the determination of the aforesaid proceedings.

Dated this 22nd day of November, 1967.

..................................
Magistrate.

禁止《青年樂園》和《新青年》出版的法庭頒令（許禮平先生提供）

此外，耐人尋味的是，當《青年樂園》遭到港英當局「迫害」時，無論是《青年樂園》，或是較激進的《新青年》，甚或是在刊物被禁出版後，不同報章的報道中，均不見片言隻字提到時任《青年樂園》社長的李廣明。他也沒有以社長的名義在報上撰文，代表《青年樂園》申辯或「控訴」。這個現象的背後，原來大有文章：社長李廣明在港英當局發出四張傳票前後，已收到港英當局要對付刊物負責人的風聲，於是他便與夫人吳子柏（時任報社的編輯），先行撤離，藏身於安全的地方。按當時的《香港刊物管制綜合條例》規定，刊物的督印人需為刊物的內容承擔法律責任，[4]故可推論陳序臻的留守和李廣明的離開，估計是要減低刊物所可能遭受的「打擊」。因為早在1967年的8月9日，港英當局先後拘捕左派外圍報章《香港夜報》社長、《新午報》董事長胡棣周、南昌印務公司董事長李少雄、《田豐日報》社長潘懷偉及督印人陳艷娟、南昌印務公司經理翟暖暉等。而《青年樂園》社址，也在相近時間的1967年8月7日遭受搜查。故此，在《青年樂園》編輯同人看來，港英當局對《青年樂園》的搜查和檢控，其實是它對付左派一系列行動中的一環。所以在《青年樂園》最後的歲月裡，刊物的處境岌岌可危。編輯和工作人員亦不齊全，最後一期的刊物其實是在風雨飄搖下誕生的。

在港英當局一系列針對左派報人和文化機構的搜捕行動前後，《青年樂園》仝人在1967年8月13日，以副刊的形式出版了更為激進、左傾的《新青年》。這份新刊物摒棄了《青年樂園》一直持守的不談政治、極力迴避公開支持中國大陸或左派、鮮有直接批判港英當局的編輯方針，基本和當時左派的《文匯報》、《大公報》、甚或以手工油印的左派「蚊型」戰鬥報等無異。值得推敲的是，《青年樂園》編輯仝人不選擇直接將原來刊物的內容染紅或政治化，而採取以副刊的形式出版較激進、左傾的刊物，一方面說明了《青年樂園》仝人對刊物內容的全面政治化有所保留，對原來堅守多年的編輯方針還是有所堅持；但另一方面也某程度說明了正是港英當局針對左派的搜捕行動，將《青年樂園》編輯全人推向更為激進與政治化境地。因為非此無以向左派內部和激憤的學生讀者交代。此外，值得思考的是：既然《青年樂園》大部份時間裡都避免直接公開支持中國大陸和內容上也極力避免政治化，究竟是甚麼因素觸發港英當局需要改變過去對刊物的態度，悍然搜查《青年樂園》的社址呢？

港英當局的法院是以《青年樂園》及其副刊《新青年》發表煽動性文字而頒令其停刊的，故不妨由此切入分析。在港英當局所發出的四張傳票中，其實只有一張是針對《青年樂園》的刊物內容的，其餘則是針對《新青年》副刊。其中指控刊物在1967年9月8日（第596期）刊登的文章中，含有「香港政府的制水是政治制水」等帶有煽動性的內容。[5]該期涉案文章為〈丟掉幻想〉，[6]其主要內容是提醒讀者不要對港英會在降雨後解除制水存有幻想。文章「聲稱」實施制水是港英的毒計。港英寧可將水送到美國兵艦去，甚至讓水流入大海中，也要壓制中國同胞用水。行文分別以「白皮猪」、「黃皮狗」來諷刺一小撮親近港英的洋人和華人，將港英當局放在被批判的位置。明顯地，它與《青年樂園》當初為了保持其「灰色」的面貌而不談政治、不反港英的策略相違背。不過，這篇被指帶煽動性的文章，其實只是在該期第8版（萌芽版）約500字的一篇不起眼的讀者來稿。該期《青年樂園》其餘各版的內容以至版面設計，其實基本保持過往不談政治、不反港英的原則，整體上並沒有明顯批英、反英的傾向。今天看來，該文有關批判港英的文字，某程度上不失溫和，甚至只屬無關痛癢，因為作者只是在行文中帶出諷刺，而從沒有鼓吹讀者要與港英當局作鬥爭或進行革命。但是，若據此就認為港英當局對《青年樂園》的指控是莫須有的，其實也並不正確。查閱在「六七暴動」時期（第574期至第607期），《青年樂園》的版面內容，意指「香港政府制水是政治制水」的稿件，其實並不止一篇。而以頭版專題處理這個題目的便不只一次。如1967年7月7日第587期頭版的特寫便是〈跳級制水〉，其中指出港英政府是故意「制水」：「本來因迫害中國同胞已經引起港九居民的公憤，故意用制水造成居民在生活上的不便，苦了愛國同胞的生活。」又如1967年7月28日第590期頭版的特寫，也是關於「制水」的文章，其中點明「制水」是人為的，最後更呼籲「港英制水係靠害，一致團結鬥港英」。至於以「制水」為主要內容的短文，更屢見不鮮地散落在刊物的各版面。[7]綜合而言，《青年樂園》在內容上鮮明地批英、反英，其實集中在1967年5月19日的580期至1967年的8月25日的594期之間，此後至停刊前的606期，基本上，明顯批英、反英的文字已少之又少、毫不起眼。就算在該批共15期的《青年樂園》中，其實只有第581、582兩期，約有三分之二的版面，含有激烈地批英、反英的內容；而集中在首尾兩版以顯著的篇幅來批英、反英的，也只有4期；至於只在頭版內容直接批英、反英的，則有7期，約佔50%（其中一期更只是回應港英派員突擊搜查《青年樂園》社址之行動）。對於該15期刊物中，以顯著位置或大量篇幅刊登立場激烈鮮明的文章的《青年樂園》，港英當局並沒有作出檢控。唯一合理的解釋是，當局在8月底以前，並沒有認真檢視和搜集此刊物的版面和內容，否則在該15期的刊物之中，選擇其中一篇鮮明地批判港英制水的文章來進行檢控，都比後來用以指控的文章，更具說服力。

是甚麼原因令港英當局開始注意起《青年樂園》呢？今天看來比較貼近事實的是：自「六七暴動」爆發後，有不少「官、津、補、私」學校的學生，陸續成立了「鬥委會」或參與遊行、抗爭，[8]並有愈演愈烈之勢，因而觸發港英當局的敏感神經和行動。港英在1964年8月7日，搜查《青年樂園》社址時，警方搜獲讀者的資料冊或記錄，當局慢慢發現了這份刊物對「官、津、補、私」等非左派學生的影響力，《青年樂園》的內容便開始受到「重視」。此外，在「六七暴動」期間，不少學生被捕判獄，如1967年8月底，因藏有煽動性刊物而被捕的金文泰中學學生楊宇杰和培僑中學學生謝鏡賢、1967年9月28日在校內派發反英傳單而被捕的聖保羅書院學生曾德成、1967年11月7日在「庇利羅士事件」被捕的十四名女生，也不乏是《青年樂園》的讀者。由此推知，《青年樂園》之所以被禁，很可能在於它在官、津、補、私等非左派學生之中的影響力，而這正是港英當局所要遏止的，至於刊物的具體內容，反而未必是深究的對象。可茲援證的是，港英當局在「六七暴動」前後，一直沒有對另一份立場更為鮮明激進、同是在相約時間被搜查的左派刊物《青年知識》予以取締，[9]可見刊物的內容未必是關鍵。其實，港英禁止哪一份刊物出版或拘捕哪些出版人的行動，充滿了政治精算。由英國當局公開「六七暴動」時的決策檔案可知，當時負責決策的代港督姬達，為防過份刺激北京，制定了「打擊小報令大報軟化」的策略。此舉一方面有助壓抑左派「反英抗暴」的言論，另一方面也有助向公眾昭示港英當局鎮壓動亂的強硬立場，[10]《青年樂園》正屬與左派有關係的「小報」之列，而且在青年學生中具有影響力，自是難以倖免於被禁之列。亦因此之故，《青年樂園》及其副刊被禁止出版的消息傳出後，左派報刊多番聲援，《青年樂園》的編輯仝人則曾借左派刊物的版面，刊登抗議聲明和申訴的文章。同時，至少有四份名稱有「青年樂園」字樣的手工油印「戰鬥報」也相繼出現。

或許由於港英當局認為《青年樂園》的內容並非有明顯的煽動性，故始終沒有以此拘捕《青年樂園》的任何一名工作人員，而是採取跟蹤監視的辦法。證諸《青年樂園》編輯仝人的回顧中，在「六七暴動」的緊張時期，他們出入住所和社址，平均至少被三名「便衣」人員跟蹤；為免給朋友惹來麻煩，他們幾乎盡量過着離群索居的生活。這樣的跟蹤和監視行動，隨着「六七暴動」逐漸落幕而取消，而經常露面和「被通緝」的督印人兼總編輯陳序臻也始終沒有被捕。後來，陳序臻索性前往負責刊物註冊的華民政務司進行交涉，要求恢復出版《青年樂園》，但華民政務司卻推説無權要求法庭讓《青年樂園》復刊。當時官方的回應是：「告你的是律政司，不是我這個部門；你要復刊，一定要上法庭去答辯；如果你有理由，獲法庭判決無罪，不就可以復刊了嗎？」在多次的來回交涉後，有關部門最後甚至建議陳序臻可以重填一份表格，只要填上的不是「青年樂園」，改一個字或在「青年樂園」中加多一個「的」字，都可立即批准出版。陳序臻之所以會敢於或者說能夠這樣做，是因為每年當他要為「青年樂園出版社」延續其出版物（即《青年樂園》）的有效註冊登記時，從未被拒絕，並能收回註冊刊物按金之利息100元。[11]但雙方基於各自的立場而互不妥協，港英當局對陳序臻的申訴也置若罔聞，事件就此僵持，《青年樂園》最終也沒能復刊。在《青年樂園》停刊期間，1967年12月24日，即它被港英當局禁止出版後的一個月，《新晚報》每周6天（除了周六），挪出三分之一至半版，冠以「學生樂園」的欄名，由《青年樂園》的編輯李玉菱主理，基本以每天刊載一版原《青年樂園》週報的版面內容，直至70年代初。其後，陳序臻等也在1968年6月，再以「青年樂園出版社」的名義，出版半月刊《學生叢書》，直至1971年底。刊物之所以要採用「叢書」的形式出版，是因為它可以不定期出版，也毋需向港英當局重新註冊，[12]以此昭示「青年樂園出版社」仝人最終也沒有向港英妥協。也就是說，《青年樂園》被禁止出版後，其實並沒有就此而止，而是以化整為零的形式再生，這是後話了。

---

1 本文所提到有關陳序臻先生的內容是根據他在2010年3月6日、2015年8月12日及17日三次口述歷史的內容，以及2013年7月15日，向石中英及許禮平先生所發出的澄清電郵所綜合而成。

2 該四項傳票為：「一、本年九月七日，在『新青年』週刊上刊登『煽動性』文字，內容是『林彬之死』」；二、本年九月八日在『青年樂園』週刊上刊登『煽動性』」文字，內容指『香港政府制水是政治制水』；三、本年八月二十七日，在『新青年』刊登『意圖煽動他人犯罪標題』，那是『用戰無不勝的毛澤東思想武裝起來』，寫6月23日港英軍警圍搜橡膠塑膠業工會，其中提到毛澤東思想武裝；四、本年九月廿四日，在『新青年』週刊上刊登『煽動性』文字，標題是『政府學校學生鬥得好』」詳見：〈讓港英的「拘捕令」、「封閉令」見鬼去吧！ 青年樂園定鬥爭到底 喝令港英立停迫害 否則一切後果概由港英負責 港英竟叫囂「缺席審訊」並要「通緝」負責人陳序臻〉《文匯報》，1967年11月23日，第4版。其中一、三、四點均是《新青年》的內容；而第二點則是指控《青年樂園》的刊載內容，編者在1967年11月24日607期中指出相關內容是1967年9月8日第596期「萌芽版」中〈丟掉幻想〉一文。又見〈青年樂園正副刊被停刊 通緝左翼督印人 陳序臻被控煽動犯法等四罪 相信他已離港 將採缺席審訊〉，《明報》，1967年11月23日，第4版。〈左派「青年樂園」「新青年」周刊 主編不到庭被通緝 兩刊物亦禁止出版 刊登四項文字被控四項罪名〉《工商日報》，1967年11月23日。

3 左派報章的主要報道有：〈陳序臻接見記者 蔑視港英「通緝令」指出「青年樂園」報道全是事實〉《新晚報》，1967年11月23日，第3版、〈讓港英的「拘捕令」「封閉令」見鬼去吧！「青年樂園」定鬥爭到底 喝令港英立停迫害否則一切後果概由港英負責 港英竟叫囂「缺席審訊」並要「通緝」負責人陳序臻〉及〈港英的暴行最有煽動性〉《文匯報》，1967年11月23日，第4版、〈「青年樂園」負責人已「離開香港」嗎？不！陳序臻蔑視「通緝令」昨天在港接見記者狠責港英扼殺新聞自由〉《大公報》，1967年11月24日，第4版、〈陳序臻昨出席學生大會 蔑視臭「通緝令」斥港英 報販鬥委會和鳳凰職工齊發表聲明 不許港英碰文匯報．支持青年樂園〉《新晚報》，1967年11月27日，第4版等文章。右派報章的報道有：〈青年樂園正副刊被停刊 通緝左翼督印 陳序臻被控煽動犯法等四罪 相信他已離港 將採缺席審訊〉《明報》，1967年11月24日，第4版；〈左派「青年樂園」「新青年」周刊 主編不到庭被通緝 兩刊物亦禁止出版 刊登煽動文字被控四項罪名〉《工商日報》，1967年11月23日。

4 因為1952年頒發的《香港刊物管制綜合條例》規定，但凡刊物出版的第一天，督印人均需在其封面上簽署，並將之送交華民政務司審查，以供查核。轉引自夏春平主編：《世界華文傳媒年鑒．2006》（北京：世界華文傳媒年鑒社，2007），頁211-216。

5 〈青年樂園正副刊被停刊 通緝左翼督印人 陳序臻被控煽動犯法等四罪 相信他已離港 將採缺席審訊〉，《明報》，1967年11月23日，第4版。

6 藍海：〈丟掉幻想〉《青年樂園》，第596期，1967年9月8日。

7 1967年9月8日第596期的哈哈鏡欄，也有諷刺港英；1967年7月14日第588期中的萌芽版，有「達成夜中」的讀者達文撰寫的〈制水〉一文；又如1967年7月21日第589期海濱花園版的妙問妙答欄，以「為甚麼要越級制水」為題，引導讀者批判港英制水的荒謬性；1967年8月4日591期的萌芽版中筆圃欄以「制水的反思」為專題，引導同學描寫制水之苦，其中大部份文章最後都在控訴港英當局；1967年8月18日593期的科學與技術版中刊載〈跳級制水聲中——談離子交換劑〉、萌芽版中又有「新法書院」讀者潮水的〈挑水記〉，更從階級對比的角度指出港英有關制水只針對窮苦大眾；再於1967年8月11日594期的海濱花園版中有自修生荳莢所寫〈數學補充教材〉二篇，也在諷刺制水；又在社會傳真版中，作者禾火以〈水塘滿瀉！制水到何時〉為題，也有指港英政府政治制水。還有1967年11月3日第604期中，又有〈慈善機關〉一文，指出在制水之下，慈善機構每天有水可用，一點也不公平。

8 如6月19日，港英教育機構「羅富國師範專科學校」首次出現了抗暴大字報；6月20日，「皇仁書院」鬥委會成立；6月21日，「英皇中學」組成了「紅旗戰鬥兵團」；6月23日，最高學府的「香港大學」也成立了「反對港英迫害委員會」；6月24日，「浸會書院」也成立了「鬥委會」；6月26日，香港中西區八校學生鬥委會發表聲明；7月13日，官、津、補、私，學校學生在北角街頭演出反英抗暴節目等等。有關事件發生的時序，參見港九各界同胞反對港英迫害鬥爭委員會：《港九同胞反英抗暴鬥爭大事記．六月份及七月份》（香港：港九各界同胞反對港英迫害鬥爭委員會，1967），頁1-22及頁16。

9 有關刊物社址被搜之內容參〈讀者、作者、編者〉，《青年知識》，第103、104期，1967年8月25日，頁3。關於《青年知識》，它創刊於1959年1月，其目標讀者為專上學生，該刊物的具體停刊日期不詳，但據香港大學圖書館館藏之有關刊物，可見幾乎不間斷地出版至1970年2月。此後，港大又藏有相關刊物之1976年10月號至1977年6月號。雖然1959年第1期的創刊號顯示，其督印人為藍真。

10 《香港經濟日報》梁家權等著：《六七暴動秘辛：英方絕密檔案曝光》（香港：經濟日報出版社，2001），頁29-39。

11 根據1951年7月1日通過的〈香港刊物管制條例〉第7條規定：「每份本地報紙都必須根據第18條所制定的規定進行註冊，違反規定將構成對本條例的違反。在不抵觸本條（7）款的規定的情況下，沒有本港總督的批准，申請註冊的人或其代表在向註冊官交納一萬元保證金之前，任何報紙不得予以註冊。在本港總督認為適合的方式徵收保證金後，可予以批准：以上保證金在由註冊官掌握時附有利息，利息根據當時政府參照會計署長處的存款利率所准許的利息支付。又根據〈報紙註冊及發行條例〉的第12條規定：「在根據第2條規定進行註冊時，須交付100元註冊費；在該註冊的有效時期內，須從註冊生效的第2年起在每年註冊生效之日，再交付一百元。當根據第5條規定填報所需相關的項目，並有所變更時，每填報一次需交費10元。」轉引自：夏春平主編：《世界華文傳媒年鑒．2006》（北京：世界華文傳媒年鑒社，2007），頁211、213。

12 許定銘：〈「叢書」——變格的期刊〉轉引自：https://huitingming.wordpress.com/category/%E9%BB%83%E5%AF%A7%E5%AC%B0/，摘取時間：2015年11月18日，20:30。

607

一九六七年十一月二十四日

本期出紙四張 刊出四版特刊

橫眉冷對千夫指 俯首甘爲孺子牛 ——魯迅

# 青年樂園

Youths' Garden Weekly

## 告讀者書

### ——寫在港英瘋狂廹害本報的時候

讀者們：

我們向大家報導一件極其令人憤怒的事，港英當局已向我們橫施毒手，準備扼殺我們心愛的「樂園」了。十一月十八日，港英當局以莫須有的「罪名」，說什麼「樂園」登載「煽動性」文字。這是一個陰謀，值得我們密切注意。

「樂園」已存在十一年，千千萬萬的讀者對「樂園」是了解的，很多家庭，姊姊哥哥看過「樂園」了，就傳給妹妹弟弟看，總希望在她那裏，吸取一些知識，學習寫作，尋求功課的疑難解答，或讀幾則幽默雋永的散文，驅散自己心中的煩悶。很多人從中一開始，就閱讀「樂園」，在日積月累之中，他們感到「樂園」就像一個帶路人，帶他們走上一條正派及健康的康莊大道上。「樂園」引導他們擺脫腐朽、靡爛的西方生活影響，鼓勵他們天天向上，在人生的道路上有歧路啊，稍一失足，就成千古恨了。我們「樂園」就像個大家庭，讀者就如家庭中的兄弟姊妹，大家發揮互相關心、互相愛護、互相幫助的精神，儘管是相識的與不相識，只要在前進的道路上碰上困難，大家就會爲他操心，爲他解決。正因爲「樂園」充滿這種溫暖，很多人就從彷徨中認淸了前進的道路，從失望中鼓起勇氣邁向前。

就因「樂園」具備這個特點，有千千萬萬的讀者團結在她的周圍，這股力量竟然成爲港英當局的害怕對象。它誣衊「樂園」，這也不是，那也不是，壓制學生看我們的報刊，這計再不成，又散播種種流言蜚語。這計再不成，就要出恐嚇的手段，派軍警便衣到「樂園」搗亂。這計又不成，今天竟然耍出極端卑鄙的手段，以「煽動性」作「控」罪，妄圖扼殺我們「樂園」！這是任何人也憤慨的，難道天下間沒有公理嗎？沒有正義嗎？港英當局是否以爲中國人民是可以任意欺侮的？可以任意宰割的？這未免太低估中國人民的力量了。毛主席說：「我們中華民族有同自己的敵人血戰到底的氣概，有在自力更生的基礎上光復舊物的決心，有自立於世界民族之林的能力。」這是千眞萬確的，只要我們一想到壓迫，我們就有滿腔的憤慨。中國人民從沒有在橫逆面前屈服過。今天港英當局旣如此欺負我們，妄圖扼殺「樂園」，我們就需要認眞對付，對於這次的誣告，我們的態度是：堅決鬥爭，誓不向暴力低頭！

讀者們，在橫暴面前，我們不能作絲毫退縮的。假如我們退縮一步，就沒有眞理的存在了，就沒有正義的存在了。我們每年舉辦「課本出讓站」，全心全意爲讀者服務，難道有錯麼？爲何港英當局在八月七日派軍警到來搗亂？對於「課本出讓站」，社會人士讚譽的，對學生家長認爲可減輕負擔的，同學們極力擁護的，港英當局卻極力反對。我們在堅決維護同學們的利益的立場上，我們不可能絲毫退縮，因爲一退縮，就意味着對讀者利益的出賣。

就以這次港英當局抽取「樂園」作者一篇文章的一段，作爲「控告煽動性」來說吧，這也顯出港英當局極端橫蠻無理的。這篇文章是說人爲制水，這是同胞們在十月以前共嘗的苦難，難道有錯嗎？香港自來水供應，人人皆知有優劣的分別，徙置區與一般住宅區有分別，住宅區又與山頂高等住宅區有分別；甚至太古公司還有一個私家水塘。讀者對這些不平的現象，寫成文章揭露出來，那又有什麼不對？難道不顧事實，顛倒黑白，指鹿爲馬，港英當局才稱心麼?!這是我們萬萬做不到的！我們是新聞工作者，我們應尊重事實，我們更應支持作者維護眞理的精神。港英當局竟以這篇文章「控告」我們「煽動性」罪，這不是胡說八道，又是什麼？

「煽動性」罪，根本是一個莫須有的罪名。讀者熱愛一份報紙，他才出錢購買，假如不愛讀的，他也不會購買，這裏根本不存在什麼「煽動」的問題。港英當局竟然以此「罪名」，妄圖扼殺言論自由，摧殘文化，我們能容忍嗎？我們能屈服在這樣臭法令下嗎？

十一年來，「樂園」在讀者們積極的支持下，正是欣欣向榮。它的銷數年年增加，內容更豐富，更適合讀者們的需要了。在「樂園」這個大家庭裏，讀者已愈來愈多，相互聯繫也漸漸加強，對社會人羣的事，亦能以極大的熱情，予以關注了。如水災的時候，讀者們卽起來發動捐款，發動慰問；在學期開始，購買課本有困難，讀者們卽在暑期間，組織了「課本出讓站」，將讀完的書本，以低價拿出來交換，以幫助經濟困難的同學；讀者感到閱讀課外參考書異常重要，大家便[illegible]力，將自己的參考書拿出來，組成了一個小型的圖書館……。總之，在每一件事上，都可看到讀者們朝氣蓬勃的熱情，可看到他們具有凌雲的壯志，具有無比的愛國熱忱。「樂園」正因爲有這麼活潑的一羣，因此在學校裏，他們很多就是同學們的中堅。

港英當局面對「樂園」種種蓬勃發展的現象，它恨得要死，時時刻刻妄圖將「樂園」扼殺，妄圖將我們「樂園」的讀者打散。讀者們，我們能答應嗎？不能！當很多讀者知道港英當局正要弄陰謀詭計，以「控告刊登煽動性文字」爲名，對「樂園」進行極爲嚴重的政治迫害時，大家都發出了極大的憤怒，很多讀者都說：「不准動樂園一根毫毛」、「堅決保衞樂園」！

這宏亮的聲音，這堅強的堡壘，給予我們極大的鼓舞。敬愛的讀者們，我們向你們致敬，在這港英瘋狂迫害「樂園」的時刻，讓我們團結在一起，爲了保衞「樂園」，我們戰鬥在一起，勝利在一起！

青年樂園週報

十一月二十日

## 青年樂園爲抗議港英政治廹害發表聲明：

抗議！抗議!!抗議!!!

我們向港英嚴正提出最最強烈的抗議，抗議港英法西斯當局非法迫害我們的「樂園」，殘酷無理地踐踏愛國新聞自由。

在學生運動空前高漲，愛國學生紛紛奮起抗暴，特別是一向受奴化教育毒害的官、津、補、私學生們紛紛行動起來，大造港英奴化教育的反，港英法西斯當局，除了對學生運動進行瘋狂鎮壓外，還對我們這份爲廣大同學所喜見樂聞、爲他們傾吐心聲的學生報紙進行了法西斯迫害。我們的「樂園」，只是一份普通的學生刊物，報紙的內容都是廣大讀者來稿的心聲，港英對這份刊物也怕得要死，恨得要命，這不是明明白白地說明了港英的虛弱嗎？

十一月十八日，港英當局向我們發出四張所謂「控票」，控告我們發表「煽動性」言論。我們大聲質問港英法西斯當局：

我們帶引青年學生走正確的人生道路，有什麼罪?!我們教導青年學生一些正確的知識，有什麼罪?!我們教導青年學生熱愛自己的祖國，有什麼罪?!我們教導青年學生熱愛偉大領袖毛主席，有什麼罪?!我們宣傳毛澤東思想，有什麼罪?!

一貫以來，我們站穩中國人民的立場，爲港九同胞、爲青年學生伸張正義，堅持眞理，報導事實，五月風暴以來，我們，作爲一家有民族氣節的中國人，作爲一羣新聞工作者，我們如實報導了港英對同胞所作的種種血腥暴行，報導了同胞、特別是青年學生的英勇抗暴行動，我們堅決跟港九愛國同胞、青年學生，爲維護民族尊嚴鬥爭在一起，這是我們維護中華民族尊嚴應有的責任。可是港英對於我們嚴正的立場，卻用種種辦法進行政治恫嚇及迫害：強令某些學校要學生不看我們報紙，又在我們辦「課本出讓站」期間進行搗亂；今次更以莫須有的「煽動性」罪名進行瘋狂迫害，妄圖扼殺正義言論，妄圖恐嚇我們及廣大官津補私學生，這是萬萬辦不到的，我們堅決依靠廣大讀者，予港英加倍還擊。

我們再一次向港英提出最嚴重、最強烈的抗議!!

我們緊記毛主席的偉大指示：「帝國主義者就會嚇人的那一套，殖民地有許多人也就是怕嚇。他們以爲所有殖民地的人都怕嚇，但是不知道中國有這麼一些人是不怕那一套的。」我們堅信，愛國事業是永遠撲滅不了的！

我們向毛主席莊嚴宣誓：「頭可斷，血可流，毛澤東思想不可丟！我們誓死捍衞民族尊嚴！我們堅決和工農羣衆、青年先鋒隊結合在一起，永遠緊記毛主席的教導：『下定決心，不怕犧牲，排除萬難，去爭取勝利！』誓與港英鬥到底，不獲全勝，誓不罷休！」

毛主席教導我們：「這個軍隊具有一往無前的精神，它要壓倒一切敵人而決不被敵人所屈服。不論在任何艱難困苦的場合，只要還有一個人，這個人就要繼續戰鬥下去。」爲了維護讀者利益，爲了徹底粉碎港英臭法令，爲了徹底粉碎奴化教育，爲了徹底粉碎港英反動統治，我們每一位戰友都下定決心，把反英抗暴鬥爭進行到底！

港英必敗，我們必勝！

青年樂園週報全體職工

十一月十九日

## 看，這就是被誣控爲「煽動性文章」！

港英在「控告」我們的四項「罪名」中，有一條是「控告」我們發表以下一段文字，現在我們把這段文字重刊一次，請大家來做個公證人，說句公道話：我們擺事實，講道理，爲港九四百萬同胞吐心聲，要求得到合理的供水，這是「煽動性」嗎？

本文原載第五九六期，萌芽版，題目是「丟掉幻想」。

× × ×

尤其是現在，自從「港英」籌計展開——「實施制水」以來，已經是人口稠密而又是亞熱帶的香港，四百萬中國同胞，在這炎熱的夏季裏，受着「無水」之苦，其「苦」相信每個人都會感受到的（除了那些白皮豬、黃皮狗，及一小撮港英奴才不包括在內）。現在，老天下雨了，使大家都能鬆一口氣，享受一下暫時的涼快，怎不教人不歡欣呢！

然而，有些天眞的人或許會說：下雨了，水塘有水了，以後便會解除「制水」了！抱這想法的人，仍沒看透港英的心腸；別再傻下去了，儘管水塘滿溢傾瀉，港英仍是制水的，他們可將水送到美國兵艦去；讓水流入大海中，可永不會忘記壓制我們中國同胞的。

雨，洒下來本是普濟衆生，可是，港英卻要把它控制在自己手裏，這是何等黑暗啊……

我越想越繁雜，愈想愈恨。

零售每份港幣兩角

本期出紙四張 每星期五出版

承印：新華印刷股份公司 地址：香港西營盤諾安里十五號 電話：四三六一一二

督印人：陳序臻 本報已經香港政府登記

出版：青年樂園出版社 香港灣仔洛克道四五二號十三樓 電話：七七七九〇三・七六一五八七

第607期，亦即最後一期的《青年樂園》。

讀者講壇
科學樂園
讀者攝影選
娛樂樂園
給少男少女們
萌芽
Garden of English
蓓蕾
GARDEN OF ENGLISH
萌芽
閱讀寫作
燈塔
特寫
詩專頁
GARDEN OF ENGLISH
地理專頁
閱讀與寫作
閱讀與寫作
科學之窗
英語樂園
Jokes
玫瑰
海濱花園
集郵樂園
旅行嚮導
週末影評
海風

# 編後記

# 這樣的一群有心人

*顧問編輯：周蜜蜜*

為理想不惜獻出生命的李大釗先生説過：「一生最好是少年，一年最好是青春。」人生的最好階段，正是青春少年時。在上世紀五十年代創刊於香港的《青年樂園》周報，是那個火紅年代的產物，凝聚着當時香港青少年青春的激情、理想和希望。在人力、物力資源非常有限的情況下，主辦者和採編者克服重重困難，令這份報刊成為全港最受青少年學生歡迎的刊物之一，在香港的歷史發展進程中，扮演了不可缺少的重要角色。

隨着時光的流逝，《青年樂園》和她的催生者、主辦者、採編者以至數不清的讀者，已經走過了整整一個甲子的漫長道路，完成了特有的歷史使命。正如將自己的青春，毫無保留地獻給《青年樂園》的陳序臻先生(督印人兼總編輯)所言：「人們常説，後生可畏，但我不管她可畏不可畏，只知道用心用力去演繹這個平台，完成她就是了。」就是憑着這種青春無懼的精神，《青年樂園》及其志同道合者，經歷了香港殖民地時期的風霜雨雪，一步一個腳印地走過曲折不平的道路。

在她將滿60歲之際，一群《青年樂園》昔日的知音和有心人，一起緬懷舊日的歲月，傾力結集成這本《誌•青春 — 甲子回望〈青年樂園〉》，把《青年樂園》的創辦和發展過程，以及基本面貌，重新呈現出來。居功至偉的除了已過甲子之年的原《青年樂園》編者、作者和讀者們外，還有被譽為《青年樂園》最年青的繼承者陳偉中博士。他的博士論文與《青年樂園》有關，多年來不斷搜集這方面資料，採訪有關人士，再分門別類，剖析研究，努力選輯其中的精粹，成績有目共睹。更難能可貴的是，這本書的編輯出版，與石中英先生的傾力支持是完全分不開的。他在中學生時，就曾擔任過《青年樂園》的派報員。而他那永遠年輕的旺盛生命力與鬥志也是源此而來。

雖父輩與《青年樂園》也有着密不可分的關係，但余生也晚，沒有趕上香港那個火紅的年代。此次獲任命為這本書的編輯顧問，實在是當之有愧。只是在讀到一篇篇出自熟悉的名作家的鴻文時，心裡禁不住一次又一次地泛起激動的漣漪：我一直敬佩的作家阿濃，在回憶的文章中寫道：「當此《青年樂園》創刊60周年紀念之際，我要真誠地對她說一聲感謝 —— 我寫散文、寫新詩、寫小說，也因為《青年樂園》提供了練筆的機會。如今我作品過百種，也是從『大地』這片沃土上萌芽的。」另一位也是我認識已久的著名作家陳浩泉寫道：「可以說，在我學習寫作的起步階段，《青年樂園》為我提供了可貴的練習機會，是在寫作路上最早扶掖我的一隻有力的臂膀。」

在這本書中，還收錄了當年刊登在《青年樂園》上的名家作品，如馬鑑、葉靈鳳、侶倫、孟君等；此外，范劍(海辛)、西西、小思、舒鷹……一連串日後閃閃發光的名字，早為《青年樂園》的編輯賞識，初露頭角。從當年《青年樂園》各個版面編輯、作者等的回憶中，還可以看到《青年樂園》的內容非常貼近香港青少年的校園生活，也善於為他們解決學習上的各種問題。正是如此，她吸引着眾多的青少年讀者，成為他們心愛的刊物。

最後要再向讀者提示的，是這本書出版的目的，正如陳序臻先生在序言中指出：「上世紀的香港五六十年代是一個高速發展的年代，冀望這個平台《誌•青春 —— 甲子回望〈青年樂園〉》的一些記錄能勾起讀者們一點回憶，也讓新一代人分享當年青年學子的真情和喜悅！」

在此還要特別感謝吳子柏女士、羅慶琮先生、高順卿女士、張偉成先生、李若梅女士、李石先生、謝炳堅先生、謝炳文先生等，全靠他們的共同協力，這本書才得以出版。

# 跋：青春真美好

*《誌•青春》編輯委員會主席　羅慶琮*

青春真美好，懷念青春更美好。

在上世紀六十年代，我們風華正茂。那時，香港沒有現時富裕，大部份人沒錢請導師學琴、上樂器班，也沒有這麼多的補習老師、補習社。大多數人未去過旅遊，也沒有很多玩具。然而，精神生活是相對豐足的，除了學校功課之外，很多同學如饑似渴去追求新知識，找尋新視野。我記得當時楊振寧、李政道剛拿了諾貝爾物理學獎，不少人自學科學，要做愛因斯坦。有些人寫詩、寫文、寫小說。雖然貧困，精神是積極向上。人和人講求互相幫助，讚賞犧牲小我完成大我。就在這個環境下，《青年樂園》補充了我們精神生活、擴寬我們的知識和眼界、給予我們發揮的平台、幫助我們解決功課問題，陪伴我們度過了青春的歲月。

我們一班年已花甲的老讀者，出版這本小書，除了為了勾起當年萬千讀者的記憶、懷念當日情誼之外，還想把這份曾對青少年學生作出貢獻的刊物介紹給今天的青少年，也為香港的文學、出版史補白。我們很幸運有青年學者陳偉中在其博士研究中，在各大學圖書館搜羅大部分《青年樂園》的版本，選輯當中有代表性的文章，通過訪問部分文章的作者，如陳坤耀教授、曾鈺成、阿濃、舒鷹、水之音等等，讓我們感受到當時的環境。我們特別感謝《青年樂園》的創刊人吳康民校長、李廣明社長遺孀和督印人兼總編輯陳序臻先生提供資料，還有部份編輯、作者、其他朋友及機構提供的文章、照片等，使本書內容更為豐富。

《青年樂園》精神長在！

# 附錄

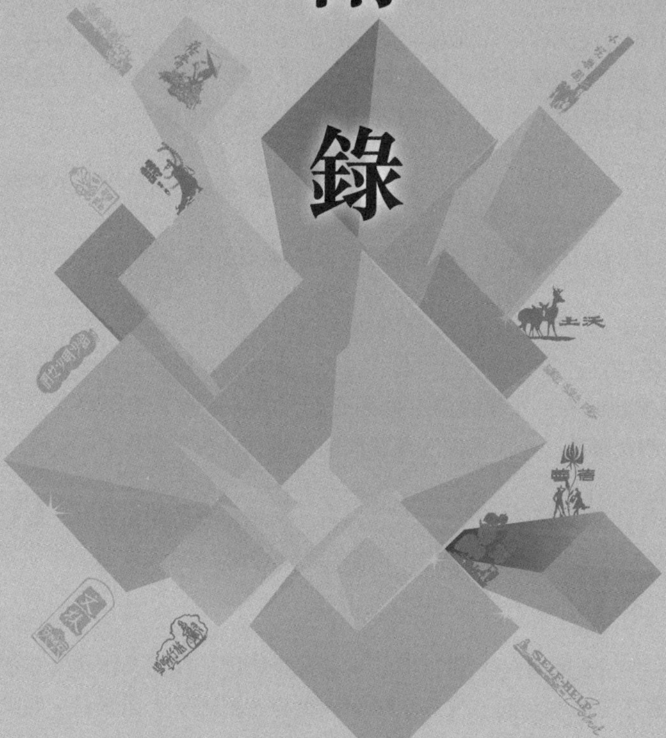

# 《青年樂園》大事記

## 1956年

1956年4月14日(星期六)，《青年樂園》創刊，出紙兩張八版，每份售價5分。由南昌印務公司承印，社址為：香港謝菲道398號3樓，未標明督印人。版面有：娛樂報導、娛樂樂園、科學樂園、學訊樂園、讀者樂園、語文樂園、小說樂園、生活樂園。同時宣布舉行第一次有獎徵文比賽。

1956年4月21日(星期六)•第2期起，《青年樂園》改生活樂園為英語樂園。

1956年5月5日(星期六)• 第4期起《青年樂園》科學樂園版增設科學問答信箱。

1956年5月12日(星期六)•第5期起，《青年樂園》出紙兩張半十版，每份售價1毫。基本版面有：娛樂報導、娛樂樂園、科學樂園、學訊樂園、讀者樂園(兩頁)、語文樂園、小說樂園、英語樂園、畫頁。

1956年5月19日(星期六)•第6期起，《青年樂園》各版略為易名：綜合報道、娛樂樂園、生活樂園、學訊樂園、讀者樂園(兩頁)、語文樂園、小說樂園、英語樂園、畫頁。

1956年6月23日(星期六)•第11期起，《青年樂園》開始刊出中文中學畢業會考試題解答。由本期起，《青年樂園》也開始招聘學生派報員。自此，《青年樂園》有學生派報員的制度，直至停刊。

1956年6月30日(星期六)•第12期起，《青年樂園》新增大學樂園(兩版)，特別出紙三張，計劃每四期刊出一次。

1956年7月7日 (星期六)•第13期起，《青年樂園》舉辦第二次有獎徵文比賽

1956年7月14日 (星期六)•第14期起，《青年樂園》改小說樂園為文藝樂園，

注明每千字六元。另，將生活樂園改名為暑期俱樂部，自此每逢暑假均有此欄目。第一次有獎徵文比賽結果揭曉。

1956年7月21日(星期六)• 第15期，《青年樂園》舉辦徵文比賽、繪畫比賽、有獎益智常識比賽、有獎成語改錯。各版名為：綜合報道、文藝樂園、科學樂園、學訊樂園、生活樂園、讀者樂園(兩版)、語文樂園、漫畫樂園、暑假俱樂部(兩版)、英語樂園。

1956年9月29日 (星期六)• 第25期起，《青年樂園》第二次徵文比賽結果揭曉。同時第三次有獎徵文比賽開始。

1956年12月29日(星期六)• 第38期，《青年樂園》為新年出紙三張半，共十四版。版面的名字也作較大改動：綜合、畫頁、科學之窗、改文藝樂園為沃土版、增設蓓蕾版、改讀者樂園(二版)為萌芽版(二版)、改學訊樂園為學校內外、改語文樂園為閱讀與寫作、英語、改生活樂園為周末花圃。

## 1957年

1957年1月5日(星期六)• 第39期，《青年樂園》設定為革新版，各版版面自此易名為：特寫、各科專頁、科學之窗、沃土版、蓓蕾版、萌芽版、畫頁、學校內外、閱讀與寫作、英語、生活圈、週末花園。此後的各版版面名字大致穩定。

1957年1月26日(星期六)• 第42期，《青年樂園》第三次有獎徵文比賽結果揭曉。

1957年2月23日(星期六)• 第46期，《青年樂園》正式設立漫畫專頁版。此後有關版面一直至維持至停刊。

1957年3月2日(星期六)• 第47期，《青年樂園》第四次徵文比賽開始。

1957年3月16日(星期六)• 第49期，《青年樂園》舉辦第一屆攝影比賽。

1957年4月12日至16日，《青年樂園》舉辦名攝影家潘日波作品展覽。
地點：香港亞歷山大行•思豪美術室。

1957年5月18日(星期六)•第58期，《青年樂園》公布「本報十篇佳作」選舉結果：(一) 特寫 (二) 小玲信箱 (三) 漫畫專頁 (四) 愛情的足印（薇薇） (五) 除夕舞會的新衣（孟君） (七) 玫瑰有刺 (八) 母親的手蹟（侶倫） (九) 春暖猶寒（高翔） (十) 從缺（字迹不清，無從辨認）

1957年5月25日(星期六)•第59期，《青年樂園》的英文版改版，增聘英文版專家編撰。同時，也宣布舉辦第一屆攝影比賽。

1957年6月8日(星期六)•第61期，《青年樂園》增設詩專版，自此成為《青年樂園》恒常版面。

1957年8月3日(星期六)•第69期，《青年樂園》舉辦暑期剪畫比賽。

1957年8月10日(星期六)•第70期，《青年樂園》改生活圈版為青苗。

1957年8月17日(星期六)•第71期，《青年樂園》第五次徵文比賽結果揭曉。第六次徵文比賽開始。

1957年8月24日(星期六)•第72期，《青年樂園》第一屆攝影比賽結果揭曉。

1957年9月7日至9日，《青年樂園》舉辦第一屆藝術攝影比賽作品展覽。
地點: 香港中環雪廠街太子行三樓香港攝影學會。

1957年9月28日(星期六)•第76期，《青年樂園》暑期剪畫比賽結果揭曉。

1957年10月12日(星期六)•第79期，《青年樂園》開始定立每月刊登一版漫畫專頁，攝影版則每月刊登兩次。

1957年10月20日(星期六)•第80期，《青年樂園》第五次徵文比賽結果揭曉。

## 1958年

1958年1月3日第91期，《青年樂園》由星期六改為星期五出版，自此不變。

1958年1月10日(星期五)•第92期，《青年樂園》舉辦第六次徵文比賽。

1958年3月7日(星期五)•第100期，《青年樂園》改週末花園為海濱花園，版名直至停刊沒有變更。

1958年4月11日(星期五)•第105期，《青年樂園》開始推出集郵樂園、青年服務站、文化走廊、音樂趣談、世界獵奇欄目。

1958年4月18日(星期五)•第106期，《青年樂園》第六次徵文比賽結果揭曉。

1958年5月7日(星期五)•第109期至1958年8月29日•第125期(該17期暫時佚失)。《青年樂園》社址由謝斐道398號3樓遷往波斯富街55號4樓。其承印商也在由南昌印務轉成新華印刷股份有限公司。

1958年10月10日(星期五)•第131期開始推出新欄目：新十誡、從學生到記者、燈下絮語。

1958年10月23日至28日，《青年樂園》在社址舉辦「本報讀者繪畫展覽」。

## 1959年

1959年1月至2月初，《青年樂園》的社長由汪澄轉為李廣明。

1959年2月8日(星期五)•第148•149期，《青年樂園》閱讀與寫作版增設文學信箱。新設「大地」用作發表大專學的作品；將學校內外改成文教電視，用作報道學校消息和文教團體活動及學生讀書生活，並新增生活小品和數理化信箱兩個新欄。

1959年4月6日，《青年樂園》的社址由波斯富街55號4樓遷往駱克道395號4樓。

1959年4月11日，《青年樂園》在駱克道395號4樓舉行新址開幕鷄尾酒會。

1959年4月24日(星期五)•第159期，《青年樂園》舉辦第二屆攝影比賽。

1959年6月5日(星期五)•第164期，《青年樂園》推出電影天地的欄目，計劃介紹中西電影、明星生活、電影內幕、趣事。

1959年7月10日(星期五)•第170期起，《青年樂園》的功課版改為主要面向英文中學的學生。

1959年7月17日(星期五)•第171期，《青年樂園》推出趙子方的「交友之道」的欄目。

1959年7月24日(星期五)•第172期《青年樂園》應讀者要求設立暑期課本交換站。此一交換站大受讀者歡迎，一直維持到刊物停刊。

1959年9月18日(星期五)•第180期起，《青年樂園》將曾出現過的「學科專頁」及原佔「科學之窗」少量欄位、偶有出現的有關數理化知識的內容獨立出來，闢「課內學習」或「學習初階」等等的獨立版面，每期輪流地回答有關地理、生物、數學、化學、物理等不同科目的功課問題。

## 1960年

1960年1月1日•第一九五期，《青年樂園》閱讀與寫作版進行改版：由四周一次改為兩周刊登一次。特請馮式先生撰寫中外文學知識；恢復文章小評欄；推出辭源選，讓同學學習新詞及語法；增設小測驗和讀者隨筆。

1960年2月29日，第202期，《青年樂園》開始公開徵求學校通訊員。

1960年4月1日至5月20日，《青年樂園》舉辦第三屆攝影比賽。

1960年8月5日•第226期，《青年樂園》第三屆攝影比賽結果公布。

由於1961年10月6日 • 第287期至1964年1月1日(星期五)第456期大部份已佚失，其中只有數期，無從具體説明刊物的大事，故暫時從略。

## 1962年

1962年6月8日(星期五) • 第322期至1965年1月1日(星期五)第456期已佚失，其社址已由1959年3月20日駱克道395號4樓搬至香港灣仔駱克道452號13樓。此期刊頭列明陳序臻為督印人。而根據陳序臻的回憶，督印人黃穗華和總經理洪新移居泰國。

1963年6月中，舒韻在《青年樂園》投稿後，逐漸被培養成《青年樂園》的編輯。

1964年11月27日 • 第451期起，《青年樂園》的讀者論壇版成為兩期出版一次的版面。

## 1965年

1965年2月26日 • 第464期起，《青年樂園》開始刊登署有左派學校學生的稿件，而且頻率越來越高。

1965年3月12日，第466期後，李石先生開始成為《青年樂園》的編輯。

1965年4月9日，第471期，《青年樂園》推出革新號。推出文林版、編導漫筆欄、讀書札記欄、學習階段欄、學與做版、文選版、沃土版擴大；英語版增加了GLOSSARY；蓓蕾版增加了「作家談創作」、海濱花園增加了哈哈鏡、萌芽增加了筆圃漫話；漫畫樂園增闢了「學畫手記」；青年服務務站，縮小篇幅；詩專頁一月一欄；讀者論壇+科學之窗是隔期出版。同時每份零售價加至二毫。自此，基本出紙三張半。

## 1966年

1966年7月15日 • 第536期，《青年樂園》新增社會傳真的欄目，此欄目以描寫低下階層和諷刺時弊為主。

## 1967年

1967年1月13日 • 第562期推出「徵文比賽」。

1967年8月7日港英當局派員搜查《青年樂園》報社。

1967年8月13日，《青年樂園》仝人以副刊的形式出版了激進、左傾的《新青年》。

1967年11月17日，港英當局已向《青年樂園》報社發出了四張傳票。

1967年11月22日（星期三），港英當局勒令《青年樂園》停刊。《青年樂園》的最後一期(1967年11月24日)即日公開發行。

《青年樂園》和《新青年》被頒令停刊後，原《青年樂園》編輯李玉菱女士和李豐怡女士在一個月後（即1967年12月24日），在《新晚報》創立「學生樂園」的專欄，以每日半版的篇幅，按《青年樂園》的不同版面內容形式，分六日刊登出來，直至1974年中。而1968年6月，陳序臻再以「青年樂園出版社」的名義出版半月刊《學生叢書》直至1971年10月。但兩份刊物的銷量已大不如前。

(7) 海風 青年樂園 (第二八一期) 一九六一年九月一日

## 夜之歌

星加坡·青山

太陽下山了，最後一道光線也跟着隱沒了。

此時，幹活的人們，也急急忙忙地趕着回家去，怕黑夜吞蝕了大地，隱沒了他們最後的歸程。

藍天的飛鳥，大地的走獸，也開始回到牠們的巢穴去，準備過一個冷夜，期待黑夜過後的黎明。

另一羣可恥可鄙的，以晝為夜，以夜為晝，開始等待着黑夜的來臨！慢慢地顯露出牠們的尖牙和利爪。

× × ×

黑夜來了！

黑夜來到了山之巔，黑夜也來到了我家之門，我擦亮了火柴，燃上了微弱的煤油燈，因為我不甘於黑夜籠罩，我要以點點的火花，阻止黑夜的模糊，不要給黑夜遮蔽了我的理智，也不要被黑夜毀滅了我翱翔的翼翅……

× × ×

黑夜來了！

一切醜的來了；一切惡的也來了！

這羣醜惡的傢伙，把黑夜顛倒成白晝，進行着他們醜惡、奸險的勾當，利用黑夜的幕幃掩蓋了他們無天無日的行動。這羣可恥可鄙的東西，不敢面對現實；更不敢對着光明，只是鬼鬼祟祟地在黑夜蠕動。試問可鄙不可鄙？

× × ×

萬山寂寂，黑夜冥冥，人們為了一個美麗的黎明，都已安息，在另一個夢境裏過得甜甜蜜蜜！

可惡的，你們這羣木蝨，利用着黑夜的障礙，乘着人們在安眠，你們傾巢出發，空着肚子爬上了人們的身體，在人們的皮膚上，盡量地飽享了一餐。可惡的東西，日不作，夜也有豐餐！

× × ×

鬼鬼祟祟的小東西（老鼠），當夜深沉，萬籟已熟睡了，你們就提着精神，露着「尾巴」、鼓着「齒牙」，在人們的廚房裏、米甕的罐子裏，不勞而獲地吃了一餐。小東西未流過一滴汗，也有山珍海味！

× × ×

醜惡的貓頭鷹，儘管你高歌，夜是你的天堂，夜是你的自由，你是夜飛者之王。醜惡的東西，讓我告訴你：黑夜將快要過去了，黎明也就快要來了。當黎明來了，你這夜飛之王，也只不過像躲在一個黑暗的角落吧了！

× × ×

雲雀，請你開始唱你的黎明之歌，

雄雞，請你拉長頸項盡量地啼吧！啼醒了整個大地，

太陽，也請你爬上海面，發出萬丈的光芒！

別讓這羣醜惡的東西，沾污了大地的麗輝。

## 老千的嘴臉

星加坡端蒙中學·勒英

## 海風

## 揭破老千的嘴臉，做事要有勇有謀

編餘漫筆

子戈

## 我們的意志

星洲華義中學·步湖

## 安順三民中學 女童軍成立典禮

## 信心，希望，勇敢！

吡叻女中·敏玲

《青年樂園》海風版

# 《青年樂園》舊友相聚

（相片由《青樂》同學提供）

## 《青樂》同學赴穗探望阿叔阿姨

**2008.11.23** • 中排右起：督印人陳序臻夫婦、阿姨、阿叔

**2012.11.18** • 《青樂》同學與阿叔阿姨話當年

**2012.11.18** • 《青樂》同學與阿叔阿姨大合照

**2015.01.10** • 阿姨89歲生日

**2015.01.10** • 阿姨89歲生日，送每人一塊“金磚”— 蛋糕

**2016.01.03** • 阿姨90歲生日，《青樂》同學與阿姨同樂

# 《青年樂園》60年茶話會

茶話會中，《青樂》人暢談舊時歲月

踴躍發言

交流往事

**茶話會大合照**

前排左起：許禮平、何景安、張心永、羅慶琮、舒鷹、陳文岩

後排左起：謝炳堅、貝鈞奇、石中英、周蜜蜜、侯明、高順卿、趙崇坤、陳偉中、雷麗文、張偉成

# 舊友相聚

**2011.06.25 •** 《青樂》同學與小思老師見面
前排中：小思老師 右：陳序臻夫婦 前排左2、後排3：傅華彪夫婦

**2014.09.03 •** 吳康民與《青樂》人午聚，
前排左起：陳序臻夫婦、吳康民夫婦、傅華彪夫婦
後排左起：柯先生、許禮平、侯貴勳、石中英、
羅慶琮、高順卿、雷麗文、張偉成

**2016.05.20 •** 文集編委會成員及友人與
原《青樂》功課版作者曾鈺成夫婦等會晤

**2016.07.19 •** 文集編委成員與作者陳浩泉(前排左2)
張心永(前排右1) 會晤

**2016.10.11 •** 文集編委成員與《青樂》美術編輯
馬樂(左起4) 會晤

**2016.06.10 •** 文集主編陳偉中與
作者李兆新(左1) 李石(右1)會晤

**2016.10.11 •** 文集編委與
作者陳坤耀(中)會晤

**2016.11.24 •** 文集編委與
作者何景常(中)會晤

# 舊友難忘……

李廣明社長於80年代初回穗前攝於《青樂》社址樓下。

2010年，阿叔在醫院度過86歲生日（阿姨提供）

2010年，阿叔住院前阿姨的畫作，阿叔題字（阿姨提供）

# 鳴謝

本書得以出版，有賴《青年樂園》督印人、編輯、作者、其他朋友及機構提供文章、照片及資料，使本文集內容更為豐富，特此鳴謝：

| | | |
|---|---|---|
| 吳康民校長 | 舒鷹女士 | 貝鈞奇先生 |
| 陳序臻夫婦 | 曾鈺成先生 | 李豐怡女士 |
| 吳子柏女士 | 小思老師 | 俟明女士 |
| 傅華彪夫婦 | 陳浩泉先生 | 陳毓祥家人 |
| 朱溥生先生(阿濃) | 何景安老師 | 侶倫家人 |
| 張心永先生 | 何景常先生 | 葉靈鳳家人 |
| 馬樂先生 | 西西女士 | 紫莉家人 |
| 李秋瑩女士 | 黃炤桃夫婦 | 謝炳堅先生 |
| 李石先生 | 區惠本先生 | 謝炳文先生 |
| 李國強先生 | 樊善標教授 | 《青樂》同學會 |
| 陳坤耀教授 | 許禮平先生 | 香港中文大學圖書館 |
| 陳文岩醫生 | 熊志琴博士 | 香港大學孔安道圖書館 |

本文集的部份文章，因年代久遠，

已無法接觸到其作者或家人，在此深表遺憾。

若有關作者或其家人等相關人士，

見文後請與我們聯絡，定當致謝！

電郵：contact@flintstone.com.hk

主編：陳偉中

書　　名：誌•青春 —— 甲子回望《青年樂園》
策　　劃：《誌•青春》編輯委員會
主　　席：羅慶琮
出 品 人：石中英
監　　製：高順卿
責任編輯：張偉成
編　　輯：李若梅
編輯顧問：周蜜蜜
出版顧問：謝炳堅
文書工作：李正豪、張曉汶
美術製作：4M STUDIO
封面題辭：陳文岩醫生
出　　版：火石文化有限公司
地址：香港灣仔莊士敦道68號16樓C-D室
電郵：contact@flintstone.com.hk
印　　刷：當代發展公司
版　　次：2017年1月第一版

國際書號 ISBN 978-988-13625-2-0
出版日期 2017年1月8日
定價 HK$138